西域传奇 班超

XIYU CHUANQI BANCHAO

杨兆祥◎著

时代出版传媒股份有限公司
安徽文艺出版社

图书在版编目（ＣＩＰ）数据

西域传奇：班超/杨兆祥著.—合肥：安徽文艺出版社,2020.1（2022.5重印）
ISBN 978-7-5396-6668-6

Ⅰ．①西…　Ⅱ．①杨…　Ⅲ．①长篇历史小说－中国－
当代　Ⅳ．①I247.5

中国版本图书馆CIP数据核字(2019)第098699号

出　版　人：段晓静
责任编辑：胡　莉　　　　　　　装帧设计：褚　琦
....
出版发行：时代出版传媒股份有限公司　www.press-mart.com
　　　　　安徽文艺出版社　www.awpub.com
地　　址：合肥市翡翠路1118号　邮政编码：230071
营销部：(0551)63533889
印　　制：三河市人民印务有限公司　(0316)3650588
....
开本：710×1010　1/16　印张：21.75　字数：400千字
版次：2020年1月第1版　2022年5月第2次印刷
定价：68.00元
....

目　录

第一章 上书洛阳

一

东汉永平五年大年初五的午夜。

整日繁华喧闹的平陵县(今陕西咸阳西北)城里,节日的鼓乐声、谈笑声已渐消失,万家灯火也相继熄灭。

夜漆黑漆黑,寒冷依旧。

在几近城中央大街的北边,有一处院落,由秦砖汉瓦筑成,让人一看,便知不是寻常人家。

宅院的主人姓班,家中兄弟二人,兄名固,弟名超,上有五旬慈母,下有十三岁的妹妹班昭,加上各自的妻室儿女,恰好是个十口之家。

班氏兄弟一家,一连三代,确实显赫过。曾祖父班况,前汉成帝时为越骑校尉;祖父班稚,哀帝时任职广平太守;其父班彪字叔皮,学问渊博,见识过人,写得一手好文章,做过当朝大司空窦融的幕僚,在王莽篡汉以后,协助窦融为光复汉室建立过卓越功勋。按常情,给人当幕僚实属委身于人,事事听从主人之命。可班彪非同一般,凭着自己的才学,又兼与窦融的同乡关系,窦融任他为从事,对他特别尊敬,事事听取他的意见,二人结下了深厚的师友情谊。窦融的信件和奏章,给光武帝刘秀留下了深刻的印象,光复后窦融应邀进京,刘秀一见到他便可:"你写给朕的信和奏章,是你自己动手,还是有人帮你写的?"窦融爽快答道:"篇篇文稿,皆出自俺从事班彪之手。"光武帝十分赏识班彪的才学,亲自召见了班彪,下诏封班彪为徐县令。东汉时,县分大小:一县之首,大县为令,小县为长。所谓大县,管辖的地方必须在万户以上,与万户以下的小县相比,那官位的品级和待遇,有很大差别。班彪自居优厚之列。

班彪自幼好学,博览群书,尤其倾心于史籍。他具有出类拔萃的写作才能,自然产生了著述历史的愿望。他认为,司马迁著《史记》始于黄帝,终于他自己所处的汉武帝时期;武帝以后的事均缺而不录,是一大憾事,很有必要把前汉历史全部撰写出来。在他以前,虽有扬雄、刘歆等人缀集时事,踵继其书,但这些人写出的东西都不能令他满意。于是,他继采前史遗事,旁贯异闻,作后传数十篇。不料想,正当他胸怀大志,全力投入写作之时,突然身患重病,竟与世长辞了。时在光武帝建武三十年,年仅五十二岁。

班彪的去世令全家人悲痛万分。这不单因为他的离去使全家失去了经济来源,更令人感到惋惜的是,他生前未能实现自己的意愿,他的事业,并没有完成啊!

由谁来继承他的遗愿,去完成他未竟的事业呢?全家人中,没有比他的长子班固更合适的人了。

班固,字孟坚。受家庭的教育和影响,他九岁便能诵诗赋写文章,到他在京城读太学时,早已博贯载籍,九流百家之言,莫不穷究。从长相到性格,他都很像他的父亲。对父亲的志向,耳濡目染,多年前他就心领神会;其兴趣,伴随着岁月的流逝,也渐渐与父亲投合起来。父亲过世时,他正在洛阳太学读书,得知父亲噩耗,急忙赶回家乡,与弟弟班超共同操办丧事。办完丧事以后,他决意留在家乡,着手整理父亲的遗著,立志把全部《汉书》撰写出来。

转眼间,八年过去了。班固除整理好父亲的遗稿外,又新写了大批文章。他秉承父业,可谓大有进展。

在著述中,班固惜时如命,分毫不敢怠慢。他经常废寝忘食、通宵达旦地坚持写作。这不,大年初五早已夜深人静了,他还在秉烛熬夜,握笔伏案不停地写着。

案头前,他正在冥思苦想着,憧憬着如愿以偿的未来,"嘭!嘭!嘭!"外面突然传来一阵敲门声。

他甚感意外,即刻从沉思中猛醒过来。

"嘭!嘭!嘭!""嘭!嘭!嘭!"敲门声一阵紧似一阵,还夹杂着嘀嘀咕咕的说话声。顷刻间,满院骤亮,大门外,一定是有人点燃了火把。

深更半夜，是什么人在敲门？又来做甚？班固暗暗吃惊，心中不免七上八下。

"开门，快快开门！"伴随着大嗓门的呼叫，又响起阵阵急切的敲门声。

他正在屋里不知所措，只听与他相对的西屋门"吱"的一声。不消说，这是弟弟班超走出屋来。

他借着院里火光，眼见弟弟两眼冒火，手握长剑，直向大门走去。

"什么人在敲门？夜闯私宅，无法无天，还不速速退去！"班超朝门外厉声喝道。

全家老小都被惊醒了，个个惴惴不安，暗地里在观察外面的动静。

"我们是京兆尹派来的，快快开门！"门外答话拿腔拿调，在催促着。

"有凭据吗？"班超仗剑大声问道。

"当然有啦！要不俺们不就是夜闯私宅、无法无天了吗？"是同一个人在答话。

班超隔着门缝儿，就着火把亮光，见是官府来人，收起长剑，拉开了大门门闩。

大门开处，一队士卒手提腰刀，在一个头目的指示下，直向班固的东屋拥去。他们来到班固的写作案头，一见文稿便抄。紧接着，他们翻箱倒柜，把整个屋里折腾得乱七八糟，狼藉满目。待把班固数年呕心沥血写出的文稿抄完以后，那头目大模大样拿出一份公文，当众厉声宣道："京兆尹大官人遵诏书旨，特派员捉拿班固归案！"

那头目念完公文，转向班固不阴不阳地说："怎么样？请跟我们走一趟吧！"他的话刚一落音，士卒们就一拥而上，将班固五花大绑，捆了起来。

老夫人见此情景，担惊受怕，出于保护儿子的本能，蹒跚从北屋走来，边上前拦阻，边要争说什么。怎奈她老人家急得张不开嘴，只管左拦右挡，死死拽住儿子不放。

妹妹班昭年纪虽小，但毫无惧色。她紧紧搀扶着母亲，口齿伶俐地据理问道："俺哥犯了哪家子王法？你们指不出俺哥所犯条款，纯粹是无缘无故乱抓人，这于理不通，谁人能服？"

"你敢说俺们无缘无故乱抓人？"那头目气恼交加，脸色突变，朝班昭怒目而视，"俺们有公文在手，是遵照诏书旨意办事，来这儿抓人分明是有缘有故，哪个敢来抗拒？"

班昭并没被这话吓住，挺了挺胸，又上前跨了一步，面对面辩白道："公文又咋样，诏书也不是拿来吓人的，不符合事实，都会变成一堆死字，照此办理，会冤枉好人的。"

那头目气急败坏，悻悻指着班昭："你……你……你竟敢出此狂言，要……要当心你的脑袋！"

班超很佩服妹妹的勇气，不，不光勇气，还有见识；别看她年纪小，讲起理来，还真叫对手理屈词穷呢！不过，他见气氛紧张，忙向那头目说："她年纪轻轻，快人快语，就不要多加计较。依俺看，你们捕人也该拿出证据，俺一家都是奉公守法的人，凭什么要抓俺哥哥？"

"哼！好一个奉公守法！"那头目两眼直瞪着他，指了指拿获的班固手稿，振振有词，大声说道，"这就是证据，你哥私修国史就是在暗里反对朝廷！"

被捆绑的班固听了这话不禁愕然。

"我继承父业，辛勤笔耕，怎么会落下这样一个天大的罪名呢？"他心中暗暗想着，生怕事情闹得更大，忙劝弟弟、妹妹："你们先别为俺的事争辩了，为兄何罪之有，自有苍天做证，就让他们把俺带走吧！"

那头目朝班超、班昭冷冷笑着，将大手一挥，指使士卒们押着班固朝大门走去。

大门外，一辆囚车在等候。众士卒推推搡搡，将班固押上囚车，便鱼贯而去。

二

正月初的平陵，朔风阵阵，寒气袭人。

仿佛是老天在作祟，一个浸透着寒气的消息传进了班家：班固被押至京兆尹治所长安后，入狱了。

班固被抓之事不胫而走，第二天就传遍了全城。人们议论纷纷，都说："私修国史是要杀头的！"

一个令人毛骨悚然的传闻不期而至：扶风有个叫苏朗的人，自制了一幅图，上面有许多难懂的符号和文字。这人拿着这张图到处向人们讲解图中符号和文字的意思。有人把他告到了官府，当官的说他煽动人们反对朝廷，就抓他入狱。在狱中,他被割掉了舌头,监官让群犯撕他、咬他,最后被活活吃掉了。

班家听到传闻,更是如铅填胸,忧虑异常。一家人中,有的锁眉,有的耷拉眼皮,有的唉声叹气。班超的母亲一夜间白发突增,眼看着就老了许多。

"俺大哥是属茶壶的,壶里盛饺子——有货倒不出来,他不像俺二哥能辩白。写书出自好意,若说不清、道不明,事情可真就大了。"班昭打破了全家的沉闷气氛,挑头儿说道。

"咱们真得想个法子,不让大哥遭难。"班超的媳妇随着说道。

"你参要在世,还能想想办法疏通疏通,他入土八年了,不能助咱在世之人,光靠咱,可有什么法子呢?"班老夫人叹息着说道。

班超两眼直直地闷在一边,在思谋着什么。

"有钱能使鬼推磨,咱花钱把俺大伯赎回来!"班超的大儿子班雄虎头虎脑,说话十分干脆。

"执法的人还能徇私枉法,贪钱受贿?"班固媳妇疑疑惑惑,搂着小儿子问道。

"怎么不会呢?当官的有几个干净?"班超媳妇脱口而出。

"那京兆尹的官儿不小哩,大官儿也干这事儿?"班固媳妇疑惑地问。

"小的小贪,大的大贪,官儿越大搂得越多,"班雄迎合妈妈说道,"不当官儿的能偷的偷,能抢的抢,甚而不顾一切去谋财害命,这就叫人为财死,鸟为食亡。"

"住嘴!"班超瞪着班雄训斥道,"你比你姑姑小不了多少,也该懂事了,怎能如此妄言,没半丝沉稳?"

为了不让谈话陷入僵局,班昭把话题一转,慢条斯理地说道:"大哥写作是继承父业,本意良好,原本就不该出事。我想,咱设法将实情申诉出来,会逢凶化吉的。"

"俺大伯是不该出事却出事了,若是上面说你有事,又该怎么办呢?"班雄愣头愣脑地问道。

"你怎敢和你姑唱对台戏!"班超向儿子喝道。

"俺不是唱对台戏,俺是说上面说你有事就有事,说你没事就没事,俺也愿大伯逢凶化吉,俺是说……咱该走动走动,打通打通上面的关系。"班雄道。

"看来，儿子并没胡说八道。"班超正这样想着，忽听大嫂和媳妇异口同声大呼道："申诉申诉，打通关系，俺们都同意！"

班老夫人也来了情绪，着急地催促："长安离咱这儿不远，你们快快打点，去看看我儿吧！"

"当京兆尹的面为俺哥辩白辩白，事不宜迟。"班昭随娘说道。

班超半天没开口，心里正盘算如何去帮哥哥讲清写作意图，争得无罪释放。可是，到哪里去说理呢？事关重大，他再三思索后说道："长安离家近，先去看看俺哥，这也应该，俺想到了。可又想，咱与那里的高官素不相识，能不能搭上话，这实在难说。我想了个舍近求远的法子……"

"什么法子？"班雄急急问道。

班超大拳一攥，信心十足地说道："俺要直奔京城，上书洛阳，俺要去窦家，找俺窦固哥哥！"

全家人都知道班、窦两家的世代关系，也知道窦家在朝中的显赫地位，听完班超的话，无不点头称是。

这时，门外忽然跑进一个人来。众人望去，只见这人干瘦，身材矮小，两道墨黑眉毛向两边上挑，眼珠黑白分明，炯炯有神，看年纪，与班超相仿。这是班固、班超的好友，名叫郭恂。

郭恂进屋直奔班老夫人面前，跪倒便拜，口中说道："不才侄儿，愿为婶母效犬马之劳。"

班氏一家人被这突如其来的举动弄蒙了，个个不知如何是好。

"莫非郭兄也听说了俺哥的事？"班超揣度地问道。

"这么大的事，又出在班家，全城老少无人不知，俺郭恂哪能不知？"郭恂立起身道，"今有一事特来相告：京兆尹主事的是俺姨妈的亲戚，俺自当去走动走动，但求固兄早日平安无事。"

班老夫人听完这话，异常感激，以手抚泪道："俺和全家人多谢了。"

郭恂忙将双拳一抱："这大可不必，为婶母效犬马之劳理所当然。侄儿就此告辞。"说完转身就走。

班超将郭恂送出大门，正要往回走，郭恂一把扯住班超，正色说道："俺还有一句话要留给你，俺奔京兆尹，一为救人，二为洗心，其余的话，以后再说。"

班超听后，甚感莫明其妙，待要问个明白，郭恂早已大步走远了。

三

班超离开家乡，扬鞭跃马，披星戴月，只两天多时间，便来到了洛阳。

洛阳，在周时号称成周，秦旪属三川郡。汉高祖刘邦定都在长安。光武帝刘秀推翻王莽政权后，按国土居中的意思，就把首都改在了洛阳。经刘秀和他的儿子明皇刘庄两代人三十几年的兴建，洛阳便成了全国第一流的大城市。洛阳全城东西六里十一步，南北九里一百步，四周共有上西门、雍门、广阳门、津门、小苑门、平城门、开阳门、耗门、中东门、上东门、谷门、夏门十二座城门。城里共有二十四条街。每条街道和每座城门，都建有色彩鲜艳、明丽悦目的亭子。洛阳早已成为全国政治、经济、文化的中心，每日里，车水马龙，繁华无比。

父亲在世时，班超曾跟随父亲来过洛阳，还随住过。因此，他对这里的街道还依稀记得，并不陌生。

班超进得城来，无心观赏四处的景致，置身在闹市，也无心饱览城里的繁华景象。他见人就打听好友窦固的家庭地址。待确知地址后，便直向窦固家走去。

窦固，字孟孙，年少时因与光武帝的女儿涅阳公主结为秦晋之好，被封为黄门侍郎。中元元年袭父显亲侯位。明皇刘庄登基后又迁升为中郎将、骑都尉，统领宫廷宿卫侍从。年俸二千石，享最高待遇。单他一人，已够显赫；再与他整个家族联系起来，就更加令人艳羡了。

窦固的姑老祖是前汉丞相陈平、太尉周勃粉碎吕氏篡权阴谋后拥立的文帝的皇后，窦后生下孝景帝、梁孝王两子，淑德施及刘氏子孙。窦固的伯父窦融在反对王莽政权的战乱时期，是统领武威、张掖、酒泉、敦煌、金城五郡的大将军，号称河西大将军，在"光武中兴"中起了重大作用。因此，光武皇帝刘秀以安丰、阳泉、蓼、安凤四县封他为安丰侯，任大司空职，位在公卿。窦固的父亲窦友随兄有功，也芰封为显亲侯。除窦固与光武帝女儿成亲外，窦融长子窦穆娶的是内黄公主，连孙子窦勋也与东海恭王刘疆之女沘阳公主喜结姻缘。窦、刘两家血脉相承十有二代，既是远亲，又是近亲，真是亲上加亲。明皇即位后又封窦融堂兄之子窦林为护羌校尉。这样，窦氏家族就有一公、二侯、三公主、四人年俸二千石。自祖及孙并享高官厚禄，仅次于皇家宫院的府邸宅第京城相望,奴婢家用数以千计,百官之中无与伦比。

在班固出事以后,班超很庆幸父亲与窦融共事多年,情笃意合,结为莫逆之交;也庆幸幼年时与窦固建立了兄弟情谊。如今,他前来找窦固帮忙,真是情理所至,找对门户了。

班超来至窦固宅第,翻身下马,放眼一看,不禁却步,心里打起鼓来。窦固旧宅,他曾多次进进出出,自有印象。可今非昔比,新宅变化之大,若非眼见,实难想象:大门前台阶的级数成倍地增多了,四周围墙越来越高,院落越发深广了。台阶左右两侧,花岗岩石雕的两只镇兽,扬首蹲坐,张口斜视,威风凛凛;紧闭的红漆大门两旁,侍卫持枪挎刀,全副武装,戒备森严。这一切,给人一种肃然难近的感觉。班超不禁由宅第的变化想到人也是会变的,时过境迁,窦固还认不认他这个专程来访的兄弟呢?

班超通报不久,大门一开,门卫给他放行了。

在一个专门会客的大厅里,他见到了分别多年的窦固。

"窦固哥,你还认得俺不?"班超开口问道。

"你?"窦固故意眯眼审视了一番,指着他说,"你这个五大三粗的西北汉,就是变成了细眉柳腰的俏姑娘,俺也能认出你来。"说完,他伸出两只大手,拉住班超,然后和班超紧紧拥抱起来。

"你还是这么爱开玩笑!"班超心中疑虑顿消。

"人须自寻其乐,你不自找乐子,哪个又能给你? 所以嘛,说话间开开玩笑,自取其乐,是不可缺少的。"窦固一边给班超让座,一边回道。

落座后,窦固以外号称呼,诙谐地反问班超,说道:"吵吵(超超)兄弟,你还记得小时候咱们玩骑大马的游戏吗? 俺当马,在地上爬;你骑在俺身上朝俺屁股打,一边打,一边吆喝,真像赶牲口似的。那时的你呀,真够顽皮。"

"怎不记得?"班超忆起儿时情景,竟有些不好意思,回道,"俺还记得是你给俺起的外号,见俺总'吵吵,吵吵'地叫,俺更记得你怎样教俺武艺,使俺受益匪浅。"

"你班家使俺窦家受益才大哩!俺班叔帮俺大伯出谋划策,提供高见。你哥自幼文史兼通,颇有你父之风,俺也佩服。可惜呀,俺没能拜你父为师学些文才,看来,俺只能当一介武夫了。"窦固真诚而又惋惜地说道,"你父亲是一代文豪,举世闻名,离开咱们时才五十出头,不然他还能做很多事情呢,真是太可惜了!"

窦固的话不由得勾起了班超对父亲的回忆,想到了父亲的事业,当然也想到因秉父业而入狱的哥哥。他沉默了片刻,坚定地说道:"俺爹没做完的事情会继续做下去,也一定会做好的。"

"你哥就能担当此任,可不知怎的闯下了大祸!"窦固先入为主说道。

"你知道俺哥出事儿了?"班超深感意外地问。

"俺是当今皇帝的姐夫,啥事不知?"窦固眼望着班超,说,"俺不但知他出了事儿,还知他出的事儿可不小!"

"俺正是为俺哥的事来找你,想通过尊兄面会皇上,保俺哥出狱。"班超赶忙说明来意。

"保你哥出狱?你可知道,他犯的是触上大罪,几天之内会掉脑袋。"窦固提高嗓门说道。

"什么?现在……俺哥他……"班超大惊失色,差点晕倒在地。

窦固一把扶住他,哈哈笑道:"你哥还安然在世,是俺吓你、唬你哩!"

"俺哥的事儿你全知道?"班超眼巴巴看着窦固问道。

"俺当然全知道,"窦固反问道,"你知你哥是怎样入狱的?"

"俺哥绝没反对朝廷,"班超肯定地说,"小弟想,若不是误会,定是被人诬告。"

"误会?误会是没有的,他是被人告了。"窦固明确告诉他说。

"是什么人告俺哥?"

"俺听说是咱的一个同乡,姓郭,什么名字俺记不清了,反正京兆尹来的奏折上说这人投书告你哥私修国史,以此犯上。"

班超听了这话,立时联想到郭恂,想到离家前一天郭恂突然出现的反常举止。可是,他迷惑了:郭恂同他和哥哥是同龄人,平日里谈话投机,二人称兄道弟,难道说,是这样一个同乡好友告发了哥哥,诬陷自己的兄长吗?

四

明皇,讳名庄,是光武帝的第四子。他十岁能背诵《春秋》,立为皇太子后师从博士桓荣学通《尚书》,为他后来掌握国家政权打下了深厚的基础。中元二年即皇帝位,时年三十岁。

他登基后,兢兢业业,每日必朝,法令分明,严格按照制度办事。为了防止亲戚权势扩大，他规定"后宫之家"不得封侯、参政，就连他姐姐馆陶公主为儿子讨官，也被他拒绝了。

他精通刑律，善于审理重大刑事案件，力求掌握真实情况，做到不冤枉好人。

刚刚处理完扶风苏朗案件不久，又见京兆尹的上书，得知有人"利用写书反对朝廷"，他火气大发，当即下诏逮捕写书人入狱。诏书发出后，他静下来想了想：没有确凿证据，单凭一份上书就抓人，实属感情用事；再根据上书定罪，不免铸成大错，问题就更严重了。人命关天，马虎不得，想到这儿，他急又下诏，令京兆尹将查抄的书火速送往京城，由他亲自过目，看个究竟。

这一日，班超跟着窦固面见明皇。在宣德殿前，班超故意放慢脚步，细看宣德殿那飞檐四起、雕梁画栋，还不时驻足左顾右盼。

"你还有心赏景？还不赶紧去为你哥辩白？"窦固催促道，"看个屎，还不快走！"

"俺不光赏景，还在想心事。"班超解释说。

"一会儿就要见皇帝了，哪儿有什么好想的！"窦固不耐烦地说道。

"俺想到光武帝在宣德殿召见俺爹，由窦大伯引见；今天来这儿见皇帝，换了咱哥儿俩，多有意思！"班超兴致勃勃，不紧不慢地说，"不过，同是皇帝接见，今昔却有天壤之别。"

"你在胡乱想什么？"窦固问。

"俺爹被召见是皇上看重文人，今日咱面圣偏逢文人受难时。"班超答。

"到时你可别乱说，给俺生事儿。"窦固忙嘱咐班超，"要多说些皇上爱听的话，好让你哥早点儿平安出狱。"

二人进得殿里，见明皇在龙椅上端然而坐，忙上前跪拜。待平身后，只见明皇指着班超问道："你可是班固之弟班超？"

"俺就是班超。"班超紧答。

刘庄朝班超瞧了又瞧，若有所思地打量着。

"对，他是班超，没错儿，"窦固是个性急的人，以为刘庄有怀疑，从旁作证说，"从小俺们就在一起，是俺的要好兄弟。"

"朕并不怀疑他是假冒班超，"刘庄直了直身说，"朕是想起先帝曾在这里召见他的先人，今天我们这晚一辈人又相会在同一处。先帝见他父亲时我也在场，今日忆起，感慨良多。"

"俺的感慨也多哩!"班超不禁激动起来。

"你有何感慨,快说与朕听。"刘庄很感兴趣地催道。窦固在一边连使眼色,提醒班超说话注意。

班超不管三七二十一,直言道:"先帝召见俺爹,说明先帝重视文人,此其一也。"

刘庄接问:"那二呢?"

班超接道:"先帝鼓励俺爹写作,说明先帝深谙一个道理,就是孔子所说'文以载道',此其二也。"

刘庄又问:"这三呢?"

班超瞅了一眼窦固,把话顿了一顿。

窦固见班超瞅他,又连连使出眼色,并暗暗打手势提醒班超。

"其三,也是俺切身的感触。假设俺爹现在还活着,他不会享有先帝时的待遇,由此俺觉得先帝所深知的道理没能得到坚持,今昔对比真乃天壤之别,俺怎不感慨万分呢?"

刘庄听完这话,脸色突变,一下就阴沉起来,听班超讲话的兴趣早已一扫而光。

窦固敏锐地看出刘庄的这一变化,打心眼里直埋怨班超不听劝告,也暗自为班超捏着一把汗。他正要再次提醒班超时,只见刘庄沉着脸对班超说:"班超,你把话说具体点儿,最好以实例为证。"

为了哥哥,班超一心豁出去了,他面不改色挺挺脖子说道:"俺哥哥分明是继承父亲遗愿,秉承父亲未竟事业从事写作,却有人诬告他'反对朝廷'。他一片好心,得不到好报,招来的是弥天大罪,这太不公平了,实在冤枉。"接着,他凭着超群的辩才,当着刘庄的面说明了哥哥写作的意图,条理清晰地陈述了哥哥写作的实际情况,直说得刘庄脸色由阴转晴,最后连连点头,又兴致盎然起来。

窦固私下里观察着,尤其眼见刘庄脸色又变回来,态度缓和如初,一颗紧吊着的心,像块石头落地了。他不再为班超捏汗,心里很佩服他敢于讲真话的勇气和雄辩的口才。在刘庄面前,他竟为自己带来这样一个才能出众的好兄弟而感到自豪了。

他正心神驰荡,刘庄向他问道:"班超所言,你也听到,意下如何?"

"班超言之有理,臣以为当速放班固才是。"窦固毫不含糊地回道。

"岂止一个'放'字了得?"刘庄郑重其事道,"其实,在见你们前几天,朕就夜以继日把班固的书看完。据朕看来,班固不单当无罪释放,还是一个难得的人才,应委以重任。朕决意封他为兰台令史,召他速速上任。"

班超、窦固听后十分感动,双双跪拜,同呼"陛下万岁!万万岁!"。

二人平身后,刘庄显得十分高兴,说道:"先帝有一个班彪,如今朕得个班固,幸甚,幸甚。"

窦固也欣喜地说:"昔日先帝在宣德殿召见文豪班彪,今日俺俩又来这儿会陛下,实在令人高兴,值得纪念。"

这时,班超的心情感到格外轻松,满怀深情地说:"今天这个日子,俺永远不会忘,俺哥和全家人都会永远记住这个日子。今天,俺看到了俺爹的未竟事业大有希望,俺相信俺哥会更刻苦努力地完成它,俺和全家人都会竭尽全力支持俺哥,既完成先父遗愿,也报答皇上的恩典。"

班超的言谈举止给刘庄留下了深刻印象,想到班固案件已获圆满解决,就关切地问班超:"你今年多大了?"

班超答:"整整三十岁。"

"哦?"刘庄甚感诧异,又问,"与你哥同岁?"

班超又答:"是,俺俩同年生的。"

刘庄问:"你俩是孪生兄弟?"

班超答:"不是。"

刘庄哈哈一笑说道:"那你可就是'热怀胎'了?"

班超不好意思地点点头。

刘庄风趣地说道:"难怪你和你哥关系这么好,原来你俩原本就离得很近呀!"

窦固开始闹不清什么叫"热怀胎",待明白过来,禁不住哈哈大笑,直引得面孔严肃的刘庄也哈哈笑了起来。

最后,刘庄热情地拍着班超的肩膀鼓励道:"班家后继有人啊,往后好好干,你和你哥都会大有作为的。"

五

牡丹花盛开时节,班超一家人随哥哥来到了洛阳。

洛阳的牡丹闻名天下，每逢春夏之交嫣然齐放，争芳斗妍。这里牡丹之多，是天下一大奇观：城里城外，大街小巷，座座花园，家家户户庭前屋后，到处都有；那花的颜色，红的，粉的，白的，黄的，蓝的，紫的，真是五颜六色，就连飞舞着的蜂儿，也成群结队，争先赏花。

在这绝好的赏花时节，班超和哥哥也少不了携家人到公园观赏一回。但此后，他再也无心于这奇花异卉，因为，全家众口的生活全靠他操持。

班固任隶属少府的兰台令史，掌管奏书及印工文书，年俸六百石，相当于一个县的县长待遇，算不上高官厚禄。按照当时的规定，官员每月发饷都是一半给钱，一半给粮。班固每月拿钱三千五百文，米二十一斛。全家人吃饭、穿衣、房钱、日用零花钱，单凭他一人供给，日子过得紧巴巴的。在他来洛阳上任前，妹妹班昭与曹家合卺，办喜事免不了破费钱财。眼下这日子，若不精打细算，好生盘算，是很难维持的。

班超是一个孝子，为让母亲省心，一到洛阳，他就成了全家生活的操持人。日常的柴、米、油、盐、酱、醋、糖、茶，事无巨细，全靠他操办。凭着他精心盘算，虽说哥哥收入不多，日子照常维持着。可是，这样的日子，绝不令人满意。何况，还时不时陷入窘迫之境呢？

他想与班固分挑家庭重担，想使全家生活宽裕一点。

"哥，给俺找个事儿干吧，一家老小全靠你，你担子太重了。"班超终于向班固说出了自己的想法，"俺干事儿后，家里事还俺操办，你就全心全力完成父业好了。"

班固听了这话，感动得两眼发潮了。他心里清楚，弟弟在家上对老人毕恭毕敬，下对少的关心备至，操持家务不耻劳辱，什么活儿都干。他的担子比自己任职做事，一点也不轻啊！可弟弟心里装的尽是他这个当哥的，怎不叫人感动？

"钱多钱少都能过，家里事儿够你操持的，就别想外面挣钱的事了。"班固从心底心疼弟弟。

"哥，俺不是看重钱，可过日子又不能少了钱，"班超央求道，"你就帮俺找个事儿，让俺也在外面干干吧！"

班固左思右想，不再言语了。他在寻思：要给弟弟在外面找事干，就得找个可意的，劳酬也得多些。一般人不挑挑拣拣找个事，就够难的了；若是挑三拣四，谈何容易？他想道，如果花些钱备些礼品走动走动，或许能找份不孬的事儿干,可眼下缺的就是钱。他也想到通过一定门径找有权有势的人帮忙,可除窦家以外两眼一抹黑。他当然想到了去求窦家,可人家刚为自己平冤免灾、到京任职帮了大忙,怎好再去麻烦人家?

他沉默良久,苦苦思索着。猛然间,他想到官家正招誊写文件的差事,就和班超商量道:"现在官家正招收会抄写的文书,你愿不愿去干这事儿?"

"单是干抄抄写写的事儿?"班超问道。

"就这事儿,看你愿不愿干吧!"

班超虽然在文墨上不如哥哥,但自幼受家庭熏陶,文史书读过不少,字写得很有个性,绝非常人能比。若以他的才华,去干抄抄写写的事儿,真是大材小用。他对这事儿也不感兴趣,心里是不愿去的。可一想到为哥哥分挑家庭重担,又觉得有事儿干总比闲在家里强。

"大丈夫能屈能伸,何况俺还从没有伸过,俺去干。"班超答应道。

"你真的愿意去?"

"俺乐意。"

班固何尝不知弟弟很大程度上是在为自己着想?弟弟答应得干脆,他反倒犹豫了。突然,他像想起了什么,坚决说道:"你不能去!"

班超诧异地问道:"事儿是你给介绍的,刚还问俺去不去,俺答应了,你怎么一下就变了卦?"

"不能去就是不能去!"班固莫名之火突起,气得呼呼直喘气。

"哥,是怎么回事儿? 告诉俺!"班超急忙问道。

班固两眼冒火了,脸也红涨起来,憋闷了老半天,突然大声说道:"郭恂在那儿干哩,你不能和他在一块儿!"

"郭恂怎么来这儿的?"

"是他姨妈的亲戚安排的呗!"

班超对哥哥的突然变卦和莫名之火一下明白了。去,还是不去? 一时间,他也犹豫起来。郭恂的名字与哥哥的被捕入狱是紧连在一起的,能同这样的人共事吗?

班超思谋了好久,执意向哥哥道:"俺还是要去!"

"郭恂把俺卖了一次,你就不怕他把你也卖了吗?"

"正因为他出卖过你,俺要找他算账!"

在班超去书写房做事的前一天午后,郭恂又突然出现在班家人面前。

班超一见郭恂到来，怒从心起，两眼瞪得直喷火，二话不说，上前揪住郭恂衣领只一提，郭恂两脚就跐了起来。他左右开弓，"啪啪"扇了郭恂两个嘴巴，正要举起郭恂往死里摔，班老夫人怕闹出人命，忙让班固和两个儿媳上前阻拦。

班超撒开双手，怒气犹盛，咬牙指着郭恂大声问道："难道你还要把俺全家人都卖了不成？"

郭恂面色如常，平静地说道："俺知道你们都憎俺、厌俺、恨俺。就是把俺打死，吃了，俺还是要来，把事情原委说个明白。"接着，他就把京兆尹那官儿眼见扶风郡太守处理苏朗一案升官，便以他的名义写奏书诬告班固贪功求升的事统统讲了出来。

说到这里，郭恂扪心自责道："是俺在京兆尹那官儿面前说过班固兄写书的事儿，令班固兄吃苦了，俺深深谢罪。可谁要讲过半句诬陷班固兄反对朝廷的话，谁就天打五雷轰！俺深深自责的是俺有私心，认为若无班固、班超二兄弟，俺郭恂的才能学识在平陵肯定坐第一把交椅。那官儿正是看出俺的私心，便授俺以出人头地之法，鼓动俺投书揭发班固兄。俺再有私心也不会忘记自幼相交的兄弟情分，更不会昧着良心做事。谁知俺那姨妈的亲戚是个诬官儿，竟私自以俺的名义写了奏书，干起丧天良的勾当。"

"京兆尹那诬官儿邀功请赏，利己害人实在可恶，"班超愤愤说道，"你要想彻底洗刷自己，就该把实情陈述出来上报皇帝，让诬陷人的人受到惩治。"

"京兆尹那诬官儿还以势压人，作威作福，强行奸污、霸占了俺姨妈年轻的妹妹，俺定然告他。"郭恂说着，就从衣兜儿里掏出一份写好的状纸，递给了班超。

班超接过状纸，看了两眼，上前拉住郭恂的手，说："郭恂兄，俺现在明白你所说'救人''洗心'的含意了。人有私心，改了就好，你还是俺的好兄弟。"

郭恂一手拉着班超，一手拉过班固，泣不成声地说道："俺对不住班固兄，对不住你全家人。请相信，俺郭恂之后会知该怎样做人，从今往后，俺要做你们一辈子的好朋友、好兄弟。"

六

如果说光武帝刘秀在光复汉室后重在拨乱反正，让百姓休养生息、获得安宁的话,明皇刘庄则善理法度,注重发展生产,富国强民。每年初春,他都把种地养蚕当作头等大事,绝不允许别的事情妨碍农桑。他还亲自下地种田,带头发展农业生产。他登基六年,年年增产,各行各业欣欣向荣,蒸蒸日上,呈现一派国泰民安的景象。

正当百姓安居乐业之时,西北边地受到了北匈奴的严重侵扰。永平五年十一月,北匈奴进犯五原郡;同年十二月,北匈奴侵入云中郡。

北匈奴所到之处,一连数日,铁蹄踏市,烧杀抢掠,奸淫妇女,无恶不作,最后竟连人带物,大批大批抢掠而去,西北边民人人自危,鸡犬不宁。

北匈奴侵扰五原、云中两郡的消息,震动了全国,满朝文武大臣也对此深为不安。

班超素怀大志,多年间形成了一种为国为民着想的胸怀。面对北匈奴的侵扰,他想到了国家的安定,百姓的康泰。

这一天,班超所在的文书房里,要抄写的文件成摞成山,每个人都在飞龙走笔,紧张繁忙。整个屋里安静肃穆,鸦雀无声。他们抄写的有皇帝的御示、大臣的奏书和报表。一份综合反映北匈奴在五原、云中所犯罪孽的材料正好分在班超手中。他看着,抄着,越看越气,越气越写不下去。他心想:若是反击北匈奴的战鼓擂响,自己投身战场该多好,省得整天憋在屋里抄抄写写,枯燥乏味。

"啪啦"一声,班超将手中的笔猛地一掷,奋然起身,大声说道:"大丈夫怎能久事笔砚,无休无止干这抄抄写写的营生呢!"

开始,人们大吃一惊,以为他出了什么事情;后来听他一说,惊愕的面孔立时现出嘲笑的神情。

"呵,你是被大材小用了不成?"

"莫非你要直步青云去朝里当大官儿?"

"文书房里有'四宝','笔杆儿将军'饿不着,有这碗饭吃就不错了,还有什么不知足?"

"人家是这山看着那山高,想去当官儿发大财哩!"

"人人都会做好梦,可别忘了竹篮打水一场空!"

叽叽叽,叽叽叽,有人在私下嘀嘀咕咕;嘻嘻嘻,嘻嘻嘻,有人在暗里讥笑。

这一切,班超都看在了眼里,他大不以为然,以蔑视的口吻回道:"燕雀安知鸿鹄之志？大丈夫不能在剪廷效力,也应为边患搏击一番,报效国家。"

"难道你要效法前朝傅介子、张骞去西域立功,争个封侯不成?"有人在问。

"俺就是有这想法又有何不妥,又能怎样?"班超理直气壮地回道。

满屋立时响起一片带有讽意的哄笑声。

班超见众人与他毫无共同语言,遂面带愠色,回身将桌上笔砚一扫,愤愤然走出门外,大步离去。

腊月寒天,大雪无声飘落,直下得天白、地白、房白、树白,悄然装扮出一个银色世界。然而,天总是灰蒙蒙的,给人一种闷气的感觉。

连日来,班超脑海里不断浮现北匈奴残忍暴虐的种种情景,想到他的豪情壮志遭到同事们的嘲笑,就象那闷人的天气一样,让他感到心里憋闷。每日里,他又不得不和这些人去做不情愿做的事情,就更加懊恼憋气,心烦生厌。"人生难逢一知己",他内心不免感慨道,"谁要知俺心,晓俺意,成为俺的知音,那该多好啊!"

有一天,他正无所事事地沿街朝前走着,忽然,一个人从身后拍了下他的肩膀。他回头一看,见是郭恂。

"俺在文书房受讥笑,只有咱同乡徐干一人为俺讲话,你一言不语看热闹,够朋友吗? 你当的是哪门子好兄弟?"班超满腹怨气地问道。

郭恂两眼一眨不眨,面对班超无事一般。

"你是事不关己,高高挂起呀!"班超一拳捶在了郭恂肩上。

郭恂两眼直视着班超,说道:"不,俺不是这样的人。"

"那你怎么不吭气?"

"不言语不等于没态度。"

"你的态度是看热闹。"

"不,俺没看热闹,看的是你。"

"看俺? 俺有什么好看的?"

"俺看你懂不懂人人长嘴要说话,看你能不能承受流言蜚语、讥讽笑骂,看你怎么从话中去认人,更看你有没有男子汉大丈夫的气度!"

"你是说……"

"俺在给你讲孔子'君子坦荡荡,小人长戚戚'的道理,明白这个道理就会看穿一切,万事心宽,不生憋闷之气。也只有这样,才能轻装上阵,一展宏图,去实现自己的志向。"

班超似乎茅塞顿开,问郭恂:"你怎知俺憋闷有气的呢?"

郭恂一拳回砸在班超肩上:"咱是乡亲,知根知底,你的心思能瞒得过俺?"

班超开心地笑了。

郭恂比比画画,打着手势接着说道:"那天你掷笔推砚,口出豪言,一般人不理解你,还说三道四。俺能不了解你吗? 凭着你的才华,你的为人,完全可以干一番大事业,你这人大器晚成,会功成名就的。"

"你说俺能功成名就,何以见得?"班超刨根儿问道。

郭恂面带诡秘之色,含着笑说:"俺研究《周易》多年,会相面,是俺算出来的,不信你就找算命先生去算一算吧!"

当一个人遇有心事又不能自解时,往往就会想到算卦。自打郭恂让班超去找算命先生后,他真想算一卦,预知自己的前程到底怎样。

"最近,一个叫'神仙妒'的算命先生在城南算卦,算一个准一个,可神了。"郭恂向他推荐说。

班超来到城南,果然在闹市中找到了印有"神仙妒"三个大字招牌的摊位。摊位前,人头攒动。

班超等了又等,一直等到日落西山,方在人稀时走上前去。

"先生,请你给俺算一卦。"

"你? 你是问事而来。"

"果真如此?"

"瞒不过我。"

"俺是何等样人?"

"普通儒生一个。"

对话中,二人的两双眼睛一直在对视着。那老者目光咄咄逼人,毫不示弱。

班超听老者说自己是普通儒生,像被揭了隐痛一般,内心不悦。但一想人家说得对,算得灵,便心悦诚服地说:"老先生,请你算算俺今后的命运如何。"

"神仙妒"朝他仔细端详了一番,说:"你前程远大,非同小可。"

"何以见得?"

"你生得燕颔虎颈,飞而食肉,此乃万里侯相是也。你属大器晚成,时在二十年后。"

班超大喜,掏出一大把铜钱,数都不数,统统交到"神仙炉"手中。

"神仙炉"紧止住他说:"你这钱我分文不取,因为我好不容易才遇到一个人才。"

班超连连道谢,向"神仙炉"深深鞠了一躬,施礼道别。一路上,响起了班超压抑不住的喜悦歌声……

班超回到家里,就把"神仙炉"给他相面的结果告诉了班固。班固听了,自然高兴,满面笑容告诉班超说:"俺还有喜事要说与你听呢!"

"怎么回事?快快告诉我。"班超催促道。

"俺继承父业的同时,与前睢阳令陈宗、长陵令尹敏、司隶从事孟异合写了《世祖本纪》,纵述光武中兴大业;俺还写了《两都赋》,盛称洛邑制度之美,当今圣上看了十分高兴,就在宣德殿召见了俺。他喜洋洋地说你在为俺上书时给他留下了深刻印象,还特意问起你呢!"

班超听了,神采飞扬,手臂一挥,得意地说道:"今天咱是双喜临门,值得庆贺,晚上喝上几杯。"

"还有呢,"班固接道,"圣上升俺为兰台令史中郎,俺原来的兰台令史由你接任。"

班超欣喜万分,不由得又想到"神仙炉"对他前程的预测,满心欢喜地对班固说道:"看来,咱们要时来运转了,往后,咱们一定会越来越好的。"

七

班超上任没多少天,就出事了。

刘庄下诏升班固、封班超职位的当天,窦氏各府以世交和同乡的情分,都送来了礼品,表示祝贺。窦融的长子窦穆、侄子窦固还亲临班宅,与班氏全家共同欢庆。

窦穆在同辈人中居长,任职城门校尉。这个官职原来由他叔叔窦友担任,在朝中是个重要职位。窦穆掌管洛阳十二门的把守、全城防卫和社会治安,和窦固一样娶公主为妻,年俸二千石。窦融年迈家教不严,子孙多不守法,自恃权重势大,连皇亲也不放在眼里。窦穆就是其中的一个。

酒过三巡，窦穆眼一眨巴，像想起了什么，把班超拉出席，凑在一边说道："老弟，给哥哥俺帮个忙。"

　　"尊兄上通天子，下结群臣，位高门广，让俺帮什么忙？"班超不知何事，连忙问道。

　　"老弟不必过谦，咱两家人世代友好，可俺家两代都是武将，只会耍枪弄刀，不通文墨；你家两代都是文官，笔能生花。哥想找你帮俺写个诏文。"窦穆悄声说道。

　　"诏文？只能以皇上和太后的名义才可。"

　　"俺要的就是这样的诏文。"

　　"是皇上让你找人代写的？"

　　"不，这事不能让皇上知道，是以太后的名义下诏。"

　　"写诏文俺哥远比俺强，怎不找他？"

　　"文章的事儿不光讲究文笔，还要胆量，论胆量他不如你。再说，你肚里的墨水足够使了。"

　　"以太后的名义写什么？"班超疑惑地问。

　　窦穆凑到班超耳边，压低声音说道："安丰、阳泉、蓼、安风四县是俺爹的封地，与六安接壤。俺要把六安拿过来归俺家，可六安是侯国，怎样才能拿到手呢？俺想了个主意：让六安侯刘盱离婚，俺再把女儿嫁给他，六安之地自然属我。要让六安侯离婚，非有阴太后之旨不可。所以，我请你以太后名义写份诏书，诏书一到，事必办成。"

　　"皇上知道后要追查呢？"班超知道事关重大，担忧地问道。

　　窦穆哈哈一笑，指着班超说道："你能不知阴太后的位置？'仕宦当做执金吾，娶妻当得阴丽华'是先帝的名言，她受先帝终生宠爱。当今圣上是她所生，又十分孝顺敬老，俺以太后名义做事，他知道了又能怎样？这事儿俺全兜着，你就帮俺个忙吧！"

　　班超知道窦穆要做的事非同小可，后果不堪设想。可又不能不考虑班、窦两家的关系，心里感到十分为难。

　　窦穆是个说一不二的人，稍不合己意，必发脾气。他见班超面有难色，心里早已极不耐烦。

　　"你不帮俺忙，算屁了。"他终于忍耐不住，站起来要走。

　　班超尴尬异常，急忙上前拦道："俺没说不写呀！俺写，照你说的办。"

窦穆嘿嘿笑了,现出满意的神态。

六安侯刘盱接到"阴太后诏书",果真把原妻休掉了,窦穆成了他的岳父,六安侯国也合并到窦家的封地里。

哪料想,六安侯刘盱原妻不是普通人家,父亲也在朝中做官。她父亲得知此事便上奏皇帝,刘庄闻知勃然大怒,立时罢了窦穆的官。刘庄还亲写诏文,责令窦氏家族官爵凡至郎位的人,一律免官,携带家属回归故里。

窦穆一案牵连多人,班超是代写诏文的人,自然也受到牵连,被免了官。

第二章 弃笔从戎

一

洛阳城的树绿了,又黄了;花儿开了,又谢了。原野上的小草一岁一枯荣,转眼间整整过去了十年。班超而立之年未能立,便进入了不惑之年。

在他被免官的十年中,一家人主要靠哥哥的俸禄度日,生活是清苦的。他没再去文书房抄抄写写,有时生活实在过不下去,叫哥哥私下从文书房揽些活儿带回家,做完交出,再由哥哥拿回些报酬。好在妹妹班昭嫁给的同郡人曹世叔家境还好,为敬养老母,不时周济些钱财。日子,就这样一天天过去了。

对一个有志之人来说,日子再清苦也不会荒废。班超除了操办家务、侍候老母以外,天天坚持读书,尤其专注研究兵书,还弄刀舞剑,练就一身武功。他始终没有放弃立功边塞的志向。

他久久盼望的机遇终于到来了。明帝刘庄又经过十年的治理,生产发展,人口也从光武帝时的两千一百万增加到三千七百多万,财政收入增加,国力日渐强盛,便决定效仿前朝武帝,主动出击北匈奴,彻底消除边塞隐患。

永平十五年冬天,刘庄下诏召回熟悉边塞情况又曾在平定西羌叛乱中立过大功的窦固,封窦固为奉车都尉。

窦固一回到京城洛阳,便想到了受堂兄窦穆牵连免官的班超,来到班超家里看望。

"老弟,你大显身手的日子到了。"窦固说,"皇上已下决心从根本上消除匈奴隐患,正在调兵遣将,准备大力反击。俺想让你同俺一道出征作战,你应俺吗?"

班超摩拳擦掌,二话没说,便应允道:"俺正愁闷在家里,哥如用得着小弟,俺将全力以赴,为哥效力。"

"好,俺打算让你在俺身边先任假司马(即代理司马),待立功后另行升赏。"

"咱们何时动身呢?"

"不出本月。到时先带兵到凉州,在那里屯田练兵。俺估计应征出塞,一去便是数年,短期内肯定回不来,走前要好好安顿一下家事。"

"俺听从尊兄调遣,不单俺要以身效力,俺还要大儿子班雄同往,一道出征。"

"好样的!"窦固竖起大拇指夸道,"好男儿志在四方,俺断定,你带儿子同赴疆场,前程一定是远大的。"

二

班超要带长子班雄随军出征边塞,在全家每一个人心中都引起了震动。

班固十分理解弟弟的抉择。自打他们三十岁来到洛阳,他这当哥的得到了官职,还有所晋升。弟弟呢?虽也当过一段时间的兰台令史,但好景不长,不久即受窦穆案牵连,被罢免了。弟弟照样操持家务,经常靠笔杆揽些零活儿,补贴全家生活。弟弟有辩才,在军事、外交等方面,都远胜自己,如今正是弟弟施展才干的天赐良机,怎好让他窝在家里,又有什么理由加以阻拦呢?

班固又想到和弟弟朝夕相处,情投意合,心中充满眷恋之情。撇开弟弟操持家务、为他排忧解难不说,就是在继承父业的写作方面,弟弟也使他受益不少。文史才学,弟弟还不能和自己相比;研究兵书,自己又愧不如弟。在著述时,每当涉及军事谋略的内容,少不了向弟弟请教。自己的著作里,也包含了弟弟的一份功劳呵。班固从心里感激弟弟,情深谊长,一旦作别,自是难舍难分。

年已六旬的班老夫人原是大家闺秀,嫁到班家受丈夫的熏陶,具有很高的文化素养,为人处事,很讲道理。她听说班超和孙儿班雄要离家从军,嘴里说:"儿带孙儿从军边塞,是为国为民效力,俺心里明白,你们去吧,常来个信,也好让家里知道你们的情况。"说着,一把揽过班雄,两眼发湿了。

母亲深埋在心的感情,班超如何不知? 他上前宽慰母亲说:"娘的心意儿知道,儿听娘的话,照娘说的去做,万望母亲多加保重。"

班老夫人听了,慈祥地看了班超一眼,慢慢摇着头说:"我儿这一去,娘就见不着了;这些天娘的心口阵阵作痛,娘的日子,不会长久了。"

她这样一说,弄得一家人心如刀绞,异常难过,涌出泪来。

班超再也找不出更多的语言安慰母亲了,他跪在母亲面前,连磕三头,说:"娘的寿,儿孙的福,儿祈求娘好好治病,安生养息,益寿延年,等待儿孙胜利归来,再受我等一拜。"

两个儿媳也上前跪拜,说:"俺们会好好侍候母亲,望母亲多加保重。"

"俺是快要入土的人了,保重不保重并不打紧,"班老夫人让班超和儿媳起身,说道,"从古到今,那戍边征战的,有几个不变成白骨,又有多少生还的? 还是让咱全家共望出征人多多保重为是。"

班固跟着出来迎合说道:"母亲说得对,全家共望俺弟和侄儿多多保重。"

班昭也行至母亲面前,不紧不慢,宽慰她道:"俺二哥和侄儿此番出征,跟随在窦哥哥身边,不同于寻常士卒;他们会互相照应,不会出事的。咱家出征人只会立功显身,为国为家争得光彩,请母亲尽可放心。"

众人好不容易才使班老夫人安静下来,只见郭恂一阵风似的跑进屋来,直跪在班母面前说道:"请班妈妈受小侄一拜。"

郭恂已两次突闯班门,今天,他又来做什么? 原来,郭恂很想跟随窦固出征边塞,取得功名,改变自己的处境,便来求班超为他跟窦固说情。班超被他的热情恳切感动,便答应了他。

三

皇家演武大厅里,数盏巨灯高燃,明亮如昼。

皇帝刘庄头戴冕冠,身穿龙袍,正坐在龙椅上向分列两行的文武大臣讲话,只听他朗声说道:"寡人继先帝位后,不敢自专,以贯彻先帝旨意、履行先帝之制唯是。朕今年四十有五,在位一十五年,常被人说日理万机,充其量只不过办一事而已,以农固本,富国强民是也。现在,朕决意要办第二件事:

消除北匈奴边患,确保国泰民安。"

文武百官即刻齐呼:"万岁英明,万岁英明,万岁英明!"刘庄两眼炯炯有神,向整个大厅扫视了一眼,毅然下令道:"为固我国土,消除边患,朕命奉车都尉窦固以骑都尉耿忠为副,驸马都尉耿秉以骑都尉秦彭为副,各率一路大军于十二月开赴凉州,先屯田练兵待命。尔后,两路大军合为一部,统一指挥,向屡犯我土的北匈奴全面出击,给敌寇以致命的打击。"大厅里,又是一阵"万岁英明"的呼声。

尽管大臣们口中齐呼"万岁英明",可内心里个个不免疑惑:在屯田待命之前两路大军各司其职,分工明确;两路大军合为一部,谁为主帅,谁为副帅,并未明确宣布,这是怎么回事呢?

正当百官疑惑之际,只听刘主高声说道:"屯田待命前,窦固、耿秉各率一军,自当各行其是;在兵合一部之后,必有主帅、副帅之分。窦、耿二人,皆帅才也,谁为正,谁为副,朕不论断,由其自定吧!"

听了刘庄的话,众大臣你看看我,我看看你,瞠目结舌,目瞪口呆。每个人心里都在暗想:窦、耿两人若各执高低、互不相让,那该怎么办?这正副之分又怎能由他们自己决定呢?

各大臣正不知如何是好,只见刘庄大手一挥,指向西北角一盏巨灯,说道:"择定正帅、副帅,要看各自的本领,当即临场比试,听从朕的安排。请窦、耿二爱卿站至东南角,各执劲弓一把,每人各发三箭,谁将灯射灭,谁便为正,次者甘当副帅,不得有任何怨言。"

刘庄这话一出,百官个个点头,拍手称快,争看那窦、耿二人各显身手,决一雌雄。

耿秉,字伯初,是光武中兴大功臣建威大将军、好畤侯耿弇的侄子。他身高体大,腰粗膀圆,为人耿正忠厚,性格直爽开朗;有时看人看事固执己见,脾气格外倔强。他自幼随叔伯们习武,广读书籍,能背《司马兵法》,尤好将帅韬略。前不久,刘庄召见他,专门听取他对解决边患的意见,他谈了"边陲不宁,患在匈奴"的看法,提出了"以战去战"(以战争消灭战争)的主张,深得刘庄的称赞。从刘庄亲口让他率兵出击北匈奴那天起,他就以为统军之帅非他莫属。适才听了刘庄决定正副帅的办法,深感意外,好生闷气。他拳头攥得咯嘣响,暗里发誓,一定要在比试中取胜,争得帅印帅旗。

经猜拳行令,由耿灵先射。只见他脱去外衣,身着紧身衣,持弓拿箭,款步朝大厅东南角走去。稳稳站定后,他举弓搭箭,睁一眼,闭一眼,左手持弓,右手拉满了弓弦,"嗖"的一声,西北角立时灯灭变暗。

百官赞声四起,惊叹不绝。

刘庄异常高兴,连忙令人继续燃灯,重置原处,以便观看窦固箭法。

那灯盏刚刚放好,只听"咻"的一声,早已被窦固射翻在地,西北角瞬间黑暗下来。

又一片热烈赞叹声充满了演武大厅。

刘庄见窦固瞬息之间射灭了灯盏,更是喜不自禁,又命燃起灯盏,仍置原处。就在放灯人将要离去之时,那灯随着"啪"的一声,突然灭了。原来众人尚未注意,耿秉箭已发出。

满堂喝彩雀跃,人人拍手称快。

第二箭又轮到窦固了,他眼见耿秉出手之快,暗暗打定主意:你快俺比你还要快。置灯人刚刚把灯放在灯盘上,他就将灯射灭了,弄得百官莫名其妙,惊呆好一阵,这才响起一阵强似一阵的喝彩声。

第三箭开始了。耿秉显得非常沉稳,不慌不忙,像窦固那样一箭射去,灯灭功成,而后笑容可掬地返回原处。

百官少不了又一阵喝彩。他们心想:耿秉三箭,箭箭中的,还一箭比一箭出手快。这回可要看你窦固的了,倘射中了,那帅印帅旗尚可一争,若虚发一箭,帅位就归耿秉了。

众人还在左思右想,窦固早已搭上第三支箭。置灯人燃起灯正在走动,"啪"一声,灯灭了,那箭头直穿进对面墙里。

这一箭,更令百官赞不绝口。

刘庄离开龙椅,竖起拇指直奔窦固面前,拉着窦固的手说:"爱卿真乃栋梁才也,有尔等之人,朕之幸、民之福也。"耿秉三箭三中,本领高超,亦属非凡,也受到刘庄连声夸奖。不过,根据比赛结果,统领出征大军的帅印帅旗,由明帝判归奉车都尉窦固掌管了。

四

皇家演武大厅比射以后,耿秉大为不满。

第二天一早,他就到堂兄耿忠家,向耿忠发泄心中闷气。"兄长,你和窦固在一起,为何他为主你为副?"

"是皇上安排的呗。"

"你再说说,俺与窦固兵合一处,又为何他为主俺为副?"

"……"耿忠见耿秉两眼冒火,一时回答不了。

"你快说呀!""嘭"的一声,耿秉一拳砸在桌上。

"这……这是你俩比试的结果呀!"

"什么?"耿秉两眼圆睁,显然对这个回答不满,"这同样是皇帝安排的,只不过找一借口罢了。"

"何以见得?"

"窦家世代生活在大西北,射猎本领自然高强。"

"既然是皇上安排,这就是圣旨,你能不遵命?"

"遵命? 遵命是遵命,得让人心服,得公平合理才行。"

"你敢说圣旨不公平、不合理?"

"是呀,俺就敢说皇上安排也不见得公平合理。"耿秉满腹牢骚倾泻而出,"俺伯父为当朝平定四十八郡,收城三百,满朝功臣名列前茅。窦固他大伯算啥? 只不过眼见当朝确立之势,率西北一方人马归附而已,再加上与皇家亲上加亲才受重用的。咱家人为光复汉室出生入死,真刀真枪打天下,大功累累,凭什么要低窦家人一头? 俺心里不服。"

耿忠彻底明白了堂弟心里不满的原因,想了想,从旁劝道:"正职与副职,目标是一个,都是为了利民安邦;从大局出发,就不要计较了。"

"你……你……"耿秉早已按捺不住,气得满脸通红,指着耿忠说道,"皇上用人偏心眼儿,向着窦家,俺来找你本想对对心思,讨个公道,没想到你胳膊肘儿朝外拐,替别人说话。你甘为人下当副手,由你去吧! 俺不干,俺宁愿在家抱娃,边塞俺不去了。"

他见和堂兄话不投机,说完一甩袖,扭头便走,愤愤然离去了。

耿忠十分了解堂弟倔强的性格,只要他认定的事,九头牛也拉不回来。他若真的不去出征,很可能被以违亢圣旨论处,这要牵连整个家族的呀! 他想到,当今皇上的姐夫窦穆触怒了龙颜,都被重加惩处,殃及窦氏家族整整十年呢,一个耿秉要忘乎所以,由着个人性子行事,后果不堪设想。他还想,耿、窦两家关系密切,在朝里办事历来同心协力,和睦相处。如今边患未除,堂弟即为争位闹将起来,使耿、窦两家反目成仇,岂不让亲者痛而仇者快?

他暗下决心，一定要制止堂弟的牛脾气，规劝堂弟以大局为重，团结合作，莫生出事来。

他正为如何说服堂弟绞尽脑汁，忽见家人来报："奉车都尉窦府派人参见。"

耿忠一听窦府来人，当即传话："速速请来。"

少顷，只见一位头戴进贤冠、身着青缯布服的儒生手持书信一封，进门躬身一拜，道："参见骑都尉。"

耿忠抬头一看，来人不是别人，正是窦固亲近的助手班超。他与班超虽然接触不多，但对班氏一家的情况并不陌生。其父班彪协助窦融光复汉室的功绩及其文章，他铭刻在心，对他影响很大。班超又要以假司马的身份跟从窦固出征北匈奴，不能不引起他格外重视。

班超彬彬有礼，递上窦固亲笔书信一封。

他让班超坐定后，拆开书信，只见上面写道：

耿忠仁兄：

　　昨受皇恩，以愚弟为出征大军主帅，弟诚惶诚恐，实不敢当。论先辈中兴之功，耿伯讳弇者，当名列前茅。我辈中，耿氏兄弟皆栋梁才也。兄长于愚弟且强于愚弟，位当在上，自不多言。令弟耿氏秉者，精于兵法，尤好将帅之略，亦深谙边陲之事，实以当主帅为宜。至于遵皇上之命二人试箭，亦难分伯仲，以我为主，纯系侥幸。故此，烦劳仁兄一道上殿，恳请万岁易位是盼。

　　　　　　　　　　　　　　　　　　愚弟窦固拜上
　　　　　　　　　　　　　　　　　　永平十五年十月初三日

耿忠看了，泪从眼出，深受感动。心想，耿秉啊耿秉，你看人家多么宽宏大度，你虽身大力不亏，论气量你就小多了。就凭人家这信，俺也要把你说服，看你再有何说道。

他哪里知晓，让窦固写信给耿忠的主意、信件内容的草拟，都浸透着正坐在他面前的班超的一份心血呢？

争强好胜的耿秉看过窦固的信后，反觉不安起来。

窦固在窦氏家族中人缘好，被世人所称道，耿秉是知道的。窦固虽久居要位,尊贵豪富,却从不居高临下,以势邀宠,相反,能谦和待人,宽宏大度,好助人为乐。对此,耿秉也早有所闻。怎奈,他一想到耿氏家族为当朝打天下,功高盖世,在皇家眼里竟抵不过窦家,就常感愤愤不平。又眼见窦家有人仰仗权势无视法度,胡作非为,他竟心中窝火,对整个窦家人产生了一种成见。带有这种情绪,要率军出击北匈奴,他怎甘居窦固之下?平日人们称道窦固的长处,他连想都不去想了。

及至读了窦固的信,不知怎的,耿秉不由得想到耿、窦两家的世代关系,想到了两家人在朝中的地位和作用。他听父亲耿国和伯父耿弇多次讲过:当先帝封窦固的伯父窦融为大司空时,窦融屡屡退让,主动上书给先帝,极力举荐自己的伯父耿弇。只是在先帝下诏说出"吾与将军如左右手耳,数执谦退,何不晓人意"的话,再三敦劝才上任的。父辈们每当谈及此事,无不充满崇敬之情。如今窦固大有先辈之风,相形之下,自己扮演了一个什么角色?他真自惭形秽了。他又想到边寇为患,还没出师,耿、窦两家就"窝里斗"起来,岂不被世人耻笑,遗臭万年?他很后悔在堂兄那里,胡乱发泄一通。他决定重登堂兄大门,认真听取堂兄的肺腑之言。

他正待出门,耿忠走了进来。

"咱一道去见皇上呀!"

"去见皇上做什么?"

"去拿帅印扛帅旗呀!"

"俺……不去!"

"窦固主动让位了,这可是好机会呢!"

"俺……俺不去!"

"人家窦固可真心哩!"

"俺……"

"怎咧,你改变主意了?"

"俺不去就是不去!"

耿忠知道堂弟已经回心转意,好言劝慰道:"好兄弟,俺相信你懂该怎么做。你驰骋在疆场上,日后准是个大英雄!"

"俺成不了英雄,俺是一个六狗熊。"耿秉苦着脸回道。

"别胡扯了,今儿个俺来是给你说正事儿。"耿忠心平气和地向耿秉说道,"班超告诉俺,窦固可识大体哩!窦固说将来出征天寒地冻、受苦受累不可怕,怕就怕内部人不精诚团结、齐心协力。人家从春秋战国讲到当朝,说古道今,举出好多事例,可在理儿哩!"

"别说咧!"耿秉往前一步,"走,咱们找窦固去!"

"找他做什么?"耿忠佯装不解地问道。

"反正俺不会学廉颇那样去'负荆请罪',俺要当他的面,扇俺自个儿的嘴巴!"耿秉毫不犹豫地说道。

<h1 style="text-align:center">五</h1>

刘庄派兵攻打北匈奴、消除边患的消息,早已家喻户晓,人人皆知,百姓无不津津乐道,拍手称快。

连日来,整个洛阳城就像过节一样,非常热闹。菜场、肉铺、饭馆、酒肆、货摊生意火爆,买卖兴隆。这种场面多与送别奔赴前线的将士有关:购物、行宴、聚会,样样活动都少不了难分难舍的离别之情。

在城西十里大道上,又是别一番景象:旌旗飘拂,人声鼎沸,两道由松柏搭起的彩门,红灯高挂,彩旗飞扬,放眼看去,鲜艳夺目。在出城第一道彩门上,有刚劲有力的"降龙"二字,叫作降龙门;第二道彩门写的是"伏虎"两个大字,叫伏虎门。"降龙""伏虎"四字,都是刘庄亲笔书写,既表现了他战胜北匈奴的信心,又表达了对出征将士的祝愿。两道彩门搭成以后,人们纷纷前来观看,成了洛阳城引人注目的一大景观。

永平十五年十月初六,是出征大军全体将士出发的日子。这一天,全城气氛格外肃穆。一大早,人们便纷纷走出西门,站在道路两旁,等候观看出发的队伍;从城门直到"降龙""伏虎"两道彩门,组成了十里人的长廊。

辰时一到,随着一阵军角鼓乐之声,一驾六马乘舆自城门倏忽而出。乘舆里,并肩坐着一男一女:男的头戴冕冠,垂旒闪亮,身穿龙袍,脚踏龙靴,方形大脸,两眼炯炯有神;女的凤冠霞帔,华光四射,文静端庄,艳丽绝伦。人们一看,便知是当今皇帝和皇后了。百姓们见皇帝亲自为将士送行,纷纷跪拜,齐呼"万岁"。

乘舆后面,皇太子刘炟的四马安车紧紧相随。再往后,两辆四马戎车齐头并进。左边车上站立一人,是奉车都尉窦固;右面一辆站立一人,是驸马都尉耿秉。他二人都头戴大冠,身穿盔甲,一人按宝剑,一人持长槊,精神抖擞,威武非凡。

乘舆大驾,太子相随,需公卿奉伴,大将军参乘。在窦固、耿秉戎车后面,一连十几辆四马安车,分乘着大司马、大司空、大司徒、大鸿胪、太傅、太尉、太常、太仆等文武重臣。三马安车、二马安车尾尾相随,延续一里开外,足见满朝文武官员皆来相送。

满载着官兵的一辆辆战车接踵而来,全副武装的骑兵、步卒,一队队、一列列,倾城而出,直向十里外的伏虎门奔去。

在伏虎门的一侧,新辟了一处半里四方的大广场。靠近伏虎门,专门为刘庄搭了个高大的检阅台。一个多时辰后,窦固率领的将士列于广场的左半边,耿秉率领的将士列于广场的右半边,接受明皇的检阅。

检阅前,刘庄登上高台环视了整个广场,眼见荷枪持戟的官兵,非常喜悦。只听他高声讲道:

全体官兵、全体臣民们:

我三千七百万炎黄子孙,当享安居乐业之福。但是,北匈奴连年屡屡向我大举进犯,边患日重一日。为确保国泰民安,朕决意以战去战,调兵遣将,给敌寇以严厉打击,彻底消除边患,让举国百姓过太平日子。

我预祝全体将士旗开得胜,马到成功!今日同饮送别酒,待来日,朕将在此特设凯旋门,热烈迎接你们胜利归来!

刘庄简短的演说,深深打动了军民之心,引起了一片"万岁,万岁,万万岁!"的欢呼声。

随后,角乐四起,锣鼓喧天。鼓乐声中,刘庄由窦固、耿秉左右奉陪检阅了队伍。而后,同至伏虎门置酒,为出征将士送行。

检阅前的气氛热烈异常,人们的情绪也格外高涨。待到出征将士奉命出发,气氛瞬间大变:送行的家人纷纷拥上前去,牵衣拉手,抱头大哭,哭声连片,着实令人心痛。

班固夫妇、班超媳妇和两儿子、班昭和一儿一女,也携同老母夹杂在送行的人群里,前来为班超、班雄送别。当班超和班雄随军走过伏虎门时,等候在路旁的一家老少三代人一齐拥上前来,号啕大哭。班超拉住班雄,向送行的母亲和兄嫂深躬行礼,然后跪向老母拜了又拜,深情地说:"母亲多多保重。"拜罢,站起身来到妻子面前摸了摸儿子的头,向妻子和全家人挥手作别。他深情地朝每个家人看了一遍,再没说话,便拉着班雄投身到行进的队伍中。

第三章 屯田凉州

一

窦固、耿秉率两支人马朝行暮宿,餐风饮雪,向距洛阳三千五百里以外的凉州紧急进发。严冬季节,天寒地冻,一路上,劳累、艰辛自不必说,只说每日冻死的人,过十上百;那冻掉手指、冻烂双脚的,不计其数。

东汉十二州之一的凉州,像一条长长的带子,东西绵延在广袤的土地上。全州共管辖着张掖居延属国、张掖属国、敦煌郡、酒泉郡、张掖郡、武威郡、北地郡、安定郡、金城郡、武都郡、汉阳郡、陇西郡等十二郡九十八个县。这些地方经常遭到北匈奴的侵扰掠夺,兵荒马乱,加上十年九旱、土地瘠薄,百姓生活十分困苦。

永平十五年十二月十五日,窦、耿两支大军同时来到凉州刺史所在地武威。按照刘庄制定的行动计划,在向北匈奴大举进攻之前,先要屯田练兵;耿秉、秦彭率领的人马驻武威,窦固、耿忠率领的人马还要西行一千多里地,进驻张掖、酒泉、敦煌一带。

当天晚上,凉州刺史王琼和武威郡太守李富共设晚宴,为窦、耿等军官接风,同时犒劳士卒。宴会前,李富介绍了边地情况,并保证做好支前事项,配合出征队伍向北匈奴大举进攻。窦固、耿秉十分高兴,由衷感谢他们。

因将士连日长途跋涉,疲惫不堪,窦固一支人马在武威小住了两天,窦固、耿忠率领的官兵离开武威,又西行七百里才到达张掖。到张掖后,又兵分三路,一支由耿忠率领继续西行,进驻五百里以外的酒泉,一支由司马耿恭率领进驻敦煌。窦固将班超留在身边,和另一支人马屯驻张掖。

各路人马安营扎寨没过几天，练兵的日子就开始了。针对北匈奴善骑射的特点，每天训练的重点项目是骑马作战。自然，拉弓射箭、拳脚武功、摸爬滚打乃至车战，都是少不了的。

班超虽为假司马，也和司马耿恭一样，单独带领一支人马，留驻张掖的士卒，由他具体掌管。他的同乡郭恂经他向窦固推荐后，如愿以偿弃笔从戎，还被安排为从事，成了他的得力助手。班超管理士卒纪律严明，赏罚公允，尤其是他身先士卒，带头刻苦训练，和士兵一起摸爬滚打，深受士卒的拥护，也得到了窦固的赏识和夸奖。

这一天，他刚要和郭恂一道带领人马去操练，就接到一封从窦固处转来的信。他满以为窦固有什么指令，接过一看，万万没想到是家书。从那娟秀的笔迹，知是妹妹班昭写的，急急打开，便看了起来：

你一离家，母亲便一连七日茶不思，饭不想，日里夜里呼喊你的名字。且不言她哭红哭肿双眼，从今晨起更是心口剧痛难忍，已昏迷两次。母病危，危在旦夕，望兄见函速归是盼。如神速，尚可与老母一见，否则，恐今世与她老人家永别矣！

班超看完这信，心如刀绞，只觉天旋地转，竟一下瘫倒在地上。郭恂急忙招呼卫士将他抬到床上，他竟一连昏迷了大半天。

待班超醒来，已是掌灯时分。郭恂让卫士给班超端来饭菜，班超垂泪不止，哪里有心思吃饭？班超守在母亲身边四十年，他深爱母亲，孝敬母亲，一别相隔数千里，又怎能不思念母亲呢？他多想能腾云驾雾，瞬间回到家中；又多想化作一只大鹏鸟，展翅蓝天，一下飞到母亲身边。

该是入睡的时候了，他愣愣怔怔发呆，哪能成寐？

军营里，忽然传来一阵阵悲凉的乐声。乐声中，有人唱道：

壮士不曾悲，
悲亦无期回。
安不思洛水？
未歌先泪垂。

沉沉的夜幕里,这歌声尤显悲凉、凄楚;那思念家乡、眷恋亲人的深情,更是撞击人心。

班超听着,听着,不禁想起老母和家人来。他的心早已飞向洛阳,飞到母亲身旁。

二

第二天清早,郭恂就赶到窦固住处,述说了班超的家事。

窦固听了,略整了整衣裳,贰和郭恂一道来到班超住处。一进门,见班超身穿盔甲,腰挂长剑,正要出外操练。

“婶母病倒的事俺知道了,”窦固进屋开门见山,对班超说,“婶母待俺如同自家孩子,俺心里也很难过,亡很惦记她,你可火速赶回洛阳,争取见她一个活面儿。”

班超默默不语,只是叹息地摇了摇头。

窦固从他腰间取下长剑,一边解他的衣甲,一边关切地说道:“俺知道你战事缠身,刚到这儿就告假回家不好开口。俺告诉你个底儿,要开战至少还得两个多月,你快马加鞭回一趟家还来得及,仗有你打的。”

窦固说得既诚恳又关切,班超听了很感动,便如实说出自己的打算:“窦兄,俺谢你,俺思忖了一夜,还是不回为好。”

“你不想回去见老母一面?”郭恂从旁问道。

“怎不想见呢? 俺恨不得插翅飞到她跟前儿。”班超满怀思念的心情回道。

“既如此,你就即刻动身!”窦固以命令的口吻说道。

“不行,”班超低沉地摇了摇头,说,“俺是想,家母一旦离世,回也无益,见不上面倒不如不回。再说,咱重任在肩,心里也放不下呀! 小弟绝非不孝,还是让俺在这儿搞好战备,权作尽俺孝心吧!”他说完,猛地拿过长剑,戴上头盔就硬往外走。

窦固知他说一不二的性格,只好拉上郭恂,和他一块儿朝操练场地走去。

班超为了驱除思母的忧愁、忘却家事,全心扑在操练场上。每天凌晨,他便从床上爬起来,奔向马厩,拉马飞身,练一阵骑术。回来响起晨练的号角,他又同士卒一道置身在操练场上。整日里耍枪舞剑,拉弓射箭,练了一样又一样,夜晚思谋战术也不得闲。尽管天寒地冻,他总是汗水透衣,热气腾腾,汗水凝在胡须上,胡须白了;凝在眉毛上,眉毛白了,就连两腮也霜染一般。

一天晚上,窦固来找他,进门就喊叫:"大吵吵,明儿个咱一早动身,出去溜达溜达,也好散散心。"

"谢哥关照。俺这不是挺好吗? 何须散心? 俺已写信给家里,请哥放心。"班超回道。

"你一定要跟俺去溜达!"窦固斩钉截铁地说,"俺让你跟着去完成一项特殊使命。"

"小弟遵命。"班超无奈地答道。

窦固现出了神秘的笑容。他指指班超的床铺,说道:"今晚咱俩打通腿儿,咱俩子时动身,俺就不回去了。"

班超躺在床上,翻过来,覆过去,怎么也睡不着。他估摸窦固也没入睡,索性坐了起来,问道:"窦兄,你到底要带俺去哪儿? 去干什么呢?"

窦固见班超一直处在懵懂之中,直搅得他夜不成寐,也索性坐起来,面对面直言相告:"俺叫你跟俺到卢水走一遭,同聚居在那里的西羌人取得联系。打匈奴光靠练兵不行,还得开辟另一条战线,这就是争取同盟军。咱要团结好西羌人,他们若既出人力又出物力,是一支不可忽视的力量啊!"

班超听完心底透亮,全然明白过来,激动地说:"窦兄,你真高! 好,俺跟你溜达溜达,这样的散心,俺打心眼里愿去!"

在张掖南部,与大西北广袤而平坦的大戈壁相反,高山群立,一座连着一座。

窦固带着班超翻山越岭,过了一山又一山,涉了一水又一水,直向丛岭深处走去。

卢水,是西羌人聚居的地方。这里的西羌人,据说是苗族的后裔,因种种原因,迁至西北地区。迁居后,他们的生活习惯和风俗发生了很大变化:他们居无定所,逐水草而居;不种五谷,以畜牧为业。他们的风俗习惯与汉人大不一样,却近似于匈奴:父死长子可以继母为妻子,兄亡弟可娶嫂子,一族之内没有鳏夫、没有寡妇。在所有羌人中,没有君没有臣,强则逞豪,弱则为奴。因长居风寒地区,人人能耐寒苦,就连妇女生孩子,也可不避风雪。

在性格上，人人崇尚刚强勇猛，在争斗中以战死为吉利，病终为不祥。所以，打起仗来，个个都会以死相拼。

窦固在繁忙的军训中叫上班超到这儿来，很有一番缘由。十几年前，他曾和捕虏将军马武与西羌人打过交道。那时，西羌人与汉人互相仇视，也进犯过汉人居住区。为改变这种情况，窦固和马武带领人马前来与西羌豪人（总头人）滇吾谈判，力主双方友好相处。那滇吾自恃彪悍，以武相待，两下里便争斗起来。滇吾大败，窦固却持友好态度，以礼相待，与滇吾结下了诚挚的友情。窦固到洛阳后，滇吾同他书信往来，逢年过节还互赠礼品。从滇吾信中，窦固得知西羌人后来移居卢水，游牧在群山之间水草充足的地方，多年固守与汉人团结友好、和睦相处的宗旨。后来，滇吾杳无音信，中断了联系，但窦固对与西羌人保持多年的友谊却难以忘怀。所以，窦固一到张掖，就四处打听西羌人的情况，产生了到卢水看看的念头。

窦固和班超催马扬鞭，翻过一座高山，眼前展现一大片山间平原。平原上牛羊成群，马儿结队，有的低头吃草，有的追逐嬉闹，煞是喜人。

"这么多牛呀羊的，一年里光吃肉就够了。"

"这里的人以肉为食，他们不种五谷杂粮，也不种菜，看见菜也说成草。"

"这里的马一群一群的，咱正缺战马，买马不用愁了。"

二人边下山边聊，不时望一望那终年积雪的群山，甚感心旷神怡。

他俩刚走下山来，忽然远远传来一阵"呜——呜——"的牛角声。往前看，畜群大乱；牧人骑马挥鞭紧赶畜群，向前面坐落着十数顶帐篷的地方奔去。不多一会儿，从帐篷处冲出一队全副武装的人马，直向窦固、班超驰来。

窦固、班超刚踏上平地，就被这队人马团团围住。

窦固早已从服饰看出这是西羌人，便不慌不忙，泰然下马。班超也从马上翻下，静观势态的发展。

羌人中有几个跳将出来，挥刀要向窦固、班超动手，却被一个头缠彩色毛巾的青年小伙子制止。小伙子向窦、班二人问道："你俩是什么人？"

"汉军使者。"窦固答道。

"他在骗人，准是匈奴奸细，把他们抓起来再说。"一个十五六岁的姑娘插话道。

"俺俩不是匈奴人，都是汉人。"班超赶忙解释说。

"你二人来这儿干什么？"那小伙子又问。

"看朋友。"窦固答。

"什么朋友?"小伙子接着道。

"老朋友。"窦固答话。

"什么老朋友小朋友的,我问你找谁,叫什么名字?"小伙子厉声问道。

"滇吾。"窦固简短答道。

那小伙子听了这个名字态度大变,仔细打量窦固、班超一番,又问:"你们和滇吾什么关系? 找他干什么?"

窦固哈哈大笑,说:"俺俩是多年的朋友,俺叫窦固,老朋友见老朋友,这不应该吗?"

那小伙子一听"窦固"二字,马上招呼众人收起武器,走上前来,向窦固跪道:"晚辈失迎,请原谅我等无礼。"

窦固挽起小伙子,细细打量了一番,问:"你是滇吾的儿子?"

"正是,我叫东吾。"那小伙子回道。说着,又招呼方才插话的那个姑娘,"还不快来拜见窦叔叔? 快过来!"

那小姑娘照样向窦固跪道:"拜见窦叔叔,俺叫东吉。"

窦固挽起小姑娘,问道:"想必是滇吾的女儿了?"

东吾、东吉同时点头称是。窦固将二人揽在怀里,十分高兴。

"你爸爸,我那老朋友如今怎样? 现在何处?"窦固着急地问东吾。

东吾见问,泪水双流,难过地回道:"他……他早已故去了。"

"墓在何处?"窦固即刻追问。

东吾向窦固身后指了指,说:"不远,就在你们走过的山脚下。"

"走,看墓去! 俺来这儿就是要看俺的老朋友。"窦固说着,转身就朝东吾指的地方走去。

窦固和班超在滇吾墓前拜了几拜,二人还在墓上添了几把新土。他俩的举动,使东吾和所有在场羌人深受感动,东吉还被感动得哭了起来。

拜墓后,东吾将窦固和班超引进自家的帐篷,当即吩咐族人宰牛杀羊,热情款待。

西羌人吃肉的方法和汉人大不一样。他们将全牛全羊或蒸或烤,半生半熟便端上来,用刀子一边割,一边吃。刀割的肉,块块带血。班超头一次在羌人家里做客,很不习惯,可他听窦固说过,你放开肚子,吃得越多,主人越高兴。他只好效仿窦固,大吃大嚼,直吃得东吾一家人笑逐颜开。

趁主人高兴,窦固把联合打匈奴的想法说了出来。

西羌人也是受匈奴欺压的民族,在场羌人个个拍手称快。

没等东吾说话,东吉抢先说:"我赞成。前些时候匈奴就派奸细来这儿打探情况,要不刚才我说要抓你俩呢!"

东吾也干脆地说道:"打匈奴正合我意,我出一千人马,只要你一声召唤,我立即带人前去。"

窦固将大手一伸,紧紧握住了东吾的手:"好,咱一言为定。"

三

为了对付北匈奴,扩大后备力量,皇帝刘庄下了一道诏书,诏书上写道:"不论原为官为民,凡死罪者减罪一等,不准鞭笞或施以残刑,皆让其充军营,由凉州各军散置。"

窦固接到诏书,便有五百名被判死罪者被遣送到张掖。他按诏书指示,将三百名罪犯分遣敦煌耿恭和酒泉耿忠两处,二百名留张掖,交班超安顿。

在屯田练兵的同时,班超在郭恂协助下,还扩充兵员,在当地招募了一批士卒。加上原有和戴罪人员,人数过万,已超过离开洛阳时的总数。刚从监牢里出来的减罪囚犯,人数虽少,但人员复杂,各种情况都有。如何改造他们,使他们成为积极的力量,班超颇费心思,不敢简单从事。

这一夜,月明如昼。月光破窗而入,班超不由得想起老母和其他亲人,怎么也睡不着觉。他索性穿起衣,走出屋来。

他不知不觉来到操练场上,远远看见一个人,时而翻身,时而蹲裆定势,在苦练武功。

这是谁呢? 他暗自想着,悄悄走上前去。走到跟前,隐约见这人中等身材,体格健壮,人挺年轻,长得也标致。遣送来的那天,班超见过一面,只是从没搭过话。

那人见有人来,马上停止演练。

"你叫什么名字?"班超主动招呼道。

"王强。"那人回道。

"什么地方人?"班超又问。

"武威。"王强又答道。

"别人都已安歇,你怎一人暗自练功?"

"俺想把功夫练得好好的,有朝一日立功赎罪。"

"你所犯何罪?"

"杀人。"

班超不禁一愣:"你因何杀人,可细说给俺听吗?"

"大人如愿听,俺可细细道来。"

班超见王强心直口快、性格直爽,便把他带到办公地方,同他攀谈起来。

"大人,你是听俺讲真话呢,还是听俺瞎白扯?"王强冷不丁问班超。

"俺当然听你讲真情。"班超道。

"俺说'杀人',是上面给定的罪,实际上只割了个屌头儿,还不是俺割的。"王强改口说道。

"你刚说你杀人,怎么没过一会儿就改口了呢?"班超深感意外地问道。

"不照说就罪加一等,刚减刑一等,谁还愿再加上去呢?"王强振振有词。

班超本以为王强心直口快、性格直爽,这时不由得怀疑自己看错了人,两眼盯着王强问道:"你到底是怎么回事儿?"

"你听真的?"

"俺已说过。"

"不罪加一等?"

"只要你说的是真话,俺自有论处。"

"好,只要有你这话,俺可真要向你敞心露怀,一五一十讲个真情了。"

王强便不紧不慢,讲述起来。原来,王强老婆婚前便与表兄李四勾搭成奸,婚后仍不知收敛,竟明目张胆与李四行苟且之事,王强忍无可忍,设计用剪刀剪下了李四的生殖器。"李四的爸爸是太守,俺就被抓了,说俺用刀杀了人,定俺死罪。俺辩白说,俺就没动过刀,你儿是被剪子铰的。太守说,剪子也是刀,要不剪子怎叫剪刀?硬把俺定了杀人罪,入了大牢。幸好皇帝下诏,宽待了囚犯,不然,俺早一命归天了。班大人,俺句句是实,有半句假话,千刀万剐,不得好死。"

王强说到这儿,就不再言语了。

班超听着、听着,不由得想到了十年前抓哥哥入狱的京兆尹,直听得愤愤不平起来,问道:"你说的太守是不是叫李富?"

"是的。"王强回道。

"你敢不敢把你说的事儿写出来去告状？"

"俺敢，就是不会写。"

"俺要叫人代你写呢？"

"俺敢同李富登堂对质。"

"好，你等着吧，俺要给你雪耻。"

"班大人，俺就等这一天哩！"

天，不知不觉亮了。二人又同回到练兵场上。

四

窦固准备深入到酒泉、敦煌视察官兵的训练情况，临走的前一天，正向班超安排他走后的注意事项。忽见探兵来报："窦大人，城南有一队骑兵包抄而来。"

"果真？"

"小人亲眼看见，不是咱的旗号，人可多呢！"

窦固深感意外，立刻令班超集合士兵，听候命令；还派人通知州刺史王琼和郡太守李富紧急行动，联合防范。

而后，他飞身上马，亲率一支人马，登上城楼，举目望去，只见远处尘土飞扬，遮天蔽日。顷刻间，为首一队直奔城门，紧接着，一队队人马相继而至，列于城下。

为首的武将眉清目秀，气宇轩昂，仅有二十出头年纪。他见所率人马均已到齐，排列城下，并不下令攻城，直对城上呼喊："快开门，我们是来投奔窦大人的！"

窦固听出是东吾的声音，急令开门，走下城来亲自迎接。班超见是西羌人到来，也跟了过来。

"窦叔叔，晚生带领一千五百人马前来拜见。"东吾向窦固跪拜说道。

窦固大喜，张开双臂就把东吾搂在怀里。他刚要挽手和东吾进城，东吾紧朝后面一队人马一摆手，喊道："东吉，快来拜见窦叔叔！"

他的话一落音，从后队闪出一个全副武装的年轻姑娘，轻盈地赶至窦固面前，跪道："拜见窦叔叔！"

班超从窦固身后闪了出来，诙谐地说道："在你要抓的人里，还有个俺哩!"

东吉脸一红,紧向班超施礼:"班叔叔好!"

窦固也指着她说:"你这姑娘不用抓,是自投罗网喽?"

众人哈哈大笑。

当晚,全城军民杀猪宰羊,置酒设宴,热烈欢迎东吾率西羌人马到来。城内城外,就像过节一样,热闹极了。

窦固让东吾这支人马安营扎寨后,直接归自己调遣。他待东吾、东吉如同自己的儿女,爱护备至;东吾、东吉兄妹二人也尊窦固为父亲一样。东吾、东吉情绪高涨,每日里带领人马刻苦训练,将这支由羌人组成的军队训练得纪律严明,战斗力大大提高。

转眼间,新的一年开始了。

按照东汉礼仪:"正月始耕……执事告祠先农。"每当春耕开始时节,由天子带头,三公、九卿、诸侯、百官,都要按次序到皇家田地里耕作。天子耕田,意义有三:一是奉宗庙,表明对先人行孝;二是以身作则,劝民在勤,勤则致富,勤则不穷;三是教育子孙,让后代人深知耕种的艰难。每年天子躬耕事毕,都要发布通令,让各地官员"劝民始耕",抓紧时间播种。

在接到朝廷通令以后,凉州边地的出征官兵除军事训练以外,还要不失时机地春耕播种;每天日程安排越来越紧,每个人的担子都加重了。

这一天,窦固把班超叫到帅府吩咐说:"你以俺的名义上书给皇上,报告一下咱屯田练兵的情况。"

班超当即研墨,准备撰文。

不知为什么,窦固拧紧眉头,心情一下低沉下来,嘱咐班超说:"先莫急,你听俺说,这上书千万要实打实,不可只报喜不报忧。比如咱从洛阳出发,一路之上,因天寒地冻,人数上伤亡减员,还有哪些筹划不周之处,都要写上。别忘了,一定恳请皇上下圣旨,补封东吾之父滇吾为归义侯、大都尉,让东吾世袭其位。"

班超握笔静听,不住点头,聚精会神地记录着。

窦固讲到这里,好像想起什么,心情更加沉重起来。

班超不由得问道:"窦兄,莫非有什么心事?"

"是啊,咱全国官员,上上下下,有不少人善讲假话,弄虚作假,欺上瞒下,真是害死人。俺之所以让你如实上书,是有缘故的。"说着,就讲述了十几年前的一件往事——

永平二年,他的堂兄窦林在这里当护羌校尉。当时,皇帝刘庄为了团结羌人,要封西羌大豪为归义侯、加号汉大都尉。因下属没弄清情况,就把大豪的弟弟滇岸报了上去。等圣旨恩准后,真正的大豪滇吾出现了。窦林只好再次上书,复奏滇吾为豪人。刘庄心中纳闷,照羌人信仰,豪人只有一个,怎么又出了第二人?他怀疑搞错了,便下诏责备窦林,弄得窦林十分尴尬。本来,知错改了也就没事了,可窦林怕认错皇帝会怪罪,于是谎说滇岸就是滇吾,两次上书出现两个名字是因为不通羌语所致。刘庄认真追究,得知窦林说谎后,大发雷霆,一气之下给他定了个欺君之罪,下到狱中。窦林一贯受皇帝重用,生活一帆风顺,哪里经得住这样的打击?入狱不久,便忧郁成疾,死在了狱中。

"这是个多么严重的教训啊!"窦固讲完这事意味深长地说,"看来,俺堂哥倒没白死,他给咱们留下了一笔无形的财富。须知,教训也是财富啊!"

班超这才明白,窦固刚才为什么那样心事重重。他由衷地敬服窦固,因为他从窦固所讲之事中悟出了深刻教训,也进一步悟出了窦固的为人。

出于对窦固的信赖,班超简单地陈述了王强的情况,想听听窦固的看法。他原以为,窦固会像自己一样愤愤不平,没想到,窦固听了却不以为然,只是淡淡地说:"像李富这样以权谋私的官员,盘根交错,上下都有,没什么大惊小怪。俺堂兄窦穆身居高位,还不是一样?不过,迟早都该处治就是了。"

第四章　雪山征战

一

永平十六年农历二月初一，明帝下诏令各路大军出征。向北匈奴大举反攻的战斗号角吹响了。

这次反攻兵分四路：由窦固、耿忠率领的酒泉、敦煌、张掖及卢水羌人一万两千名骑兵自酒泉出发，沿祁连山直扫通往西域的河西走廊；耿秉、秦彭率领的武威、陇西、天水及羌人一万骑兵出居延塞（今内蒙古额济纳旗东南哈拉和图）；由太仆祭肜、度辽将军吴棠率领河东北地、西河羌人及南匈奴两万一千骑兵出高阙塞（今内蒙古乌拉特中后联合旗西南）；骑都尉来苗、护乌桓校尉文穆率领太原、雁门、代郡、上谷、渔阳、右北平、定襄郡及乌桓、鲜卑一万一千骑兵出平城塞（今山西大同东北古城）。四路兵马全面出击。

据说，匈奴人是夏后氏的苗裔，自古逐水草而居，以牧业为生，无城郭常住之所，也没耕田桑麻之业。他们牧养的畜类主要有马、牛、羊、驴、骡、骆驼，有时他们也引弓射鸟，捕捉田鼠、狐兔。小孩儿会跑之日，便以羊为马，逐而骑之，长大成人便以马为座了。男女老少，人人善骑，又好舞刀耍锤，争胜好斗，勇猛彪悍。周朝王室衰微之时，他们就时常入侵，强施暴虐，当时边民深受其苦。

战国时期，东起辽东，西至天山，匈奴左突右冲，扫乌桓、灭鲜卑、伏羌胡，称雄于辽阔的大西北，致使秦、韩、赵、魏、燕诸国长城迭起，专设防线。

由于匈奴不断侵扰，边患不穷，东汉前曾有过几次汉人主动出击匈奴的大规模战争:一是周宣王兴师命将讨伐匈奴,致使"四夷宾服,称为中兴";二是秦灭六国后,秦始皇派大将蒙恬率几十万大军北击匈奴,收复了大片失地;三是汉武帝令大将军卫青、骠骑将军霍去病等率军出上谷(今河北怀来东南)、陇西、北地(今宁夏吴忠西南黄河东岸)两千多里,直至狼居胥山(今蒙古人民共和国肯特山)、临翰海(今蒙古人民共和国境内),迫使匈奴求和而还。

匈奴是一个游动民族,打起仗来有一个很大的特点:胜则奋进,败则逃退。如此则很难消灭他们的有生力量。所以,匈奴为患,历朝历代都未能除。这次刘庄效仿汉武帝出击匈奴,是经过深思熟虑、精心安排的,派四路人马同时出兵,全线出击,反映了他消除边患的宏伟志向,也显示了他新的谋略和决心。

刘庄下诏进击北匈奴后没过儿天,又在北宫德阳殿召集朝中大臣开会,就征战一事进行讨论。为了让十六岁的皇太子刘炟早日熟悉军政大事,他让太子刘炟也随他登朝,参加了会议。

"陛下诏令讨伐北匈奴,上应天意,必克敌制胜,我皇圣明。"他刚宣布了会议议题,司空牟融就说道。

"此番兴师边塞,下顺民心,百姓莫不拍手称快,我皇英明。"司徒王敏接道。

刘庄听了,皱了皱眉头,看了他俩一眼,说道:"爱听好话,人之天性,朕也不例外;歌颂的话好说,也让人爱听,然于成事毫无益处。诸爱卿还是多讲些有用的话为好,比如这次战争前景如何? 可能出现什么问题? 如何解决? 最终要达到什么目的?"

皇太子刘炟听了父亲一番引导的话,站起来说道:"以我之见,此番征战上应天意下顺民心,必胜无疑。须注意的问题是'攘外必先安内',要攘外安内又必须严防两点:一是'苟且行邪'? 一是'谗夫昌邪'? 尤其要防'谗夫昌邪',千万别屈枉了忠臣良将,自挖墙基,毁我长城。"

太子年轻,话虽幼稚,却也句句在理,不少大臣频频点头,暗暗称赞。

刘庄没接他的茬儿,一眼发现混在后排的班固,指了指他说:"班爱卿,你有何见地?"

按照官位,班固不够与会资格,是被特邀列席会议的。他整了整衣襟,出班跪拜后说道:"愚臣以为,此番征战除军事、人力、财力、物力等方面准备周全以外，与以往几次征战有一很大不同之点，即时机选得好，是在匈奴分为南北二庭情况下进行的。这一点就连太子也是清楚的。"

太子刘炟抢过话茬说道："我多次听班令史讲匈奴分南北二庭的故事。前朝先祖孝元皇帝竟宁元年正月，匈奴呼韩邪单于来朝。先祖皇帝将一个姓王名嫱字昭君的宫女赐单于为阏氏（皇后的意思），叫作宁胡阏氏。宁胡阏氏生一男，名叫伊屠智牙师，为匈奴右日逐王。那呼韩邪单于还娶有匈奴权贵呼衍王二女，长女颛渠阏氏生二男：长子且莫车，次子囊知牙斯。次女为大阏氏，生四男：长子雕陶莫皋、次子且糜胥皆长于且莫车，三子咸、四子乐皆比囊知牙斯大。还有一阏氏生一男名舆，排行在乐前。这些人大都比宁胡阏氏所生伊屠智牙师年长，伊屠智牙师在兄弟中仅排在乐前。呼韩邪死前曾立约，他死后单于之位由儿子依次相传。传至舆时，依次当传昭君所生伊屠智牙师，但舆想传给自己的儿子，就把伊屠智牙师杀了。舆死后果然传了儿子乌达粗侯单于。这引起囊知牙斯长子比对舆的极大不满，他说：'以兄弟而言当传伊屠智牙师，违约不传还把当传的人杀了；以子来说我为大，单于当传给我。'他眼见舆传位给自己的儿子，便于建武二十三年率领他管辖的八大部五万人马南下归汉，于次年十二月自立为单于，仍袭爷爷名号，叫呼韩邪单于。这南匈奴归汉后与我朝结为一体，共同抗击北匈奴，前所未有。所以，班令史说时机选得好，大不同于前朝，所言极是。"

班固听皇太子刘炟讲到这里，接着说道："基于上述，战局发展很可能出现一大问题，也可称为战争之结局：北匈奴前来求和，是答应，还是继续打下去？答应求和，恐惹怒了南匈奴；不答应，抗到何年何月？这一问题，必须有所考虑，方可妥善处理。"

"北匈奴实乃变诈之国，毫无向汉之心，前来求和必是虚情假意，万不可答应。"一文官说道。

"北匈奴作恶多端，血债还须血来还，不以武力彻底降伏，我便没有宁日。他若派使求和，干脆把来使杀掉，绝不作和。"一武官接道。

"臣以为不可简单从事。"班固说。

"这又该如何是好？"太子刘炟问。

"臣暗自常想，汉兴以来，用兵防患，主在匈奴。绥御之方，其途不一：或修文以和之，或用武以征之，或妻汉女、厚赠贿赂，或令其称臣、入子侍之。虽屈伸无常、因时而异，然未有不与交往者。"班固说道，"所以，光武帝在位，复修旧好,数派使者,前后相继。如今所以兴师动众,皆因匈奴为患所致。倘须用武之道,匈奴自止其患,遣使前来媾和,我亦当出使者,与之谈判,既明我和平愿望,主在忠信,又晓之以圣朝礼仪有常,去其野蛮为患之本性。假若拒绝谈判,日后北虏再强盛起来,又烟尘迭起,那时你想谈判讲和,为时已晚。不如以战去战,以和讲和,取两手并举之策,酌情而定。"

班固发言时,刘庄不住地点头。待班固发完言,他庄重讲道:"兴师动众乃非常之举,迫不得已而为之。朕已说过,这次出击北匈奴是以战去战,终达和平之目的,岂有他哉?目前战事方始,前景未定,距匈奴求和之日尚远。诚望诸爱卿精诚团结,全力以赴,一切围绕战争,做好诸事,争取胜利,不达太平之日,绝不罢休。让我等共听凯歌,谱写青史之华章吧!"

"我皇万岁,万岁,万万岁!"的叫喊声,立时响彻了整个德阳大殿,群臣振奋,激动不已。

会后,刘庄叫太子刘炟将班固单独留下,赐椅相对而坐。"你从文,朕兴武,都是承父业;你我相加,可谓文武并举了。"刘庄风趣地说道。

"是,是,是。"班固难免局促地回道。

"你的写作进展如何?"

"自陛下下诏后,固兢兢业业,现已写出十之有五。"

"大有进展,成绩可观。你母病后,家事如何?"

"家母年迈,病情虽有好转,身体已不如往昔,适逢妹妹丧夫归家精心照料,精神尚好。"

"你妹妹华年守寡,实属不幸。她近况如何?"

"除照料老母以外,她日日读书,坚持不断,学识大有长进,有些方面,固亦难以相比。"

"哦?你妹妹也是稀世才女?"

二人又一阵寒暄方散。

二

常年积雪的祁连山脉,东起乌峭岭,西止当金山口,东西绵延几千里。由座座大山组成的群山,重峦叠嶂,巍峨壮观。山与山之间,形成了许多许多的峡谷。峡谷中有水有草,是牧人乐居的好地方。每年春夏之交,匈奴人在这里放牧,待牲畜把峡谷中的草吃光,再转移到辽阔的大草原去。每当秋冬之季,草原荒枯,天气寒冷,不能放牧,匈奴人就把羊、牛、马、驼、驴、骡等牲畜一群一群赶入山谷。深山峡谷可以储备草料,高山挡风,天也较暖,在这里一住便是一冬。来年春夏,又转场到大草原放牧。

匈奴单于之下,置有左贤王、右贤王、左谷蠡王、右谷蠡王、左日逐王、右日逐王、左温禺鞮王、右温禺鞮王、左渐将王、右渐将王、左大当户、右大当户、左骨都侯、右骨都侯,由骨都侯辅政。左右诸王必须是单于家族中人,其余各大官位由呼衍氏、兰氏、须卜氏、丘林氏四姓贵族世袭。呼衍氏曾同时嫁给呼韩邪单于二女,呼韩邪后一连五个单于都是这二女所生,在贵族中,呼衍氏势力最大。匈奴诸王和各大贵族都有封地,呼衍氏的领地东起上郡(今陕西榆林),西至大月氏,幅员辽阔。这祁连山一带,自然是呼衍王经常涉足的地方。

窦固和耿忠所率人马攻击的目标是呼衍王各部,驻张掖、酒泉、敦煌屯田练兵,就是针对这一目标安排的。刘庄诏令一下,他们很快占据了通往西域的咽喉要道河西走廊,对呼衍王占据的折罗汉山形成了围困之势。

窦固率军在河西走廊安营扎寨后,召开会议,专门讨论与呼衍王的作战方案。他说:"呼衍王是北匈奴的大将,任职骨都侯,权倾匈奴满庭。他所领部落地域广大,人多势众,兵强马壮,加上他为人奸诈,诡计多端,武艺高强,是很难对付的。我们是在同一个强大的对手交战,要取胜,作战计划须严谨周全。"

"呼衍王心毒手辣,他用的酒器是人的头盖骨。他侵占咱的地方最多,这回咱要好好收拾他,把匈奴人侵占的地盘统统拿回来。"班超早就对呼衍王恨之入骨,义愤填膺地说道。

"折罗汉山沟壑纵横交错,地形复杂,须悉心侦察才是。"耿忠建议道。

"眼下春暖,正是匈奴人转场季节,俺看把他们死死围困在山里,无须进攻,待牲畜草料一光,他们就会像觅食的老鼠一样跑出来,那时再打他们,必然大胜。"郭恂列席会议,也出主意说。

"围困逼他们突围固然是好,但山里也有通道,必须把住各路山口,严防他们逃窜。"班超补充说道。

"围困逼迫北虏突围,严防敌寇逃窜,都可考虑,但不能放弃主动进攻,直捣呼衍王巢穴。不论哪种方案,侦察地形,掌握敌情,都是必要的。"窦固简明有力地说道。

"对,不放弃主动进攻,直捣呼衍王巢穴!"

"活捉呼衍王,严惩呼衍王!"

会议气氛立时高涨起来。最后,窦固又如此这般布置一番,方才散会。

折罗汉山在祁连山山脉的中段,山峰挺拔,北坡平缓,南麓陡峭。在与它相连的东、西、南三面的大山中间,形成一个狭长的大峡谷。峡谷谷底,一道小溪雪水常流,清澈见底。小溪北面直至折罗汉山脚,是一片由鹅卵石构成的平地。平地上可以支起数百顶帐篷,是越冬的天然宝地。

去年从草原来到这里不久,呼衍王就得到汉军屯兵凉州的消息。从这一消息,他早已判断出,汉军此举非常,日后必有恶战。

呼衍王黑眉浓发,两鬓长满胡须,四十出头年纪。这一日,他正由两个十几岁的姑娘陪伴饮酒,门帘走处,闪进一个人来。他抬眼一望,来人黑衣红裙,手把腰刀,楚楚动人,比伴他的两个姑娘还年轻漂亮。他见是他妹妹,十分高兴,捋着又黑又厚的毛须,笑道:"又想哥哥啦? 快坐,快坐。"

他妹妹叫华里华里旺,汉语是"花中之王"的意思,别看她人长得俊俏秀美,性格却刚烈泼辣。

"谁想你啦? 你还值得想? 汉军都大兵压境了,你却整天整夜地玩女人泡酒坛,你是等着挨刀不成? 咱是来问你该怎么办的。"

"汉军不是刚刚才到吗? 我自有计策,你着什么急?"

"咱可不能像你,天天在女人堆里滚,咱要请兵出战,给汉军个下马威。"

"不行,不行,别看你武艺高强能带兵,你得听你哥的调动。"

"你不让咱打仗让咱做什么? 反正你有女人玩,也叫咱去玩男人不成?"

"你玩男人咱不管,反正这仗不能打。"

"那咱就找男人玩去了。"

"你敢! 你以为哥真不管你? 哥敢揍死你!"

"那让咱干什么?"

"打草。"

"打草?"

"对,要多储备草料,防备汉军把咱们困死在山里边。"

近几天呼衍王得报:窦固率军占据了河西走廊战略要道,布兵包围了折罗汉山区,他再也坐不住了。虽说他富于远见,比往年多备了草料,可眼看春去夏来,转场时节已过,草料消耗殆尽,他怎能不心急如焚?

"哥,咱设法突围吧!"妹妹华里华里旺又催促他说。

"突围?那不是上门送死?"

"咱总不能坐以待毙呀!"

"逃,向西寻山路逃。"

"听说山口都被封死了。"

"汉人不如咱熟悉地形,准有山口可出。"

"要不让我先带兵突围,看看情况再说。"

"窦固可厉害哩,你行?"

"你不是常说'胜则进,败则退'吗?打不赢就退回来,反正不会让他吃掉。"

"你先带一拨人去试试。你千万记住'胜则进,败则退'的话,不能取胜就回来,咱再一块儿沿山西退,到伊吾再做计议。"

窦固估计呼衍王草料已尽,就紧缩了包围圈,将营寨移至折罗汉山北坡山脚,严防敌寇突围。

这一日,天刚蒙蒙亮,忽从山谷冲出一拨人马,急急择路,向外逃窜。

角声吹响了。窦军人马立时集合出寨,网开三面,将来军围住。

窦固立马军中,观望来军不过五百人马,打头的黑衣红裙,是一员年轻女将,带的全是女兵。这女将手持红缨长枪,骑匹雪白大马,灵气贯身,英姿飒爽。

他正要派兵迎敌,斜刺里冲出一拨人马,为首的也是一员黑衣红裙的年轻女将。这女将持同样长枪,骑一样雪白大马,就连相貌也与北匈奴女将如同一个人一般。这女将不是别人,正是东吾的妹妹东吉。

东吉率一队女兵迎上前去,指着对面女将高声问道:"你是何人?请通报姓名。"

"咱是大匈奴国呼衍王的妹妹,华里华里旺便是。"

"我是西羌大毫东吾的妹妹,大名东吉。你想逃走吗?过得我这杆枪便放你过去。"

华里华里旺闻听,早一枪刺来,东吉将枪一拨,二人便厮杀起来。

两军主将交手,士卒不甘落后,两队女兵也立时混杀在一起。

东吉和她的女兵,同匈奴人一样,自幼善骑,武功俱在,都是勇猛好斗之人。两下里你来我往,展身腾挪,直杀到红日东升,不见胜负。

两拨人马正杀得难解难分,一彪人马忽从山谷里疾驰而出。为首的手抡双锤,大喝着:"呼衍王来也!"便冲向前来。

窦固见呼衍王亲自出马,暗自高兴,急命班超营部冲上前去。随后,他也率领一支人马包抄过去。

班超命士兵搭弓射箭,向冲上来的呼衍王连连射去。箭发处,匈奴骑士纷纷落马。但见那呼衍王在雨点般的飞箭之中,手持双锤前迎后摆,左拨右挡,把箭一支支磕碰在地上,两只大锤就如同他的护身法宝似的,没有一支箭能近他身。呼衍王在汉军中左突右闯,抡锤乱杀一气,汉军士兵有的躲避不及,不免脑浆四溅。

呼衍王见汉军人多势众,三面被围,很难冲出包围圈,便大声发令:"撤兵,快快撤兵!"他一边掉转马头,还朝女兵队伍紧喊着,"华里华里旺,快快撤兵啊!"

山谷的出口,早已被窦固所率人马死死封住,他只好又掉转马头往回乱杀一气。

华里华里旺一支人马,被东吉带领的女兵死死缠住,想后撤也撤不了。

这时,汉军战鼓咚咚,杀声连连,三面人马一齐杀来,直杀得折罗汉山北坡尘土飞扬,天昏地暗。

王强冲锋在前,连砍三人,血溅了一身,还在马不停蹄地向前冲。

跟随东吉的女兵,在震天的杀声中,个个威风凛凛,奋勇向前。她们枪枪生风,刀刀闪光,乱战中不分男女,只要是北匈奴人,见人就杀,直把北匈奴突围士兵杀得人仰马翻。

混战中,班超突见自己营部的一个干瘦干瘦的矮个子,手疾眼快,从呼衍王身后甩去一个大绳圈儿,眨眼工夫就把呼衍王拉下马来;一个眉清目秀的小伙子,一戟便把呼衍王刺死在马下。王强瞬间挥刀斩断了华里华里旺雪白大马的前蹄。华里华里旺刚栽倒在马下,就被东吉和王强活捉了。

两队出山突围的北匈奴士兵,见主将有的战死,有的被活捉,相当一部分人坚持以战死为荣的观念,当场自杀,剩下的都成了汉军的俘虏。

三

在折罗汉山北坡全歼呼衍王两队人马后,当夜三更时分,窦固指挥众将士一鼓作气,直插峡谷深处,要把呼衍王巢穴连锅端掉。不料想,峡谷每座帐篷里都空无一人,内外一片狼藉。经过到处搜索,才抓获上百个残兵和三万多牲畜。北匈奴俘虏告诉他一个最出乎意料的消息:呼衍王派出第二拨突围人员之后,就带领大批人马逃跑了。

"呼衍王已被我军杀死,怎会跑掉?"窦固简直不相信自己的耳朵。

"你们打死的是假呼衍王,真呼衍王连山谷都没出,怎么死掉?"俘虏回答说。

"呼衍王还有真的假的? 你们到底有几个呼衍王?"窦固又问。

"呼衍王只有一个,他为了安全,找了好几个像他的人当替身,带队突围的就是其中的一个。"

在审讯华里华里旺时,一问到呼衍王,她只是冷笑,闭口不答。实在把她问急了,她才说:"咱哥有神灵保佑,他是不会死的。实话告诉你们,战死的只是万骑中的一名千长,叫莫博德。"

从逃跑现场看,指挥是有条不紊的。看来,呼衍王实在太狡猾,他真的没死。

不论呼衍王是死是活,出征以来头一次打仗,全歼敌寇上千人,缴获牲畜三万多头,战绩可观,堪称初战告捷。窦固命全军将士杀牛宰羊,庆贺了一番。他还命把缴获的马匹全部留下,大部分牛羊分给当地百姓,军民双方皆大欢喜。

窦固断定,呼衍王率部西逃,必然要到千里以外的伊吾地区,因为伊吾有山有湖,水草丰盛,是他们常年放牧的好地方。他还估计,因有耿忠、耿恭设防,呼衍王不能直接走河西走廊,会先沿山路西行,又带着大批牲畜,是需一番周折和时间的。根据这一判断,他命令班超率领一支人马,立即动身,提前赶到伊吾,待呼衍王逃至那里,出其不意,给敌寇以迎头痛击。他自己率领一支人马进驻酒泉,一边进行整顿,一边视情而动。

班超接受窦固的命令,率领他的人马抄近道,经河西走廊,直向伊吾地区奔去。

新疆的巴里坤湖,古称蒲类海,像一面镜子一样,镶嵌在树木葱郁、万山环围的一块相对平坦的盆地上。四周的山上,青松密布,常年青翠,山坡缓缓延伸下去,渐渐变成平地,湖的四岸,便成了天然草场。

阳春三月,在蒲类海南面的一道峡谷中,出现了一座又一座的帐篷,进出的人身穿皮衣,头戴狐帽,束腰紧袖,全是匈奴人装饰。这些人,都是按照班超的主意化装打扮的,一是不暴露汉军大兵压境,二是迷惑呼衍王。

呼衍王在撤离折罗汉山后,在戈壁滩上又遭到耿忠、耿恭兄弟二人率军追杀,仓皇西逃,好不容易才脱离险境,率残兵败将赶往伊吾。正如汉军所料,他没有进入伊吾城里,而是来到蒲类海西岸一带安营扎寨。

呼衍王一到蒲类海,便派人四出侦察周围动静。回报说:只有同种族牧人和帐篷,连个汉人的影子也没见。他这才安下心来。

当晚,月光如水,万籁俱寂。呼衍王虽然传令各部睡去,可他像惊弓之鸟,久久不能平静,不敢安然就寝,直到深夜,见安然无事,这才躺在铺上,和衣而睡。

也不知睡了多久,突然传来阵阵惨叫呼喊之声,紧接着战鼓作响,杀声连连,他被惊醒了,赶紧拿起双锤,集合队伍,指挥迎战。

战鼓响在四面八方,声势浩大。来人天降一般,也不知多少。他无心恋战,急忙下令撤退,让他的人马朝着西部深山逃去。

原来,经过班超策划,在麻痹呼衍王的前提下,不给敌寇任何喘息机会,在敌寇到来的当天深夜,就发起了强大攻势,打敌人一个措手不及。

这一招果然奏效,经过一阵厮杀、追赶,班超率兵杀死近千人,俘虏一千五百多人,缴获了敌人牧养的大部分牲畜,大获全胜。

班超率兵在蒲类海大破呼衍王,声威大震。而后,他带领士卒挺进伊吾城,让汉军的旗帜飘扬在伊吾城头上。

这时,原来居住在这里的北匈奴贵族早已闻风丧胆,都逃跑了。多少年来,当地汉族和其他少数民族,一直受北匈奴沉重赋税的盘剥和压迫,听说汉人打了大胜仗,无不扬眉吐气,拍手称快。班超率兵来到城里,全城百姓奔走相告,热烈欢迎。班超将缴获的大批牛羊分给百姓,百姓们更是兴高采烈,沿街叫好。

班超让全体人马在伊吾休整几天,缓缓劲,再长途行军,回酒泉与窦固所率官兵会合。

第二天,突然有人来报:在东面发现一大批人马,直奔伊吾而来。听到这个情况,周围人不免紧张起来。班超紧急下令,集合部队,登城防守。

他登上城头,只见东边尘土飞扬,一队人马飞快驰来。他心想:呼衍王在折罗汉山、蒲类海两次受挫,被歼不少人马,不可能这么快就纠集这么多人。倘若是另两支匈奴部队,免不了又是一场恶战,是需要认真对付的。他正盘算如何打好新的一仗,待近了一看,来人打的是汉军旗号。这究竟是怎么回事呢?

这支人马很快就来到城下,班超定睛一看,为首的一员大将不是别人,正是屯驻敦煌的军司马耿恭。

"班司马,快开城门!"耿恭向城上喊道。

班超和郭恂等人非常高兴,连忙走下城来迎接。

"你们怎么也来到这里?"班超问。

"为了巩固边地安全,窦固命俺带兵屯驻伊吾。"耿恭回道,"说不定还要向西挺进哩!"

全城百姓听说又一支汉军到来,还要长期驻在这里,都笑逐颜开,纷纷提水端茶,前来慰问。

"呼衍王可狡猾了。"耿恭向班超说道,"他从折罗汉山逃出后,用一小股人马和我们厮杀,他却带大队人马溜了过去。待我们发现后再追杀,为时已晚,只吃了他一小股人马。"

"仗要一仗一仗地打,敌人要一股一股地歼灭,吃掉一小股人马也好。"班超见耿恭深感惋惜,安慰道。

"你们在这里伏击到了吧?"耿恭问道。

还没容班超回答,郭恂从旁说道:"我们在蒲类海可打了个痛快。"接着,又绘声绘色地把那天出击呼衍王的情况讲述了一遍。

"你们可是立了大功!"耿恭竖起拇指赞道。

"俺们也没把呼衍王打死,彻底消灭他的人马。"班超谦虚地说,"今后跟北匈奴的仗,少打不了,咱也需要随时准备着呢!"

四

兵分四路,向北匈奴大规模发起反击以后,刘庄加强了与边界各驿站的通讯联络,每天都在密切注视着各个战场的情况。

窦固大军在折罗汉山及蒲类海大破呼衍王的胜利,使刘庄非常高兴。他及时给窦固发去奖状,向窦写表示奖励;还根据窦固的书面汇报,对班超的功绩给予嘉奖,并正式确认班超为军司马。

他对其他三路大军的情况,感到不太满意。耿秉、秦彭出兵居延,北匈奴仓皇奔逃。他二人率兵在大沙漠上追赶六百多里,直至三木楼山。来苗、文穆一支人马把北匈奴赶至匈奴河,北匈奴人惶惶然不敢应战。这两支大军虽无所获,但把北匈奴赶至千里之外,让北匈奴人感到了汉军的威力,不会再轻举妄动、为所欲为了。最让他恼火的是祭肜、吴棠一军,战斗一开始北匈奴人撒腿便逃,他二人以此为大胜,竟对坐饮酒、沾沾自喜起来。他们明明知道北匈奴人龟缩在涿邪山,也不率兵去讨伐,依旧饮酒作乐。反击北匈奴是刘庄的一件大事业,闻知祭肜、吴棠二人玩忽职守,他怎不动怒? 刘庄气怒之下,就革去他俩职务,让他俩等候严惩。

刘庄分析了整个战争形势,认为这次出征显示了汉朝的军威、国威,对北匈奴进行了一定的打击,但是,并没从根本上消灭北匈奴的有生力量,隐患还是存在的。北匈奴在西域一些国家中,也有很大势力,在有的国家实际上起着控制的作用。受控制的国家都要向它缴纳重租重税,受剥削压迫,对北匈奴也很不满。为了改变这种局面,刘庄决定派人出使西域,开展外交活动,打通西域,联合那里受剥削压迫的国家和民族,一起反对北匈奴,彻底摆脱北匈奴的控制。

使受剥削压迫的国家和民族摆脱北匈奴的控制,就等于切断北匈奴的一臂,是一项重大的战略决策。派谁去完成这项重大使命呢? 刘庄一下就想到了班超。班超雄辩的口才,他亲眼所见;如今在反击北匈奴的战场上,功绩卓著,又展现了他的军事、组织才能,是一个难得的人才。班超素怀大志,要建功于异域,对此刘庄也早有所闻。派班超担当出使西域的重任,是再合适不过了。

班超率兵从伊吾回到酒泉,窦固像欢迎凯旋英雄般迎接了他。

这一天,窦固命各营部杀猪宰羊,隆重款待班超所率全体官兵。在宴会开始之前,窦固把刘庄颁发的嘉奖奖状和晋升班超为军司马的诏书交给了班超。宴会上,他亲自把盏,为班超斟酒,说:"你在蒲类海立了大功,俺代表全体将士表示祝贺! 恭喜你晋升,祝军司马再立新功!"

宴会后,在练兵场搭台演出了各营部自编自演的文艺节目。整个演出既喜庆,又动人,充满了欢庆胜利的气氛。

"为了彻底消除北匈奴边患,永享国泰民安之福,皇上又做出一项重大决策,决定开辟另一战场。"演出结束后,窦固把班超拉到自己住处,严肃地说。

"什么战场?"班超不解地问。

"派人出使西域,联合那里各族人民,共同对付北匈奴,打通整个西域要道。"

"派谁去呢?"班超追问道。

窦固哈哈大笑,用手比画着,说:"远在天边,近在眼前,就是你呀!"

"俺可不具备傅介子、张骞之才呀!"班超不无顾虑地说道。

"你素怀雄心壮志,不论军事还是外交,样样在行,成此事者,非你莫属。"

"皇上恩准了?"

"这是皇上的旨意,还有什么恩准不恩准?"

"既然是皇上旨意,俺坚决遵命。"

"请放心,在军事上俺会配合你的。随你去的人,在咱整个队伍里由你挑,任你选。"

"让郭恂为从事,田虑、甘英、王强都跟俺去。"

"你带多少人去?给你一个营部的人够不够?"

"人只求精干,不要那么多,连俺在内三十六人足矣。"

"三十六正好是六六大顺,亏你想得出,这个数字真好。不过,俺要给你指定一个人,叫姚光,大胖子,本事可大哩,准能成为你的好帮手。"

"你指定的姚胖子俺要,总人数还是三十六,多一个不要。"

"好,六六大顺,一言为定。"

五

班超接受出使西域的使命后,第一个落脚点选在鄯善。在人事安排上,以郭恂为从事,姚光、田虑、甘英随从,这都没有争议。可一说到王强,争议可就大了。

"王强是被判死刑的犯人，岂他出使异国，成何体统？"

"他的罪是上面仗势强定的。再说，他作战勇敢，能立功赎罪，不能总揪人家辫子不放啊！"

"他犯的是杀人罪，这可不是一般的小辫子。"

"你敢说属实？说出个子丑寅卯来！"

那一方不言语了。

班超对王强的案情是经过深入调查的，心里有底儿，不怕有人说三道四，经过耐心解释，也很快平息了争议。可是，王强本人又犹豫不决了。

原来，军训以来，王强和东吉接触频繁，竟被东吉相中，两人已建立了很深的感情。留下王强，就可成人之美；带王强远走，喜事有可能告吹。班超觉得事关两人终身大事，这倒是个大问题，不考虑也得考虑。他决定找王强谈一次话，征求他本人意见后，再做决定。

"王强，俺出使西域，想带你去，当俺警卫，你愿意不？"班超单刀直入。

"你看俺合适吗？"王强用疑惑的眼神看着班超反问。

"俺早相中了，听说又有人相中了你，不知你肯去不肯去。"

"俺和东吉的事你知道了？"

班超点了点头。

"东吉是在练兵中认识俺……不，是俺认识她的。后来她经常找俺练武，对俺挺好，俺当然乐意。"王强直率地说道，"俺俩还早有了那事，听她和东吾说，让俺跟她入羌去成亲。"

"哦？你打算怎么办？"

"打仗前，俺是个狱中人，能入羌成亲怎不乐意？再说她人好，待俺也好。"

"好，那俺就祝贺你成亲，就不要跟俺去了。"

"俺想问问，让东吉跟咱一块儿去行不行？"

"带个女人多有不便哪！"班超摇了摇头，就走了。

晚上，他刚要睡觉，就有人来叫门。他开门一看，是王强，忙往屋里让。王强一进屋，身后响起一阵银铃般的笑声——东吉也来了。原来，班超和王强谈话后，王强把谈话情况一五一十地告诉了东吉，两人商量以后，决定推迟婚期，让王强跟班超去西域。

"班叔叔，就让王强跟你走吧！"东吉主动向班超说道。

"你批准了?"班超风趣地说道,"那就不知道你们要当多长时间牛郎和织女啦!"

"这次西行使命重大,俺能被选中是你看得起俺,俺就和她商量,不辜负你的美意,俺俩婚事,以后再说。"王强说道。

"你跟俺去,俺打心眼里乐意。"班超说着,又转向东吉,"这可得声明,不是俺硬拆散你俩,俺把人带走,你可别埋怨俺呀!"

"是得埋怨你,你只带他,不带我,你就该受埋怨。"

东吉噘嘴这样一说,逗得班超笑了。王强瞅瞅东吉那调皮样子,也嘿嘿笑了起来。

班超眼望着王强和东吉肩并肩地离去,情不自禁满心欢喜。兴许是心里轻快的缘故,这一夜他睡得很香,把许多天连续行军、征战所积的疲劳,完全解除了。

第二天一早,窦固就派人来叫,说有要事相商。班超不敢怠慢,吃完早饭就赶到了窦固的住处。

"你家老大缠着俺要跟你去西域,这事儿好办,俺这当大伯的做主了,留俺身边,不让他去。"窦固快人快语,没等班超落座就说道,"还有一事俺不好管,就交给你了。"

"你不好管的,俺管得了?"班超接道。

"你行,办这事你比俺有办法。"

"你让俺办什么事哩?"

"唉,咱活捉的那个叫'花里花外'的姑娘,先闹死闹活要寻死,现在不想死了,看上了你的部下小白脸甘英,非要嫁给甘英不可。甘英是你要带走的人,怎么着,你看着办吧!"

班超满以为窦固找他来筹划去西域的事,没想到刚处理了王强、东吉的情事,又十分意外地冒出一桩华里华里旺和甘英的姻缘。

"呼衍王的妹妹相中了甘英,甘英态度如何?"班超问道。

"小白脸儿要是个吃素的就没事可言了,如今是一个有情,一个有意,你不了结这份情缘,怎叫甘英安心去西域呢?"窦固回道。

班超思索片刻,说道:"依俺看,这事好办,不难解决。"

"其实俺也不认为这事难办,只不过事关出使西域的人事安排,俺不得不找你来商量。"

"你看如何是好呢?"

"去西域需要译员,你干脆把那姑娘带走,匈奴话自不必说,她还会安息、康居、条支、大宛、大月氏好几国语言,连最远的大秦话也会说,给你当个译员,蛮好!"

"不可。"班超接着把不能带华里华里旺的理由讲述了一番。

"那你说,怎么办才好?"

"俺根本就不用费力,俺让甘英自个儿去找华里华里旺谈,准会妥善解决。"

"你呀,真有办法。"窦固指着他笑道,"事儿也奇了,过去只听说人间有双喜临门的事儿,如今你却有两个双喜临门:立功、受奖,王强、甘英两对姻缘,四喜并生。看来,你出使西域,兆头真不赖呀!"

班超听了这一席话,心里热乎乎的。他感慨良多地说道:"俺眼前道路漫长,必有坎坷,也会历尽艰险,托你的祝福,俺自当奋进,为成我大业,竭尽全力。"

第五章　威震鄯善

一

经过一个严冬的沉寂,百灵鸟又出现在浩浩蓝天和广袤的戈壁。

班超、郭恂等一行三十六人,出酒泉,过玉门,经阳关,来到鄯善已是四月天气。

鄯善国,本名楼兰国。汉昭帝元凤四年,因楼兰国受匈奴指使屡杀汉使,大将军霍光就派平乐监傅介子刺杀楼兰国王。傅介子率领一帮勇敢之士,携带了大量珍宝和金币,到楼兰假称给国王送礼。国王欢喜异常,设宴招待傅介子一行。酒酣间,傅介子拉国王到帐幕里说悄悄话,两个壮士突然出现,瞬间就把国王杀掉了。昭帝另立楼兰国在汉朝当质子的尉屠耆为国王,从此改国名为鄯善国,国都也从原来的扜泥城(今新疆尉犁东、罗布泊西北、孔雀河北岸)迁到了伊循城(今新疆若羌米兰)。昭帝还赐宫女给新国王尉屠耆做夫人,派人刻制了鄯善国的印章。

古时的鄯善与今日的鄯善,地理位置和地理环境都有很大差别。今之鄯善在吐鲁番以东(火焰山的东端),哈密以西;古鄯善却在火焰山南千里以外的罗布泊一带,与现在的鄯善相距甚远(现今的地图上,还标有楼兰遗址,是为佐证)。今之鄯善多是戈壁、沙丘和山地,地面干旱缺水;古时的鄯善则多是沼泽地,地面潮湿多水。两千年来,生态环境变化极大,往昔的鄯善早处在干旱缺水的荒漠之上了;但在当年,这里种植五谷杂粮、放养牲畜,水源相当充足,喜水的柽柳、白草到处可见,还长有无边无际的芦苇呢!

西域本有三十六国,在汉哀、平两个皇帝时分成了五十五国,都在匈奴之西南，乌孙的东南，东西六千多里，南北一千多里。鄯善距阳关一千六百里，距长安六千一百里，班超出使西域选定这里作为第一个落脚之地，一是它东连汉地，距离较近；更重要的一点则是出于战略考虑。自鄯善翻越葱岭有南北两道：顺着南山北麓沿河西行，可抵莎车，这是南道；南道西越葱岭就可到大月氏、安息国。经车师前王庭顺北山沿河西行可达疏勒，这是北道；北道西过葱岭，就可达大宛、康居、奄蔡诸国。鄯善地处南北二道的要冲，班超自然要先到这里落脚了。

自汉武帝派张骞打通西域后，经王莽篡权，西域有不少国家又归附了匈奴。光武帝中兴以后，因忙于对内拨乱反正，顾不上对外事务，也没能扭转这种局面。鄯善的情况怎样？此行前程是吉是凶？班超心里没底。

在离伊循城十里的地方，班超命令一行人马停住，派姚光和甘英进城打探情况，酌情向鄯善王禀报他们的到来。

出乎班超意料，没过多长时间，鄯善王广便亲自随同姚光和甘英前来迎接。

当时西域既无秦砖，更无汉瓦，所有房屋都用土坯建成，国王的宫殿也不例外。尽管如此，宫殿还是堆伟壮观的。

鄯善王广把班超全体成员接进了宫廷大殿。殿堂里，早已摆好十张大桌，各种各样的点心、葡萄干、哈密瓜干、奶茶，都已备好；满朝文武大臣都在恭候，为班超一行接风。

鄯善王广这般礼数甚备、隆重接待，不是没有缘由的。汉军全面反击北匈奴的消息早已传来，他听说汉军在折罗汉山和蒲类海大破呼衍王以后，深感汉军强大，势不可当。他想竭力讨好汉军，所以一听说班超一行到来，一丝儿也不敢怠慢，亲自出城迎接，让满朝大臣一起招待班超及其随行人员。

落座后，鄯善王广以极为热情的讲话对班超一行的到来表示热烈欢迎，话语中充满了友好的言辞。

班超端然而坐，神态严肃。鄯善王请他讲话时，他先用两只明亮的眼睛环视了一下整个殿堂，然后朗朗说道："尊敬的鄯善王陛下，诸位大臣，各位朋友们！我们是来交朋友的！"

从鄯善王到各大臣，对班超一行的到来，都认为是非常之举，对汉朝派遣使者的意图都十分关注。班超讲话时，殿里鸦雀无声，大家都在洗耳恭听。只听班超接着说道："各位早已知道，前不久我们出兵向北匈奴发起了全面反击,这完全是因为北匈奴长期侵扰所致。我们是不愿挥动干戈的。为了保土安邦,我们不得不以战去战,我们是在为和平而战。我们虽然是个大国,但和许多国家一样,都希望安居乐业,过太平日子。可是,北匈奴野蛮好战,不单对我们大肆骚扰,还对西域各国实行高压政策,政治上要服从他们,经济上要被敲诈勒索。对此,我们坚决反对,我们应当为共同的利益站在一起,共同战斗。我们到贵地是为和平而来,但愿我们和睦相处,世代友好,共享国泰民安之福。"

他的讲话得到了满堂喝彩,热烈欢迎。

鄯善王广听了这一席话,显得异常高兴,情不自禁站起来说道:"班司马是一位崇高的使者,是最值得我们尊敬的贵宾。尽管我们不像大汉那样辽阔广大、物产丰富,尽管我们国小人少,没有燕窝海鲜,但我们要以最高的礼节拿出我们最好的东西,盛情款待我们的贵宾。"

按照当地的风俗习惯,客人一到先以茶点瓜果相待,这在宴席中是不算数的;茶点之后,才是真正设宴。说话间,已是日落西山时分,宴会正式开始了。只见一群身穿彩裙的漂亮姑娘,端茶的端茶,提酒的提酒,顷刻间,每张桌上烤全羊、烤肉串、烤山鸡、烧牛肉、手抓肉……各种菜肴应有尽有。鄯善王广亲自把盏斟酒,和班超一连干了三大杯。他还招来一个长相出众的年轻姑娘专门侍候班超。而后,又满杯到各桌祝酒。

专门侍候班超的姑娘最多不过十七八岁,皮肤白嫩,白里微红;秀美的脸上,不时现出两个诱人的酒窝;一双水灵灵的杏眼,黑黑的眼睛忽闪忽闪的,着实妩媚动人。她不言不语,时而给班超割肉,时而给班超布菜,时而给班超斟酒,招待十分殷勤。

班超打心眼儿里喜欢这个姑娘,问道:"你叫什么名字?"

"我叫不知道。"

姑娘文静如常,一丝不笑,照样给班超添这添那,斟酒倒水。

"哦?你叫'布织刀'?是把裁布用的剪刀?"班超故意打趣。

他的问话引起姑娘一阵银铃般的笑声,姑娘随即掩口止笑,郑重其事地又答:"不知道就是不知道,什么也不知道。"

"好了,俺知道了,以后就叫你'布织刀'就是了。"

姑娘又发出一阵笑声,止住笑后问班超:"你会跳舞吗?"

"俺不会跳五,会跳六。"班超故意打岔。

"会跳六也行,一会儿咱们先跳跳舞吧!"

"俺不会。"

"我教你。"

"俺怕踩你脚。"

姑娘欲笑又止,说:"我是铁脚,不怕你踩,一会儿试试吧!"

酒意正浓之际,果然有乐师奏起了欢快的音乐。

乐声一起,侍候班超的姑娘很有礼貌地点了点头,落落大方地翩翩起舞,直向殿堂中央,尽情地跳了起来。

在她的带动下,一群姑娘相继登场,踏着明快的音乐节拍跳起舞来。她们那优美的舞姿、迷人的笑靥,格外令人陶醉。

姑娘们各自展现身姿,纵情舞蹈一阵以后,分头去邀男人为伴。许多大臣乃至鄯善王广,也纷纷加入了舞蹈的行列,与姑娘们同舞。乐声中,只见侍候班超的姑娘直向着班超舞来,边舞边唱道:

> 为睹你顶天立地英雄貌,
> 消除我情火的苦苦煎熬,
> 也免却我爱恋的痛苦,
> 我要乞讨治疗相思的灵药。
> 我愿拥入你博大的胸怀,
> 探索你海阔心底的珍宝。
> 若问我为什么起舞歌唱?
> 我呀,是为英雄而倾倒。
> 看见你,便一见钟情;
> 不见你,便神魂颠倒。
> 英雄啊,请备好金樽,
> 你我共饮圣爱之酒永远相好。

这歌舞,优美中有狂放,狂放中有柔情,时快时缓,高潮迭起,欢快动人,令人沉醉。

班超眼望着在他面前边舞边唱的姑娘,不由得产生了一种异样的感觉,觉得这姑娘是在为他而舞,为他而唱。

姑娘们载歌载舞,还在不停地邀请舞伴儿。侍候班超的"布织刀",在班超面前唱着,跳着,以舞蹈的手势向班超发出邀请了。班超不好回绝,只好起身应邀,比比画画地跟着跳起来。姚光、田虑、甘英、王强也都被姑娘们邀上场来,与姑娘同舞。他们或边学边舞,或纵情乱舞。也认真投入角色,在竭力模仿着,跳得十分卖力,身材胖胖的姚光,两眼紧盯着姑娘的舞姿,全神贯注效法舞动,那架势跟摔跤似的。王强边学边舞,怎么也学不像,后来竟练起了拳脚。田虑、甘英则瞎跳乱蹦,神情却严肃认真。他们的憨态在人群中引起了阵阵欢声笑语,气氛反倒愈加热烈。

这宴席,这歌舞,直至月挂南天,方尽兴而散。

二

鄯善王广要把班超安排在宫院里住,班超执意不肯,要和随从人员一起到城外自搭帐篷住。鄯善王也执意不从,提出班超、郭恂各单住一处,让其他三十四人去住卫士营房。两人又争执一番,最后班超折中了两人意见,不再去搭帐篷,他和郭恂、警卫王强同住一处,姚光、田虑、甘英各带十人住鄯善士卒让出的营房。

第二天一早,"布织刀"姑娘就和两个侍卫来到班超的住处,又是打水,又是扫地,又是备饭,忙这忙那。

班超起床后,一见"布织刀"姑娘就风趣地问道:"'布织刀'姑娘,可是又来邀俺跳舞?"

"布织刀"姑娘深深一躬,回道:"不,是我哥派……不,不,我是和侍卫一起来侍候你的。"

"你的舞跳得真好,一定是宫里的舞女了?"班超又问道。

"不……不……是……是……随你怎么说好了。只不过以后不要叫我'布织刀'为好,这名字太难听,再说……我也不是把刀子。"姑娘竟一时腼腆起来,又这样回道。

"谁让你故意瞒俺,你叫什么,现在该告诉俺了吧?"

"我叫月,月亮的月。"

"这名字真好,原来你是一轮明亮的月亮。"

"班司马,你真风趣。咱先别打趣了,有什么事您吩咐,照料好您的生活是我们的职责。"说着，就指了指两个侍卫。

"她是头儿，是管我俩的。"一侍卫介绍说。

"她是国王的妹妹，是国王让她带我俩来的。"另一侍卫介绍说。

班超听后大吃一惊，他万万没有想到，从昨晚宴席间就开始照料他的人竟是国王的妹妹，可见鄯善王对也一行人的到来是多么重视、多么情深意笃了。他很后悔自己把月叫成"布织刀"，把她看成宫里的舞女。为了不再发生这类笑话，他指着两个侍卫，问月道："他俩叫什么名字？"

"一个叫山，一个叫川。"月回道。

班超听了十分喜悦，高兴地说："山、川，合起来就是山川；外加一个月，这真是月亮照山川了。名字美、意境美，太妙了。"

早饭后，鄯善王广带领辅国侯、却胡侯、译长等官员，陪同班超、郭恂、姚光、田虑、甘英、王强去鄯善旧都扦泥城，一去就游览了好几天，第四天日落方归。往后一连数日，北游孔雀河，南登南山顶，走访了广大农村、牧区。所到之处，备受欢迎，每日归来，都受到热情款待。

在不外出游览参观之日，鄯善王广便来班超住处，与班超、郭恂把酒叙谈；他不能亲至，也要派人前来看望。

热情的接待，洋溢着主人的盛情；隆重的礼仪，表达着主人的厚意。这对能审时度势的班超来说，能不心知肚明吗？

然而，好景不长，情况突然发生了变化：每日三餐的伙食标准大大降低了，照料他们的侍卫不像过去那样热情了，常来常往的鄯善王广和大臣们再不登门露面，月那银铃般的笑声也同时消失了。

一种难耐的冷落感，每日里都在袭击着班超一行人的心。春天的大自然是温暖人心的，班超一行人的内心却冷若冰霜。

这是怎么回事？班超陷入了深沉的思索中。

这一天，班超把王强叫到他屋里，问："这些天，鄯善王广待咱们大不如以往了，你琢磨这是怎么回事？"

"反正……反正是不好了，怎么回事俺说不清。"王强也感到迷茫。

二人正说着，田虑走进屋来，劈头盖脸地说："来而不往非礼也，谁待咱好，咱善待；谁敢怠慢咱，咱就给谁点颜色看看。"

"你这是所答非所问，俺问的是鄯善王为什么态度大变？"班超以为田虑没听清问话，又重复问了一遍。

"你的问话俺听到了,这还不清楚? 咱吃着人家,喝着人家,日子长了谁也不行,这不明摆的事吗?"

班超听了,连连摇头。

"依你看,到底是怎么回事儿?"王强心急地问道。

"俺看准是北匈奴派人来了。"班超毫不含糊地说道。

"这……这可能吗?"王强天真地问道。

"你还年轻,看事不透啊!"班超解释道,"没有北匈奴插手,鄯善王自然待咱好;一有北匈奴人介入,他心里有顾忌,待咱态度也就变了。"

"你说咱该怎么办?"田虑问道。

"明智者,看问题都看在事情的萌发阶段。从鄯善王广的态度就可看出事发阶段的迹象,"班超分析道,"现在,鄯善王广待咱虽有很大变化,但他心里还在犹豫,不知何去何从。"

"干脆,咱找鄯善王挑明,看他究竟站在哪一边好了。"王强按捺不住说道。

"事情没那么简单。"班超接道,"俺说北匈奴来了人,仅仅是判断。要真正确定怎么办,还得先把情况搞明。"

说到这儿,他如此这般向田虑、王强交代一番。田虑、王强连连点头,向外走去。

没过多大一会儿,田虑、王强将山、川两个侍卫带了进来。山、川自知近来待班超不好,心下慌乱;又见班超怒目而视,更加惶惶不安了。

"班大人,小人……照顾不周,实……实在迫……迫不得已,请……请……恕……罪。"山两腿打战说。

"班……班大人,有事您……您吩咐,小……小人照……照办就是。"川浑身发抖说。

"啪"的一声,班超将桌一拍,厉声问道:"北匈奴派来使者,已经数日,你们老实交代,他们现在何处?"

山、川都被吓蒙了,全身立时哆嗦起来。

"班……班……大人,北……北匈奴使……使者住……住在孔雀河……河边帐篷里。"山回道。

"共来多少人?"班超又问。

"有……一百三……三十多人。"山又回道。

"来使首领是谁?"班超追问道。

"叫、叫什么……对了,首领叫屋赖带,还有一个副使叫比离支,别的什么,我……我实在……实在记不清了。"川答道。

"他们可曾见过鄯善王广?"班超又追问。

"见……见过,见……过。"川又回答。

"啪——"又是一声,班超拍桌问道,"你们的话当真?"

"当真……当真。"山赶忙回道。

"全……全是真话。"川应和道。

"先委屈你们了。"班超对山、川两人说完,向田虑、王强下令道,"把他俩先关起来!"

田虑、王强立时将山、川捆绑起来,用手巾堵住两人的嘴,将他们关押在班超后院的一间小屋里。

把山、川两个侍卫关押起来以后,班超在屋里来回踱步,他想到了张骞出使西域被匈奴监禁十三年的情景,想到了他们一行三十六人面临的危险处境。他想着想着,不由得计从心来,紧紧叮嘱田虑、王强不要走漏北匈奴派来使者的消息。"田虑、王强!"班超叫道。

"有!"二人齐声应道。

"你们上街买酒去,要买十坛好酒。"

"买酒做什么?"

"酒能尽兴,咱全体人员聚餐用。"

田虑、王强听说要聚餐,高兴极了,一蹦一跳地上街买酒去了。

三

这天晚饭时间,班超没在自己住所吃饭,特意深入到营房与大伙儿聚餐。郭恂什么情况也不知道,仍像往日一样在住所吃饭,班超也没去惊动他。

大伙儿见班超来营房聚餐,都十分高兴。他们得知班超让田虑、王强拿来好酒,深切感到班超礼贤下士,对部下深切关怀,一股暖流涌上心头。

待随从人员全部落座以后,班超暗暗点了人数,只缺了个郭恂,连他自己三十五人,个个在座,单等开餐。

"今晚咱先好好喝上一回,乐和乐和。"班超向大家说道。

大伙儿一听兴高采烈,齐声叫好。

"这顿饭要吃得饱饱的,酒要喝得好好的。可有一条,谁也不能喝醉。"班超又嘱咐大家道。

又是一片齐声叫好的声音。

自打来到鄯善,除了最初几天受鄯善王广的招待喝过几次酒,班超规定平日不准饮酒。大伙儿见今晚司马破例备酒,都喜出望外,格外高兴。班超发话后,满堂人边吃边喝,说说笑笑,心神爽快。班超和他们同吃同饮,妙语连珠,兴致盎然。

一坛,两坛,三坛……十坛好酒很快就喝光了。有的人脸色早已发红,脸不红的也带有八分酒意。班超趁着酒兴猛地站起来,高声说道:"现在,我告诉大家一个十分重要的消息。"

人们立时静了下来,只听班超说道:"北匈奴派的使者,已经来了好几天了。打头的叫屋赖带,副使叫比离支,他们共来一百三十多人,人数是咱们的好几倍。"这个消息就像个炸雷,满堂人不禁大吃一惊,都放下碗筷,全神贯注听班超继续讲道,"这些天来,鄯善王广对咱们的态度发生了很大变化,他很有可能把咱们交给人多势众的北匈奴人,到那时,咱们谁也免不了死无葬身之地。"说到这里,班超见人们都在聚精会神、提心吊胆听他讲话,突然把话顿了顿,提高声音一字一字道,"咱们都已经身处绝境,大伙看看该怎么办吧?"

班超的讲话使大家立时激愤起来,人们再也控制不住亢奋的情绪,满腔热血沸腾起来,七嘴八舌高声嚷道:"拼死也不能让鄯善王把咱们交给北匈奴!"

"咱们豁出去了,拼死一个够本儿,拼死两个赚一个!"

"咱生和司马在一起,死也要和司马在一起!"

"对,咱一切听司马的!"

班超见群情激愤,把大手一挥,说道:"不入虎穴,焉得虎子?当今之计,唯有在今夜火攻虏使。他们不知咱有多少人,咱给他来个出其不意,大杀一气,他们必然惊乱,咱们趁此机会一举全歼北匈奴人马。有此一举,鄯善王广定会吓破胆,死心塌地跟咱们站在一起,咱们来鄯善也就大功告成了。"

大伙都拥护班超的主张。

也有人提醒班超说："郭从事不在,这事是不是得和他商量一下?"

班超斩钉截铁地说："郭恂是个文官,优柔寡断,找他必会延误时间。成败决于今夜,倘若拖延,走漏风声,那就要坏大事了。"

"对,就这么办,你就吩咐吧!"众人齐道。

班超见众人齐心协力,便发布命令道："姚光! 你带领十人拿大鼓隐蔽在北匈奴营后,以火为号,见有火燃就猛烈击鼓,虚张声势,让敌人不知咱多少人马。"

"遵命!"

"田虑! 你带领十个人提上油桶,多备些干柴,顺风放火!"

"是!"

"甘英! 其余人马全由你带,备好弓箭,全副武装埋伏在北房营前。"

"坚决照办!"

"王强! 你跟俺行动,听俺指挥!"

"是!"

"速速分头准备,子时集合出发!"

"是!"

姚光、甘英很快召集自己所带的人走了,田虑却犹犹豫豫、疑惑不定地站在班超面前,不肯离去。

"田虑,你怎么还不带人去做准备?"

"俺……俺怕完不成任务。"

"为什么?"

"火攻凭借风力,你看现在哪有风呀?"

班超笑了,一手搭在田虑肩上,说："你就放心地去吧! 完不成任务责任在俺,不会拿你是问的。"

田虑虽内心不安,也不好再说什么,只好无奈地带上人,按班超的吩咐去做准备了。

夜幕早已沉沉降临了。

一支人马神不知鬼不觉,悄悄摸到了北匈奴营帐的四周。

在动身之前,田虑十分担心完不成火攻任务,那时星空灿烂,看不出一丝刮风的迹象。出得城来,小风习习;及至走在戈壁滩上,风越刮越大,他的心稍稍放宽,但对能不能出色地完成任务,心里还是七上八下,没有底数。

一赶到北匈奴营帐，田虑可高兴了。这时，大风骤起，直刮得飞沙走石。飞沙打在脸上，麻辣辣的，疼痛难忍。尘土呛人心肺，即使用衣裳遮着嘴和鼻子，呼吸也十分困难。田虑和其他人一样受着大风的折磨，可是心里却喜滋滋的。他有十二分的把握，能出色完成火攻任务了。

这大风，给班超布兵计划带来了保障。刮风前，北匈奴营门和四周都有岗哨，大风一起，风吹石打，连站都站不稳，谁不躲进营帐安然入睡呢！他们万万没有想到，死神将伴着大风，降临到他们头上。

大风呼啸着。班超知道北匈奴人沉沉睡着，心中大喜。"天助我也！"他这样想着，迅即来到田虑一伙人跟前，指着浇上油的干柴，下令点火。田虑立即带领他那伙儿人行动起来。你一把我一捆的，将点燃的干柴向一座座帐篷掷去。北匈奴每座帐篷周围，原有不少柴草，在大风中立即熊熊燃起，变成一片火海。

姚光见火燃起，立即带人紧擂战鼓。鼓声大作，杀声连连，有如千军万马，气势浩大。

北匈奴营帐门前，甘英所带人马早已夹门而待。大火起处，他们趁着火势影影绰绰看见一些北匈奴官兵惊恐地滚爬出帐，慌乱冲撞。"放箭！"甘英一声令下，"嗖嗖嗖……"弦响箭出，雨点般射向惊恐慌乱的人群。北匈奴的喊声、尖叫声、破口大骂声不时传来。伴随着四处鼓声，杀声连天，声震四野。燃烧的大火，和着呼叫的大风，顷刻间烈焰冲天，亮如白昼。

一阵乱箭之后，眼见北匈奴官兵倒下一半，剩下的仍在争相撞着，四处逃命。

"冲啊——！"甘英手握长戟，带领人马杀将进来。

"杀呀——！"姚光、田虑两拨人马也从两面围拢过来，大杀大砍。

班超手持长剑，威武异常，纵入敌群，亲手格杀三人。

王强紧随班超，挥舞大刀，也连砍两人。

班超各拨人马，见他身体力行，带头冲锋陷阵，于是人人争先，个个奋勇，你一刀，他一枪，这一戟，那一槊，直杀得北匈奴人鬼哭狼嚎，连连倒地，没半个时辰，全部被歼，结束了战斗。

班超借着火光查点人马，三十五人个个健在，真可谓大获全胜。

战场渐渐沉寂起来。大火还在熊熊燃烧着。火光照耀下，北匈奴被乱箭射死的，被各种武器杀死的，横七竖八，躺满一地。尸体中，有两个头戴虎皮帽、身穿裘皮衣的，俨然一派首领模样。班超指着这两具尸体，向王强下令说："这两人准是首领屋赖带，副使比离支，把他们的头割下来，带回去给鄯善王广送个礼。"

风，由大变小，还在刮着；冲天大火，也由猛转弱，还在燃着。

田虑一下跳到班超面前，竖起大拇指夸道："司马大人神机妙算，今夜这风可帮大忙了。在你安排火攻的时候，一点风没有，你是怎么知道会有大风的呢？"

"神机妙算呗！"班超幽默地笑着，回道，"其实你们细心想想也会知道，这里一年要刮一百多次风，风期即在四、五两月间，凭这常识不用神机妙算，也能推算出来的。"

众人听后，心悦诚服。火光中，看得见人人都流露出胜利的欢欣，个个都展现了一副快乐的笑脸……

四

"嗵"的一声，两颗血淋淋的人头滚落在地上，把郭恂吓了一大跳。

班超带领人马回到城里天已大亮，郭恂刚好起床。

郭恂见王强甩出的是人头，大惊问道："昨晚你们一夜没回来，去杀人了？"

"话可不能这么说，杀人，要看杀的是什么人，不能单说去杀人了。"王强不满地回道。

"你们杀的是什么人？"郭恂指着地上的人头问道。

"是北匈奴派来的使者。"王强又回道。

郭恂见班超、王强一夜不归，心里就直犯嘀咕，听了王强的回话，又见二人两眼通红，身上血迹斑斑，不免转向班超，嗔道："这么大的事儿怎不告诉俺，跟俺商量商量？"

班超见问，就把昨天如何关押山、川二侍卫，情况如何紧急，原原本本讲了出来。郭恂不听则已，听后脸色大变，浑身上下好不自在。

班超对郭恂知根知底，知道他计较功名，肯定会心生抱怨，便解释道："郭兄，小弟无意独揽大功，全歼北房，你虽没去，功劳也有你一份。昨晚情况实在紧急，闹不好，今天你我很可能被豺狼食之矣！"

郭恂听班超这样一说，心里平静多了，也出谋说道："侍卫关押时间长了，也会走漏风声，须及早放掉。老弟你干得好，为咱除了一大祸害，俺心里高兴。"

"请兄放心，功劳簿上，一定会有尊兄大名。"班超有意重复这样一句，接道，"老兄莫急，有你干的事儿。一会儿咱一道儿会见鄯善王广，给他送上一份厚礼。"

"送礼？什么礼？"郭恂不解地问道。

"北匈奴使者的脑袋！"班超答得非常干脆。

郭恂两眼一转，立时明白了班超的意图，连连说道："对，对，这样做好，他不找咱咱找他，是得给他送礼去。"

"不是去送，咱要把他召到这儿来。"班超纠正说。

"好，好，就这么办。"郭恂应和说道。

说话间，姚光、田虑、甘英走了进来。"咱什么时候去见鄯善王？"姚光代表三人问道。

"不是咱去见他，而是把他叫到咱这儿来。"郭恂抢先回道。

"见鄯善王的事有俺、郭从事和王强就行了，你们回去安排一下，让大伙儿好好洗洗，换换衣裳，足足睡上一觉。睡完觉派人上街买酒，这回买上二十坛，让大家放开喝，喝醉了也不要紧，咱要隆重庆祝胜利。"班超吩咐道，"你们先把关押的山、川放掉，要向他们讲清为什么这样做，以免造成误会。"

"坚决执行命令！"姚光、田虑、甘英齐声应道。

"王强，你换换衣裳把鄯善王广叫来，就说有礼赠他。"班超又向王强吩咐道。

"是，俺一定照办！"王强回道。

班超布置完这一切，浑身像散了架似的，疲惫不堪，他真想倒在床上蒙头大睡，可是，想到一会儿要和郭恂一起会见鄯善王广，他只好强打精神，支撑着疲惫的身子换衣洗脸，竭力使自己振作起来。

北匈奴使者一到鄯善，鄯善王广便十分惶恐。

为首的使者是屋赖带，副使比离支。这两人在他面前都很傲慢，盛气凌人。

这些天来，屋赖带的声音一直萦绕在他的脑海里："我军在与汉军交战中，虽然两次失利，但锐气不减，几十万大军仍可在广阔的地域任意驰骋。西域是我们的势力范围，我等来此意图明确：一是明白相告，我军正伺机向汉军发动进攻；二是让西域诸国不要受汉人诱惑，同我们一道与汉军作战，否则，对你们将大大不利……"

"北匈奴得罪不得呀！"鄯善王广暗中想道。

"汉军连连取胜，已屯驻伊吾，更不可作对。"他转过来又这样想道。

"两国都派来使者，谁也得罪不得，我该怎么办呢？他们双方人马又近在咫尺，如何处置是好？"他左右为难，实在不知何去何从。

鄯善王广在左右为难时，对汉使的热情冷却下来，不再像班超初到时那样礼数甚备了。他也不敢和班超会面叙谈、密切联系，竟把班超一伙人马置于遗忘的角落。

"北匈奴使者人多势众，盛气凌人，十分难惹。汉使人少力单，还好应付，要不然……"慑于北匈奴使者的高压政策，他曾有过这样的闪念：把班超三十六人交给北匈奴人，反正汉朝也不知是怎么回事。这样，北匈奴人就好打发了。他几次想这样出卖班超一伙儿，可转念一想：不可，汉军一旦到来，自己定遭灭顶之灾。他还想到前汉大将军霍光派平乐监傅介子来刺杀当时的楼兰王，就是因为楼兰王（鄯善前王）受匈奴指使，屡杀汉使的缘故。再说，鄯善与汉世代友好，源远流长，出卖汉使，算不上大逆不道，也算破坏两国的关系。所以，在如何处置北匈奴使者和班超一伙人这个问题上，他总是举棋不定，犹豫不决。

今天，他准备一上朝就召集各位大臣从长计议，拿出对待两国使者的决策。他万万没有想到，王强捷足先登，一大早就找上门来。

"班大人有请大王，有要事相商。"王强进殿说道。

去还是不去？正犹豫间，只听王强又道："还给您准备了一份厚礼呢！务请大王亲自取回。"

鄯善王广本不想与班超会面，听王强一说，看这架势，觉得很有来头，不得不答应跟王强走一遭。

他跟王强一到班超住处，班超便彬彬有礼迎上前来。

"大王光临，我等不胜荣幸，特备厚礼一份。"班超双拳一抱，躬身施礼道。

鄯善王广自知冷落了班超一伙人，连忙歉意地说道："这些天我等对你们照顾实有不周,敬请谅解为盼。"

班超对这话似没听见一般,向王强一挥手,发话道:"上礼!"

王强闻声,很快就提来一个包袱,直奔鄯善王广。只见他把包袱往地上一扔,立时滚出两颗人头来。鄯善王大为震怖,差一点吓倒在地。

"这是北匈奴使者屋赖带、副使比离支的脑袋,他们的人马,已被我等尽数歼灭。"班超向鄯善王广说道。

鄯善王广惊恐万状。他一向胆小,好长时间方缓过点劲儿来,强打精神,连说:"有话好说,有话好说。"

班超正颜说道:"北匈奴人一向专横暴虐,不可一世。我知他等到来,使大王百般作难。我等深知,我不吃他,他必食我,与其被人吃掉,不如先下手为强。让大王受惊了,多蒙见谅才是。"

鄯善王广已渐渐从惊恐状态中镇静下来,说道:"你们灭掉北匈奴使者也为我们消除了祸根,我也高兴。班司马还有什么话尽可直言,我们能够做的,一定全力去做。"

班超见鄯善王广态度已有转变,便以诚相见,进一步解释道:"我等除掉北匈奴使者,不单考虑自身安危,也是为了鄯善和西域各国的利益。俺想请大王把我等消灭北虏的消息公布于众,昭示全国,并表明我汉朝与鄯善及西域诸国永结友好的愿望。"

鄯善王广即刻答应班超的要求,说道:"你们的胜利,也是我们的胜利,我要以更盛大的宴会招待你们全体成员,共同隆重庆祝消灭北匈奴使者的胜利。"

班超笑了。他一步向前紧紧拉住鄯善王的手,握着,握着,紧紧地握着,最后两人紧紧地拥抱在一起⋯⋯

五

当天中午,鄯善王广就和满朝文武大臣举办盛大宴会,隆重庆祝班超一行人马取得的重大胜利,并发布公告,昭示全国。

公告一公布,一传十,十传百,班超的名字和全歼北匈奴使者的消息,很快就家喻户晓,人人皆知。鄯善共有一千五百七十户、一万四千一百人,在他们心目中,班超成了名震全国的盖世大英雄。班超的事迹广泛传颂,许多传说简直就像神话一样,可神奇了。

鄯善王广在同汉和北匈奴两国使者的交往中,早已感到班超待人平等、讲究礼义、坦诚友善,与北匈奴使者的居高临下、野蛮粗暴、专横跋扈相比较,迥然不同,值得敬重。

在北匈奴使者及其人马被全歼以后,鄯善王对班超更加敬重了,对班超一行人的饮食起居重新做了安排,照顾得比以前更加精心、周到了。

月的笑声再次响在班超的耳际;她那欢声笑语,使班超住所的气氛又变得欢快起来。

在月重新到来的那天,班超问月:"前些天,你哥冷落俺们,你怎么也不露面了?"

"不是我不来,是我哥不让来。我很愿和你在一起。"月说。

"这也不能全怪你哥哥,北匈奴使者作祟,他也左右为难。"班超说。

"若是我,才不管那些呢。该怎么办就怎么办,可惜,我不是国王。"

"你要是处在你哥的王位上,敢和北匈奴作对?"班超问道。

"怎么不敢? 谁来犯我,我就犯谁,绝不委曲求全。"月回道。

"看来,你还够英雄的。"班超夸道。

"比你差得远呢,你才是真正的大英雄。"月反过来夸道。

"俺也算不上什么大英雄,你要被逼到那分儿上,也会做得出来。"班超谦虚道。

"我不行,得拜你为师,好好向你学。"

"拜俺为师? 向俺学什么?"

"学武艺,学汉文。"

"这倒行。话得事先说清楚,俺可严哩,拜俺为师得正式举行拜师仪式。"

"怎么个拜法儿?"

"跪在地上连磕仨响头。"

班超的话刚落音,月"扑通"跪在地上,"嘣! 嘣! 嘣!"接连磕起头来,磕得毕恭毕敬,十分虔诚。

班超慌忙上前,拉起月来,笑道:"俺说磕头,是玩笑话,谁知你竟当起真来!"

"是得当真,学生对待老师应该当真。我已拜你为师,以后我一定好好学,你要当真教我才是。"月认真说道。

"好,好,俺收下你这女弟子,当真教你。"班超也认真回道。

从这一天起,月搬进了班超住所的一间小屋里住。每天天刚蒙蒙亮,师徒二人就起来练武;白天抽空安排文化课程。一个教得认真,一个学得用功;月的武艺眼看着长进,汉字也认了不少。

有一天,月正向班超学习汉字,学着学着,突然打住不学了,一双杏眼怔怔地,直愣神儿。

"月,你怎么了,身体不舒服?"班超紧问。

月不语。

"跟什么人闹别扭了?"班超又问。

月还是不说话。

"是家里出事了?"班超追问。

月两眼还在直直地发愣,班超再也不好问什么了。

"老师,你说我要找个年纪大的人行不行?"月突然发话问道。

"你说的是婚事儿?"

月点点头。

"你在想婚事儿了?"

月又点点头。

月的问话太突然,班超意想不到,毫无思想准备。

"你想这事儿是不是偏早?"班超一时不知如何是好,便试探着问道。

"不早,在我们这儿有句俗话,'只要一帽子打不倒,就可出嫁穿红袍。我都十七了,还晚了呢! 要是寻常人家,两个孩子都有了。"月回道。

月的问话着实令班超作难,他苦苦思考了一番,说道:"婚姻、爱情,年龄并不主要,也不该被金钱、地位所左右,最重要的,当看是否志同道合、情趣相投。只要情投意合,自己乐意,年龄大点不该是障碍吧。"

月一笑,朝他点了点头。

"月,俺倒要反过来问你,你为什么想找个年纪比你大的人呢?"班超向月问道。

"年轻的男人往往不成熟,年纪大的要成熟得多。我想找个成熟的男人,所以想找年纪大的。再说,年纪大的会疼人、体贴人,不像年轻的只知瞎折腾。"月回道。

"只要你自个儿愿意,就由你定吧!"班超无奈地说道。

"我还想找个汉人,您看行不行呢?"月冷不丁又问。

"你呀,尽给俺出难题。"班超指着月嗔道,"你找汉人俺欢迎,只不过你本家本族同意才好。"

"本家本族也得听我的,凡我认准的事儿,我是绝不善罢甘休的。"月坚决说道。

"你是真认准主儿啦,还是跟俺瞎扯一气呢?"班超打破砂锅璺到底。

"好啦,我今天的学业圆满完成啦!"月答非所问地回道。

月说完,又发出一阵愉快的笑声。她眼望着班超笑着,笑着,再也没说什么。

这天夜里,班超久久不能入睡,不知怎的,他竟失眠了。他清晰、真切地听到隔壁王强在说梦话,还不停地大声喊叫着:"东——吉——! 东——吉——! 俺快——回——来——啦——!"

六

西域的春天是转瞬即逝的。"万树梨花"的冬天一过,春暖花开,人留不住,没过几天,花便匆匆谢去,草木嫩绿的颜色很快浓重起来,天也变热,又一年的夏天来临了。

在鄯善王广的请求下,班超带领姚光、田虑、甘英、王强几人,由却胡侯、鄯善都尉、击车师都尉、击车师君、译长等官员陪同,深入各地兵营,对鄯善全国两千九百一十二名官兵轮流进行军事训练。班超还在这些官员陪同下,视察了鄯善所有边界地区,对四邻各个国的情况进行了深入的了解。

班超帮助鄯善进行了军事训练,得到了鄯善王广的深厚谢意,增强了两国友好关系,收获是可喜的。在视察边界过程中,班超掌握了鄯善周围各国的大量情况,满载而归,收获同样不小。在他回到伊循城后,由月协助,整理出大量的笔记。在他所做的笔记中,可见到这样的记载:

疏勒国,王治疏勒城,去长安九千三百五十里。户两万一千,口七万八千六百四十七,胜兵三万二千人。疏勒侯、击胡侯、辅国侯、都尉、左右将、左右骑君、左右译长各一人。南至莎车五百六十里。有市列,西当大月氏、大宛、康居道也。

　　于阗国，王治西城（今新疆和田境内），去长安九千六百七十里。户三千三百，口万九千三百，胜兵二千四百人。辅国侯、左右将、左右骑君、东西城长、译长各一人。南与婼羌接，北与姑墨接。于阗之西，水皆西流，注西海（今咸海或里海或波斯湾）；其东，水东流，注盐泽（今新疆罗布泊）。多玉石。

　　……

　　这仅仅是班超所做笔记的一部分。班超经过调查研究、搜集整理出的笔记，不单对他开展军事、外交活动具有很大的实用价值，也为他哥哥班固撰写《汉书》中的《西域传》提供了翔实、准确的资料。

　　每当他翻阅这些笔记的时候，他都要想到月。在整理笔记的过程中，月帮了很大忙，付出了辛勤的劳动，笔记里面也渗透着她的一份心血啊！

　　正当他翻阅笔记、联想到月的时候，月一声不响地走了进来。

　　月站在他面前，一脸不高兴的样子，看那神态，像是要哭。

　　"月，你怎么了？"班超柔和地问道。

　　月眼里涌出了泪，只是默默地站着。

　　"月，你到底怎么了，有话快说呀！"班超着急地催道。

　　"老师，我想请你帮忙。"月终于开口了。

　　"有什么可为难的，看把你憋成这样。"班超宽慰地说道。

　　"老师，你能帮我的忙吗？"月疑惑地问道。

　　"看你这话说的，你有事儿说出来，俺会全力帮你解决。"班超充满自信地说。

　　"我想请你帮助改个章程。"月说。

　　"改什么章程，你说。"班超道。

　　"从过去到现在，鄯善和西域各国，只有往汉朝送质子的，从来没有送质女的。我想到汉朝当质女，过去的章程就得改。"月道。

　　"你说的事只能由俺们皇帝和送人国的国王才能说了算，你让俺帮这个忙，不把俺难死了吗？"班超束手无策，急得满屋团团转。

　　月见状，愁容顿消，竟捂着嘴笑了起来。

"看把你急成这个样子！这个忙你帮不了吧?"月止住笑,故意严肃地问道。

"这个忙俺帮不了。"班超如实答道。

"我想去汉朝这是真的,这个忙你帮不了就算了。"月一边说着,岔开话题问道,"听说你们要走了,是吧?"

"是谁告诉你的?"班超紧问。

"这你就别问了,反正我知道。"月不紧不慢回道。

关于离开鄯善返回酒泉的事,班超是当作一个秘密去安排的,即便不是秘密,他也不急于告诉月。因为,他知道月好动感情,弄不好就会又哭又闹。现在,他已完全明白月进屋时为什么一脸的不高兴,还憋得要哭,原来她已经知道他一行人马要走的消息。

有什么理由再去瞒一个天真无邪、聪明可爱、善良友好的姑娘呢？班超郑重其事地告诉月说:"是的,上面命令俺们回酒泉。俺们走时,你可不能哭呀闹的。"

"我一听说你们要走就心里难受,还真的要哭。你是我的老师,又是我心中的英雄,我舍不得让你离开。"月充满感情地说道。

"这俺知道,你可要听老师的话,俺们走时光不哭不闹还不行,还得载歌载舞,欢欢乐乐地为俺们送行。"

月终于忍不住哭了。她猛地向前,两手拉着班超,哭泣说道:"你们一定要再来啊,别忘了鄯善,别忘了鄯善人在想你们!"

班超的心被深深打动了。他拉着月的手,深情说道:"俺们一定会再来,俺也一定会再来,俺们是永远不会忘记鄯善人的。"

第六章　于阗除巫

一

班超带领一行人马一回到酒泉,就和郭恂一起向窦固做了详细汇报。窦固大为欢喜,说道:"俺接到你们的捷报就上报了皇上,为你们请了功。圣上闻报非常高兴,又做了两项重大决定。"

"皇上做了什么新的决定?"班超问道。

"一是收回耿秉的传符,由俺统率原有两路大军向西挺进;二是再次派人出使西域各国。"窦固回道,"俺想你等鄯善一行,已很辛苦,想让皇上另派人去,就把你们调了回来。可皇上紧急下诏,不同意另换新人,这任务又落到你们头上。"

说完,他拿出一份诏书递给班超,班超接过诏书一看,只见上面御笔亲书道:

吏如班超,何故不遣而更选乎? 今以超为军司马,令遂前功。

班超看完,正要说什么,王强找上门来,向他请假,说:"俺……俺想去卢水,去……去看东吉。"

班超一下就想起那天深夜王强梦中喊叫东吉名字的情景,问道:"哦?你想她啦?"

"是,想……想得心慌。"

不单班超、郭恂听了大笑,就连窦固听了这样坦率的话,也止不住呵呵笑了起来。

"你光是去看看吗?"郭恂又问。

"不,还办喜事。"

"这可是双喜临门了,俺们一起向你祝贺。"窦固插进来说道。

王强听了,有些发蒙,喃喃说道:"俺……俺只有一喜呀!"

"不,你还有一喜,你的案情早已查清,太守李富也被撤职查办。"窦固明白说道。

王强惊喜万分,高兴得一下跳了起来。"这是真的?"王强激动地问道。

"俺还能跟你说假? 真的就是真的。"窦固毫不含糊地答道。

王强两眼发湿,径直走到窦固跟前,扑通跪在地上,感动地连说:"俺谢谢您了。俺和俺娘一起谢谢您了。"

窦固忙拉他起来,指指班超说:"你的事儿,是他促俺办的,要谢,你得谢他,不要谢俺。"

王强又转向班超磕起头来,边磕边谢,说:"你是俺的大恩人,俺要记你一辈子。往后赴汤蹈火,俺也跟你干。"

班超紧拉王强起来,说道:"今天是个道喜的日子,往事不提也罢;咱还是说说你请假的事儿吧!"

班超指了指窦固,示意由窦固决定,窦固又示意让他决定,他又指了指郭恂,示意让郭恂发话。郭恂也不推让,说道:"牛郎会织女,自当成人之美,俺看就让他去吧! 只是不要让织女缠住,办完了事按期回来就是。"

"是,俺办完了就回,不会让女人缠住,说不定女人还缠俺,跟俺一块儿来呢!"王强兴奋地说道。

"好,好,你就去吧,赚回个女人,俺们欢迎。"班超批准道。

王强刚高兴地离去,老远就听到华里华里旺的声音:"你这样的男人真少见,哄着不走轰着走。"

待她一阵风推着甘英进来,才知她是在跟甘英讲话。

"俺一回来,她就逼着俺成亲。"甘英进门不好意思地说道。

"瓜熟蒂落,该成亲就成亲,什么叫逼着?"华里华里旺反驳道。

"成亲是两人的事儿,甘英愿意吗?"窦固既像是问华里华里旺,又像是问甘英。

"谁说他不愿意? 一回来就找我,搂我,亲我,还摸我呢! 你问他,愿意不愿意?"华里华里旺抢先说道,一下把甘英说了个大红脸。

"你倒是愿意不愿意呢?"窦固问甘英道。

"敢大胆地爱,敢大胆地恨,把真心袒露出来,这才称得上男子汉。"没等甘英张嘴,华里华里旺又连珠炮似的说道。

"甘英,既然是男子汉大丈夫,你就袒露下真心吧!"窦固催道。

"俺……也没说不愿意呀,俺只觉得俺俩都远离双亲,不能由老人做主,也得向官长打个招呼,这不更好吗?"甘英依然腼腆地说道。

"这也对呀,父母不在,俺们帮你俩做主,今儿个正好俺们几个当官儿的都在,你当面说说,华姑娘要和你结婚,你愿意吗?"窦固又道。

"她乐意,俺也乐意。"甘英鼓足勇气说道。

"由谁当你们媒人呢? 干脆,俺指定,你们的司马担当此任,如何?"窦固问二人。

"我愿意。"华里华里旺抢先回道。

"俺巴不得呢!"甘英满心欢喜地应道。

"俺也说这媒人选得好,那咱们就单等喝喜酒吧!"郭恂也高兴地说道。

"到时我们俩要拿最好的酒招待你们,感谢你们成全我俩。"华里华里旺真诚地说道。

"好了,咱一起准备吧! 俺们要把你们的喜事当成自己儿女的事去操办,办得好好的,热热闹闹、欢欢乐乐的,保你俩满意。"窦固关切地说道。

华里华里旺向窦固、班超、郭恂鞠躬施礼,连说:"谢谢! 谢谢!"说完,大大方方拉上甘英,欢蹦着离去了。

郭恂眼望着华里华里旺和甘英的身影,像忽然想起了什么,与窦固搭话说:"窦统帅,俺眼见两对新人要结成亲,一下想起你在俺们去鄯善前讲的四喜并生的话。今天,不,就是刚才,咱们得知两对新人要成亲,此二喜也;鄯善立功受奖,三喜也;再加上皇上给咱下诏,也是四喜,这第二次出使西域兆头也不赖呀!"

"这次与上次单去鄯善不同,要完全打通与西域各国的关系,任务相当繁重,需要很长的时间,困难也要大得多。"窦固说,"你们去鄯善前俺说兆头好,只是个鼓舞士气的玩笑话。任务完成得怎样,干得如何,关键在决策。这次你们走动的国家多,要兼通西域南北二道,俺看还得给你们增添人马,你们看增添多少是好呢?"

"还是上次原班人马,三十六人足矣!"班超回道。

"你呀,就认准了'六六大顺'!任务需要,还是增加点人吧!"窦固好意劝道。

"人多事繁,如遇不测,反倒累赘。"班超坚持说道。

"窦统帅一心为咱们着想,该增就增点儿人吧!"郭恂也劝班超说。

班超不语。

窦固看出班超的固执,也强硬地说道:"最少,俺得给你增添两人。"

"你给增添什么样人?"班超问道。

"王强要把东吉娶回来,你带不带?"窦固反问道,"华里华里旺嫁给甘英,你能长期拆散人家?"

"你给俺们添俩女的呀?"郭恂意想不到地问道。

"女的又怎么样? 东吉你们是知道的,甘英那个'花里王'也好着呢,两人都有用场,绝不会成累赘。"窦固坚持己见。

"添俩女的,俺要,三十八人,再多不要。"班超似通非通地回道。

"添俩女的就对了,她俩各有用处不说,也不能叫你们清一色一帮光棍啊!"窦固说着,自己竟诙谐地笑了起来。

东汉永平十七年三月五日,鄯善王广举行了一次空前盛大的招待会。

"这次,我要把你长期留下。"广死死拽住身旁的班超说。

"俺是个过客,在你这儿落落脚就要去于阗,是留不住的。"班超说。

"这回我有充足的理由把你留下。"

"什么理由?"

"凭你自己说过的话。"

"什么话?"

"人世间生活最好不过'安乐'二字。"

"这话俺说过。"

"好,我会让你安乐,也有办法叫你留在鄯善。"

"俺现在能安乐吗?"

"能。"

"俺倒要看你怎样留俺。"

广不再答话,招来一侍女吩咐说:"叫人来!"

不一会儿,月款步而来,亭亭玉立在班超面前。班超见了,喜出望外,连忙站起,主动对月说道:"俺说一定会再来,这不,咱又见面了。"

"看来,你没忘记鄯善。"月说。

"没。"

"也真没把我忘掉。"

"那怎么会呢?"

"老师讲信用,是个男子汉。咱们能单独谈谈吗?"

"行,行,那怎不行?"

"好,你先跟我哥哥交谈吧,咱们抽空儿再说。"月很有礼貌地暂时告辞了。

"就凭她,我也要把你留下。"广诡谲地一笑,信心十足地说道。

"此话怎讲?"

"我不留你她也要留你。她早看上你了,说若不嫁给你,就永居深闺。"

班超不禁一震。

"我妹拜你为师,受益匪浅,你是她心中的英雄男子汉,她是离你不得了。"

班超局促不安,手足无措。从内心里说,班超觉得月十分可爱,是非常喜欢月的。可这种爱,这种内心的喜欢是真挚而单纯的,从来没有想到两人能结秦晋之好,会成为亲密的伴侣。现在他才明白,月跟他说要找年纪大的汉人、要到汉朝当质女时,实际是在倾吐爱慕之情。对了,有一次月说她最理想的爱人既是父亲又是兄长,是朋友又是老师,照管起来又像儿子,他只当月是在谈个人对婚事的想法,从没联想到自己。现在他全明白了,那些话全是冲着他来的。

"我妹妹的心思,我可全兜给你了,你看着办吧!"广在旁催促道。

班超陷入了沉思。窦固对班超个人生活的事,是十分关心的。几次有人去洛阳,他都要把班超夫人接来。班超夫人每次都这样回说:"婆母年迈,有病在身,夫在外,只好由俺代为行孝,不能离家。夫长期不归,可在外边再找一人家,也好有人照应。"每念想及此事,窦固心想:像班超这样的人,再娶个新人也不为过,何况夫人早已答应过呢! 就在班超第二次出使西域之前,他也曾跟班超谈过再娶的事。

班超长期在外,虽全心系于事业,每想及只身一人,也以没有女人为苦。

近来,王强、甘英虽因匆匆西行,未能成婚,但都与女人成双成对,恩恩爱爱,有说有笑,令人心羡。第一次来鄯善,广把月安排在自己身边,日久天长,一种爱慕之情油然而生,可一想到年龄悬殊、民族差异,他便马上制止自己往男女之情方面去想,只以师生之谊、忘年之交为乐事,保持着一种纯真的友爱关系。如今,面对月纯真执着的爱心,如何是好呢? 年龄的差距,月不计较,自己何乐而不为? 民族不同,又算什么? 张骞在西域娶胡妻,历代公主嫁胡人,被传为佳话的昭君出塞嫁给呼韩邪,都不计较族别,自己为什么不可为呢? 更何况月是那样年轻貌美、活泼可爱,与她结合真乃天赐良缘,同她生活在一起,该是多么难得的幸福啊!

"我们这里人都是直心肠,有话就直来直去,我问你,我妹要嫁给你,你喜欢不喜欢?"广又催问道。

"俺喜欢,俺乐意。"班超一下想到华里华里旺"敢大胆地爱、敢大胆地恨,把真心袒露出来,这才称得上男子汉"的话,勇气十足地答道。

"好,我很快就给你俩完婚。"广分外高兴,也很得意地说道,"你看,我这不就把你长期留下啦?"

"我们完婚可以,但俺还是不能留下。"班超说道。

"为什么?"广问。

"俺和月成婚,自当安乐。可俺还不能只图个人安乐,而是要百姓安乐,国泰民安是也。只有国泰,方可民安,包括鄯善在内。俺这次来要走动的国家很多,任务很紧很重,在鄯善确属路过,不可长住。"班超回道。

广无言以对了。

"俺明天就和月结婚,婚后把她带走,你看行吗?"班超向广直言问道。

"好,好,只要你答应跟月结婚,我就高兴,就依你,你们的喜事明天办。"广回道。

第二天,伊循城内百乐齐奏,锣鼓喧天,鄯善王广为班超和月举办了一次规模盛大的结婚典礼。鄯善文武官员,个个重礼祝贺,班超全体随员,人人纵情欢庆,就连城内百姓,也闻讯一起庆贺。满城喜气洋洋,热闹非凡。

班超和月婚礼一完,喜气未尽,就同一行人马,又踏上了遥远而又艰苦的路程。

二

这一次,班超选择的落脚点是于阗。

于阗在塔克拉玛干大沙漠南面,巍峨的昆仑山北麓。在当时有三万两千户、八万三千多人口,是南道葱岭以东的大国。

班超选中于阗落脚,一是想到于阗王广德的叔父休莫霸在位时曾借助汉人之力,与汉建立过友好关系;二是考虑于阗王广德目前的处境,从战略出发,很有必要助他一臂之力。广德继承王位以后,国力强盛,打败了称霸于南道的莎车,从精绝西北至疏勒十三国都臣服于他,一度成为南道霸主。北匈奴听说这一情况后,派了五员大将,调动焉耆、尉犁、龟兹等十五国三万多兵力前来围攻于阗。在北匈奴强大的阵势面前,广德乞降,把太子交给北匈奴做人质,还答应年年为北匈奴贡献粮食、棉花和牛羊。尽管广德臣服于北匈奴,还让北匈奴派使者监护其国,但和北匈奴的矛盾很深。班超考虑这些因素,认为有可能把广德争取过来,使于阗成为汉的盟友。

于阗的国都设在西城。在距西城十几里处,班超令一行人马停住,派甘英和几个士卒带上丝绸锦缎、金银器具等礼物,进城向国王广德通报。

过了好长时间,甘英几人才打马飞来,一见班超就气喘吁吁地说道:"广德待咱傲慢无礼,几次求见,他都不应,最后只是让人拿来一封信给咱。"

"礼物收下了?"班超问道。

"礼物倒全收下了,真是来而不往非礼也。"甘英回道。

班超不再多问,连忙打开信件看了起来。他不看则已,一看便心急如焚,万般无奈,跺脚说道:"唉,上面都是外文,俺一个字也不认得,这可怎么着?"

"于阗话也许我能听懂,可惜匈奴没有文字,我也不认外文,要是有人能念出来,就知上面写的是什么了。"华里华里旺也着急地说道。

月不言不语,文静地将信接过,悄然看了一遍说:"大伙儿先别急,我试着念念,就明白信的内容了。"

只见她不急不慌,当众念道:

汉来使者:

知你等到来,寡人本当亲迎,怎奈内政外事千头万绪,自顾不暇,故近日实难接见。

鉴于城内治安,请你等暂在城外十里处寨宿是盼。并请切勿擅自走动。勿谓言之不预也。

于阗大人　广德

"这广德太傲慢了,咱得给他点颜色看。"月刚念完,姚光便气愤地说。

"一个小小国王在咱面前自称'大人',什么'大人',非收拾他不行!"田虑也气愤地说道。

"他怕咱们进城影响社会治安,不是把咱看成小偷劫匪了吗?"甘英不满地说道。

"什么无盐无鱼的,怕咱怪他不给鱼吃,全是胡话。"王强故意打岔发泄说。

华里华里旺听着男人的粗话暗自捂嘴笑。郭恂和月默不作声,心里打转转,在思考着什么。

班超听完这信,甚感意外,心里很是不悦、不安。他只好命随从们按于阗王的吩咐,在城外安下营寨,拭目以待,见机行事。

这一晚打灶吃饭后,他虽有年轻貌美的月陪伴,但心事重重,双眉总是不解。他在想,一到于阗便吃了个闭门羹,这到底是为什么?又该怎么办呢?

入夜了,他思虑万千,怎么也无法入睡。见月已上铺睡去,索性吹灭灯火,走出帐来。

帐外,月光如水。月光下,南部大山黑魆魆绵延挺立,犹如天地间设下的巨大屏障;北边,平地黄沙,极目无边,天地浑然一体。在这荒无人迹的大戈壁上,他倍感天地空旷,充满一种从未有过的寥落、渺茫之感。人,在这天地间太渺小、太渺小了,命运途中,随时都会茫然无措。当年立下封侯志,理想远大,可人生之路,绝非平坦笔直,走起来,谈何容易!两年来的戍边生涯,每迈出一步,都有艰险,自己付出了多少劳苦和心血!有时想来,这又何苦呢?难道,这就是人生?不,人生就是奋斗;要奋斗,就需要付出艰辛的代价。可是,这于己是心甘情愿、无悔无怨,可又何必牵连他人,让别人随同自己遭受磨难、历经艰险呢?

"我要跟你一起走。"那晚，月对他说。

"不行，你不能跟俺走。"他说。

"你不是当我哥的面说要带我走吗？"

"那只是说说而已。"

"人的话岂可信口而出，说了不算？我要跟你走，我不会成为累赘，会有用的。大丈夫一言既出，驷马难追，你就答应了吧！"

他无言以对，紧紧把她抱在了怀中。

就这样，月和他一道踏上征途，来到于阗西城城外，和他一起餐风宿露，置身在戈壁荒滩。

他让月跟来，真做对了，月不但没成为累赘，还真起了大作用呢！今天，于阗王广德的信，谁都看不懂，要没她，那就真糟透了。想到这儿，他打心里感激月。

于阗的初春之夜，虽不像严冬那样天寒地冻，也是透凉的。班超想着想着，禁不住浑身打起了哆嗦。

他正觉寒冷难耐，一件又厚又沉的皮大衣披在了他身上。他立时感受到月的温馨。

"怎么，你睡醒了？"他转身向悄然而至的月问道。

"不，我也没睡呢！"月回道。

"哦？是俺牵连你了？"

"不是牵连，是同病相怜。"

"怎的同病相怜？"

"我知道你在为今后担忧。"

"你知俺担忧什么？"

"今天广德无礼不接见，吃个闭门羹尚不打紧，明知身陷绝境、死无葬身之地也不可怕。"

"那还有甚可担忧的呢？"

"广德限制咱们进城，咱们什么消息也不会知晓，情况不明，这是最令人担忧的了。"

"你，太知俺心了。"

"做妻子的，应知夫心。请不必忧心忡忡了，妾已有办法摸清情况。"

"你有甚办法，快快说来。"

"明天,让东吉、华里华里旺扮成侍女,我带她俩进城去见广德国王。"

"这能行?"

"妾来前已有准备。"月慢慢说道,"本来,我哥哥为你写了一函给广德,妾考虑再三,有所不便,倘遇不真,必身陷绝境,就让哥哥又为我写了一信,说我到此游玩,请他关照。广德会热情待我的,我一进城,你就有耳目了。"

说着,她又把嘴凑到班超耳边细语一番,班超听后豁然开朗,非常高兴。

班超一下将月抱了起来,竟像年轻人一样,一连转了好几圈儿,然后猛地停住,把她重重地吻了又吻,直把月吻得瘫软在他的怀抱里。

三

翌日清晨,月一身公主装束,由"侍女"东吉、华里华里旺陪伴,带领田虑等五个"侍士"一起拥进了西城。于阗国王广德见有鄯善王广的亲笔函件,不敢怠慢,盛情接待,并专门为她们安排了住处。

国王广德刚接见完鄯善公主等来客,一个蓬头垢面的神巫大摇大摆地破门而入,登上殿堂,煞有介事地说:"听说汉来使者,你有心向汉。"

在于阗,从国王到庶民,都是信奉巫神的,神巫的话,比圣旨还圣旨,广德连忙分辩说:"汉确有来使者,但寡人并未向汉;而且,汉使求见,寡人未准,至今未曾接见。"

那神巫又说:"汉使有骃马一匹,速派人牵来给我。"

"汉使果真有骃马?"广德忙问。

"我已令人打探,那个汉使头目骑的马,正是我所需之马。"神巫扬眉闭眼回道。

"寡人派人去要好了。"广德答应道。

神巫见广德应允,也不弯腰鞠躬,傲然转身,趾高气扬地走了。

当天下午,广德便派人夹到班超营帐要马,说:"神巫找国王说,需要骃马一匹祭巫,知你营寨骃马正是他所需之马,国王派我等前来讨马。"

"神巫既相中俺马,俺自当奉上。不过,最好神巫亲来过目,看俺马是否正合他意。"班超对来人说道。

广德派的人一听,告辞而去。班超随从见班超答应把马交出,都很失望,纷纷议论起来。

这个说："神巫故意找碴，欺人太甚。"

那个说："答应神巫要求，说明咱太软弱，不免失策。"

这个又说："班司马聪明一世，怎就糊涂一时？这一糊涂，骒马没了他骑甚？"

那个又道："骑甚？骑神巫的马也没咱骒马好，神巫算什么，把他杀了。"

班超听着众人议论，不慌不忙，无事一般，只是劝慰众人，说："你等之言有理，神巫既然看中俺马，那就让他亲取就是了。"

众人愈加愤愤不平，班超火了，右手"啪"地一拍，大声喝道："骂人有什么用？听俺的，就如同没事一般。"

原来，月进城后，时刻留心广德国王的动静。神巫要马的事，她很快就打探清楚，便写一密信，交给了班超。班超心中自然明白一切，自有主张。

第二天上午，那神巫果然出城，亲自带译长和一帮武士来向班超讨马。

班超走出营帐，以礼相迎，当即叫人把自己所乘骒马牵到神巫面前，让神巫验马。

神巫定睛一看，这马全身浑黄，马嘴油黑发亮，确认是骒马无疑。神巫正要上前抚摸，不料想，那马竟掉转屁股，两条后腿一叉，朝他拉起屎来；继而屎尿双倾，步步后退，向他靠近，屎尿溅满他两脚双腿，引得人们哈哈大笑。

神巫气恼交加，顺手抄起一根大木棍就要狠狠打马。

班超制止道："俺这马跟俺多时，通晓人性，不可虐待。"

那神巫动手不得，只好作罢。

"神巫所要，可是这马？"班超问道。

"正是，这是骒马无疑。"神巫回道。

"可祭巫否？"班超又问。

"唯有骒马可祭。"神巫又答。

"俺知道，于阗上至国王下到庶民百姓，都信奉你。可俺，却是倒背着手撒尿——不扶（服）你。"

神巫所带译长，无法翻译出班超关键的意思，只好听任班超随意去说。

班超又道："俺既答应将马给你，自然说话算数，可俺也有一点小小的条件。"

"什么条件？"

"你出三人，能把俺的一人打倒，可将马立即拉走。"

神巫当即派出三条五大三粗的壮汉。

班超尚未发令,只见姚光三晃两晃走出人群,脱去上衣,双腿叉开,来了个骑马蹲裆势,问正在摩拳擦掌的三位壮士:"哪个敢来?"

只见神巫派出的一壮士猛地冲上前去,挥拳朝姚光的大肚子打去。姚光眼见那拳迅猛击来,既不躲,也不闪,只一吸气,将那拳连同半只胳膊紧紧嵌在肚上,那壮士就动弹不得。又见姚光大肚一挺,说了声:"回去吧!"那壮士便被弹出三丈多远,扑通躺倒在地。另两个壮士赶上前去,抱头的抱头,抱腿的抱腿,用尽全身气力,姚光却如钉在地上一般,分毫不动,只一声:"去他娘的吧!"两臂一张,双腿一叉,两个于阗壮士便滚出老远,再也爬不起来。

"俺的人赢了,这不算数。俺知神巫法术高超,还会跳大神,只要神巫能把俺们中的一人跳乐,你就可把马牵走。"班超又道。

那神巫脸不红心不跳,板着面孔就跳将起来。起初,他面孔严肃,只以动作取胜;跳着跳着,眼见没有一人发笑,便张嘴吐舌,挤眉弄眼,满脸滑稽,逗起人来。这一着果然奏效,引得人们笑声四起,后来竟前仰后合、弯腰岔气,满场大笑不止。

那神巫十分得意,还在疯狂地跳着。班超眼见全场大笑,便向神巫走去,严肃说道:"你跳得好,可以停止了,去牵马吧!"

那神巫还真的听话,止住跳,就向班超的骃马走去。正当他抓缰牵马之时,只见班超剑从鞘出,一瞬之间,人头早已落地。班超砍杀神巫以后,赶紧命令吏士们:"把神巫所带人马,统统抓起来!"

他话音一落,神巫所带人马全部被擒。

班超又大声下令说道:"提上人头,咱拔寨起营,一起进城给广德送礼去。"

不多时,班超的全部人马,全副武装,直向西城飞奔而去。

"今有一神巫专与汉使作对,竟敢夺人所爱,占我宝马,真强盗也。来犯者已受惩处,现将人头奉上,权当进见之礼。"班超登上于阗王大殿,向国王广德慷慨陈述。

班超接着向广德追述了于阗前王与汉建立的友好关系,详尽揭露了北匈奴对于阗等西域各国的压迫、掠夺罪行,还向广德说明了他一行人马出使西域的目的,讲得广德心悦诚服,频频点头称是,抱头不语。

"嚓"的一声,广德面前的案头猛然被削去一角。只见广德一边收刀入鞘，一边向班超发誓说道："倘若我不一心向汉，就像这桌子一样，分身两截。"

班超急忙向前，拉住广德的手说："如此，班超如对于阗有失礼处，定当以身谢罪。"

广德见班超以诚相待，十分高兴，忙吩咐臣属为班超一行人马安排住处。然后，指着神巫的头，弦外有音地向班超说道："这礼我收下，必当以同等之礼还礼。"

当天下午，班超一行人马便住进了西城城里，与月等先来数人欢欢喜喜团圆了。

当晚，广德召集辅国侯、左右将、左右骑君、东西城长、译长等满朝大臣作陪，举行盛大宴会招待班超全体人员。

酒酣处，广德一声令下："向班司马献礼！"

话音一落，一颗人头摆在了班超面前。

"这是监护我国的北匈奴使者的首级，他所带人马已全部被杀。"广德向班超恭敬地说道。班超大喜，连忙举杯向广德祝道：

"俺衷心祝贺于阗独立自主，并愿你心俺心长相连，俺班超定会与于阗人生死与共，同甘苦，共患难，为创建于阗大业，贡献最大力量。"

广德听后十分激动，连连举杯发誓："我将与汉永生友好相处，让这友好关系代代相传下去。"

晚宴后，班超一伙人余兴未消，又聚在一起攀谈起来。这个说："俺还真以为班司马要将他骑的马给神巫呢，还说他软弱、失策，真是错怪他了。"

那个道："要说咱班司马不欺人倒是真的，面对欺人的人，他何曾服过软？说他失策就更不对了，他让神巫亲自来取马，不答应给马，怎能把神巫钓上钩来？"

这个又说："谁说咱司马'聪明一世，糊涂一时'呢？他心里可有主张哩，他杀神巫前，把那神巫耍弄一番，真让人开心。"

"你们男的快打住吧。"华里华里旺插进来说道，"咱来于阗除巫计策高，别忘了咱那新媳妇儿'公主'的功劳，要不是她张罗进城，咱就什么情况也不知道。"

"说得对，别忘了新媳妇儿的功劳。"

郭恂站出来说道："华里华里旺说得对，咱们除掉神巫，进城的人打探情况也有功。大伙儿不是想听月的吗？现在就让她叙叙,好不好?"大伙一片掌声,齐声叫好。

月沉稳地站了起来,稳稳重重向大家说道:"咱们于阗除巫,痛快、干脆、利索。说到功劳,功劳是大伙儿的。我一人进得了城么？即便进去,没人陪伴也干不成事。大伙儿说,是不是这个理儿?"

"俺小媳妇儿叙得真不赖,真是俺的好媳妇儿。"班超的话,立时引得满堂大笑。又听他说道:"今晚广德举办的盛大宴会,是招待会,也是庆功会,大伙儿想咱自己再庆贺庆贺也行。不过,咱得好好想想今后的事。人无远虑,必有近忧啊!"

这一夜,大伙儿睡得很晚,很晚,觉却睡得很香,很香。

班超除巫的消息不胫而走,使于阗全国大震。广德怒斩北匈奴使者、与汉结为友好的决策,得到了举国上下的拥护。于阗从北匈奴"监护"和沉重租赋的剥削、压迫下摆脱出来,独立自主了。

班超决定以于阗为基地,逐渐打通被北匈奴控制的其他各国。他想,于阗的独立自主、繁荣昌盛,对那些受北匈奴控制和剥削的国家,无疑是一个良好的榜样。所以,他和郭恂等人商议,在冬天到来之前不再出使别国,一是要协助广德训练军队,二是要帮助于阗发展生产。在于阗,三万多官兵占全国总人口的三分之一还要多些,班超向广德建议参照汉军屯田的做法,既让军队搞军事训练,也搞生产。于阗是一个以农为主的国度,班超听说于阗人种地不施肥料,便建议广德组织人力,深入农村,开展积肥活动。这里的桑树,遍地皆是,班超派人为当地人准备下大批蚕子,大力发展养蚕事业。昆仑山的玉,天下闻名,广德接受班超的建议,将一部分士兵调往深山,大力开掘。

转眼间,已是春去夏至之日。经过精心治理,广阔的田野麦浪滚滚,高粱、谷子等作物苗壮成长。蚕茧丰收,丝织业大开。贵重的玉石源源采出,大批钱财源源而来,把个广德国王和满朝文武大臣喜得笑逐颜开,无不称快。

在于阗,班超的名字家喻户晓,他受到了于阗举国上下的崇敬和爱戴。

四

在班超带领一行人马出使西域的同时,北匈奴针锋相对,也派使臣四处活动,加强对西域各国的控制。除了控制与其接壤的车师后王庭、车师前王庭以外,还派人南下,直接控制了焉耆、龟兹等处于南北交通要道的国家。

于阗王广德效法班超勇除北匈奴使者,受到满朝大臣的拥护和全国人民的称赞,自是满心欢喜。

在盛大宴会后的一天,他和班超叙谈,不无得意地说道:"与北匈奴控制的别国国王相比,我感到很幸运。"

"你怎的幸运?"班超问。

"你看,北匈奴人把龟兹王杀了,立听从他们的人为王;龟兹王名义上是国王,实际上是傀儡一个,事事须言听计从,毫无自主权力。"广德回道。

"你没屈从于北匈奴,还尽斩北匈奴使者,争得独立自主,实在可喜可贺。"班超称赞道。

"龟兹王建也够可气可恨的,他甘当奴才也就罢了,竟还仰仗北匈奴势力在西域北道称霸,近日还派人杀了疏勒王,让龟兹人兜题去当疏勒王。"广德气愤地说道。

"竟有这等事情?"班超紧问。

"千真万确,疏勒王还是我们亲戚呢!"

"让龟兹人当疏勒国王,疏勒人安能忍耐?"班超也气愤地问道。

"上至文武大臣下至黎民百姓,可不满呢!"广德回道。

班超沉默良久,又开口说道:"俺不能眼见北匈奴肆意扩张,到处为非作歹,想带人去疏勒走一遭,看能不能挽回疏勒局面。"

"你人少力单,须慎重考虑为是。"广德提醒道,"以我之见,不必太匆忙,到明春行动不迟。这样,既可详细了解疏勒情况,又可做好充分准备。"

班超将广德说的情况告诉了众人,众人都觉愤愤不平,立时议论起来。

"龟兹人凭什么当疏勒国王?也太霸道了。"姚光说。

"咱到疏勒去,看俺怎样把兜题拉下马!"田虑捋胳膊卷袖道。

"上回你给女的当配角,这回你当主角,咱女的给你配出戏。"华里华里旺接道。

"还有俺一个。"东吉也接道。

"大伙儿唱戏才热闹,还有俺们呢!"王强又接道。

"对,戏由大伙儿唱。"甘英应和道。

班超经与众人商量,也是在众人的强烈要求下,决定采纳广德的意见,待来年春天前往疏勒。

转眼间,冬去春来,班超选择了一个黄道吉日,率领他的全体人马离开于阗,踏向通往疏勒的道路。

出发这天,于阗王广德率文武大臣倾城而出,为班超一行送行。他再三向班超祝福一路平安,连连说道:"遇有紧急情况,务必火速通报。"

班超施礼道谢,握手道别,就上路走了。

疏勒在于阗的西北边,是西域南北二道的枢纽之地,自疏勒,北道西逾葱岭,可至大宛、康居、奄蔡诸国;自疏勒至莎车,南道西越葱岭则至大月氏、安息诸国。班超不顾风险,下决心去疏勒,无疑是想到了疏勒对打通整个西域的战略地位和战略意义。

这一天,风和日丽,班超一行来到距疏勒国都疏勒城(今新疆疏勒境内)九十里的地方,勒马止步,下令安营扎寨。

班超在远离疏勒城的地方便止步不前,是听了广德的劝告,对兜题有所防备——事情进展顺利自然好说,倘有不测,也好另行谋划,再定计策。

安好营寨以后,班超把人召集在一起,向田虑吩咐道:"你曾自告奋勇要把兜题拉下马来,明天一早你先进城劝降。兜题本是外种人,疏勒人一定对他不满。他若受降则可,不降你就把他抓来,向我报告。"

"俺进城抓个把人,如囊中取物,易如反掌。只是兜题是一国之王,如何近得他身?"田虑不免犹豫。

"这事不难,"华里华里旺插进来说道,"咱穿上原来服装,说是匈奴公主,有谁不信? 由东吉扮作侍女,保你带几个人进城去见兜题便是。"

"好主意,明天进城,我算一个。"东吉立时应道。

"你看这样如何?"班超向田虑问道。

田虑嘿嘿笑了,只是连连点头,并不做声。

"你可知道,她俩只是帮你进城上殿,主角还由你唱。"班超见田虑点头应允,又吩咐道。

"嘿嘿,嘿嘿,这俺知道,只要俺见得兜题,一切由俺,保证见好。"田虑嘿嘿笑着回道。

第二天一大早，田虑就和华里华里旺、东吉等五人打马飞奔，向疏勒城驰来。因伴着"匈奴公主"，进城、入宫畅通无阻，大模大样登上了国王的殿堂。

国王兜题实际上是北匈奴所立，一见"匈奴公主"不远万里来到疏勒，受宠若惊，哪敢怠慢？他刚向大臣交代完隆重接待"匈奴公主"的礼仪和日程安排，只见一个又瘦又小的"公主随从"递上一封函件，说道："俺汉使者也，今俺大军已开赴城外，有一事情特来相商。"

兜题大惊失色，一时懵懵懂懂，瞅瞅华里华里旺，又瞅瞅田虑，问："你们不是一起的？"

"这你不用管，"田虑正色道，"仰仗北匈奴势力，夺别国之主权，不仁不义之举也。你本非疏勒人，凭甚在此称王？俺汉军主持公道，前来劝你退出王位。其他的话，之后再说不迟。"

这兜题身高体大，体力过人，再加上武艺在身，向来骄横自恃。他听完田虑的话，才咂出味儿来：原来汉使是让他主动退位，把王位交还给疏勒人。他想前有本国撑腰，后有北匈奴支持，哪里肯依？见田虑个小力单，瘦鸡一般，也不管北匈奴公主是真是假，两眼一眯，捋着满脸胡须，问道："我要是不退呢？"

"你听说班超率我等在鄯善全歼北匈奴使者、在于阗除巫的事儿了吧？"田虑反问。

一听到班超的名字，兜题不由得一怔，故做镇静地回道："听说过，此一时彼一时也，此一地彼一地也。我们龟兹是西域大国，又有强大盟友北匈奴，班超人等，有何可惧？"

"你在俺面前竟敢讲如此大话，恐对你大大不利吧！"田虑警告道。

兜题不由得哈哈大笑，蔑视地说："你？你算个什么东西，我要抓你，不跟抓小鸡似的？"他说着离开了座位，果真伸出大掌，像抓小鸡般要把田虑抓起来。

不料想，田虑眼明手快，一蹲身就直奔兜题裆里，一把抓住兜题那玩意儿，直疼得兜题喊爹喊妈，求饶不止。别看田虑个头矮小，却力大无比，只轻轻一挺，就把兜题悬空举了起来，狠狠骂了声："去你娘的！"就把那身高体壮的兜题重重摔在地上。接着上前，一脚踏住，厉声喊道："快把他捆起来！"

兜题被踏在地上,欲动不能,早已被田虑和两个士卒死死捆住。

在朝的疏勒文武大臣,被这突如其来的举动吓得目瞪口呆。那胆小的早已悄悄溜走,胆大的因对兜题心怀不满,谁也不去帮他,眼睁睁站在原地看热闹,有的还不禁拍手称快。

东吉、华里华里旺在一旁见田虑手脚麻利,没等她们上手就把兜题摞倒在地,胡乱捆住,着实痛快。

田虑把沉重的兜题扛在肩上,几人前呼后拥走出门来,解缰上马,直朝城外驰去。

回到营寨,田虑把兜题朝地上一扔,忙向班超报告说:"兜题不识抬举,骄横无礼,让俺们抓来了。"

班超大喜,为田虑等人记一大功,迅即召集人马拔寨起营,向疏勒城奔去。

班超一行来到疏勒城时,兜题被抓的事早已轰动全城。一阵惊乱之后,疏勒文武大臣都为兜题被拉下王位而高兴,纷纷回到朝中,聚在一起议论着什么。街头巷尾,百姓聚集,无不拍手称快。

班超进到城里,受到人们的夹道欢迎。他来到殿上,面对疏勒朝野各位大臣,列数龟兹依仗北匈奴势力,对疏勒欺凌压迫的种种罪状。班超激愤地说道:"疏勒人,应当由疏勒人自己掌握自己的命运,疏勒当是疏勒人的天下。自己的天下何必由他人前来称王?疏勒人应当自己管理自己,选出自己的代理人来。"

班超的话,赢得满堂喝彩。众大臣一致推举前国王之侄忠为国王。班超深表祝贺。

忠一登上疏勒国王王位,做出的第一个决定就是要把兜题杀掉。这一决定也受到了满朝文武大臣的一致拥护。班超心想,兜题仅仅是龟兹的一个代理人而已,而龟兹本身又受北匈奴指使,他本人是奉命而来,未必恶贯满盈,杀与不杀,应由他的罪行决定,不该因他是一个外人当了疏勒国王就被宣判死刑。根据他的了解,兜题除骄横自恃以外,并未犯下什么罪行,杀他一人,就跟斩断一棵大葱一样轻而易举,但也很容易让龟兹人抓住把柄,引发完全可以避免的争端。班超据理全力劝忠,不要杀掉兜题。在班超的说服下,兜题被放还了。

在疏勒的日子里,班超象在于阗一样,帮助疏勒进行军事训练,大力发展生产,很快给疏勒带来一派生机。在疏勒,人人都在呼喊着班超的名字。

五

在班超帮助疏勒摆脱龟兹人统治的半年以后,窦固、耿秉两支人马兵合一处,共两万一千多人,在窦固的统率下,浩浩荡荡开进了天山,直向北道战略要地车师进军。

这一重大军事行动是皇帝刘庄亲自决定的,他的意图很明显,从军事上紧密配合班超第二次出使西域,打通南道,并把直接受北匈奴控制的车师解脱出来,打通西域北道。

车师分前王庭和后王庭,前王庭都城在交河城(今新疆吐鲁番城西,尚有遗址存在),由车师太子玉掌管;后王庭在前王庭东北千里以外的高山大岭之中,国都在务涂谷,由国王安得直接掌管。

窦固召开军事会议,讨论先攻取前王庭还是后王庭。耿秉脾气火爆,见会议开了半天还没有结果,气呼呼地丢下一句"不获全胜,提头来见"就走了。

"耿副帅怎么就这样走了?"苏安嗔怪道。

"就随他去吧!"窦固无奈地说道,"咱可不能让他孤军深入,也只好拔营紧跟他去。"

……

耿秉要先攻取车师后王庭,一声令下,他手下官兵哪个不听,哪个不随?别说是让他们跟他去打仗,就是赴汤蹈火,他们也不会说半个不字。这倒不是他们惧怕耿秉盛气凌人,而是因为他们全都知道,耿秉这人带兵打仗,从来是冲锋在前,退却在后,每一仗都身先士卒,所以他们都愿听他的,打起仗来个个勇猛,死而无怨。

耿秉率大队人马一到车师后王庭地面,不由得想到去年出居延塞反击北匈奴的情景。当时北匈奴眼见大兵压境,便采取"不利则退"的惯用方法,不战而退。尽管耿秉率军直追六百里,也一无所获。

这一次他接受去年的教训,绝不虚张声势,直扑杀上去,而是悄然而至,先按兵不动。

他派人化装成当地人,仔细侦察车师后王庭军队的布防情况和北匈奴军在车师的阵势。当他得知安得带了几个官兵去了金满城,车师和北匈奴大部人马在务涂谷后,立即决定向务涂谷进军,先消灭敌方有生力量。他手持长刀,大呼一声,一挥手,便率军猛扑过去。刹那间,他的人马连杀带砍,斩首数千级,缴获马牛羊驼十余万头。

安得在金满城闻讯大为震怖,连忙带领几百名官兵从城里出来,前往务涂谷迎接耿秉,以示投诚。

安得归汉以后,发誓断绝与北匈奴来往,永远与汉友好,并亲自当向导,引汉军来到车师前王庭首府交河城。

交河城在车师后王庭西南,距务涂谷一千里。一条从北部常年积雪的高山涌出的河流分绕城下,所以车师前王庭所在地就起名为交河城。

有安得出头露面,太子玉遵从父王的旨意一心向汉,交河城不战而下,窦固大军浩浩荡荡开进了交河城。

窦固身临其境,眼见城池坐山而起,四周城墙连同山石城基二三十丈高,城下河水又宽又深,湍流急涌,形成易守难攻之势。他心想,这若是攻打起来,不知要死伤多少人马,越发感激耿秉先取车师后王庭一箭双雕的主张了。

“车师是通往西域的门户,从历史上就是与匈奴的必争之地。”窦固说道,“当今皇上决定降伏车师后设置都护和正副戊己校尉,都护陈睦、戊己校尉耿恭由皇上钦定,副戊己校尉从班超一行人中选定一人,协助耿恭带两千人马。你们看如何?”

耿氏兄弟三人一致同意,毫无异议。

“真想见见班超啊!”窦固满怀深情地说道。

“咱能否把他叫来一见?”耿恭问道。

窦固摇了摇头,说:“不行,他的任务实在艰巨,太沉重了,离得又太远,免了吧!”

这时,耿秉一眼看见一份奏书放在案上,信手拿起一看,见是窦固写给皇上为他请功的,连忙阻止道:“窦兄,你这是做甚哩?要是不怪罪小弟对你发脾气,你就答应俺重写一份,功劳是大伙儿的,一起请功才是。”

耿忠、耿恭连连称是。窦固拿过奏书又看了看,说:“看来,俺又得依你了。”

六

一天中午,班超与郭恂在葡萄架下小酌叙谈。

郭恂目睹于阗和疏勒空前繁荣的景象,想到班超的所作所为,高兴地说:"老弟素怀大志,成果卓著,不枉受万里迢迢之苦,可说是功成名就了。"

"哪里哪里,倘若论功行赏,有尊兄一份,非超独具;至于那名嘛,连同利在一起,均属身外之物,又算什么?"班超回道。

二人正说着,王强急急走来,将一封飞马连传函件递到班超手上。

班超见是窦固手迹,连忙拆开,看了起来:

吾弟见字如面:

我等已于近日平车师前后二庭,通北道大门。北虏胆丧,当地民心皆服,无不称快。

唯有大憾,兄等深念弟,诚想面晤,虽同在西域仍相隔数千里,又不能也。

今有要事相告,皇上已命陈睦为都护,总领西域南北二道。另设戊己校尉,正者由军司马耿恭担任;副职从你处择定一人,盖不另派也。戊己校尉乃军事要职,望慎选,一旦选定,即令其上马,前往车师,担当此任。

时间紧迫,余不赘也。

　　　　　　　　　　　　　　　　　　　　　　　　兄　窦固

班超阅毕,知窦固大军西进平车师,已建功勋,喜不自禁。"真乃喜讯也。"班超把信函递给郭恂说道。

郭恂阅后也高兴地说道:"好,看来咱们有后盾了,在西域再也不是孤立无援了。"

"窦兄所率军队,一直在做咱的后盾,只不过现在离咱更近些罢了。"班超道。

"窦帅还向咱要人哩,咱人手这么少,如何是好?"郭恂问道。

"向咱要人是对咱的信任。"班超回道,"郭兄,看来,咱们要分手了。"

"怎么,你让俺去当副戊己校尉?"

"正是,咱一行人中非你莫属,兄担此大任最合适不过。"

"你……你可让俺怎么说呢!"郭恂感动地说道。

"兄有话尽可慢讲。"班超回道。

"俺实在舍不得离开你呀!"郭恂满含深情地说道,"人这一辈子做事,能遇到好同事,是难得的快事、幸事,俺跟你一起干事痛快,真不愿分手。"

"耿恭这人也不错,你和他共事也会好好的。"班超说道。

"俺不单讲这,俺是说你这一安排真让俺心里难受啊!"郭恂感慨地说。

"此话怎讲?"班超不解地问道。

"愚兄弃笔从戎,没你相助就没俺的今天,此其一也。"郭恂回道,"其二,俺对不住班氏一家,你还要提拔俺,俺问心有愧呀!"

班超知他在讲因有私心连及哥哥被捕入狱一事,便宽慰道:"过去的事就让它过去,别再提了,还是多想想你上任后如何把事做好吧!"

郭恂一把拉过班超的手说:"老弟,你待人太宽容了。"

"严于律己,宽以待人,这是俺的人生信条,为人准则。"班超说道。

"好一个严以律己宽以待人,说来容易做时难,人人都像你,任何事都好办了,人人也都会好说好道好相处了。"郭恂激动地说道。

二人正说着,姚光、田虑、甘英、王强走来,后面还跟着叽叽喳喳的东吉和华里华里旺。

"大伙正有事找你俩,你俩却躲在这葡萄架下消闲对饮。"华里华里旺快言快语。

"人不能总是紧紧张张,也该消停一会儿吧?"班超说道。

"你俩又在谋划什么? 安排事情,在下的多苦多累都乐意,千万别暗里讲这不行那不是的坏话。"东吉开玩笑。

"哪里哪里,你这小'直筒子'心里挺纯洁的,竟以小人之心度君子之腹,俺们哪里讲甚坏话,是在谈正事。"郭恂急忙辩解。

"谈甚事能告诉俺们么?"王强问道。

"皇上决定在西域设都护和戊己校尉,要从咱这里出一人,郭从事就要升迁了。"班超含笑回道。

"那咱们得祝贺祝贺。"姚光说道。

"甚时上任,咱得热烈欢送。"田虑随道。

"对,咱们是得好好欢送。东吉,华里华里旺,到时你们可不准哭,得以歌舞相送才对呀!"班超也动了感情。

郭恂感动得流泪了,连说:"谢谢大家,谢谢大家。"

第七章　孤陷绝域

一

　　班超罢黜兜题立忠为王使疏勒摆脱北匈奴控制和窦固率军入车师的捷报,令明帝刘庄欢喜异常,兴奋不已。

　　窦固是他近亲,率军入车师为打通西域北道创造了良好条件,这功绩他心中有数。尤其令他感念的是班超。班超出使西域不到两年时间,与鄯善、于阗结为友好,如今又使疏勒从北匈奴的势力范围中解脱出来,这对彻底打通西域南道具有重大意义,功绩显赫,当格外嘉奖。

　　这一日下午,明帝批阅完各地大臣的奏书后,猛不丁由班超想到了班固。他突然产生了一个念头:何不设一晚宴与班固一叙,以表对班超的感念之情?此念一生,他立即命太监传班固进宫。

　　没过多时,太监回道:"班固被太子叫去,在太子府里。"

　　"备龙辇,朕去太子府走走。"

　　皇太子名炟,是明帝的第五子,系贾贵人所生。贾贵人与马皇后是表姊妹。马皇后因无子,太子一生下来就被她抱过来,尽心抚育,如同亲生。太子也孝心淳笃,母子相爱。太子从小聪慧好学,偏爱儒术,待人宽容,彬彬有礼,深受父皇赏识和器重。他今年一十七岁,知班固满腹文章,是当代出类拔萃的大学问家,就很乐于与班固在一起,向班固讨教。班固从内心里喜欢勤奋好学、追求上进之人,见太子不耻下问,求教于他,自然是尽力向太子传授知识。两人名分上不是师生,实际胜似师生,关系十分密切。明帝早就把太子与班固的情谊看在眼里,喜在心间,所以,一听说班固在太子府里,便不假思索,令太监备辇,向太子府走来。

明帝一进太子府,见班固正与太子下围棋,呵呵一笑,佯装抱怨地说道:"朕满以为你二人在谈经论道,探讨学问,没想到却在这里下棋取乐。"

班固急忙回道:"太子相约,不敢有违。"

明帝见班固心内有些不安,坐定后缓和说道:"朕知你学问深,棋艺高,向太子传授知识自下棋始。朕很想知道,你传授学业为何从下棋着手呢?"

班固回道:"寓教于乐。"

明帝问道:"你能向朕具体言明下棋的好处吗?"

班固回道:"二人对弈自有乐趣,分明是一项有益的娱乐活动。臣以为不单如此,更重要的在于教人懂得棋中上有天地之象,次有帝王之治,中有霸王之权,下有战国之事,览其得失,古今具备。换言之,下棋可使人勤思考、多谋略,头脑更聪明、灵活,促人上进,增强创造力。这诸多益处又在乐中取得,实乃育人良方,堪称高雅之举也。"

"爱卿所写《弈旨》一文,朕早已读过,现又听你一番论述,令朕受益匪浅,更知你对太子诱导之功。"明帝说着,不免关切地问道,"如今太子棋艺如何?"

班固回道:"大有长进,臣早已不敢让子,就连让先臣也甚感吃力了。"

明帝听后十分高兴,笑着说道:"爱卿既著书修史,又辅导太子,于汉有功有德。今晚朕设便宴,与你开怀畅饮,共进晚餐。"

班固一听,受宠若惊。还没等他回话,太子刘炟高兴地跳将起来,说道:"好呀,好极了! 父皇,晚宴就在儿府,如何?"

"在此也好,就依你言。"明帝回道。

班固紧忙叩谢,说道:"皇恩浩荡,臣不消生受。"

"一起吃个饭算什么皇恩浩荡?"明帝深情说道,"再说,今晚设宴不光为你,还为着另一个人。"

"还为谁?"太子刘炟不解地问道。

明帝指着班固诙谐说道:"就是他的弟弟班超哇!"

太子刘炟略思片刻,随道:"他弟弟远在西域,屡建奇功,应当祝贺。"

"他的功不是一个奇字能表述的。"明帝接道,"他置身西域,能联合多民族人,造福于当地人民,使不同民族人民与我们一体,共同抵抗野蛮残暴的北匈奴人。这不单确保我朝长治久安,黎民百姓安居乐业,如再接再厉,将整个西域人民联合起来,很可能建立一个多民族融合的大家庭,这可是名垂千古的大业,意义深远重大呀!"

班固听明帝高度评价弟弟的事业,心里高兴,却不喜形于色。他先代表班超向刘庄深表谢意,而后谦逊地说道:"臣弟在西域所做的一切,无非是遵从圣旨行事,去冬派窦固率大军入车师,并设都护和戊己校尉,包括臣弟两次出使西域,无不出自圣上旨意。以此看来,臣弟有所作为,全赖圣上英明,是万岁英明决策的结果。"

"班超的功劳属他自己,怎可统归朕身上?"明帝正色说道,"朕所到之处,都能听到'圣上英明'的恭维。其实,朕如能终生勤俭、开通明理也就行了。什么英明,无非是遵先帝遗旨身体力行而已。设都护始自朕八辈祖宗前汉宣帝,置戊己校尉系七世祖元帝所为,出使西域前有张骞、傅介子,均非朕所创,朕只不过把中断的建制恢复起来,可行的举措再次实施罢了。"

"圣上英明。"班固不由得脱口而出。

明帝指着他笑道:"你看,又'英明'起来了不是?咱们还是入席再叙,为你弟班超庆庆功吧!"

太子府餐厅里,美酒佳肴早已摆好。鸡鸭鱼肉,山珍海味,鸽蛋鹌鹑蛋,猴头熊掌燕窝鱼翅,龙虾鲜蟹海贝,米饭馒头,烤馍面条,小小的虾饺,各式糕点,专为皇宫御制的杜康酒、西凤酒,还有西域进贡的特制葡萄酒,满满一桌,应有尽有。许多东西,就连班固这等文官,有的听说过但从未吃过,有的连听也不曾听过,更不用说见过了。班固知道,不论从历史上看,还是在当今各位大臣眼中,当今皇帝以持俭著称,是个众口称道的好皇帝。他两眼扫视了一下饭桌,突然想到方才明帝所谈的一个"俭"字。同是一个"俭"字,在皇家与普通百姓之间含意却大不相同,存有天壤之别。百姓持俭是省吃俭用,紧紧巴巴过日子;皇家持俭还是想吃什么有什么,想喝什么随意喝,只要不大肆挥霍、铺张浪费,就算好的,值得称道了。

酒水上毕,明帝招呼班固道:"爱卿,今晚设宴用意已经言明,就不再说了。你和太子常常来往,关系密切,又是亲戚,尽可放开畅饮,吃饱吃好。"

"谢主隆恩。"班固说完就与刘庄两杯一碰,一饮而尽。接着,太子刘炟端起酒杯对班固说道:"你既是我叔辈,又是我老师,从哪方面说,我都该向你敬酒。"

班固也不客套,将杯一举,又一口干下。

"痛快,痛快!"明帝竖指夸道。

"臣弟班超饮起酒来,更是痛快。"班固眼见龙颜大悦,太子欢喜,将三人酒杯斟满,说道,"臣借花献佛,并代臣弟班超向万岁和太子敬酒。"

又一杯酒下肚,明帝见班固似有心事,问道:"爱卿有事情?是因为你妹早年丧夫、守寡不嫁?"

连太子刘炟都知道,班固的妹妹班昭十三岁嫁给同郡书香门第曹世叔。婚后,小两口志同道合,情趣相投,并肩读书,互学互考,恩爱无双,被世人传为佳话。不料想,月不长圆,美景易过,完婚才满两年,曹世叔身患重疾,华年早逝,妹妹十五岁便成了寡妇。妹妹的这一不幸虽已过多年,班固每念及此,仍为之伤感。

"孙媳吵闹,令臣烦忧;臣妹早年丧夫,坚守贤女不嫁二夫信条守寡至今,让臣顾虑;弟班超离家万里,独处异境异族人中,臣亦常挂于心,皆实情也。"班固说道,"家事,公务,上有老母,下有妻室孩儿,还要笔耕不辍,都需时间、精力,臣常有沉重难当、精疲力竭之感,担子肩负不起呀!"

"依卿所言,这世上四十多岁的中年人担子最为沉重了?"明帝问道。

"陛下所言极是。"班固回道。

"凡是中年人都如此吗?"明帝又问。

"不尽相同,尤以文人学士为最。"班固又回道。

"此话有理,但不尽然。"明帝说道。

"请圣上明示。"

明帝并不正面作答,反问道:"依卿之见,普天之下,谁人负重最大?"

班固知道明帝是在有意考问自己,略思片刻,回道:"陛下高瞻远瞩,日理万机,若论天下负重最大,自然非圣上莫属了。"

"此话有理,但亦不尽然。"明帝说道。

"请圣上再加明示。"班固谦逊求道。

明帝起身袖手,来回踱了几步,深有感触地说道:"身在龙位,若以治国为本,勤劳理政,肩挑天下重担,自属负重最大之人,此是卿所言有理之处。倘身居龙位,常年不朝,迷恋于女人堆中,沉醉于花天酒地,哪里谈得上负重,与负重之最更是风马牛不相及,因此又不尽然。"

"陛下言简意赅,道理深刻,令臣受益匪浅。"班固由衷说道。

"爱卿家事缠身,公务繁忙,勤于笔耕,有负重难支之感,朕甚是理解。"

明帝颇有感触地说道,"以朕而言,且不说国家财经军政须日理万机,单是宫廷、王府,大事小事日日发生,层出不穷,简直令朕心力交瘁。朕尚不到知天命之年,已几次昏死过去。这自然与朕肥胖有关,负重过大,亦是重要原因。"

近些年来,明帝经常头晕、胸闷,曾几次突然昏死,都被御医抢救过来。有人传说,这事连北匈奴人都知晓,班固岂能不知?

班固正要举杯劝酒,猛然想起御医所说"圣上下虚上实,心肾不合,不可饮酒"的话,心想:圣上设宴招待,已是恩宠难当,还不顾病体与自己同饮,说知心话,心中的感恩之情,真不知用何等语言表达了,就发自内心说道:"圣上主天下,亦肩担天下,全天下负重之最非圣上莫属。从社稷着眼,臣万望圣上保重龙体,祝圣上万岁,万万岁!"

明帝听后自是高兴,把盏说道:"卿的心意朕领了。只是祝朕万岁实难奢望;天可授人以权力,亦可赐人以金钱,但不增人以寿数。人的寿数天注定,朕虽想长生不老也是枉然。"

"少饮些酒即可增寿。"太子从旁说道。

"太子所言极是。"班固迎合。

"御医也这般劝朕,今日兴之所至,又贪饮几杯,往后少饮就是了。"明帝一边说着,又端起酒杯,说道,"杜康造酒,人始尽兴,来来来,咱再尽兴一回!"

班固与明帝和太子一口饮完杯中之酒,感激地说道:"圣上对班氏一家的恩典,万世难报。臣定竭毕生精力,以《汉书》光扬汉德,传于后世,以报汉恩。臣亦将圣上今日对班氏的恩情,致函吾弟班超,令其在西域尽展身手,创建传世之功业。"

明帝龙颜大悦,说道:"如此这般,正合吾意。"

太子紧随说道:"班家所从事业,自当大力支持。"

明帝开怀说道:"儿之所言,就更合朕意了。"

晚宴尽兴而散。

二

在中国北部边境两千多里处,有一道绵延起伏的狼居胥山。

山上有座供人朝拜的三龙祠,山中水草丰盛,山的四周紧连着辽阔无际的大草原。春夏两季,草原上绿草茂盛,五颜六色的鲜花散发出清新的气息,是匈奴人放牧、聚居的好地方。

匈奴人有一种风俗,每年正月、五月、九月这三个月的戊日都要祭祖先、祭天地、祭鬼神。每当这个日子来临之际,匈奴各个部落的人马从四面八方纷纷而至,聚拢到这里。戊日这天,山上龙祠前,山下草原上,人山人海,有说有笑,琴声歌舞,热闹非凡。在人人上山祭神以后,各路人马相会到草原,进行赛马、赛骆驼、摔跤等各项比赛。人们还就地自设贸易市场,以实物换取实物,互通有无,满足生活需要。单于则利用这个机会召见各部首领、诸王大臣,商议国事,做出重大决策。

冬去春来,又一个正月祭神的日子到来了。

在上午祭神,出席各项重大比赛活动仪式以后,单于召集了一次重要会议。参加会议的有左贤王、右贤王、左谷蠡王、右谷蠡王、左右日逐王、左右温禺鞮王、左右渐将王、左右骨都侯、左右尸逐骨都侯和各大部落的首领。其中,左贤王是单于的继承人,连同右贤王、左谷蠡王、右谷蠡王称为"四角";左右日逐王、左右温禺鞮王、左右渐将王称为"六角","四角""六角"王位都由单于子弟占有,其余大臣方由异姓贵族组成。前文已叙,在呼衍氏、兰氏、卜须氏、丘林氏四大异姓贵族中,呼衍氏曾同时嫁二女给呼韩邪单于,以后一连五个单于皆由呼衍氏二女所生,自然是异姓贵族最显赫的一族了。按照匈奴的制度,在诸王侯中,由骨都侯辅政,呼衍氏位在骨都侯,也被称为呼衍王,论权势,真不亚于单于族中的"四角""六角"了。

会前,呼衍王刚一入帐,单于就主动向前紧紧拉住他的手,关切地问道:"你可好吗?"

"我好个屁!"呼衍王甩手回道,"刚与汉军交战,就折了千长莫博德,失去了妹妹,接着兵败蒲类海,去冬又丢掉了车师,损失惨重,令人心痛啊!"

"你妹妹至今还没消息?"单于问道。

"是死是活天才晓得,八成是死了吧!"呼衍王丧气地回道。

"左贤王还想着她呢!"单于惋惜地说道。

"人都没了,还提这个,咱还是赶紧开会议事吧!"

单于手拉呼衍王落座以后,见人已到齐,开口说道:"自打挛鞮比这个兔崽子率我八部人马降汉以来,我大匈奴国力削弱。前年,汉皇又派兵向我四处出击,不断向我发起挑衅。我们面临的是汉军大兵压境,形势可谓严峻。对我们威胁最大的是西部窦固、耿秉所率大军。他们不单大动干戈向我发动攻击,还动摇属于我们的西域各国的人心,企图让西域各国叛离我国,归附于他们羽下。面对如此情况,如何是好?请诸王发表意见,以便做出重大决策。"

"与我交战的汉军中,窦固所率人马最为厉害,我的部落损失也最大,我一定要报仇雪恨。"单于的话一落音,呼衍王就抢先说道,"车师属我已久,又是我大匈奴国控制西域各国的战略要道,当务之急,一定要把车师尽快拿回来。"

"对,骨都侯说得对,就这么定啦!"左贤王大声喊道。

"不,不只是拿回车师,还要那里的汉军全军覆没,灭掉汉廷都护,以解我心头之恨。"呼衍王咬牙切齿地说道。

"好呀好呀,这太好了。"左谷蠡王也大声喊道。

"我还有一种看法。"呼衍王说道。

"什么看法?请讲。"单于催道。

"汉军固然厉害,汉家还有一招儿十分厉害。"呼衍王说道。

"什么招数?"单于问道。

"汉皇派班超串通西域各国是也。"呼衍王回道,"班超的作用,绝不亚于汉军,他在鄯善杀我使者,南结于阗,又让疏勒从我手分离出去,在西域各国中挑拨离间,真比断我一臂还厉害呢!"

"班超是何等人物?"单于问道。

"你可知前汉的张骞吗?"呼衍王反问道。

"怎么不知道,不就是前汉派出的使者张骞吗?"单于回道。

"班超可比张骞厉害多了。"呼衍王说道,"前汉张骞一到西域乱窜,即被我军抓获,以我国之女妻之,令其生儿育女,长囚一十三载,他后来虽经康居逃离我土返汉,但并无大碍。可这班超就不同了,西域各国都听他的,威力可大呢!"

"那该怎样对付他才好呢?"

"杀掉,最是痛快。"

"那就派人把他杀掉。"

"他在所在之国深得民心,又有防范,杀他没那么容易。"

"以美女诱之,许其高位,令其归我呢?"

"这再好不过,但班超绝非此等容易就范者。"

"咱们总不能任其所为,束手无策吧!"

"臣以为,我大匈奴国当效汉廷派使者、设都护之法,亦派使者常驻西域,兼汉都护之职权,与班超在西域进行周旋。如此,至少可与汉廷打个平手。"呼衍王道。

"高论,高论。"左贤王又在为呼衍王呼喊。

"上策,上策。"左谷蠡王随后也在为呼衍王喊叫。

虽说会议重大,有众多人在场,但只由呼衍王与单于对话,两个人的话得到了全体与会者的认可,决策也就这样做出了。

决策既出,接着商讨分工和行动日期。唱主角的,依然是呼衍王和单于两个人。

"我在哪里摔倒就在哪里爬起来。"呼衍王大声说道,"收复车师,我必前往;西域也有左谷蠡王广大封地,臣提议由他统筹西线战事,我鼎力协助;西域特使,由我俩酌情选派。"

"本王愿与呼衍王同往。"左谷蠡王爽快应道。

"如此甚好,东边的事情我出马,西边的事情我不管。"单于说道,"祝你们马到成功,你们放心地去干好了。"

"收复车师越快越好,祭天神已毕,我等明日就出发,刻不容缓。"呼衍王说道。

"你往返万里之遥,身体疲劳,又奔波多日,当歇息歇息为是,何必这样急切匆忙呢?"单于问道。

"汉人有言:'机不可失,时不再来。'臣窃知汉皇有心肾不合之症,已昏死几次,我看活不长。他是咱大匈奴国最大的冤家对头,我想趁他还活着给他点颜色看,至少让他心里窝火,知道咱的厉害。"呼衍王回道。

"这叫无毒不丈夫,你真是好样的!"单于拍着呼衍王肩膀夸奖道,"你所言所行,实乃大匈奴国之幸事,令我高兴,我决定赐你十名漂亮姑娘,供你受用。"

没过多久,会场摆上了丰盛的宴席。在大吃大喝中,随着单于的一个手势,乐声骤起,二十来个身穿彩裙的艳丽舞女,脚踏着乐声,展现着笑靥,款款登场了……

三

郭恂与班超一行依依惜别,快马加鞭,连日马不停蹄,赶至车师前王庭交河城赴任。

他一到交河,就见到了大名鼎鼎的汉军西路统帅窦固、副统帅耿秉和昔日军司马、新任戊己校尉耿恭及西域都护陈睦等人。

他恭敬地将一封书信呈交给窦固,窦固见是班超手书,当即拆开看完后,不免朝郭恂打量了一番,问道:"你就是班超推荐来的郭恂?"

"正是。"郭恂躬身回道。

"弃笔从戎,他荐你入伍;出使西域,他任你为从事;如今又荐你当官,对你可真不赖呀!"窦固仿佛想起了什么。

"那是,那是,班超处事无私,待俺情真意厚,令俺感戴不已,终生难报。"郭恂毕恭毕敬地回道。

"那你就忠于职守好好干,权作对他的回报吧!"

"一定,一定!"

那晚上,窦固举办了一次小型宴会,叫上耿秉、耿恭,还有两个不知姓名的人,说为他接风洗尘。那晚宴,虽不似班超为他举行的晚宴那般欢快动情,但也足以令他感到三生有幸了。

郭恂还清晰地记得,就在那天晚宴上,窦固宣读了明帝的诏书,向除他和耿秉以外的与会者颁发了委任状,还宣布了几项重大决策:一、在西域设都护,都护由陈睦担任,驻车师前王庭交河城,统理西域诸事。二、从窦固、耿秉所率营部选出两千强壮人马,长驻西域各屯部。三、设戊己校尉、副戊己校尉,戊己校尉耿恭,驻车师后王庭金蒲城,统理西域军事,并直辖所在屯部兵马一千;增设戊己校尉,由关宠任职,驻柳中城(今鄯善鲁克沁),率屯部兵马五百;副戊己校尉由郭恂担任,与都护同驻交河城,率屯部兵马五百,并协都护理事。

郭恂上任没几天,窦固、耿秉就率大部人马撤离了。几天前,城里城外,大街小巷,还群情激奋,鼓乐喧天,马嘶人叫,热热闹闹;几天后,突然平静下来,不由得让人产生一种空旷的寂寥之感,好像失去了什么。郭恂心中有数,如今独领五百人马,又新交都护陈睦等人,车师太子玉也登门来访,接触的人比先前多了,可不知怎的,总觉不如与班超一伙儿人一起生活时踏实、快乐。蓦地,他悟出那生发寂寥感觉的原因,原来他虽上任新职,仍然在深深思念着班超,留恋与班超一伙人同甘共苦的日子。

郭恂心有自知之明:他虽与班超同怀大志,但他缺少班超那样的雄才大略,也不具备班超那样一往无前的魄力和豪气。

班超勇于开拓、富于创造的精神,在深深影响着他,激励着他。他早已暗暗向班超学习,以彼之长,补己之短。他自打到交河城上任起,就为自己立下一条座右铭,亲笔手书,置于案上,天天观看。这座右铭分明写道:

> 不超班超,务赶班超;
> 浩浩西域,人欢马跃。

说话间,宜人的春天又悄然降临。

阳春三月的交河城,城里城外杏花白了,桑树、杨树也已吐出嫩绿,自北南下的交河河水,至城北东西分流而过,变得湍急起来。城南几十里以外的月光湖,好像一面镜子一样,镶嵌在广大盐碱地的最洼处。湖水深绿,微波涟漪。湖的岸边,稀稀拉拉的花草间杂生长,在泛白的盐碱地上,以强劲的生命力展现出各自的色彩。

这一天,郭恂刚从都护陈睦处议事归来,忽见车师太子玉派人来报:"急禀郭大人,北匈奴左谷蠡王亲率大军已将后王庭团团围住,呼衍王正率另一大军南下攻打柳中城和前王庭。"

"此讯可准?"郭恂急问。

"准,国王亲自派人来报,消息绝对可靠。"太子使者回道。

"可知北虏共来多少人马?"郭恂又问。

"少说不下两万。"

"这两万人马怎么分派?"

"左谷蠡王与呼衍王各率一部,南下的呼衍王,人马只多不少。"

"此讯可传柳中城?"

"太子已派人快马扬鞭去报。"

"快回报太子,速到都护处共商应敌大事。"

郭恂几句问话,就把车师太子的使者打发走了。可他心急如焚,情知此讯非同小可,异常危险,须再返都护门庭共商迎敌大计,紧急设防。

一路上,他步履匆匆,心急火燎,心乱如麻……

"西域这官并不好做,不说身处异境异族中,语言不通,习俗相异,事已难为,就说北虏,别只看匈奴人在这里狼狈逃窜,还要想到,终有一天他们会卷土重来。"郭恂耳间骤然响起窦固对新任职官员讲的话。

北匈奴人"卷土重来"确被窦固言中了,但没想到,时过方才三月有余,也太快了。这,又该怎么办,如何应对是好呢?郭恂耳际不禁又响起班超对他讲起的经验之谈:"要在西域站住阵脚,最重要者,就是团结西域各国,使我无后顾之忧,依靠当地力量,完成己之使命。"

匆匆的步履中,他已拿定主意,让都护陈睦一道照班超的话去做,与车师太子亲密无间,共同抗击北匈奴来犯之敌。

四

祭神的第二天,呼衍王和左谷蠡王就从他俩所辖两大部十几万人中,挑选出两万名剽悍强勇的人,组成一支浩浩荡荡的大军,开始向西挺进。

二月底,他们就来到与车师后王庭只隔几道大山的地方。左谷蠡王勒马止步,传令就地安营扎寨。之后,召见呼衍王,说:"此次西进,虽让本王为帅,但收复车师之举,要全靠你了。关于收复车师的具体战略方案,你有何想法?""我率军围住二城,然后迅即派使者南下,动员焉耆、龟兹两国出兵前来支援,届时,我要将整个车师前部踏平,让所围敌军全军覆没。"

"这很好,不过,本王还有一个与你不大相同的想法。"左谷蠡王回道。

"什么?你是说……"

"我是说,我所率人马不能像你那样围而不攻。"左谷蠡王并未理会呼衍王的神态,凶狠地说道,"我要像猛虎一样直扑过去,将整个车师后部吞下,使之成我囊中之物。汉人有句话叫'擒贼先擒王',这你也知晓。车师的'王'在后部,我先擒住他,你那里的前庭太子不就束手就擒了吗?"

"高策,高策,还是左谷蠡王高!"呼衍王紧竖大拇指赞道。

左谷蠡王受到呼衍王吹捧,眉飞色舞,显然高兴,当即命侍者拿酒侍候。

几大碗酒下肚,左谷蠡王就头脑沉重,晕晕乎乎起来。他"咣啷"一声甩下手中的羊腿,歪歪倒倒,一下抓住呼衍王的手,含混说道:"你……你妹妹……花中之王，她……她没……没死。你……你以为……只有……左贤王喜……喜欢她？本王……本王比左贤王还……还喜欢她……本王也……也会当上单于，要……要把她找……找回来，本王一定……要娶她！"

呼衍王一点儿也没少喝，眯缝着眼说："你……你和左贤王都……都喜欢我妹妹，那……那就把她嫁……嫁给你俩吧！"

"这……这不成，她……她只能嫁……嫁给我，给新单于……当阏氏。"左谷蠡王明确说道。

左谷蠡王说的虽是醉话，汉人听了定觉荒唐，十分可笑，但在匈奴人看来，绝不会觉得荒唐可笑，因为，他们没有汉人的伦理道德规范。在匈奴，不单有兄死弟可娶嫂为妻的风俗习惯，而且，父死长子尚可娶继母为妻，与之生儿育女。在男女问题上，匈奴人与汉人观念大不相同：汉男重女人贞操，匈奴男人则不计贞操与否；汉女讲忠贞，遵"三从四德"，匈奴女人不以忠贞为节，也无"三从四德"之说。说到匈奴的婚姻，在上层倒还有一定的制度，比如：单于家族只能与上层的异姓贵族通婚；上层贵族只能同上层异姓贵族通婚，能同单于家庭通婚最好，但不可与下层人家通婚。如同汉人讲究门当户对一样。由于幅员辽阔，地广人稀，在许多人烟稀少的地方，婚姻没有固定的制度，颇具"逐水草而居"的自然色彩：今年，两个部落的人到同一草原放牧，便可婚配，组成家庭；来年转场，能同在一地放牧，婚姻自可持续下去；倘各奔东西，婚姻也随之解体；分手双方，又可以同样的方式另行婚配……

别看呼衍王是北匈奴异姓贵族中的顶尖人物，身居辅政要职，权倾满朝，但他行使职权绝不超越单于家族"四角""六角"中任何一王。这次收复车师的重大军事行动，他提议左谷蠡王为帅，自己甘当副手，正是他的聪明所在。他这样做，既可在群臣中免却争权之嫌，又可讨得单于的欢喜，得"一箭双雕"的好处。此外，还有更为实惠的利益，这就是他与左谷蠡王两大部的封地接壤相邻，让左谷蠡王高兴，拉近两人间的关系，岂不是更好？

两年多以前，他就知道左贤王相中了华里华里旺。在今年第一个祭神的日子里，当左贤王说在遍野花朵中只爱"花中之王"时，他还说这只能是"梦中之事"；而如今又得知左谷蠡王也在深深爱着他妹，尽管他心中满以为妹妹是九死一生，可嘴头儿上却不讲一句让左谷蠡王扫兴的话。他说话时貌似大醉，心里还清醒着呢！

第二天早晨，他身上酒气未消，又来到左谷蠡王帐下，按下正事，先故意问道:"大王昨天所谈我妹之事,可是真话?"

左谷蠡王直言回道:"酒后吐真言,本王并未全醉,绝非戏言。"

"但愿我妹仍活于世。"呼衍王道,"那就让咱们到处留意,共同寻找吧!"

"你之所愿,我之所盼。"左谷蠡王也动情地说道,"愿天神保佑,让大匈奴国的花中之王,早日返回故乡。"

说到这儿,呼衍王突然把话题一转,郑重说道:"大王,今天是三月一日,我已传令召集人马,准备早饭后向车师前部进发。"

左谷蠡王满口答应,说道:"你路程还远,就依你言,一切按计策行事便是。"

"我部定然依计行动,保证万无一失。"呼衍王遵从说道。

"此地距车师后部较近,我等晚几日行动不迟;我掐算你们的行程,争取同期进入阵地。"左谷蠡王向呼衍王交底。

"祝两部人马大获全胜。"呼衍王信心十足,精神倍增。

"一定要大获全胜,为大匈奴国雪耻、扬威!"左谷蠡王满脸杀气。

呼衍王率一万人马,马不停蹄,历时五天,翻越了几十道大山,行程六百里,终于踏入了车师前部地境。

在踏上浩瀚的大戈壁后,呼衍王下令兵分两路各五千人马,一支由千长且渠都里胡指挥,向南直奔火焰山北麓,去包围戊己校尉关宠驻守的柳中城;一支由他亲自率领向西南挺进,去围困月光湖北岸的交河城。

两支人马围城以后,都按呼衍王的事先安排,连续两天向城里发起佯攻。孰料,两城高墙壁垒,早有防范,均广积粮草,赶制了大批弓箭、刀枪矛斧等各种兵器。两支人马每次进攻,都被乱箭射退。呼衍王本想先来个下马威,却无端伤亡了上千人马,便也偃旗息鼓,按兵不动,开始实施围而不攻的计策。

左谷蠡王估计呼衍王率部已将柳中、交河二城团团包围,便传令拔寨起营,率一万人马,直向车师王安得所在的务涂谷猛扑过去……

五

左谷蠡王率大军赶到车师后部,采取集中兵力各个击破的战略,从一万人当中拨出两千人马,由偏将呼衍都渠带领,防止耿恭从金蒲城派兵支援,其余八千人集中攻打务涂谷,一气拿下务涂谷后,再向金蒲城进军。

车师是西域小国,前后二部,每部官兵不过两千人马。面临北匈奴大军压境,安得王不免惊慌失措。他与击胡侯、左右将、左右都尉等军事大臣紧急开会,分工设防,调动上下全体官兵,拼死守城。左谷蠡王仰仗人多势众,接连向城里发起疯狂进攻,没出两日,便突破车师防线,杀进城来。

左谷蠡王刚刚步入城来,率军屠城的偏将莫具德就前来跪报:"安得王并下属各大臣,全部被我抓获,不知如何处置。"

"统统杀掉。"左谷蠡王不假思索地回道。

"是!"莫具德得令起身,掉头就走。

他刚走出几步,只听左谷蠡王大喝一声:"且慢,回来!"

"大王还有什么指令,请吩咐!"莫具德又跪下紧问。

左谷蠡王咬牙切齿,狠狠说道:"这安得王死心塌地,一心向汉,可气可恨,本王要你单把他头颅割下。"

"大王要悬头示众?"

"不,要他的完整脑骨,留做酒器,供本王使用。"

莫具德和身边士卒听后不免大惊失色,为之一震。

驻守在金蒲城的戊己校尉耿恭得知北匈奴军直奔务涂谷的消息后,立即派军司马刘刚带三百人马,赶往务涂谷支援安得王。哪知左谷蠡王老谋深算,早有防备,刘刚这三百人马还未到务涂谷,就被两千敌军包围起来。

军司马刘刚出身将门,通晓兵书,武艺超群,与耿恭是患难之交。面对七倍于他的匈奴官兵,他镇定自若,毫不惊慌,先跃马挥刀,如入无人之境般地闯入敌群,接连砍下五六个人头,然后驰回阵中,横刀立马,大声对全体士卒说道:"为国为民献身的时刻已到,宁可壮烈战死,决不贪生乞降,勇士们,跟我一道杀呀!"

刘刚连喊着"杀呀!杀呀!",又挥刀跃马驰入敌阵。

三百士卒见他不顾个人生死,冲锋在前,便一齐呐喊着向敌阵冲去,个个奋勇向前,大有以一当十之势,直杀得鲜血飞溅,血流成河,自身也如血人一般。

这一仗,汉军每人少说也赚上两三个匈奴士兵,使匈奴折损上千人马。怎奈,终是寡不敌众,刘刚这三百人马,直杀到精疲力竭,身体不支,无一人降敌,更无一人生还。左谷蠡王早已从呼衍王口中听说过耿恭的名字,也知耿恭出自后汉复国功勋耿弇家族,有将帅之才,不敢轻视。如今,耿恭所派三百人马竟能折损他上千人马,更觉耿恭厉害,治军有方。所以,在攻破务涂谷杀安得王后,他没敢急于率军去攻打金满城,只令各部就地休息,重整旗鼓,然后伺机行动。

耿恭到金蒲城以后,身为戊己校尉,总揽西域军事,他不单治军有方,还有意识地从事外交活动。他一上任,就传书给与汉友好的近邻大国乌孙,晓之以汉在西域重设都护、戊己校尉的道理。乌孙大昆莫(国王)接书后非常高兴,马上派人将一百匹好马献给耿恭,并将前汉宣帝送予嫁给当时乌孙大昆莫的细君公主的稀世珍宝送来,还致书耿恭,愿送质子入汉,以表与汉永结友好之情。耿恭又派使去乌孙,接昆莫之子入汉。耿恭既得乌孙好马,充于军中,自然增强了军队作战能力。在接到北匈奴来犯的消息后,他当即传令,让士卒赶制弓箭,说:"弓箭是以逸代劳之要器也,尤在以少胜多之战,必不可少。全体官兵,务须多备,制上几十万支,不算多也。每支箭上,均要敷上毒药,让中箭人疮口溃烂,有来无回。"

这一日,左谷蠡王率领大军逶迤而来。耿恭接报,泰然自若,亲自动笔,在一便笺上飞笔写道:"汉家神箭,中疮者必有异。我一射手,可抵千人;十人,足御万军也。"

待左谷蠡王率军包围金蒲城后,耿恭将所写便笺拿出,让士卒置于箭上,向敌营射去。

左谷蠡王接到便笺,看后哈哈大笑,说道:"汉军人少,见我兵多将广,虚张声势。金蒲城指日可下,本王要亲杀汉戊己校尉。"

左谷蠡王下令攻城这一天,耿恭亲登城楼之上,面对北匈奴十倍于汉军的人马,指着左谷蠡王大声说道:"左谷蠡王听着,我汉家兵士个个都是神射手,你等休想近前。俺这箭要射你眼,绝不会射到鼻子上。信不信由你,让你偏将看箭!"

他一边说着,拉开强弩,"嗖"的一声,一箭发出,左谷蠡王身边的一员偏将早已倒地:箭头自右眼射进,脑后穿出足有半尺多长。

左谷蠡王气急败坏,马上喝令全军攻城。城上汉兵眼见戊己校尉一箭射倒匈奴偏将,士气大振,万箭齐发,连向城下射去。

北匈奴大队人马轮番进攻,几次进攻,都被射退回来。为时不多,便有数以千计的匈奴士兵倒于地上,横尸城下。

左谷蠡王见他的人马实难近城，白白损兵折将，只好传令收兵，退回营中。

左谷蠡王同汉军将帅一样，也深知胜败乃兵家常事的道理。尽管头仗与耿恭交手折损了部分人马，但视察中箭回营的伤兵，见伤口与通常箭伤无甚两样，只是更觉疼痛而已。他头脑中"汉军人少""虚张声势"的看法，顿时加固，心中还想，率一万人马而来，竟不能完整扫平西域一区区小国车师后部，定然遭人耻笑。于是，便决定暂时休战，重鼓士气，择日再战。

左谷蠡王休整的同时，耿恭把军司马石修、张封，军吏范羌叫到一起，说道："左谷蠡王首战受挫，必不甘心，不日准来再战。近期天必有风雨，再战前，箭头上要增敷毒药，毒药遇雨猛发，匈奴中箭者必速亡。"

左谷蠡王率军二次攻城这天，晴空万里，风迹全无。

左谷蠡王眼见天气晴好，暗自欢喜，口念"天助我也"，传令各营部按照打务涂谷同样的方法，疯狂地向金蒲城发起连续进攻。

耿恭稳坐在城楼，不慌不忙，眼见敌军潮水般涌来，只传令守军连续发箭。这一回，匈奴军中中箭者倍增，加上互冲互撞，争先逃命倒地相踏，死伤过半，难以细算。

两军正在剧烈争战之时，天气突变，顷刻间大风骤起，暴雨泼来，风雨交加，把城里城外整个战场笼罩在阴暗之中。风雨中，不时传来北匈奴士卒惨痛的呼叫之声："汉军神箭，太可怕啦！""汉家神箭，真要命啊！"

耿恭在城上听到这惨痛呼叫的声音，知匈奴军中凡中箭者，伤口顿时溃烂，剧痛而死。而城上守军，居高临下，无一伤亡，真是大获全胜；天又作美，匈奴所剩官兵必退无疑。

果然，左谷蠡王眼见损失惨重，回天无力，只好草草收兵，回营清查伤亡人数。

风停雨止，乌云大开，天气又复晴朗。偏将莫具德报告：二次攻打金蒲城伤亡过半，加上在务涂谷被汉军三百人拼杀千人，金蒲城初战损失千人，连同攻打务涂谷伤亡人数，所剩只有三分之一。

"耿恭乃汉军出类拔萃者也，实在厉害，我十倍的兵力不能胜他，凭现有人马，就更难取胜了。"莫具德在报告完伤亡人数后，向左谷蠡王说道，"望大王率所剩人马暂返我境是盼，届时扩充兵员，重整旗鼓，再来取金蒲城亦不为晚。"

左谷蠡王到金蒲城初战失利,原来只怕遭人耻笑方决心二次攻城。没想到,汉军神箭果真厉害,致使他损失如此惨重。若打下去,恐不出莫具德所料,很难取胜;闹不好还会遭受更大伤亡,直到全军所剩无几。到那时,不但会遭人耻笑,而且无法向单于交差,是要受严厉惩处的。如今,他也顾不得许多了,只好采纳莫具德的建议,说道:"暂时撤回本土。不过,这一行动要秘密进行,不可通告呼衍王。"

六

暴风雨里两军会战的第二天,城外北匈奴星罗棋布的帐篷不见了。

耿恭从左谷蠡王撤军迹象看出,近期内不会发生战事,就把军司马石修、张封,军吏范羌和一些大小头目召集到一起,商讨今后对策。

会前,人们依然沉浸在胜利的喜悦里,情不自禁议论纷纷。大家对耿恭神机妙算、指挥有方赞不绝口,耿恭见话题都集中在自己身上,很不以为然,连忙止住,说道:"依俺看,咱的胜利,全赖官兵上下一心,共同取得,功劳人人有份。过去的事情已经过去,还是让咱一起寻思今后如何是好吧!"

"今后,还得多制弓箭。"

"城墙也须加固。"

"加强与车师军民的联络,共同设防抗敌。"

"在打法上,也应添些新的战术。"

耿恭见发言人渐显稀少,便接过众人话题补充说道:"各位所言有理,均须做到。俺以为,当前最重要者,是必须认清形势,即北匈奴大军定然会卷土重来,我等长处孤立无援之境地。面对此等情况,俺有两点想法:一、从金蒲城转移到疏勒城(仍在车师后部境内,非南道疏勒都城,北疏勒城是也)。疏勒城旁有山为屏,还有一道洞水,更易于长期固守。二、立即派人去敦煌请求援兵,改变人少力单、孤立无援的状况。"

他的发言,受到众人的一致拥护,并当即决定,让军吏范羌选一好马,迅速赶往敦煌求援。

远在汉代以前,因为贫困,有不少汉人背井离乡,迁徙到西域落户。他们杂居各民族之间,仍像在原籍一样,以耕种为主要生存手段,保持着原有的风俗习惯。车师前后二部是汉人较多的地方。匈奴人控制这里的时候,他们倍受歧视和压迫。因此，他们渴望汉军到来，打心眼儿里拥护汉军，也为在西域设都护和戊己校尉而高兴。

在离开金蒲城之前，耿恭准备就地招募一批士卒，扩充兵员。这个消息不胫而走，刚一传出，就有很多人来报名。没出十天，就招募到两千五百多人。

耿恭所募新兵，家中多与匈奴人结有仇怨。这两千五百多人中，有近五百人是在左谷蠡王攻打务涂谷时逃出来的，家中母亲、妻子、姐姐、妹妹，无不被匈奴官兵强行奸淫；爷爷、父亲、哥哥、弟弟，大都惨遭杀害，无一人不与匈奴人有深仇大恨。他们在应招时听说要和匈奴人打仗，人人摩拳擦掌，情绪高涨；入伍后军训中，个个劲头十足，刻苦练功，直让耿恭从旁看得满脸喜气。

一个多月过去了，眨眼便是五月。

耿恭估计左谷蠡王不久便会卷土重来，就带领全体官兵离开金蒲城，来到北疏勒城据守。六月份，噩耗传来：呼衍王发动焉耆、龟兹两个西域大国出兵与匈奴军联合作战，一举攻克车师前部交河城，汉军全部覆没，都护陈睦和副戊己校尉郭恂双双遇难。

继而接报：呼衍王率攻打交河的人马向柳中城围去，戊己校尉关宠正处于危急之中。

刚进七月，探兵来报：左谷蠡王率两万人马卷土重来，正向北疏勒城进军。

耿恭心中明白，一场更加严酷的恶战就要开始了。

耿恭接报第二天的黄昏时分，守城士卒见远山腰上炊烟四起，四散着飘向半空，知那是匈奴士卒在架火烤肉。

耿恭听说这一情况以后，知道左谷蠡王大军已到，当即传令全体官兵日夜警戒，严阵以待。

经过几个月的紧张备战，北疏勒城石墙高筑，壁垒森严，坚固得如铁铸一般。加之粮草充足，弩强箭多，兵器齐备；新近又在金蒲城、北疏勒城等地招募了数百士卒，战斗力大大增强。耿恭对固守到援兵到来之日信心十足。

左谷蠡王率军到来的第二天上午，带着倾巢而出的匈奴军，近城挑衅道："耿蛮子，你看，我这么多人马，一个一个扔到城上，也会将你全军压死，还不束手就擒？免你吃苦。"

耿恭见城下人山人海，左谷蠡王以人多自恃，心想，前两仗只是以箭取胜，始终城门紧闭，未曾一展身手；这回，要出其不意，先给他个下马威。他这样想着，就向城下喊道："大牲口，你听着，你早该挨宰啦，俺马上出城给你开开眼，你等着。"

耿恭说完，就带五百人马出城来。

左谷蠡王原以为汉军人少，不敢出城，见耿恭亲自率兵出城，大出所料，不免一惊。还没等他定下神来，耿恭快马飞驰，手举大刀，已经闯进阵来。

耿恭见一将官模样的人就砍，手起刀落，那将官头身瞬间分家。接着，他左砍右挑，一气连斩六人。他横冲直撞，竟如入无人之境。

"呼衍都渠，我的呼衍都渠完了。"左谷蠡王见耿恭斩他一员大将，哀哭着向后退去。

耿恭所率人马，也呐喊着扑上前来，杀声连连，其势锐不可当。一时间，匈奴军已有上千人丧命。生者大乱，争相逃命，互撞互挤，自家人踩踏自家人，又有一大批人纷纷倒下。

左谷蠡王见汉军来势凶猛，气势如虹，又见军中大乱，连忙收兵，远远遁去。

耿恭也不叫人追赶，从容收兵，退回城里。从此，城门紧闭，严加防守，再也不带兵出城鏖战。

左谷蠡王率军撤回半山腰上，坐在帐中郁郁不乐，口中不停地念叨："呼衍都渠死了，让我如何向呼衍王交代？"

他身旁的偏将莫具德知呼衍都渠是呼衍王的同父异母弟，单于家人又与呼衍氏骨肉相连，忙劝慰道："他是为大匈奴国战死的，是英雄好汉，也算死得其所。"

"本王不只为呼衍都渠难过，忧的是耿恭这人太厉害，斩我战将竟如探囊取物，一仗灭我上千人马。"左谷蠡王忧郁地说道。

"还不是因为谁都没想到他会出城作战，一时惊慌？要有准备，绝不会这样。"莫具德又道。

"上回耿恭不过千人，如今怎增添这么多人？"左谷蠡王纳闷地问。

"咱的人马，不是也比上回更多了吗？"莫具德宽慰道。

"上回他人少，还不能胜他；这回他人多了，又如何胜他？"左谷蠡王忧心忡忡。

莫具德一手摸了摸他那又黑又粗的胡须,两只又黑又亮的眼珠转了转,回道:"咱们死死把城围住,不用动手,困也能把汉军困死在里边。"

"他们粮草可多呢!怎能把他们困死?"

"明天拿上酒,带上肉,我领你去一个地方边吃边喝,办法就有了。"莫具德诡谲地回道。

"你要带我去什么地方?"

"汉军守的城上边,山里流出的涧水边儿呗!"

左谷蠡王两眼转了转,突然恍然大悟,猛劲拍打莫具德的肩膀,高兴地说道:"好,这个办法真高!"

两天以后,左谷蠡王又率大军拥上来了。

他手持两条狼牙棒,一马当先,带领一支人马来到城下,故意挑战说:"姓耿的,人们都说你武艺高强,可咱俩还没交过手,你可敢下来比试比试?"

耿恭在城上往下一看,城的周围匈奴人马密密匝匝,少说有一万多人。他不敢怠慢,紧急传令,让官兵只能死守,万万不可出击。

他没想到的是,左谷蠡王只空叫战了一回,并不发动大军攻城,只让他的官兵在城的四周搭起帐篷,铁桶般将城围住。

"这是怎么回事呢?匈奴人是不会甘心的,其间必有诡计。"他心里暗暗疑惑。

他正在疑惑之际,忽然有人来报:"耿大人,大事不好,断水了。"

耿恭不禁大吃一惊,紧问:"什么,断水了?"

来人回道:"涧水让匈奴人截住,再也不往城里流了。"

"这一手好歹毒啊!"耿恭愤愤说着,又埋怨自己道,"俺怎么就没想到呢?"

他自然明白水源的重要:水,就是生命;没有水就不能生存,更谈不上打仗。他急忙派人把军司马石修、张封叫来,吩咐道:"要紧急下令,一部分人守城,一部分人和城里居民联合,一起掘石打井。"

打井,说来容易做来难。北疏勒城建在山腰上,地层都是坚石,每打下一寸,都要付出很大气力,要打到有水的地层,太难太难了。一连数日,日夜不停地挖掘,直到十五丈深处,滴水不见。

饥渴二项,渴比饥饿更难忍受。世上挨饿而死的人,都是在平静中死去;那渴死荒野戈壁的人就不同了,死前都会万般挣扎,用双手拼命往深里抓地,恨不得入地三尺,直至十个指头的指甲脱落,鲜血淋淋,最后口吐白沫,浑身瘫软,力竭而死。

耿恭和士卒们同样忍受着这般煎熬。他几次想打出城去,又几次打消了这个念头。很明显,外面匈奴大兵当前,出城会全军覆没的。

这一天,他又来到打井处,眼见从井里挖出的石头干干的,一点儿湿气也没有。士卒们有气无力地挖着,有些人口吐白沫,已倒毙在一旁。他心中难过极了,泪水涌出,仰首祈祷:

"武帝先祖啊,你派兵讨伐大宛,贰师将军①也有过断水遭遇,可贰师将军拔佩刀刺石,飞泉涌出,大难不死。你神明在天,能眼看着俺们活活渴死吗? 请保佑你的后代子孙吧!"

祈祷完毕,他脱掉外衣,一把抓过井绳,就深入井下。下井后,他拿起一把铁镐,奋力挖掘起来。

井下士卒见状,也振奋起来,加快了速度,没多大工夫,就挖下一尺多深。

"有水了!"一个士卒惊喜地喊道。

"呵,真的出水了。"又一个士卒也喊道。

耿恭就像没听到一般,依然发狂地抢镐。随着"叮咣叮咣"的声音,水汩汩从地下涌出,四周井壁也流水不断,顷刻间,水便漫过双脚,齐到腰深。士卒们竟然忘记是在井下,都呼喊着欢跃起来。

耿恭和井下士卒上到地面,眼见井水上涨。人们争相来看,情不自禁齐声呼喊起来:"天保佑啦!""神明也来保佑啦!""万岁! 万岁! 万万岁!"

一眼,两眼……几眼井相继出水了。全体官兵打井成功,比打了大胜仗还高兴。不知是谁说了一句:"咱们把水提到城上,扬给匈奴人看;当着他们的面,畅饮一回,边喝边扬。"

耿恭听了,满心欢喜,又添了一句:"咱们先提桶和泥抹城墙,然后,再扬给他们看。"

左谷蠡王眼睁睁看着汉军士卒提桶和泥,抹起了城墙,又见城上众人大瓢大瓢将水泼下,边喝边扬给他看,甚感惊奇,大出意外,两眼呆呆地怔住了。

_____

① 贰师将军:汉代名将李广利。

"真有天神保佑他们啊!"他垂头丧气,一下瘫坐在地上……

七

在两军相持的几个月时间里,耿恭多么盼望援军的到来啊! 可不知怎的,却迟迟不见援兵的身影。

从这里到敦煌,往返四十日足矣,范羌走后为何至今杳无音信? 几个月来,不管在金蒲城,还是转守北疏勒城,虽然城门未破,可粮草日减,士卒也有大批伤亡和因渴致死者,援军再不到来,终不会坚持日久。耿恭很是担忧。

他身在西域,远离京都,长期受匈奴重兵包围,哪里知道明帝已在八月与世长辞? 举国大丧,加之西羌叛乱,致使救兵不至,他还蒙在鼓里呢!

这一日,他正与石修、张封两位军司马分析援军不到的原因,谋划今后的应敌对策,忽见警卫士兵前来报告:"有一车师妇人求见。"

耿恭实在意外,略思片刻,吩咐道:"请她进来。"

须臾间,一位身穿彩色长裙、头戴珠宝金银首饰、雍容华贵的中年妇人姗姗而来。

"我是安得王的夫人。"那妇人自我介绍说,"我也是汉人,自嫁到车师,无日不思汉也。"

"夫人有何见教,请明言。"耿恭连忙让座。

"今有要事相告,"安得夫人说道,"柳中戊己校尉关宠已以身殉职,全军覆没。匈奴两路大军已兵合一处,还拉来一支车师降军,要联合起来攻打你们,请及早做好应敌准备为是。"

耿恭深感事态严重,不禁一怔。

"我知道你们粮草将尽,我尚有粮数囤,畜草几垛,可解官兵一时之困。愿各位多加小心,保重是盼。"说到这儿,她交代了粮草地点,就彬彬有礼地告辞了。

在见安得夫人之前,耿恭确实不知关宠已经殉职,更不知关宠在遭围困时即直接上书洛阳请求援兵,比他派范羌去敦煌搬兵还早。

关宠的上书,八月中旬才到达洛阳。这时,明帝已在十天前突发疾病去世,刚即位的皇帝刘炟忙于为父皇料理举国大丧,未能顾及其他诸事。直到十一月底,西域边关急报,才被提到议事日程上来。

这一天一上朝,章帝就召集司空第五伦、司徒鲍昱等公卿大臣开会,说:"匈奴重兵围攻车师,都护陈睦等已全军覆没,戊己校尉耿恭、关宠正被围困。现有关宠紧急上书请兵求援,请诸爱卿各抒己见,速速决策。"

他的话刚落音,司空第五伦站出来说道:"举国大丧刚刚理毕,满朝仍在悲痛之中。国家有许多比北虏围攻车师更重大的事情尚未顾及,臣以为,暂不派兵为宜。"

"此言差矣。"司徒鲍昱当即站出反驳道,"开通西域乃先帝宏愿。今使人于危难之地,明知危急,坐视不管,外则纵北虏狂暴,内则伤危难之臣。倘北虏再行扩张,侵扰我疆,陛下将如何调兵遣将?所遣将士又如何能拼死效力?耿、关二部人少力单,坚守数月不下,是尽忠效力所致也,安能见死不救?可令酒泉、敦煌太守各领精骑二千,多树幡帜,紧急援救。"

年迈的大鸿胪窦固率兵西征多年,深知将士之苦,也站出来说道:"知我官兵身处绝境,弃之不救,天理不容。车师乃我与北虏必争之地,奉先帝之志,不可失却此地,宜派重兵收复为是。此举,既可援救我被围官兵,又可助班超打通南道,不可不为也。"

章帝采纳出兵建议,当即诏令征西大将军耿秉屯兵酒泉,兼任酒泉太守,遣酒泉太守段彭率张掖、酒泉、敦煌三郡将士会同鄯善兵七千余人,向车师进发。

范羌赶至敦煌,迟迟未得诏令,转眼数月过去,又怎能及时回至耿恭身边呢?

果然正如安得王夫人所言,匈奴军在攻克柳中城后,会同车师前后二部降军又来到北疏勒城外。

匈奴、车师联军到来的第二天,左谷蠡王就率军找上门来,耀武扬威。他组织了一批又一批敢死队,携带云梯,由弓箭射手打掩护,强行攻城。

耿恭先令一部分强弓硬弩的箭手将匈奴打掩护的射手压住,又命一部分近射百发百中的箭手专对匈奴敢死队,使攻城敌军不能近城,然后,又叫倾城箭手万箭齐发,打退敌军一次又一次进攻。左谷蠡王眼见又折损大批人马,只好罢兵。

耿恭见敌军受挫,锐气大减,便激励守城官兵,打开城门,主动杀出城来。两军交战,勇者胜。耿恭人马,人人奋勇,个个争先,在耿校尉和军司马石修、张封的带领下，闯入敌阵，把匈奴、车师两军人马杀得大乱，择路而逃。

左谷蠡王更觉耿恭厉害，遂引军离去，暂退至深山之中。

四面山路都有敌军把守，耿恭并没有摆脱匈奴重兵的包围。没过几天，左谷蠡王率军翻过山来，围而不攻，又采取了长期围困的战略。整整一个秋天，耿恭与所剩官兵，就是在这种包围中度过的。

漫天皆白的世界倏忽而至，又一个漫长的冬天到来了。

在长期的被围困中，原来储备的粮草早已消耗殆尽。安得夫人捐献的粮草，也很快荡然无存。没有粮食，为了生存，官兵们不得不以马肉充饥了。马肉好吃，吃来心里难受；每匹战马，官兵们都是流着泪宰杀的。谁人不知，哪个不晓，这些战马都随军转战多年，与官兵们共建战功，人马之间，都有很深的感情啊！乌孙人送来的好马，更是优良品种，经过大半年的饲养、训练，也建立有战功，着实令官兵们喜爱。宰杀这样通人性的战马，怎好下手呢？

耿恭官兵，流着泪水，眼看着战马一天天减少。他们从断水的死亡线上挣扎过来，眼前又面临饥饿的煎熬，苍天也太残酷无情了。

断绝食物的日子不可避免地降临了。断粮第七天头上，一拨一拨人接连倒下；没到十天，就有大批大批的士卒被活活饿死。

耿恭难过极了，他怎么忍心眼看着自己的士兵一个个化作饿死鬼？匈奴大患未除，自己也不甘就这样倒下。猛然间，他两眼直直盯在一张大弓上。他立时把军司马石修、张封叫到身边，吩咐道："快架火，弓弩上有筋革，可以煮着吃。"

他说完，很快拿来二三十张弓弩，放在一口大锅里，与两位军司马一起煮了起来。

他一边煮着，忽然发现身穿的铠甲上也有筋革，连日忧愁的心里，顿觉宽慰，又吩咐石修、张封二人道："天无绝人之路，再把铠甲煮上，铠甲也可填肚皮。"

弓弩、铠甲煮好以后，耿恭把饥饿难耐的士卒招来，风趣地说道："俺请你们吃野味儿！"

士卒们往锅里一看，见是弓弩和铠甲，不由得惊奇地瞪大了双眼。他们很快嗅到了筋革的味道，个个饥不择食，从锅里捞出，就拢在一起同吃起来。

饿得有气无力的士卒们，肚里有了食儿，当时就有了精神，大口大口地嚼着，还兴起了话茬儿。

"弓弩不仅可以作战,还可以充饥哩!"一个说。

"这铠甲战时护身,饿时保命,作用可真大。"一个道。

"救命食物,比山珍海味还带劲。"另一个说。

"多亏多备了弓弩,再加上铠甲,看来,咱不能都变成饿死鬼!"又一个道。

耿恭在一旁听着,心中百味俱全;看到士卒们在饥饿的死亡线上还如此乐观,心中又不由百感交集,情满于怀,坚守到援军到来的决心猛然大增。他向士卒们立誓道:"咱们不能都变成饿死鬼,要想方设法活下去。俺身为戊己校尉,发誓同大家同生死,共患难,不待援军到来死不瞑目。"

士卒们见耿恭发誓,群情高涨,异口同声说道:"誓与耿大人同生死,共患难,绝无二心!"

那口煮弓弩、铠甲的大锅,还在沸腾着,沸腾着……

八

左谷蠡王知道汉军粮草全无,马匹吃尽,以为耿恭已至穷途末路。

别看两军相持中耿恭令他损兵折将,一时气恼冲顶,可他早在心中认定耿恭是稀世英雄,人才难得,便想乘机把耿恭招降过来。

这一日,他派使者去劝降,行前,对使者做了精心交代。

使者来至北疏勒城下,直唤耿恭说道:"你粮草双绝,已至穷途末路,还是投降为好。你若答应投降,大匈奴封你为白屋王,单于嫁美女给你。如何?速速作答,以成两方之美。"

耿恭听了,不气不恼,表示愿意商谈,便令人放下绳索,让那使者登上城来。

那使者满以为耿恭接受投降,不想,上到城来,便被几名士卒按倒在地,像杀猪一样杀掉了。

左谷蠡王急切等待商谈结果,见使者被拉上城去,也以为耿恭答应投降,满心欢喜。正当他打如意算盘的时候,忽听一阵公猪挨宰般的惨叫声音,立即明白了。左谷蠡王勃然大怒,当即指挥全部人马围攻上来。

汉军虽然人少,但齐心协力,凭借高墙壁垒、强弩弓箭,又把敌军打退了。

一场鹅毛大雪,铺天盖地,纷纷落地。平地上,倏然间积雪三尺,雪没膝盖;那深山峡谷,足下了一丈多深。

左谷蠡王见冰天雪地,严冬酷寒,万般无奈,遂把人马撤入了深山避风之处。

一天夜里,城中忽然听到人呼马嘶的声音。耿恭以为敌军深夜偷袭,不免一愣,立时召集所有官兵,登上城来。

各位官兵都神情紧张,准备竭尽全力决一死战。

兵马之声不时传来,好长时间却不见动静。沉沉寒夜,只有刺骨冷风阵阵袭来。

深夜的寂静,更是令人难耐。全体官兵,心绷得更紧了。

"哎——"一声长喊划破夜空,清晰地传来,"我——是——范——羌——,带着人马迎接耿校尉来啦!"

这喊声盼望已久,熟悉极了。

不只是耿恭,所有官兵都听得出是范羌的声音。是的,援兵终于到来了。

城上,声震霄汉,一片欢腾。

因积雪过深,好长时间,范羌才将两千人马带到城边。

耿恭早已叫人打开城门,和所剩官兵等候在城下。他与范羌一相见,像久盼的亲人一样,扑上前去,就抱头痛哭起来。

全城所剩官兵,与新来援兵汇集一起,纷纷拥抱,都禁不住痛哭流涕,泪湿衣襟。

耿恭一伙儿人激动的心情简直无以言表。他们盼星星、盼月亮,历千难万险,过生死大关,终与亲人见面,怎不激动万分呢?

第二天,耿恭一伙儿人便随同范羌带来的人马撤离北疏勒城,疾速向东归去。

左谷蠡王得此消息后,率军追赶上来。

耿恭指挥所有人马且战且退。因屡遭敌军拦截,加上冰天雪地,道路难行,到第二年三月,才行至玉门。

耿恭长期守城作战,历经饥渴生死大关,原来所率官兵在离开北疏勒城时总共剩下二十六人。归来的路上,又有一半人先后死去,到达玉门只剩下十三个人。这些人衣衫褴褛,形容枯槁,目不忍睹。

耿秉这时身为征西大将军,兼任酒泉太守之职。他听闻哥哥回到玉门,日夜兼程,赶来看望。一见他哥哥的样子,心如刀绞,立时与哥哥抱头痛哭起来。

随同耿秉前来的中郎将郑众心里也难过极了,一边抹泪,一边令下属为耿恭十三人洗浴,更衣换帽。

郑众听了耿恭的事迹,万分感动,当即挥笔,上书给登基不久的章帝,写道:

> 耿恭以单兵固守孤城,抵匈奴于前线,对数万之众,连月逾年,心力困尽,凿山为井,煮弩为粮,出于万死无一生之望。前后杀伤丑虏数千百计,卒全忠勇。恭之节义,古今未有,宜蒙显爵,以励将帅。

待耿恭十三人到了洛阳,早把新继位的章帝刘炟感动得潸然泪下,当即下令召进宫来。

章帝由司徒鲍昱相陪,在德阳殿接见了耿恭一行十三人。

司徒鲍昱当面奏道:"耿恭忠义双全,节过苏武,宜蒙爵赏。生还官兵自强不息,忠勇堪佳,亦当赐位。"

章帝当即准奏,下诏:封戊己校尉耿恭为骑都尉,军司马石修为洛阳市丞,军司马张封为雍营司马,军吏范羌为共丞,其余九士卒皆入羽林军。

这一切,理所当然,自是后话。

要说的是,耿恭被援兵接回以后,北疏勒城同务涂谷一样,也遭到了匈奴军队的血腥屠杀。西域北道要冲车师前后二部,又彻底归附了北匈奴。出使西域南道于阗、疏勒的班超,身陷绝域了。

第八章　独立寒秋

一

　　人的一生,就像航船,有时顺风,有时逆风;有时顺流而下,有时逆流而上,总在时顺时逆中度过。

　　永平十八年上半年开始,班超就进入了不顺的时日,那不幸的消息接连传来。先是家事:老母加重的病情,妹妹过早失夫后的烦忧等等。继而西域风云突变:交河、柳中两城全军覆没,陈睦、郭恂、关宠先后殉难;耿恭坚守孤城危在旦夕;匈奴特使胡多须指使龟兹、姑墨联合出兵,屡屡向疏勒发动进攻……最坏也最使他感到难过的消息,莫过于明帝的突然去世了。

　　明帝只比班超年长五岁,在班超眼中,他治国有方,勤俭敬业,日暮坐朝,严惩奸佞;以黎庶百姓为忧,不以居天下为乐;且远人慕化,克伐北虏,开通西域,威德远扬,无不思服。在他死前遗诏上还具体规定:不准在坟上建寝庙,省送终之礼,日后扫地而祭即可。这样为国为民的好皇帝,有史以来,并不多见。班超还特别想到,打通西域的战略决策是明帝制定的,自己的事业,只不过是贯彻执行圣上的旨意而已。彻底打通西域的重任尚未完成,明帝就与世长辞,今后前景又将如何呢? 大半年来的严重态势,加上不知新登基的章帝对此事持何态度,使他忧心忡忡,心情十分沉重。

　　在北匈奴大军攻克车师前部交河、柳中城以后,驻龟兹的北匈奴特使胡多须指使龟兹、姑墨联合出兵,前来攻打班超所在的疏勒城。班超见敌众我寡,便出谋划策,劝说疏勒王忠退守槃橐城。龟兹、姑墨两军联合攻打了几次,都被守军打退。两军头目见槃橐城坚如磐石、固若金汤,久攻不下,又消耗了大批人马,便收兵退回了本国。

"槃橐城立于不败之地多亏汉使者谋划。"疏勒主管军事的都尉黎弇感谢班超说。

"要谢,还得谢他帮咱富国强民,不然,军队哪有战斗力?"国王忠补充说道。

"疏勒的成就与胜利,是靠疏勒人取得的。"班超说道,"龟兹、姑墨两军来疏勒未能得逞,那是他们仰仗匈奴邪恶势力,行不仁不义之事,不得人心所致。"

三人正说着,一匹快马自东北飞奔而来。来到城下,才看清是于阗使者。

"这是鄯善王传来的信。"于阗使者把信交到班超手里说。

听使者一说,班超以为是鄯善王写的,接过一看,喜出望外,原来是来自洛阳的诏书。他急急打开,仔细看了起来——

军司马班超急鉴:

北虏乘先皇病危及我举国大丧之机,狂獗一时,殁我都护、校尉、副校尉,围困耿恭。朕闻此,大不安也。

然,朕初继位,事有千头万绪,恐一时不能发兵援尔。唯恐尔吏少力单,难于自立。故诏令发还,以防意外也。

"鄯善王有急事儿吗?"忠见班超把信收起,知已看完,马上问道。

"不是鄯善王写的,是我皇下的诏书。"班超回道。

"可不可以让我们看看上面写的什么?"黎弇急急问道。

"你们看不懂汉字,俺告诉你们吧,一句话,让俺带人回去。"班超又回道。

"什么?让你们回去?"忠意想不到,吃惊地问道。

"是,诏令就是这个意思。"班超解释道。

"你可不能走啊!"黎弇一下扑倒在班超面前,紧紧抱住班超一条腿,苦苦求道,"你一离开,我们就全完啦!"

"你一走,匈奴一定还派龟兹、姑墨来打我们,会把疏勒灭掉,你可不能抛弃我们哪!"忠竭力挽留,"你在疏勒,大汉威德即在,疏勒会安然无事;你一走,疏勒也就要亡啦!"

"我直接负责保卫汉使,生死和汉使在一起。"黎弇发誓说。

"我也无二心,誓与汉使共存亡。"忠也发誓道。

国王忠和都尉黎弇的话,句句打动班超。他又翻开诏书,看了一眼,说道:"且容俺想想。纵然班超离去,心,也是与疏勒永相连的。"

此时此刻,他心情复杂极了,何去何从,一时间,他实在难以决断。

回到驻地,他手持诏书,征询大伙儿意见。

众人一致回答:"何去何从,听司马的。"

他听后,还是拿不定主意。回到屋里,把诏书的意思讲给了月,月态度十分明确,说道:"这里人留你,可以理解;诏书是皇上的命令,不容分说,只有遵从。再说,妾怀胎已近期满,不日即生,快快起程为是。"

班超听了月的话,觉得有理,心想:皇帝旨意至高无上,唯命是遵方可。他又见月挺着大肚子,再不犹豫,决定应诏归还了。

起程这天,忠与举国大臣、全城百姓都来相送。人们就像失去父母一样,牵衣顿足,号啕大哭,满城哭声,感天动地。

国王忠紧紧拉着班超的衣裳,当着众人的面哭诉道:"你们一走,疏勒必遭侵凌,亡国之日不远了。"他的话刚刚说完,忽听有人大叫:"都尉黎弇拔剑自刎啦!"

送行的人们又是一阵号啕大哭,叫人听了撕心裂肺。

黄沙土浪,漫漫途程,班超自己也记不清他是如何痛下决心离开槃橐城,告别疏勒人民的。

及至路过于阗,眼前的场面更是把他惊呆了。

他还没进国都西城的大门,国王广德就率全城臣民扑上前来,抱住他的马腿哭着说道:"我们依汉如父母,你不能走啊!你实在不能走啊!"

于阗臣民们纷纷围拢上来,把班超一行人马团团围住,响起一片挽留之声。

原来,早有人从疏勒赶来,向广德王报告了班超要走的消息。这消息一传十,十传百,很快传遍了整个都城。广德听说班超一行人路过这里,便率众臣民出城迎接了。

班超见此情景,心都要碎了。离疏勒前,忠的泣诉,百姓的呼唤,都让他深感自己应该留在西域尽职尽责;都尉黎弇自刎的事再也不能发生,他不能不止步了。他想到,于阗与鄯善南北相望,是南道举足轻重的国家,他一走,北匈奴岂能甘心?如于阗再被北匈奴控制,他两次出使西域岂不前功尽弃,明帝打通西域的计划不就完全落空,自己多年的志向和付出的艰辛努力,不就统统化为乌有了吗?他毅然决定不回本土,给皇帝上书,申明自己的理由。

"俺留下,俺留下。"班超泪水盈眶,连连说道。

国王广德和诸大臣破涕为笑了。成千上万的百姓也兴高采烈起来。人们把班超举了起来,簇拥着,一直把他抬到住处。

到了驻地,班超先找王强、东吉说了些什么,待坐定后,对广德说道:"俺既已决意留在西域,就绝不食言。于阗是大国,可以自理;疏勒北接匈奴势力,连自立尚且不可,我等回那旦住为好。为了表示诚意,俺要留三人在此,请放心为是。"

"你留甚人在此?"广德问道。

班超指了指身边的月和东吉,说道:"远在天边,近在眼前,就这三人。"

"还有一个呢?"广德又问。

班超哈哈大笑,风趣地指着月说道:"这可不是一个人,留她一个,就是俩呀!"

众人看了看月凸起的大肚子,也哈哈大笑起来。

二

大自然的风云,飘忽不定,反复无常;人间事物,像大自然的风云,变幻莫测。

班超离开槃橐城告别疏勒时,疏勒国王忠对他是那样留恋不舍,忠心耿耿。然而,在班超返回疏勒之前,忠早已摇身一变,向龟兹俯首称臣,还与北部邻国尉头共同为龟兹效力。幸好,班超一行人马刚踏上疏勒地境,就被当地人留住,没再向槃橐城进发。

"忠王不忠,他早叛变啦!"当地人向班超说道,"他和黎弇都尉是两种人,他没一点儿骨气。你一走,他就主动向龟兹投降,还把不随从的大臣杀了,太不像话啦!"

班超从当地人口中,知道忠投降不得人心,政权全凭与尉头国王勾结一起支撑着。他正想该在哪里落脚,突然来了一位不速之客。

那人一见到他,倒地便拜,自我介绍说:"我是疏勒都尉黎弇的弟弟,叫成大。我和哥哥一样,深盼你留在疏勒。今日逢你回来,甚感慰藉。"

"忠投降龟兹,你看疏勒人该如何是好?"班超不由得问道。

"疏勒百姓无不生怨。好在忠投降龟兹只是仰仗鼻息,直接投靠的是北边尉头,只要把尉头这条线掐断,他也就完蛋了。龟兹与疏勒还相隔几国,知道了也鞭长莫及。"成大详细回道。

"你能筹集人马吗?"班超又问。

"能,只要说摆脱龟兹控制,一呼百应。别看我哥手下军官归忠掌管,他们都会听我的。"成大又回道。

"好,先召集人马,降伏尉头,你看如何?"班超试探着问道。

"对,这正合疏勒人之意。"成大高兴地答道。

果然,没出几天,成大就召集了几千人马,投在班超帐下。班超心头大喜,对成大耳语一番。成大听后非常高兴,竟哈哈大笑起来。

第二天,成大会同他哥哥的部下一起参见国王忠,忠以为有要事相告,就召见了他们。成大一伙儿上到殿里,立即将忠五花大绑。忠见势不好,直唤卫兵,他哪里晓得,卫兵早已和成大等人站在一起,将班超一行迎接进来。

"俺听你劝,已决定不返本土,又回来了。"班超看着被捆绑的忠说道。

"啊……是……"忠见班超大吃一惊,瞠目结舌。

"你怎么这般多变? 你的骨气哪里去了,良心何在?"班超气愤地问道。

"是,我没骨气,我是软骨头。"忠连连回道。

"你该当何罪?"班超厉声问道。

"我……我该死……我该死。"忠连连叩头答道。

"你光是变节一项尚不达死律,但你杀死坚贞不屈之士,砍杀了疏勒人的脊梁,岂能容你?"班超愤然说道。

忠一下瘫软在地上,哀求道:"班大人饶命! 你走后龟兹怪我要杀他们派来的国王兜题,要来报复,我实在是迫不得已呀!"

成大想到朝里不少威武不屈的大臣成了他刀下之鬼,义愤填膺,"唰"地拔出腰刀来,举刀就要杀他。

班超急忙上前阻拦,说道:"先不要杀,暂留他一条性命。"

在成大的哥哥黎弇自刎后继任都尉的番辰也上前劝道:"咱先摆脱尉头

要紧,在尉头那里,他或许还有用处。"

忠顺势说道:"打尉头,我也去,准能大获全胜,看我立功赎罪。"

宫里成大一伙人捆绑国王的事件,宫外无人知晓。可是,班超一行人马回来的消息早已传开了。这时,宫外人山人海,一片沸腾,都在热烈欢呼班超的名字,欢迎班超一行人马的重新到来。

几天以后,班超和成大率兵来到尉头,让跟随前来的忠先进到城里,向尉头国王伪称贡献人马。尉头国王信以为真,当即传令让疏勒兵马进城。

疏勒官兵进城以后,见尉头兵就猛杀猛砍,没多大工夫,就斩首六百多人。

尉头国王闻讯后大为震怖,急忙发誓:今后再不仰仗龟兹势力与疏勒作对,愿与疏勒结为友好,和平相处。

疏勒,又是疏勒人的天下了。

回疏勒后,班超考虑忠去尉头有功,在疏勒还有一定影响,为了广泛团结各方人士,仍然让他身居王位。成大承继兄长遗愿,一心向汉,让忠委以辅国侯,协助国王处理军政大事。

这一日,班超与国王忠谈话,忠告诉他,匈奴特使胡多须很是厉害,他长驻龟兹,紧紧控制龟兹,又通过龟兹控制其他国家。尉头为龟兹所控,又来控制疏勒,都是匈奴特使策划的。

其实,在与忠谈话前,班超早已注意到了,北匈奴在军事上大举进攻车师的同时,在外交上也与汉展开了针锋相对的斗争。龟兹、焉耆配合北匈奴颠覆车师,又向周围弱小国家扩张自己的势力,都是北匈奴唆使的结果。这种情况如果不加制止,任其发展下去,别说打通西域南北二道,就连已经打通的鄯善、于阗、疏勒也难保住。疏勒在他一行人马离开以后短短数日内的变故,就是很好的例证。

他决定在保持和进一步加强与鄯善、于阗、疏勒友好关系的前提下,以于阗为基地,同北匈奴针锋相对,大力开展外交活动,争取更多的同盟军,向北匈奴的扩张势力发起反击。

主意已定,他召开全体吏士会议,商讨来日方针大计。他谈了自己的想法以后,王强第一个站了起来,说道:"司马怎么说,我们就怎么做,一切听司马的。"

"照你这等说法,咱还开会干啥?"班超不悦地说道。

王强闹了个大红脸,憋了半天,还是不知说什么好,只好坐下听别人发言。

"俺说说。"田虑第二个站起来,说道,"咱远在异域,不能指望朝廷支援,得按咱的情况定计。"

班超听了,很是高兴,问道:"你说咱该怎么办呢?"

田虑想了又想,说道:"班司马有个鄯善小媳妇儿,鄯善与咱关系密切,没得说。于阗国王待咱也好。疏勒是得而复失,失而复得。这三国与咱友好,咱得和他们团结在一起,浑然一体,共同生存才是。"

田虑的发言,引得人们哄堂大笑。班超也不计较,又问:"还有呢,你能再说说吗?"

田虑两眼转了转,再不做声了。

甘英站了起来,说道:"北有鄯善,南有于阗,有此二国,可保平安;稳住疏勒,安上加安。我以为,仅此还不够,应联合更多国家才是。"

"对,就这么办。"姚光当即应和。

"好啊,就这么办。"王强也站出来喊道。

"各位乡党,这小白脸平日斯斯文文,说起话来头头是道儿,有板有眼,满在理的。"田虑夸赞道。

班超站起来说道:"俺要说的是,跟着班超,都是苦差事,俺令大伙儿吃苦了。"

大伙儿见他说出这话,内心感慨万千,很受激励,忙道:"司马不要这样说,咱同生死,共患难,死而无怨。"

班超见群情激昂,很受感动,接着说道:"现在,紧要的是'自立'二字。咱们要想生存下去,立于不败之地,不能企望天兵自天而降,只能靠咱们自己努力。咱自立的条件是有的,这就是西域诸国人民同咱一样,都愿安居乐业,咱们有着共同利益。咱紧紧依靠当地力量,是完全可以做到自立的。倘再多联系些盟国,咱的日子会越过越好,事业也会发达起来。"

他的讲话,令大伙儿情绪振奋,激动不已。

会议最后决定:田虑带大部吏士镇守疏勒,甘英、华里华里旺出使康居,姚光赶赴拘弥,王强随班超重返于阗。

三

　　重返于阗,班超是经过一番缜密思考的。

　　建武末年,莎车国在西域最为强盛,国王贤兼并了于阗,将于阗国王俞林贬为骊归王。明帝永平中期,于阗大将休莫霸反莎车,自立为于阗王。后来,休莫霸在与莎车王贤带数万人马前来讨伐的战争中,不幸中流矢而死。于阗国相苏榆勒等大臣共立休莫霸哥哥的儿子广德为王。在国相苏榆勒的辅佐下,广德励精图治,国力转盛,最终打败了莎车,成为南道多国臣服的大国。这期间,鄯善也开始强盛起来,鄯善、于阗成为西域南道自葱岭以东两个最为强大的国家。

　　鄯善与汉友好关系由来已久,根底较深,没有什么可担忧的。于阗是南道举足轻重的大国,班超到来后经除巫等一番斗争,国王广德态度友好,令人满意,但欲与鄯善同日而语,尚须时日。鄯善先王即与汉友好,基础较深,加上有了月,关系非同一般,更加牢固,自可放心。近日疏勒国王忠的变节,让班超认识到,西域人不像汉人那样讲究忠孝和气节,也不重感恩与报德,说变就变,心底难测。于阗王广德继位以后,莎车王贤愿与于阗和平相处,结为友好,把原来拘留在莎车的广德王的父亲送回到于阗,还把美丽出众的女儿嫁给了广德。广德知恩不报,竟把岳父莎车王贤诱杀了。他还投降过北匈奴,也杀过匈奴使者。他这种反复无常的性格,会不会再次显露出来?在北匈奴攻陷车师前后二部半年以后,耿恭被援军接回的消息,班超也已知晓,深切感到自己在西域已彻底处于孤立无援的境地。他虽然还没有遭到什么大难,但他深知居安思危的道理,何况身处逆境,什么事情都可能发生。他还想到昔日张骞在西域十三年,曾弃身旷野,射禽兽活命,自己倘遇不测,弄不好连张骞都不如。广德能诱杀岳父,能投降北匈奴又斩北匈奴使者,谁知道还会做出什么事呢?在风云变幻的形势中,他不能不周全考虑。于阗是举足轻重的大国,稳住广德王比什么都重要,因此,他决定重返于阗。

　　一到于阗,他带着王强径直觐见广德王。

　　广德一见班超,就像见到分别很久的老朋友一样,立即离座迎上前来,紧紧拉住班超的手说:"我早就盼你回来共商大事,真想你,比月还想你呢!"他一边说着,一边开怀大笑起来。

班超见广德诚挚热情,也不客套寒暄,直言问道:"疏勒的变故,你可知晓?"

"知道,知道,那是北匈奴特使策划的结果。"广德连连应道,"我就是想同你商量,在这些变故中我们该如何应付。"

班超想先摸摸广德的底儿,并不急于说出自己的想法,便反问道:"超愿听大王的高见,你看该如何是好呢?"

广德浓眉紧锁,略思片刻,沉重地说道:"我杀了北匈奴使者,他们岂肯恕我?路,只有一条,我生一心向汉;死,向汉之心也绝不会灭。"

班超闻听,心中很是激动,迅即起身,上前拉着广德的手,说道:"大王说得好,俺班超这厢有礼了。"

说着,他向侍立一旁的王强示意。王强心领神会,快步走出殿堂,着人抬进两大箱宝物,置于广德面前。

"俺们从疏勒带来点儿异国珍宝,不成敬意,请大王笑纳。"班超一边说着,一边从王强手中接过一把闪闪发光的宝剑。这宝剑剑鞘由珍珠玛瑙镶嵌,分外好看。他拿在手中,掂了掂,将宝剑拔出,看了看,猛地把剑一挥,朝他身旁的一条硬木长凳砍去,随着一道寒光,那凳立时断为两段。而后,他双手托着宝剑献给广德,说道:"超即于阗人,于阗即超家,超誓与于阗共存亡。现特赠大王宝剑一把,超如有异心,请大王令超像那长凳一样,分身两截,超死而无怨。"

广德接过宝剑,紧紧搂住班超,说道:"我如有异心,亦当如此。"

满堂文武官员见他二人共同发誓,含泪相抱,感动得纷纷落下泪来。

广德对班超厚礼相赠表示深深的感谢,招呼侍士将礼品抬下,忽将话题一转,对班超说道:"你交给我的人,已真正成为三人,他们都安然无恙,快去看看吧!"

班超听出月已经分娩,心中暗暗大喜。他紧忙招呼王强,说道:"走,咱快去看看,东吉不知怎么想你呢!"

王强知道班超心急,回道:"俺知你心里高兴,走,还是快去看你那新生的小宝宝吧!"

两人随广德走着,班超问王强:"咱重返西域时间匆忙,没来得及为你和甘英完婚,这回在于阗先让你和东吉完婚,如何?"

王强心里甜甜的,回道:"那敢情好,俺心里早巴不得呢!"

……

经过一冬的严寒,百灵鸟又出现在蓝天。每当听到百灵鸟那婉转的歌声,见到它们成双成对地展翅飞翔,月便涌起无尽的相思之情。

班超带领吏士们去疏勒后,广德王选派了两名侍女,与东吉轮流日夜精心侍候月。虽有东吉陪伴和侍女周到的照料,也止不住她对班超的朝思暮想。"一日不见,如三秋兮。"她虽然没有读过此诗,却有诗里的切身感受;班超这次返回疏勒的日子并不算长,可她真觉得度日如年。特别当一个婴儿呱呱坠地以后,她更盼孩子的爸爸早日归来。

这天,月和东吉正不紧不慢地说着话,院门一响,她俩齐向院里望去,都甚感意外,竟一眼见到了自己的心上人。

"看,我把谁给你们带来了?"广德一进门故意问道。

两对情侣鹊桥相会一般,别后相见心中自是欢喜异常,有满腹话要相互倾诉。

广德并不多加打扰,将班超、王强引进门,只客套了几句就离去了。

班超从月怀里接过儿子,亲了又亲,边亲边看,哈哈笑个不停。

东吉见他高兴的样子,说道:"你们进门前,月还直想你呢;没想到,一阵喜鹊叫,真把你给唤回来了。"

"月想俺,俺想她;王强想你,你想不想王强?"班超打趣道。

"想,不单是想,还想结婚呢!"东吉心直口快地回道。

"你想什么时候结婚?"

"越快越好。"

"是按你们的风俗成亲呢,还是照汉人的规矩办事?"

"不讲究形式,只要结婚,两人搬到一块儿住就行。"

王强听了,早已按捺不住了,一把抓过东吉的手,说道:"那咱俩明天就……"

"别说明天,今天也行!"

眼望着东吉那落落大方、没有分毫遮掩的样子,班超呵呵笑了,关切地说道:"你俩民族不同,风俗习惯也不同,可要像俺和月一样互相尊重呵。结婚该有个证婚人吧? 俺做你们的证婚人,行吗?"

东吉立即拍手称好。王强也现出十分高兴的样子。

月怀里的婴儿"呱呱"哭了起来。东吉忽然想起了什么,向班超说道:

"这半天光说我俩的事了,这孩子快满月了,还没名字呢,别忘了,你得给孩子起个好名字呀!"

班超这才转向不言不语、温柔端庄的月,满心欢喜地看着孩子,不假思索地说道:"现在,最需要勇气和勇敢,俺老大叫雄,他就叫勇吧!"

"这个名字起得好。"王强说道。

"班勇,班勇,这个名字叫起来真好听。"东吉拍着手直叫好。

月听了这个名字,打心眼儿里高兴,扭过头暗暗笑了。

四

于阗河自北向南像树杈一样分成两支:东边的一条叫白玉龙河,西边的一条叫黑玉龙河。

整个于阗居住着两个人种,分布在东西两个地区。东部白玉龙河一带的人与汉民相貌无异;西部黑玉龙河地区的人高鼻赤面,浓眉大眼,与东部人迥然不同。在两河中间地带居住的人,大部分是以上两种人的混血儿,或属东部民族,或属西部人氏,一国两族,确凿无疑。

这是怎么回事儿? 如何形成的呢?

相传大约东周赧王时,周室衰微,天下大乱,国王对分封各地的王室成员失去控制,当时自立为王的便有秦、齐、楚、燕、韩、赵、魏等等。这些自立为王的人,再也不听周王的话,都想称雄天下,于是互相大动干戈,形成你争我夺的混战局面。

当时周赧王已生九百九十九子。

一天,忽有人来报,说:"又一妃子生下一子,整满千数,实在可庆可贺。"

老来得子,且满千数,本是可喜可贺的事儿,不料赧王心想,按照周朝制度,有子便受封,受封便割据;自平王东迁以来,周室姬姓一家人争权夺势,自家人打自家人,内战不休,方导致周朝衰败,达到不可收拾的地步。他这样一想,立时大怒,大声喝道:"将这小冤家给我扔到西天荒无人迹之地,违令者斩。"

下面官员听到此令,惊诧吐舌,又不敢违命,只好派人将这刚出生的婴儿抛置在西域旷无人烟的地方。

周赧王一怒之下,本想这样结果他第一千个小王子的生命。谁想,那婴孩儿被弃之后,地面突然隆起,其状酷似女人的乳房;不知有什么神明保佑,那婴孩儿竟凭这地乳滋养活了下来,长大成人,还登上了西界一国的王位。他欲兴建城郭,因他被抛弃之地乃荒沙大漠,无水无土,无法建城,他便发通告,首先征召供水能人。时有一蓬头垢面、散发披肩的人手持一个盛水大瓢,应召而至,说道:"天赐我涂炭道人称号,深知地理,可供水于你。"

说罢,那涂炭道人将瓢一扬,便有水落地成流,涂炭道人也忽而不见。那王子便沿着涂炭道人的水迹苦苦追踪,寻寻觅觅,竟发现了一条大河,这便是后来的于阗河。这王子傍水兴工,一座都城很快建成。他继而发现,这里不单有水有土,还玉石遍地,便把自己的国家定名为玉田国。

正当他专心治国之际,忽有一浓眉大眼、满脸胡须的高鼻长者带一帮人来到这里争夺地盘,欲占王位。那带头的长者乃是身毒(今印度)的宰相耶舍。双方正在摩拳擦掌、欲大动干戈之时,只见涂炭道人又飘忽而来,进行调解。那涂炭道人用掌从于阗河上游一劈,河流便东西分出两条,一条叫白玉龙河,一条叫黑玉龙河。涂炭道人确定东方王子仍为国王,住白玉龙河一带;耶舍为宰相,和他的人住黑玉龙河一带,永世和睦相处,共同治国,于是双方言归于好。于阗与玉田谐音,这便是于阗国的来历。

按照这个传说,广德王即是东方王子的后裔。

"咱们本是同根生啊!"班超谈及传说中的故事,对广德说道。

"对,咱们原本就是亲兄弟。"广德应和说道。

"难怪广德王对咱这么好呢!"王强一旁插话道。

"咱们本是一家人嘛!"广德又说道。

"寻根溯源,各民族之间都有渊源。"班超对王强说道,"其实,东吉他们西羌人出自三苗,是古代姜姓的后裔,受封国靠近南岳衡山,后来迁至敦煌一带,才成为西羌人的。"

"这样说,俺和东吉也是同种人了?"王强颇感新奇地问道。

班超回道:"这得以现今的情况来看。依我之见,爱情是不分国界、不分民族的;成婚并非同一人种方可,人类最终将走向大融合。以民族决亲善、闹纠纷、动干戈,是心胸狭隘、目光短浅的表现,在任何时候,都是要不得的。"

广德和王强连连点头称是。

经过实际接触,班超对广德放心了,对以于阗为基地的方针也坚定不移。不过,他从历史和现实中看到,民族不同,往往会发生各种冲突和矛盾。尽管传说中于阗境内白玉龙河和黑玉龙河两个民族心心相印,亲密无间,但他还是放心不下,于是,问广德道:

"白玉龙河与黑玉龙河两地人民能否像于阗河上游分支前一样浑然一体?"

广德见问,心下明白,毫不犹豫地回道:"于阗举国上下,万众一心,敬请放心。"

"果真如此,就毫无不虞之处?"班超又问。

"我们东西两族人虽相异,风习不同,也各奉一神,但都信佛,佛光之下,无甚不虞之处。"

听广德这样一说,班超立即想起哥哥所说:明帝在世时做过一梦,见一金人,身体高大,顶有明光,神态仁慈,令他好生奇怪。明帝醒来以后,脑中总是浮现着那个金人的形象,早上一上朝便向群臣讲了梦中情景,并问是怎么回事。他哥哥出班奏道:"西方有神,名曰佛。其形长一丈六尺,身黄金色。"

明帝听后要遣使问佛法,还招来画家将所梦金人画了图像供奉起来。

班超回想起这件事,心中不免自责:自己身在西域已有数载,竟未关注过佛教之事,实在疏忽。他想,白玉龙河一带人虽也有信佛的,但信与不信者参半。那黑玉龙河的人就不同了,来自佛国,人人信佛。为了团结整个于阗人民,他应亲身去那里看看,既可了解当地民情,也可对佛教实地考察一番。便向广德问道:"咱能否去黑玉龙河一游,观当地风土人情?"

"当然可以。"广德当即回道。

"人生在世,多览各地风光,既是一大享受,又可眼界大开,增长知识,那就陪咱一道去黑玉龙河旅游一回吧!"班超请求道。

"寡人诚愿同往。"广德满口答应。

王强拍手称快,说道:"这太好啦,把月和东吉也带上。"

"说得对,也让她俩去散散心。"广德欣然同意。

王强的建议,很合班超的心意。不过,班超并没表明,除旅游之外,他似乎还想到别的什么……

五

　　月喜添贵子的消息一传到鄯善,国王广立即派人送来一份丰厚的贺礼,并转给班超一封洛阳的来信。

　　班超见是章帝御笔亲书,立即打开连看了两遍。他从信中得知章帝要继承明帝的遗志,大力支持开通西域的事业,批准了他留在西域的请求。他还得知章帝已派遣酒泉太守段彭率张掖、酒泉、敦煌三郡兵马,前来联合鄯善兵击柳中、攻交河。这封御笔信令他高兴至极,大大增强了他实现壮志的信心。

　　就在他得到这重大喜讯的当天,出使拘弥的姚光回到他身边,向他禀报说,拘弥愿与汉人精诚合作,可随时出兵联合作战。这更加使他欢欣鼓舞,喜悦万分。

　　眼下,正是春暖花开的时候。窗外,花朵簇拥,争相怒放。排排钻天白杨、高大粗壮的桑树,叶子嫩绿,赏心悦目。风和日丽,万里无云,放眼望去,天是那么蓝,地是那么翠。班超在西域已度过几个春天,心境从未像今年这样愉悦。

　　月、东吉、姚光、王强见他心情愉快,也为他感到高兴,一齐催促他早日到黑玉龙河去。

　　国王广德早已派他的弟弟、辅国侯广仁前往黑玉龙河畔的玉田城,通知长住那里的国相苏榆勒,周密安排班超等人的观光日程。

　　没过几天,班超等人在广德的亲自陪同下来到了玉田城。国相苏榆勒按照国礼隆重接待了他们。

　　班超无心沉醉在宴席间,第二天就带领姚光等人走村串庄考察民情,视察驻守西部的军队。不论是农牧民,还是军队官兵,都热情洋溢,诚挚相待,使他真切感到于阗举国上下与汉亲密友好的气氛,也从国王广德、国相苏榆勒、辅国侯广仁身上,亲眼看到东西两个民族不分彼此、融为一体的关系。

　　几天以后,班超当着广德的面向国相苏榆勒提出要到寺庙里去拜佛。苏榆勒听到这个要求非常高兴。他把这视为汉人对自己民族的尊重,当即表示要做精心安排,满足班超的要求。

　　班超要到寺庙拜佛的消息,很快便传遍了全城。

班超带人去寺庙的这一天早晨,大街上人潮涌动;在通向寺庙的街道两旁,形成了两道人墙,人们夹道欢迎班超的到来。

玉田城北的寺庙样式非凡,给人一种壮观、神圣的感觉。

庙里最高的建筑,要数高耸在寺院北部的那座四方形多层塔式神龛了。塔的下面一层面积最大,中央坐有释迦牟尼立体塑像,佛像全身涂金,金光闪烁,熠熠生辉。四面墙壁上画满了千姿百态的彩色神像,鲜艳夺目,让人看了肃然起敬。从塔的第二层起,每层的四壁都雕有一个个凹进的方形小神龛,每个龛里都有一尊泥塑的佛像。整座塔式神龛的佛像,足足有上千尊之多。

庙里也有大大小小的佛像,设有香案、香炉、圆毡、钟、鼓、磬等。寺庙每一殿堂里都有僧,僧有木鱼,作为念经之用。在班超到来之前,群僧就集合在一起念起经来。

班超尊重当地人民,虔诚地前来拜佛。在通向庙宇的人墙夹道上,国相苏榆勒、辅国侯广仁二人在前开路,广德与班超并肩紧跟,姚光、王强和月、东吉又随其后,神色严肃地向庙院走去,气氛庄重而肃穆。

就在班超将要走进庙院大门之时,忽从人群中闪出两个浓眉大眼、满头密发的大汉,手持尖利的匕首,猛地向班超刺来。只听当啷啷,随着两道白光凌空出现,两把匕首瞬间落地。班超知有刺客,急忙躲闪,广德、苏榆勒、广仁大吃一惊。待他们定睛一看,只见一个矮小男人将一刺客高高举起,另一白脸小伙子把一刺客死死按在地下。从相貌上看,两个刺客与黑玉龙河人属同一种族,直令广德、苏榆勒、广仁三人目瞪口呆。班超一眼看出擒拿刺客者,一是留守疏勒的田虑,一是出使康居的甘英,也甚感意外,不免惊诧异常。

姚光、王强同声喊着:"反了,反了,怎的这等不仁?"

广德、苏榆勒、广仁都听得出,这话是冲他们来的,立觉窘迫不堪。

辅国侯广仁满腔怒火,拔刀要结果两个刺客性命,班超飞步向前加以制止。

寺院里,群僧知有意外之事发生,但又不知发生了什么,胆小的慌忙逃跑,胆大的探出头来观看。

外面的人群早已乱作一团,待弄清是怎么回事以后,怒火万丈,恨不得把两个刺客乱脚踏死。

骚乱中，班超泰然自若地登上庙门台阶，沉着地大声呼道："请肃静，请肃静！"

随着他的呼喊和手势，成千上万的人立时安静下来。只听他镇定地朗声说道："汉使者班超入等尊重当地君民，今日在国王、国相、辅国侯陪同下虔诚拜佛，有人竟想置我于死地。神灵保佑，班超安然无恙，已将肇事者抓获在押。我等一向视于阗为家，共谋国泰民安。现有人暗中作祟，图谋不轨，行不仁不义之事，是必然要失败的。我等拜佛的决心不变，愿佛光广大，助我等把作恶之事搞清，届时再公布于众吧！"

在班超的坚持下，众人还是进寺庙走了一遭，拜佛完毕方归。

回到住处，广德向苏榆勒大发雷霆，严厉质问道："刺客是你处之人，你居心何在？"

"国相，你就是这样安排接待汉使的吗？"广德的弟弟广仁也怒目问道。

"今天这事，是不是国相一人所为，还很难说哩！"王强分明带有弦外之音。

"班大人，请相信，我广德对汉绝无二心。"广德赶忙表白道。

"黑玉龙河再黑，白玉龙河阳光永在。"广仁也紧随说道。

听了二人的表白，苏榆勒突然站起来，一跳老高，指着广德、广仁兄弟俩大声质问道："别人怀疑我，情有可原，你们也怀疑我，良心何在？请不要忘记，于阗先王遇难后是谁把你们一个立为国王，一个封为辅国侯的，你们难道也不了解我吗？"

广德和广仁立时不安起来。一时间，屋里气氛骤然沉闷，沉闷得简直像要爆炸一般。

苏榆勒嘴唇上下直打哆嗦，胡子颤抖不已，老泪横流，半晌哽咽在那里。

班超在冷静地审视着。只见苏榆勒在有口难辩之时，双手扪心，竭力表白道："我知道，此时此刻，黑三龙河、白玉龙河都难洗刷我。可是，心地坦然不坦然自有分说，我佛在上，我向佛祖发誓，我的心是正直的，我的身是清白的，今天的事与我毫不相干，我冤啊，实在冤枉！"

班超原本最担心的是于阗东西两民族的关系，而今矛盾终于发生了，而且事情相当复杂。所以并不急于下结论，匆忙表态。在听了苏榆勒一番话以后，他忽然想到田虑、甘英的意外出现，其中必有原委，于是向田虑、甘英问道："你二人如何来到这里？"

"只因发现了不正常迹象。"田虑回道。

"俺正好从康居回来，至疏勒听田虑一说，便随他而来。"甘英紧接回道。

"如此说来，田虑最了解情况了。"班超对田虑说道，"请详细道来。"

田虑不慌不忙，原原本本向众人讲述起来——

有一天，田虑正在疏勒城一家饭馆小酌，进来两个五大三粗的人。他定睛一看，两人都三十出头儿年纪，都黑红肤色，黑眉大眼，满脸胡须，一头密发。他知道这种人在疏勒和于阗西部都有，但不知是当地人，还是来自于阗。

他正私下揣摩，只听其中一个说道："班超已去于阗无疑，咱得早早赶去，事不宜迟。"

他不禁一怔，又听另一个说道："这事得干漂亮点儿，不能辜负胡多须特使的一片厚意。"

"说得对，给咱的酬金一辈子也花不完。"

"匈奴特使那里还有一份更高的呢！"

其中一个从腰间拔出一把锃亮的匕首，看了看，说道："有了它，班超必死无疑！"

另一个道："可不能大意，班超可厉害呢！"

"再厉害也防不住冷招儿，等他防时，也就一命归天了。"

听到这儿，他一下明白了，原来这两人是北匈奴特使收买的刺客。

他悄悄溜出饭馆，准备回住处快做些准备。他刚一出门，见一人骑马直奔饭馆而来，待近了一看，是出使康居归来的甘英。他急忙上前抓住甘英的肩膀，示意不要声张，拉上他就走。两人如此这般，暗暗尾随刺客来到于阗……

苏榆勒听完田虑的讲述满腔怒火，"嘭"的一声，一拳砸在桌子上，咬着牙说道："我要把这两个坏蛋千刀万剐！"

"且慢，"班超赶忙制止说，"以我之见，这二人不杀为好。"

"什么？"苏榆勒、广德、广仁同时惊问。姚光、田虑、甘英、王强、月、东吉也都大惑不解。

"杀掉是最简单不过的方法，但能不能做更高明一点的处理呢？"班超以反问的方式回道。

"你说怎么处理才好？"苏榆勒仍愤恨难消地问道。

"这二人被别人收买,可以在北匈奴圈儿里卖命;咱不杀他们,他们会不会也能给咱们干点儿什么呢?"班超进一步问道。

"这就是放回去的意思?"广仁也问道。

"正是。"班超干脆回道。

广德在一旁暗暗点头了。赤榆勒也开始咂摸出班超的意思。

"这样处理好。"姚光站出来说。

"他们回去要变了呢?"王强还是不解地问。

"那也不要紧,两人就是良心泯灭坏到底,也掀不起什么大浪。"班超毫不犹豫地回道。

月虽然总是不言不语,可心底透亮,她觉得自己的丈夫心地宽阔,讲话在理儿,处理问题非同一般,心里可佩服了……

六

人一辈子不会光走"背"字,有时身处逆境说变也快。

班超前一天去寺庙拜佛差一点儿遇难,第二天就从鄯善传来特大喜讯:征西统帅段彭率七千人马与鄯善官兵联合作战,先攻克柳中城,又拿下交河城,斩敌首三千八百级,俘虏三千余人,缴获北匈奴骆驼、牛、马、驴、羊三万七千头。车师太子比持訾投降,左谷蠡王、呼衍王惊慌失措,率残余人马狼狈逃窜,整个车师又光复了。

听到这个喜讯,王强、东吉高兴得跳了起来,姚光、田虑、甘英、月都情不自禁地欢呼起来。

"看来,咱不会弃身旷野,没有着落了。"王强喜滋滋地说道。

"收复车师,咱的地盘又大了。"甘英含笑说道。

"车师又有了咱的驻军,咱不再是孤立无援了。"田虑讲话颇带底气。

"大难不死必有后福,拜佛心诚神灵保佑,班司马都给咱应验了。"姚光甚感庆幸地说道。

月听了这些话,只在一旁暗暗高兴地笑。

东吉站出来指着班超直叫唤:"大伙儿先不要说别的什么,咱得一起问问咱当家的,该怎么庆贺庆贺?"

班超心中再次充满了当年在鄯善胜利斩杀匈奴使者后的喜悦,也像当年一般发话说："整坛整坛买酒去,肉要买足,咱们边吃边喝边叙,好好庆贺庆贺。"

不大一会儿工夫,田虑、王强几人便买回几坛酒和一大堆东西,一伙人果真围拢在一起边吃边喝边叙起来。

"今后,咱将如何行动?"姚光嘴里嚼着东西问道。

班超饮了口酒,想了想,说道："现在车师又平,南道亦通,北有鄯善南有于阗,加上拘弥、疏勒、康居各国协力,咱们该采取主动行动。北匈奴控制最紧者,一是龟兹,一是焉耆,这两国人口众多,兵多将广。正因此,姑墨、温宿才屈服于他们。后二国之王皆为龟兹所立,对龟兹不得不服从,但又有不满的一面。当今之计,还不可直接对付龟兹、焉耆这样的对手,需先扫清他们的外围,让姑墨、温宿一类国家解脱出来。还有莎车,国大人众,反复无常,也有待于今后决策。既如此,下个目标以对准姑墨为宜。"

对班超的形势分析和战略目标,大家毫无异议。只是田虑忽然想到疏勒的一个情况,说道："忠变节后疏勒还算平稳。不过,近日忠将辅国侯成大撤掉了,让都尉番辰身兼了两职。"

这一情况立即引起班超的注意,赶紧问："此事忠与你商议过没有?"

"没有,俺是事后才听说的。"田虑回道。

班超不禁眉头一皱,很不放心地说道："这一人事变动必有原因,咱们须速速赶回疏勒,密切观注忠的动向。"

"咱们都回疏勒?"王强问道。

"都走,这里一个人也不留。"班超毫不含糊地回道,"忠的变节,已足见他反复无常,着实让人不放心;近日易人一事,不知他葫芦里又卖什么药,不能让疏勒再出事,咱必须统统回去。"

班超的话刚刚说完,广德、苏榆勒、广仁三人走了进来。

"汉军收复车师,可喜可贺。"广德进门就说道。

"今晚我要隆重设宴,一是为班使者压昨日之惊,一是共庆汉军的胜利。"苏榆勒开门见山地说道。

"俺们一定出席。"班超爽快地应道,"俺想为这次聚会添项内容,宴会就算俺们王强和东吉的婚宴吧!"众人听后拍掌叫好,喜坏了王强和东吉。

"班使者,我想让你长住黑玉龙河,怎样?"苏榆勒向班超问道。

"不,还是回白玉龙河为好。"广德争着说道。

班超将双手一抱,向二人致谢,说道:"二位心意俺领了,现在,哪里也不住了。"

"你要去哪里?"广德问道。

"去疏勒。"班超回道。

"什么时候走?"苏榆勒接着问道。

"一两天就走。"班超又回道。

"那咱们今晚更该好好聚聚了。"广仁见班超决心已定,满怀留恋的心情说道,"愿你常来于阗。"

"俺会随时回来,再回来,很可能是搬兵。"班超直言相告道。

"于阗军队任你随时调动。"广德也直言应道。

不知是谁,突然把话题岔开,嚷道:"咱该给王强和东吉准备准备,晚宴上,也该像个结婚的样子嘛!"

"对,该准备准备。扎两朵大红花,买两身新衣裳,做两条新被子……"

"准备个屎,大伙一块儿吃顿饭,俺俩搬到一处住就行了。"听得出,最后是王强的声音。

月亮直照东窗,屋内朦朦胧胧。

喧闹过后的夜,万籁俱寂。

班超躺在炕上,欲睡不能。

晚上,苏榆勒举办的宴会兼作了王强和东吉的婚宴,他作为应邀客人和证婚人享受到了双重的快乐:一是加强了与于阗的友好关系,二是眼见有情人喜结良缘,终成眷属。那一幕幕热闹的情景依然浮现在脑际。

他很佩服东吉在婚事上不讲形式、不讲排场、不铺张浪费、不讲烦琐礼仪,只重感情的态度。躺在炕上,他想的最多的是今后……

第九章　请兵中原

一

　　班超率领他的三十几名吏士东奔西走,依靠当地力量,不单没有遭到陈睦、郭恂两千人马全部覆没的悲惨下场,也没像张骞那样流落旷野靠射杀禽兽活命,而且发展壮大了反对北匈奴的力量。他孤陷绝境后实行的方针和策略取得了很大成效。

　　建初三年秋,一支由疏勒、于阗、康居、拘弥四国组成的一万人马汇集在疏勒城四郊。这支大军由班超统帅,下分四个营部:第一营部是于阗兵,直接归班超指挥,由于阗辅国侯广仁协助指挥;第二营部是疏勒兵,由田虑指挥,疏勒都尉番辰为副;第三营部全是康居骑兵,由甘英和康居左将贾舍尼联合指挥;第四营部为拘弥兵,以姚光为正、拘弥都尉为副。四大营部将士各树本国旗帜,威武壮观,分别驻扎在疏勒郊外,等待班超一声令下,便浩浩荡荡投入战斗。

　　疏勒王忠见这等气派,显得异常高兴。他主动提出陪同班超到城外四郊视察各营部官兵。对他这种异乎寻常的积极态度,班超在暗暗观察、思考着。

　　"出兵姑墨,疏勒一国兵力足矣。"在讨论进军姑墨时忠说道。

　　"尽管姑墨只有四千五百兵士,但是,还要考虑龟兹出兵援助的可能;倘龟兹也卷进来,事情闹大了,单靠疏勒一国兵力,就实有不足了。"班超回道,"你欲出全力,足见你心地之好,可是,用兵兴武,务必思虑周全。"班超接着说道。

忠本来想显示一下自己如何竭尽全力，没料想，听了班超一席话竟尴尬起来。他一手捏着下巴一声不吭，听从班超安排一切。

班超眼见忠的窘态，脑海里立时浮现出他自于阗返回疏勒和忠头一次相见的情景——

"哦，我……和疏勒全体人民都很想念你。"忠一见班超便迎上前来热情地说道。

"俺也很想念疏勒人民。"班超也热情地说道，"不过，在想念之余，还有点儿担心哪！"

忠被班超审视的目光看得浑不自在，赶忙回道："疏勒人与汉同心，你还担心什么？"

班超并不直接回答，反问道："你可还记得你的叔父、疏勒先王建被龟兹杀害之事？"

"记得，记得，永远不会忘记。"忠连忙回道。

"你想过没有，上次我离疏勒后你直接投靠尉头，向龟兹俯首称臣，在龟兹那里可有好结果？"班超又问。

忠一想到自己的变节行为，便立感无地自容，忙说："那……只能寄人篱下……任人摆布，绝无……绝无好结果。"

"这俺就要问问你了，你撤去成大辅国侯一职由番辰替代，原因何在？"班超单刀直入，两眼紧盯着忠问道。

"番辰想当辅国侯，闹闹腾腾，我只好听了他的，我……我可没有贬低成大的意思，对他也好呢！"忠竭力表白，忙向班超发誓道："我对汉可没有二心，倘若再有变节，万箭穿心。"

这次见面以后，忠在班超面前百般殷勤，事事与班超商议，格外积极主动。当他听班超说要出兵姑墨之时，拍着胸脯，挺身而出，想把此事包揽下来。可是，班超冷静地分析了姑墨国情，包括政治、经济、军事等情况，也考虑到龟兹会不会出兵干涉的问题，认定单凭疏勒一国兵力不行；忠的主张虽然积极，但不切合实际，因而是不可取的。班超内心还有一层意思，是忠根本想不到的，那就是：进军姑墨不仅要在军事上攻必克，而且要在政治上造成声势；几国联兵，可壮声威，给北匈奴及其附属国带来巨大压力。这便是班超主张几国联合出兵的意图所在。

当于阗、康居、拘弥三国人马相继到来之后，忠眼见几国旗帜飘扬，气势壮观,得胜的信心十足,对班超的决策也心悦诚服,主动提出陪同班超到各大营部视察。

"各国联军都在整装待发,你可以下令进军了。"忠在视察后对班超说道。

"不,有些情况尚不明了,还需等待。"班超回道。

"等待,还有什么等待的?"忠不解地问。

"姑墨有两城,一是国王所在的南城,一是石城,两城驻军情况如何?先攻哪一座为好呢?"

经班超一问,忠不知如何是好了。

二人正说着,第一营部副指挥广仁走来对班超说道:"有人找你。"

"什么人?"

"你一见便知。"

班超告别疏勒王忠,和广仁一起来到第一营部驻地。一进门,便见两个年龄相仿又都密发浓须的人,一见班超便连忙跪拜。原来,来人正是在于阗要刺杀班超的刺客。他二人被放回姑墨以后,对班超感恩不尽,表面上为姑墨效力,暗地里时常向班超提供各种情报。这次到疏勒正是向班超汇报姑墨军事情况的。

班超见是他二人,知其来意,大为高兴,连忙上前将他们搀扶起来。

正在这时,姚光、田虑、甘英、王强也联袂而至。他们见到当年两名刺客,因知这二人一次次传递情报,心情早已不似当年,全都对二人另眼相看了。

"对他二人的身份要绝对保密,包括疏勒王忠在内,谁也不能透露。他俩只以商人身份出现。"班超在向两位归诚的刺客发问前,叮嘱众人道。

"他俩从仇人变成了香饽饽,谁犯这傻。"王强说道。

"他们原来的身份就是商人,也真会做买卖,只把他们看成商人也就是了。"田虑说道。

"他俩的真实情况,只咱这些人知道就行了。"姚光也说道。

"这可不行,他俩行刺的事震动了整个于阗,还让俺和田虑受一路辛苦,俺可还牢牢记在心里,没全了结。"甘英站出来故意说道。

"算了算了,过去的事早已成陈芝麻烂谷子,况他二人改恶从善,心忠意诚,行为可嘉。咱该想方设法,全力保护才是。"班超紧拦甘英说道。

两位刺客听班超为他们说情,心中大为感动,一齐说道:"我等善恶已辨,一心向汉,诚愿为汉与西域各族人民友好效力。"

班超大喜,接着便与二人攀谈起来。

广仁身临其境,和班超一样,从二人口中听到了许多重要可靠的情报。他亲眼见到了赦免二人罪过的好处,更增添了对班超的敬慕之情。姚光、田虑、甘英、王强四人,又何尝不是如此呢?

班超与两"商人"谈话以后,进军姑墨的作战方案,也随之而定了。

二

秋天,天上的大雁南飞了;地上,一队队握弓带箭的人马,在神不知鬼不觉地向北推进。

明帝驾崩整整三年了。在这三个年头里,先是北匈奴借机卷土重来,扩大自己的势力范围;陈睦、关宠、郭恂全军覆没,以身殉职;耿恭长守孤城,在人马几乎损失殆尽之时,被御派援军接回;班超和他的一伙吏士随之身陷绝域。也就在这三年时间里,班超自强不息,紧紧团结鄯善、于阗、疏勒几国军民,近联拘弥,远结康居,依靠当地力量,不单傲然自立,还扩大了自己的活动范围。如今,在与北匈奴针锋相对的斗争中,已转向战略进攻了。进军姑墨的意义是重大的。

根据两刺客提供的情报,姑墨军队大部驻在国都南城,石城只有一千八百官兵。北匈奴、龟兹的使者在总监姑墨期间,长期盘踞在靠近南边国界的石城。他们常驻石城,自怀觊觎疏勒的目的。出于战略目标和实际情况,班超矛头直指石城。

他首先派遣康居营部全体骑士和其他各营部的骑兵,先行将石城包围起来。其余各营部的辎重和步兵,随后日夜兼程赶赴石城与骑兵会合,之后一起攻城作战。

班超率兵欲达石城之际,下令所有人马止步不前,就地收割小麦,每人至少割二至三捆麦秸。此令一下,大多官兵不解其意,但也不得不从命行事。

许多人窃窃私语起来:"班大人又要以火攻城了。""火攻?石城城墙全是石头筑成,这不白白费力吗?""这汉使说来真奇怪,统领四国联军不讲攻城方法,只顾让人割小麦,捆麦秸,这从何说起?"

攻城前,班超又下令将收割的麦秸直运城前,不分步兵骑兵,每人至少携带二至三捆麦秸,这就更加令人莫名其妙了。

姑墨的石城,确由石头筑成,名不虚传。北匈奴使者和龟兹使者见骑兵来围,早已命姑墨官兵龟缩城里,深垒高筑,严加防守,准备居高临下,以弓箭强弩进行反击。远远看去,这石城城门紧闭,着实难攻。

那一夜,月光惨淡,朦朦胧胧。班超发令攻城。

班超指挥四国联军每一位官兵手持一捆麦秸徐徐向城下靠拢。突然,金鼓齐鸣,攻城官兵将一捆捆麦秸竖立起来。只听"唰唰唰……"城上万箭齐发,"嚓嚓嚓……"城下万箭中的。那竖起的一捆捆麦秸上,都中箭多发,却无一人伤亡。一阵过后,班超下令鸣金收兵,四国人马一齐退下。

各营部人马退至营寨,眼见每捆麦秸上中箭甚多,白白得到大批箭支。这时,不论哪国官兵,都明白了班超让捆麦秸的用意,大加称赞班超计策的高明。

次日上午,联军各营部又按班超计谋去攻城。只见各营官兵身背肩扛捆捆麦秸纷纷向城下拢来。只不过,这次行动与头天夜间不同,每个营部均以小部分麦秸置于城下燃烧,而大部分士卒以麦秸为盾四下里向城靠近。那城上守卫的北匈奴、龟兹使者和姑墨官兵,都以为四国联军要以火攻城,又是一阵乱箭射将下来。"嗖嗖嗖……"箭来之时捆捆麦秸又在城下竖起。乱箭发射后,联军又是鸣金收兵。

两次攻城,城上人两次万箭齐发。班超揣度守城箭镞几尽,可以放心攻城了。

第三天,他挥麾直指城上,城下杀声四起。果然,城上箭镞稀疏,消耗已尽。

正当他指挥四路人马攻城之际,南北二城城门双双打开,他立时号令全军官兵杀进城去。

开城者,正是两位行刺过班超的刺客。开城门,是他俩串通守城军官安排的。

城门敞开以后,北匈奴使者声嘶力竭,全力鼓动姑墨守军顽抗。出于无奈,班超指挥各路人马四处出击,接连斩首七百余级。

东吉和华里华里旺此次没有带兵任务,班超无暇过问她俩,她俩就成了谁也不管的自由战士。城门一开,她俩最先冲进城里。华里华里旺要寻找北匈奴使者,东吉就紧紧相随,东奔西窜,也不知该往何处寻找。

两人正东张西望,忽见一小巷走出两人,一个衣冠锦绣,一个头戴花翎,也在东张西望。

华里华里旺认准头戴花翎者是匈奴人,便大胆走上前去,用匈奴语问道:"你可是匈奴使者?"

那头戴花翎的人见眼前女人用匈奴语讲话,深感意外,两眼打量着华里华里旺问道:"你是何人?匈奴话怎讲得这般纯正?"

"你可知道匈奴有个呼衍王?"华里华里旺并不答话,再次问道。

"你……也知道呼衍王?"头戴花翎的人吃惊地问道。

"他是咱哥哥,咱怎能不知?"华里华里旺回道。

"你就是左贤王、左谷蠡王、呼衍王都要寻找的大匈奴国的花中之王?"戴花翎者眼见华里华里旺容貌出众,气度非凡,两眼审视着问道。

"大匈奴国的花中之王咱不敢当,名叫华里华里旺的便是。"华里华里旺又回道。

"匈奴驻西域特使是你哥哥亲派,洒家也是使者。"北匈奴使者这才说出自己的身份,十分高兴地说道,"你哥哥在车师时向我们交代,让我们四处找你呢!"

"匈奴特使姓甚名谁,现住何方?"华里华里旺问道。

"特使姓虚连题,名胡多须,也是单于本家人呢!"北匈奴使者回道,"他常驻龟兹,据我所知,他可喜欢你呢,连梦中都在喊你的名字。"

东吉见二人谈得挺热乎,把华里华里旺拉到一边,悄悄说了些什么。

华里华里旺无事一般,重返原地又向北匈奴使者问道:"你远在异国,不想回家吗?"

"……"北匈奴使者不知如何作答。

"你愿长留西域捐躯在西域吗?"华里华里旺追问道。

北匈奴使者两眼转了转,回道:"愿意。"

"那咱就让你长留西域,永不回乡。"

一瞬间,华里华里旺猛地发出刀来,一刀将北匈奴使者砍倒在地。

那衣冠锦绣的人是姑墨守军头目,见势不妙,拔腿就逃。没出几步,便被华里华里旺追上,也一刀结果了性命。

"你怎就这般随手杀人？我提醒你，只让你话别多说，可没让你杀人。"东吉责怪道。

"正因咱说得太多了，他也知道得太多。若是匈奴特使得知这些情况，咱该怎么办？不如杀人灭口，痛快了事。"华里华里旺无奈地回道。

班超见到她俩后，因全城都在庆祝胜利，匆忙中对她俩的事顾不上过问，也就暂时过去。

正当人们欢庆胜利的时刻，两名刺客突然来到班超面前，齐声说道："我俩身份暴露，再也不能身居这里了。我们要跟随班大人去，以更大功劳赎罪，做更多有益于各族人民的事情。"

班超抚慰道："前面的路，是宽阔而长远的，任凭你们走下去吧！"

欢呼声震撼着石城。班超满脸现出了喜悦的笑容。

三

破姑墨石城后，各国兵马尽皆回国，班超一行人马随疏勒营部返回疏勒城。

石城战役显示了班超在政治、军事、外交、组织方面的才能，给北匈奴及其附属国造成了很大压力。班超的威名越来越大了。

然而，班超没有陶醉于庆贺胜利的宴席上，没有沉醉于烛光杯影之中。他变得更深沉了，深沉得连月和他的吏士都难以理解。

"打了胜仗还不高兴，谁像你这样！"月想到班超一连几天茶不思饭不想，连逗孩子的心都没有，不免嗔道。

"高兴，高兴，光是高兴，今后的事谁去考虑？"班超沉着脸回道。

月比班超小二十多岁，有时故意撒撒娇，可她性情温顺，从来不和丈夫顶嘴。她听班超这样一说，也就不言语了。

班超从心底是深深爱月的。他何尝不想拥爱妻抱爱子？无奈，任重道远，他不得不耗费精力，时常为今后打算。自打攻破姑墨石城回来他就想，当初立下万里封侯志，是要打通整个西域，干一番大事业，岂可因眼前的胜利志得意满？打通整个西域的大目标远远没有实现，距明帝提出的"将整个西域人民联合起来""建立一个多民族融合的大家庭"的要求就更远。如今，鄯善、于阗、疏勒虽已打通，又通过武力将车师从北匈奴手中夺回来，可是，南北二道的莎车、龟兹、焉耆、尉犁等大部分国家,仍被北匈奴控制着。下一步该怎么办呢?

这一天,夜已经很深了,他忽然产生了一个念头,猛地从床上爬起来,点上灯,趴在桌上奋笔疾书起来。

第二天一早,他就把姚光、田虑、甘英、王强、东吉、华里华里旺等吏士找来,说道:"今有一要事相商,干脆一句话,俺想上疏皇上,请求援兵。"

"让皇帝给咱派兵,能行吗?"王强怀疑地问道。

"耿恭、关宠都请求过援兵,咱为甚不行?"姚光回道。

"好几年也没给咱一兵一马,俺看上疏也白搭。"田虑说道。

"白搭就白搭,可以上疏试试嘛。"甘英也说道。

"派不派兵由皇上决定,反正俺有这想法就提出来。"班超说道,"大伙儿先不要发言,俺起草了一封写给皇上的信,念后,再请各位议定。"

说完,他拿出手稿便朗朗念了起来。班超刚刚念完,王强就站起来说道:"俺是个粗人,听不懂那许多词句。俺就知道咱这些年像个没娘的娃,皇帝也该照应照应,俺同意请兵增援咱。"

"咱到各国外交联络时,总对人讲大汉要出兵西域,光说出兵,咱自己手中没兵,以后宣传就没效力,也不好做了。"甘英接着说道。

"自陈睦都护殉难后,班大人实际做的是西域都护的事。历来都护都有兵马,咱也该手下有兵才是。"姚光说道。

"俺不多说,倘无增援,再让俺只身闯入宫殿抓兜题,俺不干了。"

"你们男的都同意请兵援助,咱也同意。"这是东吉的声音。

"咱更同意派兵增援,不然,俺这匈奴人必将死在匈奴自家人手中。"这是华里华里旺的声音。

班超见众人对上疏没有异议,当即决定将写给皇帝的信飞速传出,送至洛阳。

大伙见请兵决定已毕,以为会议结束,便哄起来。只听班超宣道:"会议尚未结束,还有一大事要议。"

"什么事? 快说。"王强催促道。

班超看了看王强,指着王强说道:"你和东吉已完婚,也不着急了。俺要说的是,得快让甘英和华里华里旺完婚才好。"

"好啊! 好啊!"大家一齐拍手叫好。

只见华里华里旺沉稳地站起来说道："咱对这事并不着急。按匈奴的风俗，咱想干就干，结婚同不结婚一样。"

"在男女问题上，不能照匈奴风俗行事，嫁到汉家，得嫁鸡随鸡，嫁狗随狗，只能跟一个男人。"田虑说道。

"咱也是这样想，这样做的，跟了甘英，就专心跟他，除非离了，再跟别的男人。"华里华里旺说道。

"你看，还没结婚，就说到离，这像话吗？"姚光责怪地说道。

"她不急结婚，俺急。"甘英突然站出来说道。

大伙听了都笑了。

"其实，我也一样，刚才只不过说说而已。"华里华里旺这才说出真心话来。

"照匈奴风俗办事，还是依着汉人规矩？"班超问道。

"完全抛开匈奴风俗。"华里华里旺坚决回道。

"为什么？"姚光问道。

"汉族男人们疼女人。"她的回话，又把大伙儿说乐了。

四

班超在西域受冷落的日子里，正是他哥哥班固在朝中的红火之时。

章帝刘炟因自幼崇尚儒术，喜近博学好文之士，很早就向班固学下围棋，请教学问，与班固结下了深厚的师生情谊。他继位以后，为使班固能经常在自己身边，下诏封班固为玄武司马。玄武司马专管紫禁城正门的防卫，是洛阳十二门司马中最重要的职位。他时常把班固叫到宫中，或下棋，或研讨学问，有时直到深夜。每次行巡狩猎，都带班固同行；朝中商讨重大事情，也让班固参与。总之，班固在皇帝面前备受赏识，恩宠优渥。

这天早饭过后，班固正要提笔著述，皇帝便派人宣召。他知道，圣上没有急事，一般不会派人来叫；既来宣召，必有急事无疑。

什么事呢？班固猜想很可能是有关白虎观讲五经的事。他想着想着，不由得想起几天以前圣上同他的一次谈话——

"秦始皇灭韩、赵、魏、燕、齐、楚六国统一天下，结束了长达五百多年的混战局面，这是始皇帝的一大功绩。可是，他并未顺应历史的潮流治理好国家。"章帝对班固说道,"秦朝之所以短命,除了施行暴政、劳民伤财以外,还有一个重要原因,就是缺少思想方略。"

"何为思想方略?"班固问道。

"治国的主导思想。"章帝回道。

"这治国当以何等思想为主导呢?"班固又问。

"无他,就是你常给我讲的儒术,简而言之,也就是孔夫子所说治国、齐家、修身的要求和君君臣臣父父子子的社会秩序。只要达到这一要求,保障了这一社会秩序,天下便安泰无事,规范一统了。"

班固频频点头称是。

章帝兴致勃勃,接着说道:"在百家言中,以儒术治国最合适不过了。国治了,便国泰民安;家齐了,便家家和和睦睦;身修了,人人便会照章行事。如此,社会上上下下井然有序。"

班固对明帝是十分了解的,他一生兢兢业业,富国强民,堪称守成明君。而章帝十九岁继位,至今五载,不过二十四岁年纪,便有如此深邃的思想,实在可喜。他正这样想着,又听章帝说道:

"儒术实乃固国安邦之所需,正因此,前朝孝宣皇帝才在甘露二年召诸儒论五经于未央殿北的石渠阁。我要效仿宣帝故事,不单要召诸儒,还要满朝文武大臣会集白虎观,讲议五经异同。这次会议由你负责形成文字,或命题为《白虎观议奏》,或名为《白虎通》,均可。你当着意准备才是。"

班固深知章帝对白虎观研讨五经一事的重视,也掂量得出圣上那些话的分量。一两天之内,诸儒和群臣即要会聚在白虎观了。他想,章帝必因此事才召见他。

班固进到殿里,见章帝一人坐等,可见这是一次非同寻常的召见了。

他急忙上前拜见。

"请起,卿可知朕有何事相商?"

班固听章帝这样一问,据自己思路回道:"想必是白虎观群儒群臣聚会之事。"

章帝呵呵一笑,说道:"卿每每关心国家大事,令朕甚是欢欣,但今日爱卿所言差矣。"

"臣请赐示。"班固说道。

章帝没有回话,从龙案上拿起一封书信,递了过来。

班固接过一看，是弟弟班超的上疏，便急急看了起来。

章帝见他看完书信，问道："你弟向朕请兵援助，爱卿以为如何？"

班固回道："此乃国家大事，自当陛下裁决。臣以为，为周全起见，应交群臣广议才是。"

章帝听班固如此回话，欣然说道："一会儿文武百官上朝，朕当细细听之。"

说话间，群臣都上朝来。班固退居一旁，等待群臣议论。

章帝命一文士宣读完班超的上疏，说道："出使西域，乃先皇所创之大业。朕初继位时，本当承先皇遗愿，然而，因当时先皇大丧，百事无暇顾及；甚而罢西域都护，撤伊吾屯田之兵，此实属朕之过失，暂且不论。今班超上疏事理明详，请兵援助，照此大功可成。诸爱卿意下如何？请议之。"

众文武官员听得出，皇帝派兵主意已决，于是山呼万岁，都一致赞同。

"朕决定选拔义军，另从戴罪流放人中补充数百，总共千人援超。"章帝说完问道，"这一千人马谁为首领？"

谁都知道，这疏勒行程万里之遥，一去不知何年何月才能返乡，况生死未卜，这是个极其少有的苦差事，半晌无人应话。

班固见此情景，出班奏道："臣举荐一人，此人必乐于担当此任。"

"卿荐何人，直言道来。"章帝说道。

"臣的同乡，姓徐名干，字伯张。"

"此人可是擅长篆体字，曾和班超共过事？"章帝问道。

"正是。他与俺弟志同道合，让他带兵前往，他必定乐意，且有作为。"班固回道。

"既如此，朕封徐干为军司马，率一千人马赶赴疏勒。现还有乌孙使者回国，朕赐该国大小昆弥以上锦帛数匹，命曾与窦固征战西域的苏安为使，护送乌孙使者。"章帝说道，"朕还想恢复所罢的伊吾屯田校尉，复派兵士与班超遥相呼应。这屯田校尉由班超长子班雄出任，众卿可有异议？"

众公卿连连俯首称是。

"万岁，万岁，万万岁！"的呼声，响彻整个大殿。

散朝后，班固正要回家，章帝又把他留了下来，说道："朕还有话要对你说。"

班固赶紧回道："臣愿俯首恭听。"

章帝说道:"有人说你不教育诸子,诸子仗势胡作非为,多不遵法度,以至吏人苦之。"

"竟有这事?"班固问道。

"不只一二人说你,许多人都与朕谈及此事。"

"臣只顾著述,忙于朝中之事,不免疏忽,教子不严,臣今后定加注意。"班固已意识到问题的严重性,急忙说道。

"自视优越,自高自大,仰仗权势,无法无天,乃上层官员和皇家子女之通病,不加制止势必生出事端,导致家破国亡。这可不是小事一宗啊!"章帝意味深长地说。

"臣已明此理,今后对晚辈一定严加管教,让他们也明此理。"班固躬身回道。

班固进宫时虽然想这想那,但心情是轻松的。他一点也不曾料到,回家时的心情竟是这般沉重。

五

班超向朝中请求援兵的决定,是面对现实做出的。

自他率领于阗、疏勒、拘弥、康居四国联军大破姑墨石城后,他就预感到请求援兵势在必行,大有必要。一是下一步进军龟兹军事上的需要,更重要的是外交宣传上的需要。他深知,前一段时间在依靠鄯善、于阗、疏勒力量的基础上,大力开展外交活动,争取了许多国家;而在外交活动中最有效的一点便是宣传汉朝出兵西域。段彭率兵出师车师,自然给西域诸国以很大震动,但时过境迁,随着时间的推移,人们都看出那是一场旨在解救困守孤城的戊己校尉耿恭,从北匈奴手中夺回车师的举动,并未给班超添兵加将。班超身负特殊的使命,他一伙儿人是一股独立的力量,对于那些摇摆在汉朝与北匈奴中间的国家来说,眼睛盯着的是班超,看班超手下有没有兵。

汉兵不到,说不定什么时候就会发生变故,这是班超的预感。

班超所预料的变故终于出现了:莎车正式宣布脱离汉朝,向北匈奴俯首称臣。

莎车国,不管与于阗等国有什么矛盾,原来与汉是世代友好的。即使在王莽篡汉、匈奴借机扩大势力范围的情况下,莎车也没投向匈奴。前汉元帝时,莎车王把自己的儿子送到汉朝京师学习,效仿汉朝法典治国。光武帝刘秀刚刚登上皇位,莎车王康联络西域诸国抗拒匈奴,护卫汉都护、吏士及妻子千余口,并致函河西大将军窦融,表述思慕汉家的愿望。建武五年,河西大将军窦融经光武帝批准,立康为莎车建功怀德王、西域大都护。当时莎车是西域最强盛的国家,整个西域五十五国都追随它,表示与汉友好。

康去世以后,他的弟弟贤继承王位,仍倾心向汉,光武帝赐给贤西域都护印绶、黄金锦绣等贵重礼品。后来,贤自恃兵强,想兼并西域各国,到处兴兵动武,攻打其他国家。敦煌太守看到这种情况,上疏皇帝,要求收回贤的都护印绶,改封贤为汉大将军。贤惧怕汉朝的威力,迫不得已交出了都护印绶,但内心与汉结怨,在西域依然诈称大都护,移书诸国,发号施令。建武二十一年冬,车师、鄯善、焉耆等十八国国王都派遣自己的儿子携带珍宝到洛阳,要求汉朝在西域设立都护,光武帝因考虑天下刚刚一统,百废待兴,北匈奴又时常侵扰,国力不足,便厚赏各国王子,未能答应他们的要求。第二年,贤见汉都护不至,愈加骄横,下书鄯善等国,让他们断绝与汉的来往。鄯善王拒不听从贤的旨意,贤大发雷霆,发兵攻打鄯善,杀掠千余人而去。这年冬天,他又挥戈北上,攻杀了龟兹王,立自己年少的儿子则罗为龟兹王,将龟兹灭掉。他嫌大宛贡税少,亲自率数万人攻大宛。慑于他的势力,许多国家都向他俯首称臣,暗里却把他比为匈奴人,称他为单于。贤的疑心很重,怀疑于阗、拘弥、姑墨、子合等国反叛他,便把这些国家的国王召来,统统杀掉,由他派将镇守这些国家。他派往各国的诸将都很专横。其中派往于阗的大将叫得君,暴虐无常,每天都要杀人,百姓恨不得把他活活吃掉。后来,于阗人忍无可忍,大将休莫霸联汉,杀掉得君,争得了独立。莎车王贤的向外扩张,也引起北匈奴的不满,北匈奴也联合一些国家攻击他。由于连年征战,莎车国力日益衰弱,最终被于阗诸国打败。莎车兵败后,匈奴人立贤的儿子不居徵为王。于阗王广德后来把不居徵杀掉,另立不居徵的弟弟齐黎为莎车王。

齐黎的性格十分复杂。按常情,他是于阗王所立,应对于阗王感恩戴德才是,自当与于阗结为友好。在相当长的时间里,表面上他也这样做了,可是,内心里,一想到先王和哥哥被杀,便常怀不满。他想,先王在世,只顾连年征战,国力已然衰弱;要在各国中站住脚,还是有个靠山好。他知道,于阗与汉关系密切,莎车历来也没有投靠过匈奴。可他眼见汉朝迟迟不能出兵,班超一伙儿人少力单,倒不如像龟兹、焉耆等国一样紧紧依靠北匈奴。于是,他公开叛汉,投向了北匈奴的怀抱。

这消息传来,无疑使班超心情更加沉重了。

莎车地处西域南道要冲,虽说不似当年那么强盛,但不论从人口、兵力还是经济上,在西域各国中都算个大国,仍占有一定地位。班超原本想通过于阗、疏勒等国联军直进龟兹,打通西域南北二道,眼下,在他面前又出来个莎车,就不得不改变原来计划了。

没过几天,从于阗传来消息:于阗王广德听说莎车叛变,勃然大怒,痛骂莎车王齐黎忘恩负义,决定立即出兵,前去征讨。班超想,在进军龟兹前,也只好先降伏莎车了,就召集姚光、田虑、甘英、王强等吏士商定响应广德的决定,出兵莎车,扫除进军龟兹的障碍。

正当他们讨论如何筹集兵力的时候,东吉满脸怒气地跑了进来,当即向班超告状。

东吉告的不是一般人,是疏勒辅国侯兼握有军事大权的都尉番辰。疏勒人最喜欢火红火红的石榴花,东吉的脸就像石榴花一样,番辰见了东吉,早就垂涎三尺了。

今天,他听说王强开会,东吉一人在家,便急匆匆来找东吉。他一进门二话不说,直把东吉抱到床上,压了上去。东吉若是个纤弱女子,早被作践了。番辰万没想到,东吉两脚一蹬,便把自己打翻在地,捆绑起来。

"班大人,我把他交给你了,你看着办吧!"

王强一见被捆的番辰,张开巴掌,举手就打。

班超架住了王强举起的胳膊,拦道:"先别打,你去叫疏勒王忠来,番辰的事儿,交给他处理吧!"忠把番辰带走了。

番辰的丑闻出来以后,忠撤了番辰的职务,但并未严厉追究和给予相应的惩处。番辰本人在国都疏勒城声名狼藉,就携带眷属住到了乌即城。

番辰一到乌即城就反叛了:他不单断绝与汉朝的关系,还在乌即城自立为王,声称要联合龟兹、姑墨、莎车打回疏勒城,将班超和他的吏士,连同疏勒王忠统统杀掉。

班超进击莎车的计划也被打乱了。

这一天,他召集姚光、田虑、甘英、王强、月、东吉、华里华里旺等人讨论当前对策和行动方案,终日毫无结果。他心乱如麻,夜晚久久不能入睡。

第二天清晨,他刚洗漱完毕,王强匆匆赶来敲门,着急地说道:"班大人,不好了,有紧急情况。"

"有甚紧急情况?"

"城外大兵压境。"

"是甚人来?"

"只见烟雾沉沉,有人说是番辰率兵前来。"

班超立时戎装上阵,登上城来。番辰卷土重来,他料到了,可是,没想到这么快。

田虑早已将疏勒王忠请上城来,同率疏勒兵严加防守。班超在城上向一道烟尘远远看去,烟尘中,一支人马由远而近,现出面面旗帜。

不一会儿,他竟哈哈大笑起来。

众人见他放声大笑,不由得一怔,感到莫名其妙。

田虑一旁问道:"情况紧急,你因何大笑?"

班超泰然回道:"汉家大军来也。"

"何以为证?"田虑又问道。

"你们细细去看,人马之中是谁家旗帜?"班超指着前面烟尘问道。

众人顺着他的手势看去,果然看见汉军旗帜。及近了,越看得清,真是一支汉家人马。

"班老哥儿,徐干到此,快快开门!"老远,一将大声喊道。

班超闻声看去,竟是老友徐干不远万里率兵而来。他立即开门出城,迎上前去,紧紧抱住徐干说道:"日盼夜盼终于盼来了援军,昨夜还梦到了你,咱在梦中还打架呢!"

徐干开怀大笑,亲热地回道:"那可好,咱在一起,只管打好了。"

进城后,徐干将章帝接到班超上疏后的情况介绍一番,班超万分激动,竟一时无语,潸然掉下泪来。

六

对番辰的反叛,班超和徐干都主张打他个措手不及。不然,稍有延迟,番辰势必与龟兹、焉耆、莎车等北匈奴势力相勾结,到那时平息叛乱就费力了。

"徐老弟,你万里迢迢,一路奔波,军困马乏,刚到此就披挂上阵,俺实在过意不去。"班超对徐干说道。

"俺只是赶了些路,比起老哥在西域多年劳苦不足挂齿。平叛事大,不可延误。"徐干回道。

徐干与郭恂都是瘦小身材,但徐干武功超群,才思敏捷,精明干练。班超听他这样一说,征讨番辰的事很快就决定了。

这个决定一发布,有两个人分外积极主动。一是东吉,她曾受番辰调戏,自不必说。再一个就是疏勒王忠,他一听说番辰反叛后野心勃勃,要把他赶下王位取而代之,不禁怒从心起,恨不得一下把番辰抓获杀掉。

这天一大早,就见疏勒王忠和复职不久的辅国侯成大相伴而来。

"疏勒举国军民痛恨叛贼,上下一心要征讨番辰。我要亲自上阵。"忠一进门就说道。

"我一听说平息番辰叛乱的决定,就想全力协同汉军作战,让疏勒早日归为一统。"成大也随即说道。

班超早已看出忠满脸愤恨的神情,说道:"你的心意即是疏勒举国民心,超十分感动。只是你欲亲自披挂上阵,着实令人不安。"

"你能出兵与汉军协同作战足矣,亲自上阵就不必了。"徐干接着说道。

"不,不,不,严惩番辰,我必亲往,一定要去。"忠坚决说道。

"我王出马,实属必要,他的作用是谁也替代不了的。"成大说着,拿出一封写好的信函,又说道,"我王自有高明计策,班大人知晓一定高兴。"

班超看不懂疏勒文字,就让颇通汉文的成大翻译过来。只听成大用汉语念道——

番辰吾弟秘展:

你去乌即城,岂不知弃班超,实亦弃吾也?

吾同尔多年相处,情同手足,安能分离?日日思念之至。弟曾言愚兄寄人篱下,皆由班超专断,吾弟所言极是,吾亦愈感班超在旁,吾深受节制。今吾欲从弟之所言,暗行壮举,将班超并其吏士一网打尽。他人少力单怎堪一击?兹先派密使通报于你,不日吾率军同尔相会乌即城下,共商疏勒兵合一处及治国大计也。

班超、徐干听后,都大加称赞。可是,他们哪里知道,这一妙计是由成大策划的呢?

番辰是疏勒西部最大的地主,家园就在乌即城附近。他家的地究竟有多少谁也说不清,用老百姓的话说,"别说加鞭的快马,就是鸟儿一天也飞不到头"。一群群牛羊不计其数,一家的房产就占了乌即城一大半,还不算家乡的庄园。这广大地面上的农夫、牧人自然都受他的奴役。

番辰凭着富有和地位,在疏勒西部上层人士中是个很有影响的人物。他一到乌即城便网罗当地各方贵族和其他头面人物拼凑伪政权,招兵买马,建立一支自己的军队。为了巩固他的政权,壮大自己的力量,他分别致函莎车、龟兹、焉耆等诸国国王,表明自己愿与这些国家结成联盟。同时,他严加防备班超率兵来攻,强迫军民筑城固垒,把乌即城修建得十分坚固。他还借机大兴土木,在城里为自己建造宫殿,把乡间庄园营修得天堂一般。

这一天,他正同他新封的辅国侯萨旦和都尉暨季商谈大事,忽见侍士来报,说:"忠派密使求见,有要事相告。"

番辰两眼一转,下令:"将人带上来。"

少顷,侍士将密使带上殿堂。

"下官特代忠王致函大王。"密使说完,双手将一书信呈上。

番辰接过信看完,又将信交与萨旦和暨季传看。

"好,好,好。"番辰大为高兴,赏了密使。

满脸髭须的萨旦六十开外,在番辰伪政权中年纪最大,职位最高,处事一贯小心谨慎。他看完信不像番辰那样喜形于色,而是不无怀疑地说道:"忠信中所言,未必可信。"

"忠的心意可以领会,不过……那班超诡计多端,此事倘与他有关,必有奸诈。"年轻白净的都尉暨季也从旁说道。

"你们所言极是。可忠待我一向不薄,其言不可全信,也不可不信。"番辰说道。

"能否除掉班超等人暂且不论,不可忘记一国不可有二主,忠还在称王,他所管地面与军队都比咱多,倘他要将咱吃掉呢?岂能不防?"萨旦又道。

"国相言之有理。"暨季应和道。

番辰听后开怀大笑,说道:"你等勿虑,我番辰岂是善主?我既答应忠率军来,早已胸有成竹。"

"将如何处之?"萨旦和矍季同时问道。

"干掉他!"番辰斩钉截铁地回道。

萨旦和矍季这才心领神会,会心地笑了。

在决定辅国侯成大留守疏勒城的同时,进军乌即城的方案确定了。班超决定兵分左中右三路,各率五千人马:中军由忠率领,以王强、东吉为先锋,正面开赴乌即城,允由忠出面假称与番辰谈判,麻痹敌军,然后合兵攻城;右军由徐干率领,以甘英、华里华里旺为先锋,从西北方向包抄过去,一旦龟兹等国派兵救援,便进行截击,断其去路;左军由班超亲率,以姚光、田虑为先锋,自东南方向插过去,既可阻止莎车救援,又能配合正面作战。三军组成,班超一声令下,各路人马齐向乌即城进军了。

自接忠的密信以后,番辰一连数日左思右想,再三揣摩信上内容的可靠性。这一天,他正在思前想后,忽有人来报:东边大道尘烟滚滚,大批人马蜂拥而来。

"这必是忠率兵而来,好快呀!"番辰暗自思忖,当即令全城官兵严加戒备,以防不测。

没多一会,萨旦和矍季来至他身旁。

"忠率兵前来,人马甚众,当如何应付是好?"他开门见山向二人问道。

"忠日前虽有书信通报,但真假难辨,一定要严加防范才是。"萨旦回道。

"我已令全城严加防备,不过,不知忠率大批人马而来,当如何对待。"矍季说道。

"先礼后兵,酌情而定。有一点必须明确,绝不可把忠的人马放进城来。"萨旦出谋道。

"府丞所言极是,不过,以臣之见,此事不可久拖,当简捷明快处之。"矍季说道。

"何为简捷明快?"番辰问道。

"设法将忠干掉。"矍季干脆回道。

"倘班超一伙儿未除呢?"萨旦质疑道。

"那有何妨?"矍季笑道,"班超所在,皆靠当地力量,把忠干掉,疏勒人马尽归我等所有,那时,班超纵有锦囊妙计,也无奈我何。"

番辰和萨旦不由得同声赞道:"好,好,好!"

这时,忠已率大军浩浩荡荡,直驱城下。

番辰往下望去,果见忠来,于是大开城门,前呼后拥,大模大样走出城来,双拳一抱,说道:"仁兄到此,有失远迎,这厢有礼了。"

忠下马回道:"不必客套,本王密信,想必已阅,不知弟有何打算?"

番辰并不作答,直接问道:"班超可除?想必得手了?"

忠回道:"班超诡谲异常,闻风便投奔于阗广德那里了。"

番辰显然不悦,怪道:"如此说来,兄已言不兑现了。"

忠故意哈哈大笑,说道:"一个班超有何可取之处?你不是要人吗?我特意带来一个。"忠说完,马上令人将五花大绑的东吉推了出来。

番辰定睛一看,正是他朝思暮想的东吉,一时间竟愣住了,继而开怀大笑,竖拇指向忠赞道:"知我者忠兄是也。"

说着,他挥手便招呼人来取东吉。

忠忙制止道:"且慢,愚兄此番来要与弟共商国是,待国事议定后再交人不迟。"

番辰不悦,竭力掩饰内心的不快,问道:"愚弟冒昧讨问,兄有何等筹划?"

忠一语双关回道:"我要亲自请你回家,到你该去的地方去。"

番辰不解其意,问道:"我故乡在此,乌即城便是我家,莫非仁兄要复我原职?"

忠弦外有音地回道:"岂止如此,我要你享受非常待遇。"

番辰以为忠还要加封于他,蔑视地说道:"我已在此为王,对你所封已不看在眼里。"

忠已听出番辰的意思,单刀直入问道:"你是想要我让位给你?"

番辰直言不讳答道:"这最好不过,省得今后麻烦。"

忠对番辰要取而代之的野心,过去仅是耳闻,今当面亲闻,不由得愤恨至极,真想当即将番辰抓起来,又想到整个作战部署,便强压怒火,说道:"谁为疏勒国王,天数所定,不能你想怎的就怎的,由你一人说了算。"

番辰见忠不轻易让位,佯装和善地说道:"一切都可从长计议,商量解决。终究如何,不由我一人说了算,也不能由你一人决定,待我回去与各大臣商议商议,午后请兄来我城下再议。"

他说完就调转回身,招呼众人拥进城去。

中午时分,他和萨旦、矍季共进午餐,讲了与忠会谈的情况,说道:"看来,忠不会自动让出王位。"

萨旦献计说:"午后会谈时把他赚来,先灭灭他的威风。"

矍季狠心说道:"能干掉就把他干掉。"

三人正说着,忽见南北两路探兵来报:"有两支人马分别从东南和西北同时而来。""两军分别打着莎车和龟兹的旗号。"

番辰听后哈哈大笑,说道:"天助我也,这分明是龟兹、莎车两支援军,岂有他哉?"

矍季也高兴地说道:"今天是乌即人称王的日子,可大开城门,欢迎友军,一道为我王助兴。"

萨旦接道:"不光这样,下午得把忠打个落花流水,给友军送上见面礼。"

忠满以为午后与番辰会谈能见个分晓,巴不得会谈快点儿开始。

棵棵钻天杨的影子渐渐自北向东偏去,还不见番辰带人出城,他心情不免焦急起来。

王强从旁劝道:"番辰的狼子野心已见,谈判不会有甚好结果,犯不上着急。他约你午后去城下,要防他有诈,俺看以不去为好。"

东吉也说道:"咱不能听他的,他让你去城下,咱偏不去;要谈,让他到咱营里来谈。"

忠对二人说道:"咱们不能背信弃义,说好要谈,咱不去有失信义;谈好谈不好,总能见分晓,会谈破裂咱再攻打他也不迟。"

他刚刚说完,番辰就派人来叫,来人说:"我王就要出城,等你亲往谈判。"

来人走后,王强又劝忠说:"为了麻痹番辰,俺不能出头,这次东吉也就不要去了吧!"

"谈不好,我马上回来。"忠回道。

"那你得多带点儿人马。"东吉提醒说。

忠见落日偏西,按东吉的话多带了些人马,直向乌即城下走去。

他刚来至城下,只见番辰站在城头,大声问道:"你怎不把东吉带来?"

忠在城下大声反问:"你想她吗?"

番辰回道:"本王想她,想得厉害;也可想你啦,等你很久了。"

"你快快下来。"忠催道。

"好，你好好等着。"番辰回道。

番辰的话刚一落音，城上乱箭便雨点般射来。箭声中，忠"哎哟"一声，左肩早中一箭。随即城门大开，蔑季带领一拨人马杀出城来。

忠见势不好，赶忙带人往回逃跑。幸好，回营途中，王强、东吉带一拨人马迎上前来，将蔑季杀退，才安全返回营里。

忠上当受骗，气急败坏，王强刚帮他将箭拔出，他就要带领全部人马前去攻城，说道："刚才番辰欺我人少，我要带全部人马去将乌即城踏平。"

王强劝道："箭刚拔出，养养为好，待三军会合攻城不迟。"

东吉也劝道："城里准有防备，观观动静为好。"

忠一想到番辰就怒气贯顶，执意说道："不让我去，我出不了这口气，再说，天也还早，咱人马要比番辰多一倍，一齐上阵强攻，准能胜他。"

王强、东吉无奈，只好全副武装，随忠上阵。

呐喊声中，忠指挥五千人马直向乌即城正门扑了上去。有的往城上射箭打掩护，有的搭梯强行攻城，战鼓阵阵，杀声连天。

番辰确实早有准备，凭着高墙壁垒，指挥城上官兵顽强反击。一部分士卒万箭齐发，一部分人以乱石砸下，打退了忠的好几次进攻。

忠见所率人马有的被射死，有的被砸死，一回回后退自相踩踏，伤亡甚众，气上加气，在乱军中直跺脚破口大骂。

忽然间，他眼见城门大开，番辰、蔑季率一支精兵杀出城来，直奔他的方向而来。王强见势不好，紧忙护忠撤退一旁；东吉手疾眼快，急忙领兵迎上掩护；两人带兵同番辰、蔑季厮杀了好一阵，才使忠脱离险境。

撤退时，忠见又一批人马白白死去，深深后悔不听王强、东吉的话。

正当他追悔莫及之时，突见番辰追兵大乱，纷纷掉头回城。放眼望去，城中火光四起，杀声连连。直到这时，他才从懵懂中清醒过来，知左右两军已到。

原来，番辰认定南北两支人马都是援军，便命守城官兵见龟兹、莎车旗号就开门，万没想到班超会伪装率兵前来。待两军进城以后旗号一变，变成汉军，他这才弄清真伪，但为时已晚，只好趁乱设法逃跑。

华里华里旺随徐干进城以后，见几个汉兵正与一个骑马的军官厮杀，就跃马赶上前去。她见这军官既年轻又白净，就知是个大官儿。

"嘿，小白脸儿，还是跟你姑奶奶较量较量吧！"她用长枪架住那军官的大刀,吆喝道。

那军官向她举刀就砍。她用枪一架,又说道:"咱先别打,请先通报姓名。"

"我叫矍季,疏勒大都尉是也。"那军官回道。

"呵,官还真不小呢,咱有一个小白脸儿就够了,要你何用?看枪。"她说着,一枪直向矍季刺去,两三回合,就把矍季挑于马下。

忠率残部进城就乱杀一气。后来得知番辰乔装溜出城去,认定番辰准回了自己庄园,便找班超说道:"番贼定然逃回自己庄园,速速派兵追赶吧!"

班超当即回道:"马上追赶,先将庄园围住,待明日再发动进攻。"

番辰的庄园就在乌即城外十几里处,当晚就被忠和徐干率领的右军团团包围。

按照忠和徐干商定的时间,翌日凌晨以火为号,两军同时向庄园强行进攻。

火炬点燃了,忠率军踊跃向前,直向庄园大门冲去。他原以为凭着人多势众,兵强马壮,费不了多大劲儿,就可杀进庄园。哪知,番辰在庄园设防,花的功夫一点不比乌即城少,四周护墙垒起足有两丈多高,大门同样有许多士兵把守,攻打起来绝非易事。

说话间,他早已被门楼上守军箭射石滚逼得退出百步之外,眼望着四周高墙唉声叹气。

他正在搔首作难,忽听大门楼上杀声四起,接着又见大门敞开。他知道有人已经攻进庄园,即刻率兵冲杀进去。

汉军是怎样杀进庄园的呢?忠后来才得知,在他心目中瘦小的徐干非同小可,练就一身轻功,几丈高墙一跃而上;徐干手下的士兵会轻功者,不乏其人,正是凭着这种功夫,他们才杀入庄园,攻破了大门。

忠冲入庄园见人就杀,对那些投降的人也毫不留情。一时间,庄园里横尸遍地,血流成河。

他见庄园里的士兵被杀戮殆尽,立时就想到了番辰,便带人四处搜寻起来。

东吉紧随其后,两眼睁得大大的,持枪到处寻找。她猛然发现附近有一片密林,有几人正探头张望,立时冲了过去。

密林里的几人中,果然有番辰。

东吉近前不慌不忙,大模大样、挑逗地问番辰道:"你不是想姑奶奶吗?姑奶奶来了,你又能怎样?"

番辰见只有东吉一人,也不慌不忙回道:"你放了我,日后定然让你当王后。"

"你还在做梦?"

"这不是梦。"

"你到阴间做梦去吧!"

东吉说完,持枪就刺了过去。

番辰急忙挥刀架住。他记忆中,与东吉一起练武时,东吉从未占他上风,便抖擞精神,与东吉厮杀起来。他哪里知道,当时东吉知他地位仅次国王,每次都让他几分,从未施展过真本领。

东吉恨他无礼调戏,强行施暴,这次冤家相见,分外眼红,含恨雪耻,拿出平日真功夫,抖动长枪,向番辰连连刺了起来。

番辰哪是对手,没经几个回合,就被东吉刺倒在地,俯首就擒。

这时,忠带王强等人赶来,见东吉抓获番辰,二话不说,张开巴掌,朝番辰脸上左右猛扇起来。顿时,番辰脸上鲜血飞溅。

王强和东吉正想让忠找徐干商定如何处治番辰,还没等他们开口,忠早已一刀将番辰斩为两截,结果掉了。忠还不解恨,又命士卒在庄园里四处放火。顷刻间,大火冲天而起,到处蔓延,整个庄园都被大火吞没了。

第十章　疏勒风云

一

在平定番辰的整个战役中,共杀死官兵一千多人,缴获牛、马、羊、骆驼、鹿等各类牲畜十几万头,可谓大获全胜。

虽有众多的人民,特别是番辰的奴隶,在听说番辰被处决以后异常高兴,前来庆贺,慰问汉军和忠的部队,班超却郁郁不乐,没精打采。作为一个军事家,他深感杀人太多了。他一直认为,征战是迫不得已的事,应尽可能避免不必要的牺牲。这次杀人过多,甚至把番辰的庄园都烧掉了,根本没有必要。这一责任在忠,而忠又是国王,不好多加责怪。但是,他觉得有必要通告疏勒人民,历数番辰罪状,讲清番辰投靠北匈奴的反叛行径。他的通告,自然得到疏勒举国上下,包括番辰统治区人民的拥护。

平息番辰叛乱后,不知怎的,忠想留在乌即城,班超只好由他,就和徐干率大部人马返回了疏勒城。

疏勒辅国侯成大率全城军民热烈欢迎他们胜利归来,自是庆祝了一番。

待白天的繁忙过后,夜晚回到家里,月一下就投入了班超的怀抱,含情脉脉地说道:"把我搁在于阗百城,你在疏勒,我在疏勒城,你又去乌即城,总是叫人苦苦相思,夜守空房。"

班超忙安慰说:"俺这不是回来啦? 回来,就该高兴。"

班超又见到他的小儿子了,抱起儿子,才记起小儿子班勇已经五岁。他逗着儿子,亲了又亲。吃着晚饭,他不由得想到,拥爱妻、抱爱子是人之常情,天伦之乐。而自己呢? 多年来戎马倥偬,享受得太少了,太少了……

第二天，他召集徐干、姚光、田虑、甘英、王强、东吉、华里华里旺等人开会，一开始就申明了自己的主张，说道："为使整个西域从北匈奴势力范围中摆脱出来，让各族人民安居乐业，俺想直接北上，向龟兹进军。"

徐干觉得自己初来乍到，不了解情况，愿意多听听大伙的意见，便定定地坐着，一言不发。

王强争先说道："依俺看，咱还是先南下，像平定番辰叛乱一样，把背叛的莎车制伏，安定后方为好。"

东吉马上响应道："莎车背叛，于阗王广德非常恼火，向咱表露了进击莎车的意思，咱该积极响应，同他联合出兵才是。"

甘英接着说道："他俩言之有理。俺要说的是，龟兹有它的附属国，像温宿、姑墨，它要和莎车一起行动起来，可够咱应付的。"

姚光也说道："龟兹是西域的强大国家，又是北匈奴的宠儿，打它就是捅马蜂窝，北匈奴岂能坐视不管？一旦派兵援助，咱的力量明显不足。"

班超见大伙儿畅谈了各自的想法，便解释道："各位所言均有道理，进攻龟兹最紧要的就在于兵力，单靠我军与于阗、疏勒协同作战，力量是不够的。俺想联合乌孙这样的大国，进军龟兹。即使这样，这事儿也并非咱们所能决定，须上疏皇上，得到批准，并遣使乌孙，争取外援方可。"

徐干听了各种议论，说："降伏龟兹，南北二道即通，北匈奴在西域便无立身之地了，俺同意班兄意见。"

班超补充道："俺的想法仅仅是愿望而已，一旦情况有变，如莎车等国挑起事端，那就视情况而定了。"

经过讨论，向龟兹进军的主张便确定下来。班超当场拿出了先写好的上疏，向众人念道：

吾皇万岁。

超等于万里之遥叩首。

莎车叛后，疏勒都尉番辰亦叛。为维护西域南道之安宁，固已得于阗、疏勒基地，超与干率军联合疏勒及时平叛，已将番辰斩掉，歼叛军千余人，获牲口十几万头。

超等共议，平番辰乱后，可向龟兹进军，龟兹降伏，西域可得。然，龟兹兵强，又系匈奴所控之地，凭我等兵力，恐难制胜。乌孙大国，控弦十万，以其兵强，宜因其力，故武帝妻以公主，至孝宣帝卒得其用。今可遣使招慰，与共合兵。由是龟兹唾手可得，西域大功可成矣。

臣超率吏士上

班超的上疏刚被大伙儿一致通过，外面来人紧急禀报："大月氏特使带大批珠宝、骆驼、大象、狮子、长颈鹿等各种礼物求见。"

班超知道，大月氏曾为匈奴所灭，遂迁于大夏，分其国为休密、双靡、贵霜、肸顿、高附五部翖侯国。后贵霜翖侯灭掉其他四翖侯，自立为王，国号贵霜。贵霜强大起来后侵安息，灭罽宾、天竺等国，成了一个最为富盛的国家，现有十万户四十万人，十多万兵士。汉仍按过去的国号，称其为大月氏国。这个国家距洛阳一万六千多里，距疏勒近七千里，派特使前来，令他甚感意外。他与徐干说了些什么，遂发话道："速速带来！"

不一会儿，大月氏特使头缠素缟、身披紫色长袍轩昂而入，躬身施礼说道："我王特遣鄙人参见大汉贵使，同祝乌即城大胜。"

班超回道："乌即城用兵实出迫不得已，小有胜利，不足挂齿，实不敢领贵霜王厚意。对贵国厚意，深表感谢，我等定向朝廷如实转达。"

"贵霜王特让我带来珠宝器物和狮子等珍贵奇兽，除班大人留享一份外，其余敬请献给大汉皇帝。"

"超绝非贪享贵物之辈，所赠礼品将如数转给我皇，以示贵霜王厚意。"

"我王尚有一要事相求。"那特使突然说道。

"何事？"班超已料到来者会有所求，连忙问道。

"我大月氏国协助汉军收复车师有功。"特使说道。

"汉深领其情，定然相报。"班超回道。

"如此甚好。"那特使接着说道，"大月氏如今国富民强，财力充足，但求与乌孙等同，娶汉公主，与汉联姻。"

徐干、姚光、田虑、甘英、王强、东吉、华里华里旺等人听了这话，无不瞠目结舌，面面相觑。

只听班超沉稳回道："联姻一事，实结友好，我等深会贵国之意。你娶我嫁，非我等应承之事，须转达我皇，方可回话。"

那特使对班超说道："我王派鄙人到此，就是请你转达此意，别无所求。"

特使来意既明，班超令人盛情接待。待特使走后，班超对众人说道："看来,咱的上疏,定要加一节新的内容了。"

徐干等人都点头称是,眼看着班超以笔蘸墨,又奋笔疾书起来。

二

各驿站接到给皇帝的上疏,谁敢耽误? 只能日夜兼程,马不停蹄,没出三个月,就将班超的上疏传送到章帝手中。

在那没有汽车、火车,更没飞机的年代,三个月行程一万多里,还带有大批东西,这速度就够快了。

章帝刘炟看完班超上疏大喜,一则闻疏勒平叛大捷,一则见大月氏所献珠宝异兽,显得异常高兴。可他静下心来,一想到大月氏贵霜王要娶汉公主一事,心中就犯难了。他正在犯难之际,忽听有人禀报北匈奴遣使进京,说单于要像呼韩邪那样娶汉公主,请求和亲。这事来得太突然,大出章帝意料。他心想,大月氏与汉友好,要求和亲还说得过去,北匈奴长期与汉敌对,不断侵扰汉界,怎么突然提出和亲了呢? 一个大月氏的请求还没想出半点眉目,北匈奴也遣使求亲,他更加为难了。

章帝虽然年纪轻轻,却是个明白人,知道此事如何处置属重大国策,当下便与群臣慎重商议,最后做出决定:"据班超上疏,朕诏令派人出使乌孙,联合乌孙协超北击龟兹,且封超西域长史,代行都护之职,享大将军待遇;厚赠大月氏之王、北匈奴单于以示友好,公主和亲一事,便都免了吧。"

班超上疏两年过去了,虽然章帝及时下了诏令,他却迟迟未接到回音。他心想,上疏发出以后,各驿站必是日夜兼程,快马加鞭地传送,谁也不敢耽误,路途虽过万里之遥,三个月的时间,定会传至章帝手中,半年得不到回音,一年总该有消息了吧? 不知怎的,时过两年,还是杳无音信,着实令人费解,心急如焚。

他也不知为什么,在上疏后相当长的一段时间里,北匈奴一反常态,竟无甚动静。在毫无信息的情况下,他哪里知道是因北匈奴请求和亲,这才暂时停止对抗活动呢?

直接向北匈奴在西域的据点龟兹进军的决策,表现了班超宏大的志向和果敢的气魄。这一志向和决策的实现,需要得到天子诏令。班超长期不见诏令,茫茫然不知所措,也不知该当如何是好。

在这度日如年的日子里,他接到了妹妹班昭的来信,信中有悲亦有喜。最令他悲痛的是老母的去世。班超虽然胸怀大志,重于事业,但一向孝敬父母。父亲去世以后,家庭生活一度拮据。他操持家务,为母分忧,对母亲毕恭毕敬。他身在异域转眼十年了,日日月月年年,何曾忘却洛阳依依惜别的情景? 朝朝暮暮,又何尝不惦念母亲? 如今,母亲与世长辞,他竟未能见上一面,留下终生大憾,实令他悲痛欲绝,好生难过。母亲过世后,哥哥班固率全家回乡安葬了母亲。为表孝心,哥哥还辞官居家,长年守孝。想及此,他极为内疚,恨不得插上翅膀飞回家乡,在母亲坟前大哭一场,深表孝心。

信中令他高兴的是,他大儿子班雄屯守酒泉时被封为校尉,为加强边防又迁任伊吾屯田校尉。这在班门家史上可谓荣耀的一笔,他怎不深深感到安慰呢?

在班超看来,家事虽大,大不过国事,心中总盼诏令的到来。如今,北匈奴又蠢蠢欲动,唆使龟兹攻打疏勒,情况日趋紧张,就更盼诏令。为何迟迟不见? 莫非发生了什么意外变故?

这一天,他正在家里和月一起逗小儿子班勇玩耍,忽见王强急急跑来报告:"龟兹王尤利多亲率龟兹、焉耆、温宿、姑墨等国五万人马,分两路包抄而来。"

班超立即召集徐干和成六等人紧急开会,根据所得情报,对众人说道:"龟兹王亲率几国大军远道而来,人困马乏,又不知我实力,必仗人多先行围城,不会急于发动进攻。我等自然要严加设防,令全城固若磐石。仅此不足以退敌,当趁敌不备之际,先派两支精兵打他个措手不及,然后坚守,再做道理。"

徐干应道:"如此甚好。迎敌人马当以汉军为主,由俺带领,以姚光、甘英为先锋,先闯一阵,不知可否?"

"此言正合吾意,甚好。"班超回道。

汉朝遣徐干带兵协超,龟兹王尤利多是知道的,但不知究竟带来多少人。班超率兵平息番辰叛乱,他也深知班超的厉害。可他怎会贸然来犯?

龟兹王是北匈奴所立,一切受北匈奴节制,这自不说。且说北匈奴欲与汉和好,向汉请求和亲,便令他暂时不要轻举妄动,俯首听之。后北匈奴得知汉只答应和好，不与和亲，便恼羞成怒，竭力挑起事端，鼓动龟兹进攻疏勒。如此，他才仰仗北匈奴势力，率几国大军蜂拥而来。他万万没有想到，还没到疏勒城，就遭徐干所率汉军重创，人马损失惨重。他不敢贸然攻城，只好凭着人多势众，小心谨慎，团团包围了疏勒城。

敌众我寡，怎样才能打退敌兵？班超无日不在与徐干等人谋划。

被围十天了，还不见敌军进攻，也不见敌军撤去，如何是好？

这天，忽见一支人马，穿越围军，直奔城下而来。班超忙命部下严阵以待。

他从城上向下望去，见来军不过四五百人马，打乌孙国旗号，正不知是怎么一回事，只听来军为首一员小将下马大声说道："我是乌孙王子，特来进见班大人。"

班超闻声，叫华里华里旺翻译一遍，又扫视城下，见那小将身后虽有人拥立，全副武装，但还带着数十头骆驼，满载物什，不像进犯的样子，又觉小将说话一片诚意，也不像有诈，便命人打开城门，迎了进来。

那小将走上城来，走至班超面前跪倒便拜，说道："班大人如同我舅，后生在此施礼，受我一拜。"

班超赶忙向前将那小将拉了起来，连连以手势让座。还没等他回话，那小将又说道："我父嘱我，汉家即我舅家，当亲近待之，尊敬我舅。"

"哦？"班超在与龟兹联军对峙的紧急情况下，对乌孙王子的出现甚感意外，听小将一说，不免一怔，问道，"是你父王派你来的？"

"对呀，去年年底，娘舅家派使臣带来许多珍奇宝物，对父王说要联合出兵龟兹，协助班大人打仗。"那小将滔滔不绝地说道，"我父王让我前来通告班舅，还说那使臣也来此，送我到洛阳朝拜亲舅舅。"

班超这才得知章帝早已接到上疏，并采纳自己意见遣使到乌孙，可是，为何自己长久没得回音？乌孙王子说出使乌孙的使者也来此，又因何不见身影？他百思不得其解。好在他已知上疏的结果，得到很大的慰藉。

他眼见乌孙小王子年仅十七八岁，浓眉秀眼，十分聪颖，高兴地说道："你去洛阳，俺派人护送亦可，只是龟兹王率几国联军来犯，战事正紧，待击退敌军再送你不迟。"

乌孙王子天真地回道："班舅舅，这仗不用打了。"

班超故意问道："怎么，你怕打仗？"

乌孙王子回道:"我从小在马背上长大,才不怕打仗呢!我说不用打,是那龟兹王尤利多已被我几句话镇住。别看尤利多表面气势汹汹,实际上天性软弱,若不受北匈奴指使,他也不愿出兵打仗。我说父王亲率六万人马支援班舅,他一害怕就下令撤兵了。"

班超疑惑地问道:"果有这等事情?"

乌孙王子拍着胸脯回道:"这是真的,不信你派人去看。"

他们正说着,四处来人报告:龟兹几国人马正纷纷撤离。班超在城上举目望去,果见远处尘雾腾腾,越离越远。他想不到,一场艰险的战斗就这样结束了。此时此刻,他深感朝廷并没把他一伙人忘掉,更没遗弃不管;他深切感到身后有一座高大的靠山,有一种强大无比的力量在支撑着他。他这样想着,更加坚定了自己的志向和信心。他也不由得想到联合乌孙等国是何等重要。一想到乌孙,他一把拉过乌孙王子,感激万分地说道:"你为退龟兹联军立了大功,俺代表汉家人谢谢你。"

乌孙王子挺胸说道:"为娘舅家人办事是应当的,以后我还要带兵上阵,和娘舅军队一起打仗呢!"

班超竖起拇指赞道:"好,好,好,你是好样的。"

眼见班超松快的神情,徐干、成大心中也一块石头落地,脸上绽出舒心的笑容。

三

班超在热情接待乌孙王子的时候,得到了过去两名探子的情报:龟兹王尤利多率兵进犯疏勒时,莎车王齐黎本要率兵前来,与龟兹形成南北夹击之势,因内讧未来得及调兵遣将,便未能出兵,现在正结集军队,伺机攻打疏勒。

乌即城也传来消息:莎车军队几次闯入疏勒南境,烧杀抢掠,闹得人心惶惶,不得安宁。

综合两方面的情况,班超只好改变直取龟兹的计划,目标转向莎车了。

这一天,班超正和徐干等人研究对付莎车的方案,忽然有人来报:鄯善王广和于阗王广德陪同出使乌孙的汉使进城了。

班超喜出望外,赶紧召集手下一起到门外迎接,列队等候。不一会儿,鼓乐声声,幢麾齐现,广和广德领一帮人前呼后拥着一辆车徐徐而来。

班超见此情景,心想:幢麾车乘,乐队簇拥,只有大将军才享此待遇,可见皇上派往乌孙使臣身份之高,是如何重视与乌孙的关系了。

他正这样想着,车乘已到,只见一卫侯官服模样的人下车便向他躬身施礼,说道:"下臣苏安受我皇之命来此接乌孙王子,并代为传诏:西域班超,立有大功,特封为西域长史,代行都护之职,享大将军待遇;军司马徐干、姚光等吏士助超成绩可嘉,也有嘉奖。"

班超闻诏,甚感突然,赶忙上前拉起苏安,问道:"俺的上疏,皇上早已收阅?"

苏安回道:"岂止收阅,他早已派俺出使过乌孙。"

班超不解地问道:"既如此,为何迟迟不见他批复?"

苏安不免尴尬地回道:"这……这个……大概是由臣代为传诏的缘故吧!"

不论如何,班超终见上疏结果,满心欢喜地向苏安还礼,说道:"请受超等一拜。"

苏安见班超躬下身去,赶忙制止道:"班大人在上,下臣受此重礼实不敢当。那幢麾车乘是御赐予你的,连同一班乐队,俺仅仅是带来而已,无权享受这般待遇。"

班超误以为苏安享幢麾车乘、鼓乐相伴之待遇,便回以重礼,没想到,他的官位比苏安的还大。不过,他并不以职位高低论人,晚间还是设宴,为苏安接了风。

晚宴上,班超刚把乌孙王子介绍给苏安,于阗王广德就捧酒走至他面前,贺道:"祝你高升。"

班超回道:"这算甚? 事业为重,官位再高,于事无成,也是枉然。"

鄯善王接踵而至,祝道:"愿你事业有成,把我外甥班勇培养成一个小班超,承你事业,后继有人。"

班超闻此,大为高兴,随即将月和小儿班勇介绍给乌孙王子和苏安。

宴会有歌有舞,欢乐而散。

宴会后,鄯善王广与妹妹分别多年,自然随班超一起回家。乌孙王子高兴地与苏安一道返回成大特意给他们安排的住处。于阗王广德一副心事重重、郁郁不乐的样子,想跟班超一家走,犹豫片刻,"唉"的一声,叹着气独自离去了。

广随班超来至家中,与妹妹月和外甥班勇团聚,异常高兴。他们述别情、话家常、论时事,不觉已是夜深人静。

"咚,咚,咚,咚……"一阵敲门声。

"谁?"班超在大门里贴门紧问。

"咚,咚,咚!""咚,咚,咚!"又连续响起敲门声。

通常,有人报告紧急情况,总是要应声的,这次来人因何不语?班超心想,看样子不像有什么紧急情况,可是,天这么晚了,是何人半夜敲门?

他估计不会有坏人前来,就将门打开。门一开,广德就憋着一肚子气走了进来。

班超和广都以为是宴后没邀请广德一起来家,怠慢了他,他才老大不快。还没等他们开口,广德劈头就问:"苏安是不是大汉使臣?"

班超见问,甚感诧异,连忙回道:"苏安身为卫侯,由皇上所遣,不是汉使,又是什么?"

广德又问:"你过去可认识他?"

班超摇摇头,如实回道:"不认识。"

广德干脆地说道:"他根本不像大汉使臣。"

班超十分惊愕,问道:"你何以产生这等看法?"

广德嘿嘿地笑了,显出蔑视之色,不乏厌恶之意。他接着把苏安到于阗后如何天天游山玩水,大吃大喝,对正事心不在焉,听说龟兹联军包围疏勒城后又如何胆小如鼠,吓得浑身发抖,不敢前来,整日让他们陪他寻欢作乐,如此等等,一一讲了出来。

鄯善王广也插道:"他在鄯善也是如此。"

广德接道:"他不光如此,还让我每天供他两个十六七岁的漂亮姑娘。"

班超惊奇地问道:"他竟敢做出这等事情?"

广德愤愤说道:"最可气的是他无端讲人坏话。"

广问道:"他在于阗能讲谁的坏话?"

广德回道:"讲我们的恩人、最要好的朋友——班超的坏话。"

月不由得问道:"他还没见我丈夫的面儿,能讲出什么?"

广德回道:"他说我们尊敬的人'拥爱妻,抱爱子,安乐逍遥,无内顾之心',断定西域之功不可成,等等,他还当着我们的面,把这些话写到给皇帝的上疏上呢!"

月愤愤说道:"这不是无中生有,诬陷好人吗?"

广也愤然说道:"实在可气可恨。"

班超沉稳地问道:"他果然如此?"

广德回道:"西域人人都是直心肠,我身为一国之王,岂可胡编乱造?再说,我和这位钦差使臣素不相识、无仇无冤,何苦说他瞎话?神明在上,我的话句句当真。"

第二天一早,徐干、姚光、田虑、甘英、王强就气呼呼拥进门来。进到屋里,比较沉稳的徐干先对班超笼统说道:"昨晚宴会后,俺们送苏安回他住处,他说'西域之功不可成',无端讲你坏话。"

月没好气地插进来说道:"你们要讲的情况,昨夜广德已来此细说,他还上疏了皇帝。"

田虑说道:"徐司马怕班大人生气,还不让俺们细说呢!"

姚光问道:"你们也知道了?"

月回道:"广德说得可细呢,苏安的言行,我们都知道了。"

甘英也对班超说道:"俺问他何时发的上疏,他说:'早已发出。别看班超一时荣升,卸职指日之间。'"

只见班超拊膺叹道:"吾非曾参,而当如此之小人,遇三至之谗言,恐使我皇见疑了。俺个人功名可置之度外,咱多年奋斗的事业要半途而废、前功尽弃,真是令人心痛,又该如何是好?"

王强愤愤不平地说道:"苏安凭空诬陷好人,咱得把他扣下来,好好审讯审讯。"

甘英应道:"对,让他坦白坦白,凭甚诬陷好人。"

月又插进来说道:"他在于阗每天强要两名美貌少女与他同睡,尽干坏事,在当地引起公愤。"

姚光说:"咱上疏以后迟迟不见回音,就是他耽搁的。"

田虑说:"这更该把他扣起来了。"

甘英表白说:"咱也得上疏皇帝,让皇帝知咱真情。"

徐干坚决说道:"对,绝不能眼看着让小人几句话就把咱的事业断送掉。"

班超为人光明磊落,是个不信邪的主儿。他对苏安跟随窦固在车师争功、媚上取宠一无所知，更不知苏安如何钻营，觍着厚脸巴结司空第五伦，才捞到出使乌孙的职位。可他听说苏安无事生非，肆意诬陷自己，是万万不容的，必须当面对质，把话讲清楚。

他见徐干几人和于阗王、鄯善王同样愤愤不满，说道："你们来得正好，咱找苏安去，当面锣，对面鼓，和他对质，也让他撒泡尿照照，看看自己的模样和德行。"

苏安诬陷班超，引起了全体吏士的不满。

班超为表达个人志向，让鄯善王广将月和小儿子班勇带回鄯善，以消除苏安诬他"拥爱妻，抱爱子"的口实。临别之际，月泪如雨下，全体吏士见此情景，对苏安更加不满。

班超绝不窝窝囊囊受人冤枉气，针对苏安的上疏，也写了一份上疏。由徐干牵头，全体吏士也给章帝上疏，列举班超率全体吏士不辞辛劳创功立业的事迹，有力地批驳了苏安的不实之词，并揭露苏安奉命西行一路游山玩水、贪生怕死、延误使命的渎职行为和在民族地区所干的坏事。没想到，这次上疏与上次上疏大为不同，很快便接到了章帝的诏书。

诏书切责苏安说："纵超拥爱妻、抱爱子，人之常情，无可厚非。说超'无内顾之心'，思归之士千余人，何能与超同心乎？"

诏书还指令苏安受班超调遣，对班超说道："苏安在外，留与从事，甚或不留，由尔节度，全权由尔处决。"

众人接诏书后，见章帝不听谗言，办事公道，班超并未因苏安谗言受不公正对待，无不欣然称快。

"班兄，诏书下来了，咱对苏安如何处置，也该拿个主意了吧！"徐干对班超说道。

"趁大伙儿在这儿，就议一议吧！"班超回道。

他刚说完，王强就说道："让他下营从军，尝尝士卒之苦。"

田虑说道："光这不行，一定让他坦白交代，因何诬陷好人。"

甘英接道："这不是明摆着？他是踩着别人向上爬，想整倒班大人取而代之。"

姚光也接道："凭空诬告，也是罪过，咱得让皇帝给他治罪。"

徐干听了这些，倒也觉得痛快、解气，拿定主意说道："皇上派他来护送乌孙王子，这事不能让他干了；把他留下来就地管制完全应该，诏书云'由尔节度',这是最高指示嘛!"

班超对章帝的明断,打心眼里感激。说到如何处置苏安,他的想法却与众不同。听完大伙儿的议论,他开口说道:"俺还是想让他护送乌孙王子进京。"

王强愤愤不平地问道:"怎么?他那般诬陷、诋毁你,你就不整治整治他?"

班超点点头,回道:"是,俺不想这么做。"

徐干埋怨说:"你……为人也太宽容了。他上疏皇帝诬你名声,要断送西域大业,你就能咽下这口气?你也太能忍让了。"

班超坦然一笑,说道:"量小非君子。俺把他留下整治他,这很容易,也能出气解恨,痛快一时。以小人所为对付小人,君子所不为也;内省不疚,何恤人言?他出使乌孙也算做了件好事,所以俺仍让他护送乌孙王子进京。"

王强担心地问道:"他回去若再胡言乱语呢?"

班超回道:"人都是长着嘴的,嘴的作用除了吃饭就是说话,欲禁不能,他要讲就让他讲去吧,只能更加显露他的人格,没甚可怕。"

田虑问道:"假如皇帝被他说糊涂了,听了他的,让你再受冤屈呢?"

班超坦然回道:"人世间,受屈枉的事多着呢!自己行得端,走得正,不失人格,自可坦然。"

徐干知道说服他改变主意很难,只好摇头叹息道:"班老兄啊班老兄,过去你对郭恂的宽恕,已属常人难为;如今对一个诬陷你的人,竟也能忍让放过,也只有你才如此宽宏大度,有谁像你这样为人行事呢?"

四

送走苏安和乌孙太子后,一支由假司马和恭带领的八百人马,又投于班超帐下。章帝为成西域大业,不只在口头上肯定班超的功绩,在行动上,晋封他为长史,还给他派兵,增添力量。

假司马和恭五大三粗的身材,肥胖与姚光相似,又比姚光高大许多,少说也有三百多斤;与酷似郭恂、瘦小的徐干相比,一个高大,一个矮小,大不一样。

和恭直性直肠,说话爽快,一见班超,就双拳一抱,躬身说道:"班大人威名,早已如雷贯耳,今日投奔帐下,实乃三生有幸。"

班超见他如此虔诚,风趣地回道:"俺没三头六臂,何足挂齿。俺知你能干,只是又增一光棍儿,令俺不安。"

和恭连忙向大伙解释道:"俺妻室儿女俱全,不是光棍儿。"

班超笑道:"你在家不是光棍儿,来此跟俺就是光棍儿了。"

和恭接道:"那戍边和出使异域的,谁能拉家带口?照你一说,都变成光棍儿了。"

班超感慨万分地说道:"是呀,你看,姚光、田虑跟我多年,孑然一身;徐干和你,还有你们带来的一千八百士卒,都变成了光棍儿。有家的生死离别,没家的孤苦伶仃,好苦啊!俺真想人人阖家团圆,和和美美。"

和恭率军到后,班超深切感到章帝对他事业的支持,信心更足了。他很快召集徐干、姚光、和恭、田虑、甘英、王强几人商量,决定联合于阗、疏勒两国军队协同汉军,向投向北匈奴的莎车进军。

这天上午,班超正要给于阗王广德写信,王强走了进来。他一见王强,立时想到王强在讨论上疏会上的发言,对王强笑道:"看来,还是你提出先进击莎车的主张正确。"

王强见班超夸奖,憨憨回道:"此一时,彼一时,不能说班大人的主张不对,只是情况变了嘛。现在决定进军莎车,明天也许情况还会有变呢!"

"哦?"班超闻听此话,不由得对王强另眼相看起来。

他又听王强说道:"你夸俺好,俺还佩服你呢!做甚决策视情况而定,按实际情况不断修正行动计划,这道理俺还不是跟你学的?"

班超眼见王强已学会动脑筋,比几年前大有进步,暗自高兴,心想:这小伙子不光在武艺上勤学苦练、刻苦用功,在韬略上,还真有些门道呢!

两人正说着,徐干急急走进屋来,说道:"情况不好,齐黎王听说咱要进军莎车,派人到乌即城给忠送了重礼,不知还许了甚愿,忠果真照番辰所说'走莎车的道路',也叛变了。"

班超早就担心的事情终于发生了,听此消息,不无感慨地说道:"这真是哪壶不开提哪壶,这世间风云,也太多变了。"

王强说道:"疏勒是咱立足之地,看来,进军莎车的计划又得改变,先要在疏勒平叛了。"

班超没有作答,问徐干道:"你说呢?"

徐干回道:"俺看也只好如此了。"

班超抬手摸了摸王强的脑袋,又夸道:"你真快成为一个军事家了。"

王强俏皮地回道:"整天受你熏陶,闭着眼也能学上两手啊!"他说完,一蹿一蹦地跑出去了。

忠叛变后,班超立即拥立成大为疏勒国王,调兵遣将,向乌即城进发。

在平定番辰叛乱后,忠留守乌即城,手下只有两千多人马,而这些人也并不都忠于他。

班超心想,发兵乌即城,乌即城指日可下。没想到,班超率军来至乌即城下,满城都是康居援兵,在帮忠守城,其人数之多,是他未曾料到的。

班超马上召集徐干、姚光、和恭等人开会,研究对策。大家都认为康居是个大国,拥兵十数万,一旦打起仗来,康居会不会倾国出兵,这不得不加以慎重考虑。因而决定暂且围城,围而不战。

班超想,退康居援兵是当务之急,平息忠的叛乱,万万不可直接与康居援兵发生冲突。

两军对峙,谁都不肯主动出击。城里城外,双方都在互相戒备着,哪一方都不愿直接交战。

班超多么希望有一个人能像乌孙王子退去龟兹联军那样,让康居援兵撤离乌即城回国啊!这时,他忽然想起甘英曾出使康居,能不能派他去说服康居退兵呢?

他当即把甘英找来,说出了自己的想法。甘英对他说道:"俺虽与康居王有一面之交,但谈不上有多深的交情,没把握说服他退兵。"

班超面有难色,自言自语道:"这可怎么好!"

甘英想了想,忽然充满信心地说道:"有主意了! 康居公主不是与大月氏王子结亲了吗? 咱可送厚礼给大月氏贵霜王,让贵霜王去劝康居退兵。"

班超一听,高兴地说道:"这个主意好,就这么办。"

甘英别有所思地问道:"你看,让谁去好呢?"

班超不假思索地回道:"那还用说? 非你莫属了。"

甘英有些不好开口地说道:"俺看还得添一个人去才好。"

班超紧问:"还让谁去合适?"

甘英腼腆地回道:"就是俺那'花中之王',俺不光让她跟俺做伴儿,她……可给俺当翻译。"

班超应允道:"就依你。"

甘英和华里华里旺带领一班人马,装了满满十大箱锦帛和珠宝玉器,拜见了大月氏贵霜王。贵霜王见汉使送来贵重礼物非常高兴,当即答应说服康居王退兵。

待甘英一伙儿人返回乌即城,康居援兵已开始撤退。不过,康居援兵没把背叛的忠交出来,带忠一起回康居了。

五

康居援兵带忠走后,班超很快收到一封来自康居的信。写信者不是别人,正是被康居援兵带走的忠。

班超让成大将信翻译过来,才知信上这样写道:

大汉西域长史班起亲鉴:

　　我一时贪利,晕头转向,错被莎车利用。来至康居,寄人篱下,孤苦无依,后悔莫及。身处异境,朝朝暮暮,思念故土。

　　今立誓痛改前非,重新做人,心永向汉。请先准我暂还疏勒北部小镇损中栖身,然后遣使相约,再瞻尊容。

　　倘获宽容,忠终生之大幸,必将感恩不尽。

忠　顿首再拜

班超看完译信,不禁哈哈大笑。他一边将信递给徐干,一边说道:"他竟把欺骗番辰的伎俩用到俺身上了。"

原来,忠来信前,班超已收到一份重要情报。情报说,忠到康居后再三劝说康居王借兵给他,康居王碍于情面,答应暂借他五千人马,返回疏勒北部小镇损中。忠又遣使到龟兹,向龟兹王献计,待他率康居兵回损中后,假意向班超投诚,让龟兹王派重兵前来,里应外合,发动突然袭击,一举将汉军歼灭。

徐干看完信以讥讽的口吻说道:"忠衣锦还乡,咱可不能怠慢,得好好接待才是。"

班超也讥讽地回道:"就凭他朝三暮四、变色龙似的德行,咱也不能怠慢，一定好好接待。"

徐干到疏勒后，早就听说忠在班超应诏走后如何投降龟兹，后来又如何向班超下跪乞饶、发誓等等行为。后来，他又亲身经历了忠的背叛，忠是何等样人，他和班超有着同一本账，早就看透了。

他向班超问道："你看该怎样答复他？"

班超爽快应道："将计就计，完全答应他的请求。"

忠带领康居兵回损中后，果然遣使来见班超。双方约定，班超在疏勒城北郊的一个村庄里与忠会见。

会见前，班超一面令手下准备大摆宴席，一面密派精兵，事先埋伏在相会地点。

忠的使臣回到损中后，忠听说班超痛快地答应了他的要求，不由得大喜，呵呵笑道："班超啊班超，这回就由不得你啦，我岂止是要求回乡？我是来要你全部人马的脑袋。"

赶赴疏勒城北郊相会这天，他为了不露马脚，让所借康居兵留在损中，待稍后与龟兹兵一同进发，只带了七拼八凑的一千名疏勒散兵，轻装随他上路。

会见地点设在一个地主庄园大院。大院北边，一座坐北朝南的两层小楼横贯东西院墙，一层中间是一道拱门，拱门左右都是宽敞的房屋。东、西、南三面围墙里，钻天杨耸天而起，形成 U 形的绿色，与北面楼房的黄土颜色十分和谐。院中央与楼房相接部分，上面搭有一个密密实实的葡萄架，架上一串串玛瑙般的大葡萄，令人馋涎欲滴，赏心悦目。葡萄架下，事先摆好几排长椅，长椅前摆的是缩小了的门形长桌，场面显示着礼仪的隆重。

章帝赐予班超的鼓乐队，在忠到来之前就锣鼓齐鸣，奏起了优美欢快的乐曲，一派喜气洋洋的景象。

忠还没进村，就听到了鼓乐之声，感受到一种欢快的气氛。班超、成大、徐干、姚光、和恭、田虑、甘英、王强、月、东吉、华里华里旺一帮人，早已分列两边，等候在庄园院门前两侧。

忠一到来，见此番情景，喜悦异常，连忙趋步至班超面前深深打躬，施礼说道："忠本无颜见君，只因思念故土，不得不将'廉耻'二字置之度外，今日得瞻尊容，万幸，万幸。"

班超赶紧把他搀扶起来，说道："你出国回来，当以国礼隆重接待，我等无甚准备,有失礼处还望原谅为是。"

班超和成大陪忠坐定后,也不多寒暄,当即下令说道:"拿酒来,为忠王接风。"这时,鼓乐喧天,喜气洋洋。伴随着鼓乐,各种美馔佳肴满桌而上,各类好酒应声而来。

班超趁着喜兴,举杯向忠说道:"身处异境,眷恋故土,真乃爱国之主也。"

忠故显诚意地回道:"忠恋故土,实属自然,诚乃忠心实意。"

班超有意地问道:"那寄人篱下的日子,确不好过吧?"

忠连连点头,回道:"那是,那是……"

他一脸尴尬神态。

班超审视着他,将手一挥,下令道:"鼓乐手,尽情奏乐!"

乐声应声而起。

鼓乐是欢快动人的。忠的头脑也随着鼓乐的激昂而涨大。他竭力保持镇静,一曲鼓乐之声过后,借着酒力站起来,当众说道:"我身在疏勒王位多年,一心向汉。因性格多变,有失大节。可我没忘我是疏勒人,无时无刻不在眷恋着疏勒疆土和臣民。今日,我重返国土了,让我们一道为疏勒的国土和臣民干杯吧!"

"砰"的一声,班超将酒杯摔碎于地,他听得出忠这语意双关的话,两眼冒火,指着忠厉声问道:"你真爱你的国土、臣民吗?"

忠心虚地回道:"是……是……是……"

班超又厉声问道:"你因何没降龟兹?"

忠浑身颤抖地回道:"你一走,我就……没有依靠,是……迫不得已呀。"

班超追问:"你为甚先勾结莎车,又去康居呢?"

忠惶恐地回道:"我……我……"

"啪"的一声,班超将桌一拍,高声问道:"你向康居借了多少人马,居心何在? 你遣使龟兹,密谋了什么? 今天,你在你眷恋的国土,当着你眷恋的臣民,坦白交代,能说个一清二楚,俺就认你;否则,疏勒人不会认你,也不会饶你。"

忠听到这话,浑身打哆嗦了。

班超又追问道:"你这次回来目的何在? 你是否要我等一帮人的脑袋?"

忠听到这些问话,知班超已掌握了他的一切,无法搪塞了,于是,想让他的兵来解围。他哪里想到,他带来的人马,早已被汉军收没,缴械投降。

只听班超一声令下,和恭便从席间跳出,像抓小鸡似的把忠提了起来,狠狠往地上一摔,便将他捆绑起来。

班超在席间把忠揭露得体无完肤,历数忠的罪状,然后令刀斧手将忠结果掉了。

疏勒风云变幻,班超在疏勒的平叛,至此彻底结束了。

第十一章　二伐匈奴

一

光阴荏苒，元和三年转瞬过去，又一个年头开始了。

这一年，长江南北、黄河两岸五谷丰登，人畜两旺，连灵芝草也遍地皆是，到处一片欢乐景象。

也就在这一年，中国东北部曾被北匈奴大败过的鲜卑人向北匈奴开了战，斩杀优留单于，大胜而还。

北匈奴惨败以后，全国大乱，屈兰、储卑、胡都须有五十八部二十万人、八千骑兵分别来到云中（今山西大同）、五原、朔方（今宁夏银川）、北地投降。

每一个汉人听了这些消息，都笑逐颜开，扬眉吐气。

章帝自然满心欢喜，在元和四年改元章和，是年为章和元年。

去年，反复多变、最终背叛的忠被斩以后，新国王成大全力拥护班超，整个疏勒同心向汉，像鄯善、于阗一样，也成为打通西域的重要基地。在新的一年里，班超立誓要进军莎车，彻底打通西域南道。

"俺要亲自去趟于阗。"班超对徐干等人说道。

"你是要见广德王，去搬兵，对吧？"徐干很了解班超的心思。

"对，一点儿不错。"班超明确回道。

"打莎车单凭咱们和疏勒的力量不够，必须联合于阗。"和恭赞同地说道。

不过十几天，班超的足迹便出现在于阗，直接踏入了于阗国都西城。

广德具有他民族的天生性格——爱开玩笑。他明知班超是来找他，却故意打趣儿地问道："班长史,想必是去鄯善,路过此地了?"

班超反问道："何以见得?"

广德也反过来问道："我和你的月,哪个吸引力大? 你投奔何处,我能不知道吗?"

班超大笑道："哈哈哈,你不了解情况。"

广德两眼看看班超,摇头说道："不,不,不,我什么都知道。"

班超问："你知道什么?"

广德头一歪,眼看着班超回道："我知道你犯了一个大错误。"

班超问："俺犯了什么错误?"

广德指着班超责怪道："你不该把月和儿子送到鄯善,不该让他俩和你分开。"

一提到月和小儿子班勇,班超不由得动情了。还没等他说话,广德又说道："我知道,是苏安讲你坏话你才把他俩送走的。若是我,他讲他的,我该怎么着就怎么着,根本不管那一套。"

班超十分理解广德的心情,也了解广德的性格,连忙解释道："大王有所不知,在汉民族里,流言蜚语能杀人,为人处世不像你们那样简单、纯真,每成一事,多有羁绊,故此,该避讳的要避讳,稍不小心便会坏事。再说,俺天生性格,就是不给别人留话把儿。"

广德仿佛理解,又摇摇头说："这样说来,你们汉人都活得太累了。"

班超接道："不光如此,周围人如何看你,你得防备;你的上司对你看法如何,事关前途,就尤需要小心谨慎了。"

广德真理解了,喟然说道："你们的心情常受压抑,太可怕了。"

班超真诚地说："此话当真。也正因此,为免却他人口舌,俺不得不把月和小儿送走。汉人有这样一句话,叫'欺人之心不可有,防人之心不可无'。"

广德叹息着,连连摇头道："太累了,你们生活得太累了。不,不能这样,我要把他俩给你接回来。"

广德愤愤然,对汉人的一些习气显然不满了。

班超见他动了真气,只好打圆场："唉,汉民族许多事情,俺一时也不能同你讲清楚,你不必深究了。总之,各有各的情势和风俗习惯嘛! 不同的情势造就不同的性格和风气。"

广德头摇得拨浪鼓似的,连连说道："你们的这一风习非常不好,要不得,实在是要不得。"

话至此,班超赶紧把话题打住,直截了当向广德说道:"俺来找你,是请求协同作战,与你联合进军莎车。"

一听说攻打莎车,广德非常高兴,立时回道:"我早有此意,并向你们表达过我的意见。莎车齐黎王忘恩负义,太不够意思了,凭他所作所为早当如此。"

班超接着讲了攻打莎车的作战方案,广德满口答应,协议当即达成了。

班超见广德如此爽快,诙谐地说道:"得胜回来,你可要帮俺把月和俺的爱子接回来呀!"

广德哈哈大笑,胸脯一拍,干脆地回道:"一言既出,驷马难追,我一定办到。"

二人你看看我,我看看你,都不禁哈哈大笑起来。

莎车在东汉光武年间还处于阗西、疏勒东南,但经过与于阗争战,向西迁移,又地处疏勒西南了。整个疆域,自然比先前缩小了许多。

经莎车西越葱岭便可通向大月氏、安息诸国,所以,只有降伏了莎车,才算打通西域南道。

班超从于阗返回疏勒不久,便率领于阗、疏勒、拘弥、汉等诸国军队共计两万八千人马向莎车进军。进军前,他从情报中得知:莎车虽然在同于阗交战中惨遭失败,几乎达到灭国的境地,但西迁后齐黎王置莎车城,设辅国侯、左右将、左右骑君、备西夜君各一人,都尉二人,译长四人,治国有方,政治、经济、军事等各方面恢复很快。齐黎王叛汉投奔龟兹以后,又增加了军队人数,时刻准备与班超作战。针对这种情况,班超不敢大意,决定兵分两路,一路由他率领从西进发,一路由于阗王广德率领由东进击,像一把钳子一样,从东西两面包抄过去,对莎车形成夹击之势。他还同广德商定,两军一旦进入莎车境内,要以迅雷不及掩耳之势,干脆、利落地歼灭莎车边防守军,然后再深入莎车内境。

这一作战方针果然奏效,没容莎车边防军反抗,莎车守军就被班超大军击败,俘虏近三千人马,还活捉了负责边防的左将,也就是齐黎王的弟弟齐明。

班超吸取征讨番辰的教训,对各营部官兵三令五申,战斗中尽可能少杀人,对俘虏宽大、优待;凡杀俘虏者以命抵偿,虐待俘虏者视情节轻重给予惩处。被俘的莎车士兵愿回家的回家,愿投诚的皆与汉、于阗、疏勒、拘弥诸国士兵一视同仁。

班超接见了齐黎王的弟弟齐明,不单没给齐明任何惩处,还宽赦了他,使齐明心悦诚服。

接着,班超率兵向莎车城挺进。在与广德会合后,广德道:"莎车境内,我是轻车熟路。攻打莎车城,我当披挂上阵,充任先锋。"

齐明闻此,连忙制止道:"我哥对你们早有防范,在黑铁山上设下大本营,准备了很多弓矢、石头,并设有陷阱。他早已派人去龟兹求援,还是慎重为好。"

班超听取齐明意见,便与广德商量,先在黑铁山前安营扎寨,视情况而动。

第二天黄昏时分,探兵来报:龟兹国王尤利多率温宿、姑墨、尉头几国军队协同龟兹兵共五万人马前来救援。

龟兹要来救援,班超早已料到。可是,龟兹能纠集这么多人马,他是没有想到的。前有莎车重阵,后有龟兹五万联军,情势万分紧急。班超当即与广德召集各营部军官会议,研究对策。

面临众寡悬殊的情况,众人显然束手无策,沉默好长时间,也没想出良策。

十万火急,是不容犹豫不决的。班超见广德和众人都沉默不语,当机立断,说道:"敌众我寡,硬打,肯定要吃大亏。干脆各自散去,广德带于阗、拘弥兵向东,俺带疏勒、汉军向西……"

广德没等班超说完,就急急问道:"怎么着?你让咱们都撤退?"

班超回道:"俺说各自散去,散有散的方法;说撤退也行,就是要给敌人造成撤退的印象。"

广德还是不解,又问道:"那又该怎么办呢?"

班超毅然说道:"这需要齐明出面,充分利用咱们的俘虏。"

王强也不解地问道:"释放俘虏?且不说他们跑掉,他们不跑,又能起什么作用?"

徐干、姚光、和恭坐在一旁,始终一言不发,全神贯注地听班超发言,知道班超必有计策。

只听班超果断说道:"把齐明和俘虏放掉,让他们回去放风说咱们兵分两路撤退，他们必然左右分兵堵截，待齐黎王率兵追赶，咱一起直取黑铁山。"

众人听了，不由得纷纷点头称是。

齐明被放后带一批俘虏向北直奔龟兹王帐下，另一批俘虏向西奔向了黑铁山。

龟兹王尤利多和莎车齐黎王听到班超、广德各率一支人马撤退的消息，都信以为真，满心欢喜，果然兵分东西两路前去堵截。待齐黎王率兵落空而归，黑铁山早已成为班超所率联军的天下。

班超占领黑铁山后，让莎车旗号仍在黑铁山上飘拂，却暗中布下包围圈，恰似天罗地网一般。

齐黎王率军回到黑铁山，见山上旗号依旧，毫无戒备。他刚要上山，只听战鼓咚咚作响，从四面涌出千军万马，照直杀将过来。转眼间，他所率人马已折去一半；眼见所剩官兵，个个丢盔弃甲，抱头鼠窜。

他正要东躲西藏，一匹黄骠马被众人簇拥着，慢悠悠停在他的面前。

黄骠马上正是班超。幢麾之下，班超用鞭指着齐黎王，喝道："还不束手就擒，更待何时？"

在一旁，另一马上的广德当即把话翻译过来，也指着齐黎王厉声问道："我立你为王，你却忘恩负义，可曾料到今日下场吗？"

齐黎王浑身哆嗦着，被王弪等人捆绑起来。

龟兹王尤利多情知中计，得知班超拿下莎车大本营，齐黎被擒投降，后悔莫及。他知道，莎车的整个防线，已成为班超所率汉军和于阗、疏勒、拘弥几国联军的阵地，征战不利，只好调转马头，带着他的大批人马撤退了。

二

降伏莎车，打通西域南道的奏章递出去了，班超天天盼着章帝的回谕。

哪里会想到，他永远不会接到章帝的回谕和诏书了。就在他奏书发出不久，年仅三十二岁的章帝，就被疾病夺去生命，与世长辞了。时在章和二年二月，即公元88年。

章帝十九岁登基，在位十三年，继先皇大业，勤理朝政，斟酌律礼，关心边事，加上他待人宽厚，调动了各方面的积极性，政治上君臣协力，使国家日益繁荣,军事上国力增强,就连人口也大大增长。庶黎百姓、王公大臣无不称道,对他赞誉有加。

他的驾崩,对东汉无疑是一重大损失,使东汉面临一个令人担忧的局面。要知道,继承他皇位的儿子刘肇被立为皇太子时只有一岁,登上皇位时年仅十岁。

十岁的皇帝是孩子,不通晓人事,更不懂朝政管理,这如何是好呢?

在前汉吕氏专权以后,女人再次执掌大权的时期又开始了。这个掌权的女人不是别人,就是章帝的皇后窦氏。

章德皇后是光武时期大司空窦融的曾孙女。窦家累代都与皇家结亲,她爷爷窦穆娶的是光武帝的女儿内黄公主,嫁给她父亲窦勋的是东海恭王刘疆的女儿沘阳公主;奶奶和母亲都是皇家人,在她身体里有一半皇家血统。

她貌如西施,自幼聪颖过人,六岁时即能熟练地背诵大量诗书,还能写得一手好字。

她爷爷窦穆身居城门校尉要职,以富豪权贵自恃,高傲自大,目中无人,连继位不久的明帝都不看在眼里,经常口出怨言,与她父亲、叔叔讲对皇帝不满的话。

窦穆无法无天,还经常串通上下官员违法乱纪,干涉政事。他想将六安侯刘盱的封地占为己有,竟胆大妄为,假冒皇太后的名义下诏,让六安侯休掉原妻,娶他的女儿为妻。监察官韩纡将他对皇上出言不逊的话奏给了明帝,六安侯刘盱休掉的妻子也上书告他。明帝得知这些情况,勃然大怒,不单将他一人撤职查办,凡窦氏为郎者尽皆撤职,遣回故里。

她爷爷和叔父窦宣回故里不久便死在平陵监狱,父亲窦勋也死在洛阳狱中。

全家遭此巨大变故,母亲沘阳公主失去了主心骨,整日惶惶不安,自觉前景难卜,就接连请来好几位算卦先生,为女儿预测吉凶。几位算卦先生一见到她年幼的女儿,都大吃一惊,连忙跪拜在地一拜再拜。

每次算卦,沘阳公主都将算卦先生招呼起来。几位算卦先生虽先来后到,互不相识,但都这样说道:"此女日后必当大尊大贵,绝非臣妾容貌;窦家有她势必盛极一时,贵不可言。"

当时,窦家这位小姑娘年龄虽小,但听算卦先生都这样说她,幼小的心灵里便无臣妾意念,只待日后攀上绝顶之枝。她心想,这绝顶之枝不是皇后又是什么? 于是就天天想,日日盼,期待着算命先生预卜的应验。

这窦氏姑娘长至十四五岁,花容月貌,婀娜多姿,越发动人了;加上才思过人,学识超群,在百官中无人不知,无人不晓。

章帝早就听说她才貌俱佳,建初二年把她选入长乐宫,一见到她,就被迷住了。打这天起,对她宠爱异常,与她形影不离,第二年,就立她为皇后。

算命先生的预言果然应验,当上皇后以后,章帝让她管理后宫诸事,真可谓志得意满,一步登天。

人世间,不管什么人,很难万事如意,就是才子佳人、帝王将相,也概莫能外。章德皇后就有一大遗憾——没能生下一个儿子。

在中国封建社会里,男尊女卑的传统观念根深蒂固。母以子贵,生儿子能抬高女人的身价,上至皇后、贵人、嫔妃,下到臣妻臣妾、村野妇人,大都如此。

章德皇后被封立为后的这一年,比她进宫早两年的宋贵人生下一子。章帝为这个儿子起名为庆,第二年就将庆立为皇太子。章德皇后对宋贵人嫉妒极了,恨不得自己立时生个儿子,让亲生儿子将庆顶替下来。她想生儿子,还没生下,又眼见梁贵人也生下一子,她对梁贵人同样嫉妒在心。她心里明白,太子一旦继位便是皇帝;新皇帝非己亲生,到时自己将处于何等地位? 这时,她开始施展心计了。

她最担心宋贵人因皇太子而得势,自己失宠,所以,她首先想到的就是诬陷宋贵人,废黜皇太子庆。

宋贵人是前汉壮武侯宋昌的八世孙女,与班超同乡,也是扶风平陵人。父名杨,宋杨的姑姑是明德马皇后的姥姥。马后听说杨有二女才色俱佳,就把二女接入宫中。其中少女尤令马后喜爱,永平末年被选入太子宫,这就是后来的宋贵人。

章德皇后知宋贵人一进宫就很受章帝宠爱,又见其子被立为皇太子,怎不忌恨在心呢!

她把自己的心思透露给了哥哥窦宪和弟弟窦笃、窦景,让兄弟们在宫外查访宋贵人及其亲属的情况;令内臣和身边心腹在宫中观察宋贵人的言谈举动。终在一天,内臣截得宋贵人写给家里的一封书信,从信中得知宋贵人因病想吃"生菟子",便计上心来。

她在章帝面前诬陷宋贵人精神失常，迷信巫道，兴妖助邪；还说太子庆紧随他妈妈不走正道，势必误国损民。如此这般，不一而足。她日夜诋毁，终于使章帝信了她的话，疏远了宋贵人，将太子庆废黜了。宋贵人知情以后，气恼不过，自杀而亡。

窦皇后在力毁宋贵人的同时，对另一个生有儿子的梁贵人千方拉拢，百般亲热。

梁贵人是褒亲愍侯梁竦的女儿，年少失母，由伯母舞阴长公主养大。她在十六岁那年，即在建初二年和姐姐一起被选入掖庭立为贵人。两年以后，生下儿子肇，令章帝十分欢喜。

肇比庆年小一岁，生下来窦后就把他抱过来，当作自己儿子抚养。窦后这样一做，既使梁贵人内心感激，又讨好了章帝。

章帝按窦后心思废黜了庆，自然答应立肇为皇太子。

梁贵人见自己的儿子被立为皇太子，心中有说不出的高兴，打心眼里深深感激窦后。她哪里知晓，窦后对她的忌恨之心分毫不亚于宋贵人呢！后来，她不单遭到窦后百般欺凌，精神上受到极大折磨，还因窦后令人匿名诬告她的父亲梁竦，致使父亲受诬被杀。噩耗传来，她心如刀绞，痛不欲生；尤其当她看清窦后面目后，气恨交加，暴病而死。

梁贵人一死，章德皇后对太子肇更显得宠爱了。年幼的皇帝登上皇位，还以为她是生身母亲呢。

章帝驾崩，皇帝年幼，她不再像过去一样专管后宫诸事，而是临朝垂帘听政，竟然成为一国之主了。

"人过留名，雁过留声"，窦后是个很注重名声的人，有些事她宁可偷偷摸摸地去干，也不愿落下不好的名声。她深知，自己临朝执政，必将载入史册，不能留下千古骂名。如何管理国家呢？她一下想到大鸿胪窦固爷爷还在世，爷爷德高望重，便召他进宫，向他讨教。

听太后说明意图后，窦固眯起老眼，看了看她，说道："咱窦家历光武、显宗、孝章三帝，皆身居要位，已然显赫。到当今皇上，已是四帝。自你被立为皇后，窦家荣耀至极，俺自然高兴，心满意足。凡事不可过头，物极必反，过头必然坏事。让俺说，只一句话：凡事多听百官意见，不可自专；万万不可任人唯亲，骄纵专权。倘能如此，则窦氏家族之万幸。"

窦后虽然只有二十五六岁，年纪轻轻，心里可有主意了。听了窦固的一番话,她觉得他无非劝她避免任人唯亲。可她心想:在这人世上,想办成什么事情,有几人不任用自己人?自己人用来放心。只是任用亲人要讲究章法,不放纵,不准胡作非为就行了。她这样想着,很想见到哥哥窦宪,也听听哥哥的意见。于是她把窦宪召进宫里,把窦固的话原原本本讲述出来。只听窦宪说道:"爷爷说得对,这对你我、窦氏整个家族都有好处。"

窦后甚感意外,不由得问道:"怎么?你不晓妹的心思?"

窦宪回道:"妹想让哥哥执掌朝政,帮你总揽一切,晋升笃、景两弟,妹的好意,哥哥安能不晓?"

窦后嗔道:"那你还说爷爷说得对,对你对我都好,好在哪儿?"

窦宪不紧不慢回道:"让邓彪总揽百官,辅佐朝政,百官心悦诚服,都说你任人唯贤,不任人唯亲,你落个好名声,不挺好吗?"

窦后问道:"这对你有甚好处?"

窦宪回答十分干脆:"也好,好就好在你曾说俺'固执谦让,节不可夺',俺也落了个好名声。"

窦后将自己的心思全盘端出,说道:"妹原想让你担当邓彪角色,总揽百官,辅妹执政,将笃、景两弟委以要职。可爷爷的劝告,又不能不听,便诏封邓彪为太傅了。"

窦宪赞赏地回道:"妹做得对,有些事,不着急,慢慢来。"

窦后不解地问道:"你的意思是……"

窦宪没有直接回答,转换话题道:"爷爷有没有提醒你不要忘了西域的班超?这话给咱的启示太大了。"

窦后谦和地说道:"请哥哥赐教。"

窦宪说道:"近来南北匈奴矛盾激化,南匈奴想借鲜卑人大败北匈奴之机,将北匈奴吃掉,所以多次提出与汉联军攻打北匈奴,俺想……"

窦后没等他说完,一语道破地说道:"你想披挂上阵,是不?"

窦宪点头道:"是这个意思。俺还想,妹妹临朝执政,总该干点大事,攻打北匈奴顺乎民心,此举谁不拥戴?俺赴前线,虽受风寒之苦,却可掩人耳目,获取功名,到头来兵权不落咱手,又有谁人?"

窦后原本伶俐之人,听哥哥这样一说,大喜过望,大腿一拍,说道:"好,好,好,就这么着,妹封你为车骑将军,配给你金印紫绶,由你挂帅。"

窦宪见妹应允,又封给官职,故意躬身打趣回道:"谢我主俺妹凤恩,兄定全力以赴,大功告成。"

窦后见他故装严肃的滑稽样,忍不住笑了。待窦宪坐定后,问道:"你选何人相从?"

窦宪胸有成竹,当即回道:"执金吾耿秉熟悉边防,俺想以他为副。还有一人,必不可少。"

窦后紧问:"甚人?"

窦宪回道:"俺需要一个能表白功德的人,此人非当代头号笔杆子班固莫属。他丧母辞官在家,俺一定把他请出来。"

窦后明白窦宪的用意,假装糊涂地问道:"他活了大半辈子,从未带兵打过仗,要他做甚?"

窦宪回道:"他既有文韬,又熟悉边事,还当玄武司马主过兵事,人才难得。"

窦后指着他笑道:"我心里明白,你还没出征,就想大书特书,为你歌功颂德、树碑立传了。"

窦宪见妹妹将他的心思一语道破,诙谐地说道:"为帅要略,会选人才嘛!"

窦后问:"你准备何时动身?"

窦宪道:"说走就走,入冬前定然赶赴前线。"

窦后知道哥哥是个急性人,干脆应道:"好,就照你说的办。"

三

班固做梦也没想到会在几近花甲之年踏上从军的道路,走向征讨北匈奴的战场。

母亲去世后,他辞官返回家乡,守孝三年。在服丧期间,他奋笔疾书,埋头苦干,将《汉书》中的十二纪、七十列传基本完成了。

他刚刚拟出十志、八表的写作计划,突然被窦后召见。一番寒暄后,窦太后拿出一份诏书说道:"我决定以窦宪为正、耿秉为副,率大军二伐北匈奴,以固国安邦,让百姓永享太平。现特封你为中护军,随同前往。"

班固尽管对这决定感到突然,还是赶紧叩谢接旨。待他起来,不知何时,窦宪也出现在面前,一副喜庆的模样,向他说道:"从光武起,咱窦、班两家文武相济,如今再讨北匈奴,亦当如此。你这中护军很是重要,俺特此相迎了。"

班固见窦宪施之以礼,赶亡还礼。

又听窦太后说道:"中护军起参谋作用,要随时将战况通报朝廷,还要负责外交活动。"

窦宪接道:"论职位俺为帅,你听俺的;论辈分你为长,俺尊重你,还专门派人保护你。"

班固明白了自己的任务,不由得想起明帝派窦固出兵的情景,当时窦固出征让弟弟相从,如今窦宪出征又让他这当哥的伴随,文武两家之人总是拴在一起,倒也蛮有意思。他欣然遵命,说道:"臣愿全力效从。"

他见话已至此,便要退去,却见窦太后将手一摆,拦道:"且慢,我还有话要说。"

班固连忙止步,躬身回道:"臣洗耳恭听。"

窦太后爽快说道:"早就听说你妹班昭学识渊博,能诗能文,才华出众。她早年丧夫,多年守寡。我想把她接进宫来,做后宫的师表,与我做伴儿。你可先传话给她。"

班固听后满心高兴,又连连道谢,这才转身告退。

泪水是喜雨,还是伤情的雨?对班固来说,与妹妹班昭在城外十里长亭挥泪告别,洒出的绝非喜雨。十几年前,他偕同家人与弟弟班超告别的场景,又出现在他身上。与家人告别,自然伤情。五十七岁,本该专心致力于写作,完成父亲未竟事业,把《汉书》全部写出,却偏偏老来弃笔从戎,踏上了进击北匈奴的征程。

农历十月,朔风阵阵,已是寒冬天气。他随窦宪、耿秉出征,转眼间就置身西北边陲的朔方了。

出发时,窦太后携年幼的和帝率满朝文武大臣相送,比当年明帝送窦固率军出征还要隆重。

这次出征,不只礼仪隆重,规模也大。原因在于:窦固抗击北匈奴,是为求得国家安宁;而这次,窦宪要彻底征服、消灭北匈奴,目的不一,规模迥异。单说窦宪直接带的大军就有北军五校、黎阳、雍营、缘边十二郡骑士及羌胡兵数万,还有南单于屯屠河、左贤王安国、左谷蠡王师子所率三万多骑兵协同作战,这阵势真是气吞山河。

朔方在黄河河套西岸的平原上,自古便沟渠纵横,林木成荫,农业灌溉十分发达。只可惜北匈奴曾在此长驱直入,弄得人民苦不堪言。窦固北击匈奴后,经过十多年休养生息,这里又成为一个富庶粮仓。窦宪屯兵在此,粮草丰富,实具慧眼。平原的北部是石咀山,西部为贺兰山。贺兰山自南向北,纵卧在平原的西部,远远看去,就像奔驰的骏马,气势磅礴。

有山,有水,田野村庄,蓝天白云,充满诗情画意。若在平常,班固早就吟诗作赋了,如今他可没这兴致,身为征讨大军的中护军,满脑子想的是怎样给元帅当好参谋,随时将战备情况上报给窦太后。若论文史,他强于弟弟班超,但在军事、外交方面远不如弟弟,如何效仿弟弟在征讨北匈奴中建立功业?他无时无刻不在思索着。

这一天,他正思谋军需大略,窦宪派人通知他开会。他赶忙动身,朝窦宪驻地走去。

窦宪早已端坐在元帅座上,副帅耿秉也已紧靠其旁;众校尉头目,济济一堂,恭候元帅指令。

班固刚落座,只见窦宪指着耿秉和他说道:"他俩是俺前辈,俺虽晚辈,既为帅,一切得听俺的。今日别无他事,只一字相商,仅在一个'吃'字。俺想盛宴南匈奴单于人等,只要众人一句话,可与不可。"

众人自是无不认可。

还未曾出师征战,窦宪就大摆宴席,盛情款待南匈奴单于屯屠河、左贤王安国、左谷蠡王师子、左日逐王虚訾须等,这原因不单副帅耿秉深知,就连掌握情况不多的班固也知其根底。

这次征讨北匈奴并非窦宪动议,最早是由屯屠河提出的。

屯屠河于章和二年继南匈奴单于位,时在鲜卑人重创北匈奴、杀北匈奴单于优留以后。他眼见北庭大乱,加之蝗灾严重,北匈奴诸王纷纷率众降汉,心想:南北匈奴本系一家,都是同种族人,与其眼看着同族人降汉,莫如统将过来,归为己有,便产生了统一南北匈奴的念头。于是,给窦太后上疏,请求与汉联合讨伐北匈奴。

窦太后采纳了耿秉的意见,屯屠河的上疏得到批准,窦宪率军出征的愿望方得以实现。

南匈奴单于屯屠河所率三万多人马,是阴历九月龙祠节赶赴前线的,分驻在朔方、五原、居延三地。屯屠河与窦宪同驻朔方,由左谷蠡王师子、左日逐王虚连訾须协助，亲率两万人马。时下，驻兵在五原、居延的左贤王安国和右大且渠王交勒苏也在朔方，等待窦宪进军决策。

南匈奴人久居汉地，虽仍以牧业为主，早已不再逐水草而居，生活习惯在很大程度上已经汉化了。盛宴这天，窦宪无非令部下杀猪宰羊，另添山珍海味、鸡鸭禽蛋而已。宴会上，双方祝酒海誓山盟，共表打击北匈奴的决心。窦宪对屯屠河彻底消灭北匈奴、化南北为一的主张大加赞赏。

宴后，窦宪把屯屠河等人请进自己的驻地。屯屠河一进屋，就被金光璀璨的情景惊呆了。他们分明看到，屋里置满了金银、锦缎和珠宝。

"这是一点小意思，分赠给各位大王，以表汉廷与南匈奴永结友好的诚意。"窦宪指着满屋东西说道。

南匈奴自入塞依附汉朝后，皇帝赐单于冠带、衣裳、黄金玺、安车羽盖、华藻驾驷、宝剑弓箭、黄金、锦绣、缯布万匹、棉絮万斤、乐器鼓车、檠戟铠甲、饮食器具等等。屯屠河继位后，也亲身体会到汉朝的恩惠。这次出征，他见窦宪馈赠礼品如此丰厚，内心十分感激。然而，他并不挂之于齿，只对窦宪说了句："你所赠各样东西，我都收下，该转送的转送。如何报答，只看行动，咱们日后再见。"他说完，就和他一伙儿人扬长而去。

大雁回归了，云雀又出现在蓝天。又一个盛夏到来了。

按照屯屠河的想法，在他上疏的当年就要向北匈奴发起大规模进攻。窦宪设宴款待他时，他极力提出当即出兵的主张。窦宪虽是个性急的人，在耿秉、班固等人的建议下，却按兵不动。这原因并不复杂，一是严冬凛冽，汉军不适于寒冷气候，与耐寒的北匈奴兵交战不利。二是汉军不只有骑兵、步兵，另有一万三千辆战车，冬天大雪铺地，车轮难以滚动。更重要的是，战前必须探明北匈奴的实情，以便制定切实可行的作战方案。原来，北匈奴在强盛时布兵在汉朝北部和西北边疆一带，猎獮时还深入到居延、河西、五原、云中等郡。那时，两军相近，对北匈奴的情况容易了解。自永平十六年窦固率四路大军出击以后，北匈奴撤离汉朝边疆。后来北匈奴又遭鲜卑人重创，实力大减，就远远遁去，更不敢妄近汉朝边境。

窦宪派人花了大半年时间进行侦探，得知北匈奴单于居住在稽落山一带，其余各部落零零散散分布在稽落山东西两面辽阔的草原上。窦宪这才发布出兵令，由他和耿秉各率四千人马同南匈奴左谷蠡王师子的一万骑兵出朔方鸡鹿塞,屯屠河单于率一万骑兵出满夷谷,度辽将军邓鸿率八千人同左贤王安国一万骑兵出稒阳塞,会集在接近北匈奴的涿邪山周围。

涿邪山的东边,是常与蓝天白云交吻的大青山。大青山南面连接着广阔的农区,北面山坡平缓,是水草丰美的大草原。因为这一带水草丰盛,在永平十六年前,北匈奴常居于此,并以它为根据地,不断向汉侵略骚扰。

窦宪将征讨大军会集在涿邪山,一是为接近北匈奴,还有一个重要原因,就是他深深记得窦固出兵时的一个教训。当时,占据涿邪山的是北匈奴温禺犊王皋林。攻打皋林的任务由度辽将军祭彤担任。皋林见汉军到来,连忙率兵撤退。祭彤不令将士追杀,眼睁睁看着皋林远远逃走。这一战役,毫无战绩。明帝闻此大怒,立即将祭彤削职为民。这件事虽非窦宪亲身经历,且已过去十七年,但这一教训他是记忆深刻的。如今,由他统率各路大军再次征讨北匈奴,必须明察前车之鉴,还要做出一个好样子。所以,他一出兵便决定兵集涿邪山。

到涿邪山的第二天,窦宪便召开会议具体布置作战任务。参加会议的有副帅耿秉、中护军班固、骑都尉耿夔、南单于屯屠河、左贤王安国、左谷蠡王师子等。

会议一开始,窦宪问道:"谁担当主攻北单于的任务?"

副帅耿秉争先说道:"俺身为副帅,当由老夫前往。"

南单于屯屠河争道:"匈奴南北合一是我的主张,这次征战也是由我上疏提出,攻打北单于自然由我出马了。"

窦宪马上否决说道:"你二人谁都不可,汉军俺荐一人,骑都尉耿夔。南匈奴一方,由屯屠河选定便是。"

耿夔,字定公,他四十岁出头,是耿秉的亲弟弟。这次出征到朔方时,他还是假司马,新近刚晋升为骑都尉。

屯屠河对窦宪所提人选自无非议,看了看安国,又看了看师子,说道:"此任本应由我担当,据窦帅之言,我只好择定一人了。左谷蠡王师子勇敢胜人,又计谋过人,就由他与耿夔协力吧!"

左贤王安国面有不悦之色,急急争道:"单于不能亲往,此任自当由我担当。"

屯屠河见安国出头争揽,知他对自己有所不满。平日里,安国常对他重用师子内心不平。可他想,这次战役是关键,战则必胜,定要选合适的人,于是决然说道:"就由师子协同耿夔骑都尉吧!左贤王另有重任。"

窦宪似乎看出南匈奴一方有矛盾,立刻说道:"这次讨伐北匈奴不在消灭北单于一人,而应尽力全歼。除主攻北单于外,咱每个人皆有大任,包括俺在内,都要上阵。"

屯屠河立即向窦宪竖起大拇指,笑道:"说得好,攻打北庭余部,由我和安国协同,定全力效劳。"

安国只好认可,应道:"臣愿效犬马之劳。"

窦宪果断地说道:"由耿夔、师子各率一万人主攻稽落山,其他各军横扫北匈奴余部,作战方案就这样定了。"

耿夔、师子相视而笑,露出满意的神色;耿秉、班固、屯屠河也满心欢喜;只有左贤王安国,表面虽说服从决议,内心依然怏怏不快。

四

农历七月,在内地正是赤日炎炎似火烧的三伏天,可在塞外广袤无际的大草原上,却气候凉爽,格外宜人。这是大草原的黄金季节,风景异常美丽。平展展的草地,像一个无边的大地毯,鲜花盛开,万紫千红,色彩斑斓;各色蝴蝶成群结队,往来其间,落在花上,就分不出哪是花,哪是蝶,是蝶戏花,还是花招蝶。有谁在这个季节蹬上大草原不心旷神怡、如痴如醉?然而,对征战者来说,却无心赏景,也没有时值良辰的感觉,他们想的是厮杀、拼搏、生死……

耿夔正是带着这样的心境与师子一道潜入稽落山的。

耿夔颇晓人事,对窦宪的脾气、性格和为人了如指掌。他心中明白,窦宪这人睚眦之怨莫不报复。明帝时,窦宪的父亲窦勋受谒者韩纡弹劾,下狱而死,窦宪怀恨在心,竟下令让他的门客斩了韩纡的儿子,把头颅祭放在父亲坟前。谒者,是受皇帝重用的监察官,专门监察各位大臣。窦宪为报父仇,竟胆大包天,做出这等事情。还有更令人吃惊的事呢!就在为章帝吊丧后,窦太后与齐殇王之子、都乡侯刘畅暗中结为情人关系。窦宪听说他妹妹要让刘畅分掌皇宫警卫大权,生怕削弱自己的势力,竟一不做,二不休,还没等窦太后正式加封刘畅,便遣门客把他杀掉了。窦宪杀刘畅,倒不是因为刘畅与妹妹私通,主要是怕刘畅有朝一日得势,对他构成威胁。

耿夔深知窦宪想干什么，说一不二，怎么说就怎么去做；换过来说，他让你干什么，没有二话，非照他的命令行事不可。这次窦宪让他和师子主攻北单于自有"擒贼先擒王"的意思，重任在身，压力甚大。在出发前，他找师子说道："俺最担心的是，事前惊动了北单于，让他提前率人马跑掉。"

师子回道："我也记得祭肜在涿邪山的教训，不过，这次不要紧。"

耿夔问："你有甚好主意？"

师子不紧不慢回道："咱们的人马，汉与匈奴人对半，匈奴人南北服装都一样，不用化装就可靠近他们，语言又相通，让他们发现也不要紧。"

耿夔问道："你是说，由你担任主攻了？"

师子摇头回道："不是这意思。我先率军从东面靠近他们，你率汉军从西部悄悄绕到稽落山下，形成包围之势，既可两面夹击，又能防止他们逃跑。"

耿夔高兴地夸道："俺早听说你足智多谋，果然名不虚传。"

师子十分得意，把嘴凑近耿夔耳边又悄悄献出一计。耿夔听后十分满意，点头说道："好，就照你说的办。"

师子故作谦虚地问道："耿都尉还有什么想法？"

耿夔眨了眨眼，补充道："俺想，为了不暴露目标，进军期间不准打灶做饭；汉军多带干粮、炒面、咸菜，你们多带肉干儿、奶球球子什么的。"

师子一阵哈哈大笑，纠正道："什么奶球球子，那叫奶疙瘩。"

耿夔自知不了解匈奴人生活习惯，想想自己的外行话，也不由得笑了。

师子止住笑说道："我想在半途打个伏击，先歼灭北匈奴一个部落，然后赶着牛羊向稽落山大模大样走去。"

耿夔想了想，回道："这也由你看着办吧！"

师子自信地说道："我想这样更能迷惑北单于。"

耿夔忽然想到窦宪布置的任务，不无顾虑地问道："窦帅让咱一定抓住北单于，你说，咱能抓到吗？"

师子知道北单于是个十分狡猾的人，心里并没把握。可是，出师前不能讲丧气的话，强打精神回道："抓得到，窦帅想抓就一定能抓到。"

在无垠的大漠以北，绵延着一道高低起伏的山脉。这山脉中的每一座山，都四坡平缓；两座山之间也没有明显的山沟，是一片平坦的洼地。在山坡和洼地上，虽不似平坦的大草原那样水草丰盛，也溪流清澈，绿草茵茵。

这就是北匈奴单于所在的稽落山。这地方，东面远离鲜卑、乌桓，南面远距汉地。

这一天，北单于虚连题正在山下一片草场逐鹿射猎，忽然飞骑来报："右谷蠡王于除健率部前来。"

虚连题单于紧问："果真是右谷蠡王？可亲眼看见？"

探兵回道："还没见到右谷蠡王，但见他旗号，所见之人属他部下。"

虚连题吩咐道："再探。"

北单于素与右谷蠡王不合，很少来往，又被汉军、鲜卑人打怕了，像惊弓之鸟，心想：如今他来做甚？莫非汉军有诈？他正想着，又见探兵来报："右谷蠡王是我亲眼看见，是他部落无疑。"

北单于疑惑地问道："他来比做甚？莫非借故来占我草场？"

探兵回道："他说你虽然待他不好，但毕竟是一家人，又说汉廷已发兵来攻，要与你同生死，共患难，故来与你相会。"

北单于又问："什么时间？"

探兵又道："明日上午。中午他要设宴招待。"

北单于早就怀疑右谷蠡王对他有二心，不把他看在眼里；既来相会，不来拜他，反而让自己下山，足见其傲慢。他一时不知如何对待，便向陪他射猎的北匈奴左谷蠡王问道："你看见他不见？"

北匈奴左谷蠡王回道："平日里右谷蠡王常怪你对他轻蔑，如拒绝见他，他会更记恨于你。"

北单于又问："你的意思是应邀？"

北匈奴左谷蠡王又回道："不但应邀，还要带些精兵强将，让他看看你的阵势。"

北单于双眉紧锁，思索了一阵，脱口说道："我不能听他安排，要去，你先去见他吧！"

北匈奴左谷蠡王说道："兄长所言极是。他要见你，可安排时间让他上山拜见你。我先去看个究竟也好。"

北单于说道："你也要带些人马，你看带多少为好？"

北匈奴左谷蠡王回道："右谷蠡王全部只有万余人，能战者不过五千，我带五千人马足够。"

北单于嘱道："好，就依你，有情况随时来报。"

北单于虚连题是一个勤于思考、善动脑筋的人,用于除健的话说,是个"老狐狸精"。对于除健的到来,他感到太突然了。几天过去了,他还在左思右想,并对答应让北匈奴左谷蠡王下山懊悔不已,心想:让一支人马下山离开自己不是一件小事,若遇紧急情况怎么办?事已至此,也只有听之任之了。这天,他想着想着,刚蒙眬睡着,忽听鼓角齐响,人喧马叫,便惊醒过来。

只见探兵急急来报,说道:"不好了,汉军大批人马从西边杀上山来。"

他大吃一惊,紧问:"可知左谷蠡王情况吗?"

探兵回道:"我左谷蠡王全部人马都被于除健和南匈奴人吃掉,咱们快跑吧!"

北单于顿足捶胸,仰天哀叹,猛然间意识到情况紧急,忙从床上爬了起来,急出帐外,翻上马去,窜逃了。

师子在攻打稽落山前原本要打个歼灭战,正巧碰到北匈奴右谷蠡王于除健。于除健对北单于心怀不满,早有向汉之心,一见师子便兵合一处,共同策划了宴请北单于的计谋。他们全歼了北匈奴左谷蠡王的人马,一起向稽落山进发。他们到达稽落山时,耿夔也率军赶来,两面夹击,向北单于大本营发起了猛烈进攻。一时间,战鼓咚咚,号角齐鸣,响彻山野。

耿夔刚接近北单于驻地,便见一头戴雁翎帽、身穿锦袍的人从一帐篷走出,上马疾速逃去。他认定是北单于,跃马向前,倏忽之间将那人活捉。

他正暗自高兴,几个士卒将一个与他所捉之人打扮相同、长相酷似的人押至他面前。

这时,汉军已将北单于山寨统统围住。北匈奴兵四处逃窜,汉军到处追杀,直杀得鲜血满地。

耿夔正一面指挥官兵东围西剿,一面召人看押两个被活捉的单于,这时,只见一士兵提着一颗人头前来报功,说道:"耿大人,俺把北单于杀了。"

他刚要俯首去看,又一个士卒来报功,也声称砍了北单于的头。耿夔再俯首看去,两颗人头一模一样,与活捉的两个"单于"面孔也难以分辨。

耿夔简直糊涂起来。他正疑惑之际,师子、于除健也率部杀上山来。

他指着地上的两颗人头问道:"北匈奴怎么有这么多单于,单于也有真假?你们看看哪个是北单于?"

于除健走近看了这个,又看看那个,摇头说道:"哪个都不是。"

耿夔又叫人把活捉的两个押来,让于除健辨认,问道:"这俩活的可有真单于?"

于除健当即回道:"两人都是单于的替身。"

耿夔大为扫兴,问道:"怎么?真单于跑了?"

于除健回道:"单于历来狡猾至极,平日轻易不露面,常让替身代他;战时以假乱真,他好逃脱。"

耿夔正在扫兴,一个士兵提来一个女人头颅报功,说道:"这个女人可厉害呢!被俺们几人合伙儿杀了。"

于除健一看,立时说道:"这是单于的阏氏,汉家叫皇后。"

耿夔一听,分外惊喜,说道:"我说这死人模样怎么这样好看呢,杀她也是立一大功。"说话间,忽见山下尘土飞扬,一彪人马飞驰而来,为首大将,正是窦宪。

原来,窦宪统率各路人马横扫北匈奴各部,所到之处,速战速决,大获全胜。他情知稽落山是北单于所在地,时刻挂念于心;知战事已起,便亲率一支人马赶来。

"北单于巢穴可已捣毁?"窦宪上山便问。

"已然捣毁,敌虏几乎全死。"耿夔回道。

"北单于可曾拿到?"窦宪又问。

"抓了俩,杀了俩,都是假的。"耿夔又回道。

"怎么,真单于跑了?"窦宪责怪地问道。

"北单于太狡猾,他跑了,我们把他的阏氏杀了。"师子汇报道。

窦宪转嗔为喜,说道:"杀了阏氏也是大功,你们也算大获全胜。"

耿夔问道:"下一步该如何行动?"

窦宪果断地回道:"北单于跑了咱就追,他跑到天边也要追!"

五

窦宪统率各路大军二伐北匈奴,在稽落山战役后焚烧了北匈奴祭祖先、天地、鬼神的三龙祠,斩一万多人,缴获马、牛、羊、骆驼等各类牲畜一百多万头。汉威大震,北匈奴元气大伤,温犊须、日逐、温吾、夫渠王柳鞮等八十一部之众来降,前后达二十余万人。

这一天，班固随同窦宪、耿秉两帅来到远离边塞三千多里的地方，忽见前面有一座大山。远远看去，郁郁葱葱，巍峨壮观。班固指着前面大山向窦宪说道："你看那山，万树葱茏，风水不赖呀！"

那山也引起了窦宪的注意，听班固一说，问道："你说山里会不会有北匈奴人躲藏在那里？"

班固回道："这不一定，我等来此不易，风景别有情趣，我觉得值得一看。"

窦宪说道："戎马生涯，你却兴致大发，这里既能引起你诗情画意，咱便看看去。走！"

窦宪嘴里应允，心里却保持高度警惕，当即令耿夔带一支人马先行搜山，以防不测。

跟随在窦宪身边的于除健见他存有戒心，从旁说道："这山上，什么人都没来过，不会有匈奴人的。"

窦宪随即问道："你怎知匈奴人不会在此？"

于除健回道："我们匈奴人一不盖房，二不打棺，只认水草，不认山石树木。"

窦宪戏谑地说道："俺看匈奴人最认的不是水草，是肉，不然为何侵入汉地让牲畜糟蹋庄稼呢？"

于除健讨了个没趣，不言语了。

不知不觉中，窦宪带一行人马来至山下。过了一会儿，耿夔前来禀报，说道："山上尽皆搜过，没有任何人迹。"

班固喜形于色，对窦宪说道："咱可上山一饱眼福了。"

窦宪招呼众人快些行动，因草木密集，大伙费了大半天劲，才攀上山顶。

众人在山顶上放眼望去，只见四下群山绵延相连，都被严密的树木覆盖，满目墨绿，无边无际。窦宪心旷神怡，感慨道："在这无人之界，林木竟如此丰茂，要用木材，多少代人也取之不尽，用之不竭。"

耿秉也惋惜地说道："只可惜不在我土，无人开发，苍天枉赐于此了。"

窦宪又感慨地说道："这无人荒山，恐连个名字也没有。"

班固纠正道："别看这山远古无人，名字是有的，古籍所载燕然山便指这里。"

窦宪说道："如此说来，到此一游，也可纪念了。"

班固接道："讨伐匈奴攀上之山,非常值得纪念。"

耿秉也感慨良多地说道："老夫多年征战南北,从未如此远行,今日到此,也不枉此生了。"

"今日是个喜兴的日子,尤为值得纪念,回营后当设宴庆贺庆贺。连日劳累征战,各路人马常不打灶做饭,接连取胜,也该杀牛宰羊,犒劳犒劳全军将士才是。"窦宪说完,带领众人又欣赏了一番四周景致,便缓缓下山了。

回到营寨,守寨的屯屠河和左贤王安国、左日逐王虚连鞮须,当即按照窦宪的意思传令设宴,犒劳全军将士。

宴席间,窦宪举杯庆贺各路人马在征战中取得的胜利。众人纷纷举杯道贺,谈及稽落山大战、追杀三千里的赫赫战绩,气氛热烈,个个动情。

年长的副帅耿秉轻抹胡须,把酒说道："永平年间,俺与窦固主帅一伐北虏,规模没有这次浩大,未曾出塞三千里,也未大伤北匈奴元气,此次征战,功绩空前。"

班固接着补充道："就连前朝卫青、霍去病也不能与今日相比。他们虽杀匈奴数十万人,但未像此次降伏北匈奴八十一部二十万人。"

耿夔指着屯屠河、安国、师子、虚连鞮须说道："南匈奴与汉一家,这次并肩作战功劳甚大。"

南单于屯屠河神采飞扬,兴奋地站起来当众宣布道："我帅功高盖世,必载史册,征战前我已料到,故让人铸一铜鼎,今特奉上。"

他说着,示意手下人抬出一金灿灿的铜鼎,指着铜鼎又说道："此鼎可容五斗,虽用处不大,但可资万世纪念,上面刻有鼎名'仲山甫',还有'万年子孙,永葆其用'八字,意在显功后世。"

众人见鼎,纷纷围观,赞不绝口。

窦宪异常高兴,深深谢道："南单于深情厚谊,既出于对俺,更出于对汉一片忠心,俺权且收下,日后定然转交我皇。本帅代为致谢了。"

他一说完,立时响起一片掌声。屯屠河十分感动,紧紧和窦宪拥抱在一起。

耿夔兴奋地说道："献铜鼎给我皇足表元帅和南单于忠诚之心,还应将此次出征功绩速呈我皇为是。"

班固接道："表功之文不光上报我皇,还应刻于燕然山山石之上,留传万世,永志纪念。"

他的话立时得到满堂喝彩。窦宪指着他笑道："这文章只有出自中护军之手了。"

班固兴致盎然，随即应道："有酒助兴，此刻不写，更待何时？快快拿笔铺纸。"

众人兴高采烈，早有人拿来笔砚，把纸铺在一张桌上。

班固借着酒兴，不假思索，挥笔疾书，只见他龙飞凤舞般写道：

惟永元元年秋七月，有汉元舅曰车骑将军窦宪，寅亮圣明，登翼王室，纳于大麓，维清缉熙。乃与执金吾耿秉，述职巡御，理兵于朔方。鹰扬之校，螭虎之士，爰该六师，暨南单于、东胡乌桓、西戎氐羌侯王君长之群，骁骑三万。元戎轻武，长毂四分，云辎蔽路，万有三千余乘。勒以八阵，莅以威神，玄甲耀日，朱旗绛天。遂陵高阙，下鸡鹿，经碛卤，绝大漠，斩温禺以衅鼓，血尸逐以染锷。然后四校横徂，星流彗扫，萧条万里，野无遗寇。于是域灭区殚，反斾而旋，考传验图，穷览其山川。遂逾涿邪，跨安侯，乘燕然，蹑冒顿之区落，焚老上之龙庭。上以摅高、文之宿愤，光祖宗之玄灵；下以安固后嗣，恢拓境宇，振大汉之天声。兹所谓一劳而久逸，暂费而永宁者也。乃遂封山刊石，昭铭盛德。其辞曰：

铄王师兮征荒裔，

剿凶虐兮截海外。

夐其邈兮亘地界，

封神丘兮建隆嵑，

熙帝载兮振万世！

班固写完把笔一掷，慷慨朗读一遍。众人听后，赞声四起。

窦宪十分得意，对班固说道："此文刻在燕然山上，定然万世流芳。除上奏外，多誊一份给班超寄去，他肯定会受到鼓舞，在西域创更大功业。"

第十二章　抗击月氏

一

班超攻打莎车后,一回到疏勒城,突然胸部疼痛难耐,进到家门,便卧床不起。

月被广德从鄯善接回后,一心想与丈夫过团圆日子,无奈丈夫南征北战,刚刚相会,又带兵去了莎车。

丈夫走后,她牵肠挂肚,日日念平安,朝思暮想盼团圆,却没想到丈夫带病而归,心里十分难过。

"胸疼,胸……疼得厉害,快……快去找田虑,他懂医道。"班超疼得满床打滚,汗珠淋漓。

月马上让人去叫田虑。返回身来,用手巾轻轻擦拭丈夫脸上汗珠,又把一只手伸进丈夫怀里,为他按摩起来。

"俺这病不轻,一时难好,也可能不行了。"班超呻吟着说道。

"哪里话,天有灾,人有病,都会好起来的。"月温柔地安慰。

"俺上年纪了,这病既要不了命,也不会好利落,俺担心变成你的累赘。"班超很是担忧。

"别担心,我会侍候你一辈子。"月发自内心地说道。

"月,你真好。"班超紧紧抓住月的一只手,深受感动。

正在这时,田虑推门走了进来。他见班超面无血色,汗珠儿直冒,忙让月帮助解开衣襟,按了按班超的胸部,又号起脉来。

"这是什么病?"月着急地问道。

田虑号完脉，又给班超推拿一番，让班超消了痛，这才回道："这胸疾由心火所致，心火旺，便生毒；生毒，胸内便有溃发之处；胸内溃发，则生痛。"

月没等田虑说完，又着急地问道："这病能治好么？"

田虑回道："他疼痛时俺为他按摩已消了痛，但并未除去病根，配上几服药，每日早晚各煎服一次，喝上十天半月，病情方可好转。"

他刚说完，徐干、姚光、和恭、甘英、王强、东吉、华里华里旺一齐拥了进来。他们有的拿这，有的拿那，吃的东西堆满了一桌儿。

"班兄有病，本当静养，俺们都放心不下，就都来看看。病情怎样？"徐干凑近班超关切地问。

"田虑刚给俺按摩了一阵儿，止了疼，松快多了。"班超回道。

"坐，各位快快坐下。"月招呼众人。

"哟，你还会治病啊！"华里华里旺向田虑道。田虑故意眯眼瞅了瞅她，打趣说道："俺给男的，净瞎治，最拿手的是妇科病，哪个女的月经不调，一治就好。你不能给甘英生儿育女，吃俺一服药，保准怀上。"

华里华里旺跑至他跟前，使劲儿捶打他的双肩。田虑"哎哟，哎哟"求饶，众人哈哈大笑。

"你们是来看病人，还是到这里胡闹？"姚光嗔道。

"不要紧，俺就喜欢热闹。"班超忙为二人圆场。

众人刚止住笑，一侍卫进来，将一封信递在班超手里。

班超一看信封，便知是哥哥班固手书，连忙拆开。班固在信中通报了平定匈奴的战况，班超看完大喜，顿觉病也好了许多，就要翻身下床。

月见他忘记病痛，又是高兴，又是心疼，忙把他扶回床上，说道："大伙都来看你，人也齐全，有话你就在床上说。"

班超将哥哥的信和奏文递给徐干，说道："你给大伙儿念念，大伙儿听了准都高兴。"

大伙儿听了信和奏文果然大受鼓舞，拍手叫好。

人们正高兴间，一探兵忽然跑进屋来，紧急报告说："大月氏贵霜王派遣副王谢率七万人马来攻。"

众人闻此大惊，班超也不禁为之一震。

"此情当真？"班超向探兵问道。

"当真，现有两个大月氏商人在外，他们都知实情。"探兵回道。

"快,将两商人速速带来。"班超发令道。

不一会儿,一胖一瘦两个大月氏商人就来到班超面前。班超早已坐了起来,开门见山向两商人问道:"你二人怎知你国出兵来攻?"

胖商人回道:"我二人也是大月氏贵霜王族人,还与贵霜王沾亲带故。他和副王谢都同我们谈过此事,确凿无疑。"

瘦商人说道:"我们经商的向来主张与汉友好往来,都劝我王不要动武,破坏两国关系,可他不听。其实,不光商人反对这样做,很多人都反对。"

班超又问道:"贵霜王因何向我动武?"

胖商人回道:"贵霜王说你不讲交情,说话不算数,所以对你不满。"

班超不解地问道:"俺怎的不讲交情,可有事实?"

瘦商人说道:"据我所知,乞师国叛汉后,汉军平叛时贵霜王也派兵出了力,便遣使臣找你,请求娶汉公主,这事遭你拒绝,贵霜王就怨恨起来。"

班超听了这番话,猛然想起贵霜王派使臣携带狮子、珠宝等物来见他,当面向他提出了与汉结亲的请求。他把贵霜王所献之物,全部转给了朝廷,转达了贵霜王欲娶汉公主的请求。兴许正赶上章帝驾崩的缘故吧,结果信息杳无,如石沉大海。嫁不嫁公主由不得他,但他该做的事情已经做了,万万没想到这事竟引起贵霜王对他的怨恨,更没料到惹出刀兵相见的战事,令他哭笑不得。

他把当时处理这事的情况向二商人做了说明,问道:"俺若向贵霜王通报情况,能否取得谅解?"

胖商人说道:"晚了,如今大军恐已出动。"

班超问道:"贵霜王确派七万人马?"

胖商人又道:"确实如此。"

班超叹道:"四十万人之国拥兵十数万,为不能娶汉公主遣如此兵力来攻班超,可谓大动干戈了。"

"多谢二位通报。"班超向二人说着,吩咐王强道,"带贵客住宿,好好招待。"

当天晚上,班超就召集紧急会议,讨论迎敌之策。除徐干等全体吏士外,还特意把成大及其他主要官员请来,以便齐心协力,共同退敌。

班超首先把大月氏挑起事端的原因和他当时接见贵霜王使臣的情况做了介绍,说道:"贵霜王求娶汉公主本是为着友谊,不应因此事不成大动干戈。俺及时向圣上转达了贵霜王的要求，已然尽职。今贵霜王与超结怨毫无道理，也足见其将个人得失置两国友谊之上，遣兵来攻，不仁不义。大月氏先王为匈奴老上单于所杀，其王头盖骨成了匈奴人的酒器，世人皆知。他本应将矛头对准曾灭其国的匈奴侵略者，却偏偏忘仇敌而认友为敌。汉廷一向追求和平，讲究安定团结，从不轻易动武。他不仁，我不可不义，但不能坐以挨打，当全力击退之。有何良策，请诸位倾心奉献。"

他一说完，成大一帮疏勒官员，一脸惶恐之色，有人还吓得心惊胆战起来。

只听成大站起说道："大月氏是西域大国，光它的兵员都比疏勒一国人口还多，派七万人马来攻，疏勒和汉军实难抵挡。"

成大说的是实话，不仅疏勒官员心里惧怕，就连班超的随员也有同感。

会场鸦雀无声，长久沉默。

班超眼见这般情景，大为不满，心想：像疏勒这样小国的官员，缺少应敌之策尚不足怪，怎么连随同他征战多年的高参谋士，也束手无策？不由恼怒，突然站起，厉声问道："难道咱们就束手就擒，坐以待毙不成？"

他两眼怒目而视，又厉声问道："众位可曾忘掉，超初来西域只有三十六人，以少胜多，在鄯善以火尽灭北房之事？"

他这一问，犹如一声炸雷，顷刻震惊四座。跟随他亲历其境的吏士，不禁回想当年处于怎样的危险境地，存在怎样的惧怕心理，又如何在他大无畏气魄带领之下火烧北匈奴使者大本营，最终化险为夷、威震四方的。经历过那场惊心动魄战斗的人，早对他的胆识和谋略敬佩不已，突觉同他在一起会安然无恙、立于不败之地。成大和疏勒官员一听他在鄯善的经历，也立时充满了信心。

田虑、甘英、王强异口同声说道："当年火烧匈奴使者我等跟你同生死，如今面临大月氏七万人来攻，我等同样跟你同生死。"

东吉说："我也要冲锋陷阵。"

华里华里旺道："少了咱，咱不干，得让咱在战场上露一手。"

成大也不甘落后地说道："疏勒举国军民上下同心，全力以赴，人力、物力任凭班长史调遣。"

班超见众人增强了信心，进一步鼓励大家说："《孙子》曰：'敌虽众，可使无斗。'敌众我寡，并不可怕。"他的话立时吸引了众人，只听他接着说道，"月氏兵马虽多,逾葱岭跋涉数千里而来,没有运输,粮草不济,自难维持。应敌要略有三:第一,坚壁清野,让各庄园村落转移牲畜,把粮食统统收藏起来,待他们粮草殆尽,月氏军即可不战自溃。第二,我军固城坚守,多备弓箭、石头,不怕来攻;并速派人去于阗、拘弥、莎车等国搬兵,取得援助,争取在人数上也压倒敌军。第三,利用月氏两商人据理劝说,扬我之威德,令其退兵。有此三策,加之以随机应变,我等必将立于不败之地。"

他这一席话把大家说得心服口服,信心倍增,精神大振。

接着,他又谈了整个作战方案,进行了分工部署。众人纷纷应诺,连夜分头行动起来。

会后,他把徐干和甘英留下来,又如此这般嘱咐一番。徐干、甘英不断点头称是,握拳欣然领命……

二

一天黄昏,太阳像一盏大红灯笼挂在西天。那昏黄的阳光下,突有烟尘滚滚,直向疏勒城扑来。临近城时,烟尘分作两道,成包抄路线,将城团团围住。四下里,马声嘶嘶,人声喧腾,气势汹汹。

果不出班超所料,月氏副王谢果然率军直奔疏勒城。这时,疏勒城早已高墙深垒,铁铸一般。

班超心想,月氏兵远道而来,当会趁天尚不黑安营扎寨,不会当即挑起战事。他泰然自若,谈笑风生,携同成大登上城堡向下观望,城外黑压压一片人海中,果然响起了刨土打桩的声音。"今晚你可照吃照喝,安然睡觉。"班超向成大说道。

"你放心,和你在一起,咱又有铜墙铁壁,我不会害怕;倒想见识见识他们怎样攻城。"成大也泰然回道。

城下,一片繁忙景象;城上,响起了悠扬的笛声……

第二天一早,一大队人马直奔城下。呼啦啦,大旗展处,一员大将打马而出。这员战将四十来岁年纪,腰佩长刀,手持狼牙大棒,头戴盔,身披甲,威风凛凛,向城上大声喝道:"我乃贵霜副王谢是也,快叫班超出来答话。"

班超早有准备,只见他身着朝服,端坐城上,大气凛然,应声问道:"副王不远数千里到此,不知为了何事?"

谢指着他说道:"我代表贵霜王来拿你是问。"

班超问道:"为甚拿俺是问?"

谢愤愤回道:"你说话不算数,戏弄了贵霜王,戏弄了月氏人。"

班超又问:"俺怎的说话不算数,戏弄人了?"

谢回道:"你让贵霜王的愿望落空了。"

班超接着问道:"你是指贵霜王求娶汉公主一事吗?"

谢答道:"正是。"

班超解释道:"汉廷能否出嫁公主,权不在我,只能由皇上决定,俺转达贵霜王的请求,即算尽职。"

谢问道:"你可曾转达?"

班超回道:"早已转达。"

谢又问:"为何不见回音?"

班超说道:"这就怪不得俺了。"

谢气恼地指着他说道:"你……你分明在狡辩,因此要拿你是问。"

班超不气不恼,指着他问道:"你要作战么?"

谢回道:"不战来此何为?"

班超说道:"要战,你找错人了。"

谢又指了指他,说道:"找的就是你,岂能还找他人?"

班超也指着他问道:"俺来问你,大汉可曾与月氏交过战么?"

谢愣了会儿,回道:"没有。"

班超又问:"汉一向与月氏国友好相处,你可知晓?"

谢无言以对,只听班超理直气壮地说道:"你要作战,应该去打匈奴侵略者。匈奴老上单于曾灭你国,杀你王,还把你王的头骨当酒器,你不带兵去那里报仇雪耻,好端端来此做甚?"

谢听班超揭了月氏人的老底儿,戳到了痛处,不禁恼羞成怒,指着班超厉声喝道:"你休得胡言,快快出城决一死战。"

班超大手一挥,向谢大声喊道:"好——,你——等——着!"

他喊完就扭过身,指挥全城守军万箭齐发,向城下射去。他也不计战果,一阵儿过后,令士卒停射,个个手持事先备好的箭靶,等候敌军的回箭。

城上万箭射来,大批月氏士兵中箭倒下。谢见此情景,气急败坏,令全军射手向城上发箭,一连射了好长时间,城上守军不理不睬,无事一般。

接连三天,月氏副王谢日日叫阵,每天都命将士射杀一气。班超按兵不动,只是不理。

第四天,谢又带兵来城下叫阵,只见四周城墙上箭垛高起,足有上百万支箭,不禁一怔。他一看就明白,这些箭都是他们射出的,已落到班超手中,集中置于城上。

他正望箭后悔,只见班超立于城上,指着一垛垛箭捆说道:"多谢副王不辞数千里劳苦,给俺送来众多箭支,俺暂且收下,必有回报。"

谢被气得满脸紫红,结结巴巴地朝城上喊道:"班……超,你……你不是英雄,是……是狗熊。你……不敢出城一战……"

班超风度翩翩,指着谢朗朗说道:"月氏副王听着,我大汉是礼仪之邦,你来打我我不还手。可你不要错打算盘,以为我等是无能之辈,不敢还手应战。"

谢气急败坏,向班超叫阵说:"你若不怕,快快下来与我交战。"

班超不紧不慢,问道:"战有文战,有武斗,你选哪种战法?"

谢回道:"我只知武战,从不曾听说还有文战,你说说,何为文战,怎么个战法?"

班超嘿嘿笑道:"这文战乃信义之战,你出多少人,俺出多少人;你出几员将,俺出几员将;既可动用器械,又可赤手空拳;有骑战,亦有步战。两厢比试,以功夫高下分胜负,这便是文战。你可敢么?"

谢随即回道:"我岂能不敢?"

班超强调说道:"你要听个明白,文战以信义为重,说话要算数的,否则,输了信义,便成无耻之徒,贻笑大方。"

谢义气十足地说道:"我乃一国之副王,一国之主的继承人,现身为全军统领,岂是不讲信义之人?咱可先文战一回。"

当下讲好,月氏大军撤离三里之外,双方各出一名先锋官、二十名士卒,在城堡之下比武,副王谢自带五百人马,只可观看,不准参战。

连日里月氏副王谢欲战不能,心里早急了。他当即喝令大军向后撤去,让留下的将士摆好阵势。

月氏大军撤退后,副王谢阵中闪出一人来。这人身高八尺,腰围两抱,两只胳膊比常人大腿还粗,体重少说有四百多斤。阵中二十个士兵出列后,他向前跨了几步,两腿一叉,朝城上雷一般大呼道:"我是副王的先锋官,敢比武的人快快开门出城。"

"出城何须开门？俺来也！"话音落处，只见一人如燕子展翅，从三丈高的城上飞身翻了下来。随后，一连二十个身影照样跳下城来。

为首跳下的，正是当初到疏勒在大庭广众之下生擒疏勒王兜题的田虑。

谢见他从城上翻身跳下，先是一惊，又见他在地上站定高不过三尺，又瘦又小，不由得哈哈笑了起来，向城上喊道："我说班超啊班超，你是和我开玩笑不是？你手下再无人，也不能拿这样瘦小的人前来送死呀！"

他一说完，又听那粗胖高大的先锋官说道："我不和他交手，要比试就该找个对手，即便我一拳砸死这样瘦小的人，也不算英雄好汉。派这样的人来，简直是在戏弄大月氏先锋官。"

田虑听他二人口出蔑视言语，不气不急，认真回道："胜败乃兵家常事，俺不怕败，于你何妨？汉家有句话，'人不可貌相'，本事大小岂可以貌为准？你与俺先等等，且先让俺的兵、你的卒战战看，然后再定咱俩的胜负。"

谢觉得他的话有理，就把他的先锋官叫至身旁，观看双方兵卒交战。

顷刻间，双方兵卒个个上阵，一对一地交起手来。

月氏兵自恃高大，一上来便猛扑猛打。哪晓得班超手下的兵个个轻盈灵活，功夫精湛。几个回合后，月氏兵便觉力不从心，又想到对手们从高城上飞身跳下的情景，不免畏惧起来。拳脚相交之下，他们深深体验到对手的功力，虽竭力厮拼，也无可奈何，没多大工夫，便被汉兵打得前仰后合，纷纷倒在地上。

汉兵得胜之后，都退到一边，笑吟吟站在比武场外。

月氏副王的先锋官见这情景，又气又恼，立时摩拳擦掌，跳了出来。他也不再嫌田虑不是对手，直向田虑冲去，恨不得一下将田虑高高举起，抛向天空，狠狠摔死在地。

田虑早有预料，见月氏大汉扑上前来，腾身一闪，跳出圈外，笑眯眯使了个鬼脸，明知故问道："先别打，俺问问你，你真是先锋官儿吗？"

月氏先锋官反问道："你问这做甚？"

田虑又使了个鬼脸，回道："俺怕打错了，不打先锋官不算数。"

月氏先锋官暴跳着大声吼道："咱有副王作证，何须多问？"

田虑回道："先锋官可得有点儿真本事，不然经不住打。"

月氏先锋官气愤地说道："少废话，你我快快交手来。"

田虑不紧不慢又说:"先别急,咱俩交战得先谈谈条件。"

月氏先锋官急不可耐,紧问:"什么条件?"

田虑故意抬高声音,既是对城上自己人,也是对月氏副王和官兵,拿腔拿调冲月氏先锋官说道:"既然是比武,得见个真功夫。俺当众立个规矩:你尽可能往死里打俺,打死活该;俺呢,只能将你打翻在地,让你心服,绝不留半点伤痕,不然,算俺输。"

月氏先锋官听他这样一说,气恼交加,举起大铁锤般的拳头向田虑砸来。这一拳力大无比,眼看照直落在田虑的脑门上。月氏副王不由得暗暗高兴,疏勒王成大屏住呼吸,为田虑提心吊胆。刹那间,拳落处,田虑早就闪在了那先锋官身后,瘦骨嶙峋的双肩一缩,给了对手一个笑脸。那先锋官一拳落空,转身蹿将过来,又挥拳狠狠砸来。只见瘦小的田虑不躲不闪,像钉在地上一般,直直站在那里。这一拳"咚"的一声,准准砸在了他的脑门上。

城下的月氏副王谢立时同他的士兵一起欢呼起来。

城上的众人不禁失声惊叫。

城下的欢呼声和城上的惊叫声顿时连成一片,传遍了田野,响彻了天空。

城上城下的人在这一回合过后同时听到"哎呀,哎呀,哎呀呀"叫唤的声音。听到这声音,不单月氏一方,就连疏勒许多人都以为田虑会被砸扁在地上。人们定睛看去,却见田虑仍像钉在地上一般直直站着,那先锋官反倒甩胳膊叫唤着退了几丈远。

月氏先锋官站稳以后,咬牙切齿,心想:对手虽然瘦小,不见打人的功夫,却练出了不怕挨打的本领,不可小看。而后,他两眼一转,心生一计。他张开一双大掌,远远向田虑瞄着,在田虑又要向他使鬼脸时,猛地扑上前去。全场人都清楚地看到,田虑被一只巨手紧紧抓住,像小鸡一样被月氏先锋官高高举过头顶,悬在半空。

这时,连稳如泰山的班超也坐不住了,浑身也冒出了冷汗。

谢欢喜若狂,拍掌跳了起来,连连喊道:"狠摔,狠摔,狠狠地摔。"

月氏官兵齐声嚷道:"摔死他,摔死他,狠狠地往死里摔!"

月氏先锋官轻举着田虑,满以为得手,又受自家人鼓舞,力气大增。他把被举的田虑掂了一掂,猛地一举,恶狠狠将田虑大摔出手。

在场的许多人不禁掩面,不忍见田虑被摔下的惨状。

就在人们揪心之际,也没容人们看清怎么回事,田虑竟又像钉子一样直直站在地上。

田虑见月氏先锋官真动狠的,也来了情绪,不再使鬼脸,也不再笑了,挽了挽袖子,指着对手说道:"你已打俺三次,俺没还手,现在俺可要还手了。"他说着,就摆出了迎战的架势。

月氏先锋官见三次没能得手,又思谋了一番,心想:我打不成你,这回紧紧把你抱住,凭我这身肉,压也得把你压死。他张开双臂,又向田虑猛扑过来。当他两臂正要搂抱之时,田虑猛一缩身,一手抓住他前胸,一手直入他裆里,只听一声惨叫,先锋官"扑"地被摔出三丈多远,倒在地上,只管"哎呀,哎呀"直叫,再也爬不起来。

这时,田虑跨步向前,双拳一抱,向月氏副王谢施礼道:"失手了,不过,请副王一验,俺绝对没给他留下半点儿伤痕。"

月氏副王谢见自己的士兵和先锋官都败在班超官兵的手下,气恼异常,本想指挥所带人马厮杀一番,猛地想起班超所说注重信义的话,没好意思动手。待他想动手报复的时候,却见田虑和比武士兵飞燕一般,早已蹿到城上。

月氏副王谢紧命士卒将先锋官抬到车上,对班超悻悻看了一眼,说道:"文战算你取胜,武战尚未开始,后会有期。"

班超双手叉腰,眼望着月氏副王谢说道:"文战你方虽败,俺看收获不小,你们已亲眼看到,我军虽少,但可以一当十,个个厉害,你们人数虽多,并无可怕之处,再战我军必胜。后会有期,恕不相送。"他说完,与身旁的成大相视而笑。

守城官兵眼看着月氏副王带领败阵将士向后退去,都高兴地拍掌欢呼起来。

三

当天夜里,月氏军营忽然传来一片号啕大哭声。听得出,哭者众多,加上夜深人静,几里之外,清晰可闻。

哭声之后,接着是阵阵似唱非唱的"哼哼"声。这声音,班超和他的吏士在于阗、疏勒都听到过,并不陌生;尤其在于阗参加国相苏榆勒的葬礼,留下了深刻的印象。他们知道这是在念经,月氏人和天竺(印度)人一样信奉佛教,相信人死后会转入来世,所以人死时要举行超度仪式,念经是超度仪式必不可少的。

班超一听到念经声,就疑惑地问道:"怎么,月氏营里死人了?"

田虑肯定地回道:"没错儿,这分明在给死人超度嘛!"

姚光推断道:"准是你把月氏副王的先锋官打死了。"

田虑不加否认地说道:"打重了点儿,也许是吧!"

王强有点儿责怪地说道:"你的手也太黑了,说比武,怎就把人家打死呢?"

田虑辩白道:"那先锋官拓招往死里打俺,俺哪能光让人打呀?俺见他心毒,一出手就黑了点儿。"

成大听说田虑把月氏先锋官打死了,神情不免紧张起来,担心地说道:"这可不好了,他们会来报复的。"

班超不以为然地回道:"给他们点颜色也好,他们来此原本没安好心,咱更加严防便是。"

这一夜,班超环城巡视,让全城官兵连夜赶制箭支,还专门招人赶制了八面大鼓,分别放在城堡四角两边。一夜无话,倒也安然度过。

天刚破晓,月氏副王谢率领大军席卷而来,气势汹汹,从四面围拢到城下。他一到城下就大声喝道:"班超,快把杀人凶手交出来,为我先锋官偿命。"

班超故作不知,以惊诧口气问道:"昨天你当场验过,你先锋官身上并无伤痕,怎就死了?"

月氏副王谢说道:"不知你的人使了什么招数,有伤也看不出来,我那先锋官回营就死了。"

班超以行家口气说道:"按佛门说法,你那先锋官死了还可超度一下,就跟没死一般;俺的人可不行,一死也就完了。"

月氏副王谢执意要人,说道:"那你也要把人交出来,我们要报仇。"

班超问道:"俺要不交人呢?"

月氏副王谢指了指他的众多人马,说道:"你不交人我们就攻城,我们要把疏勒城踏平。"

班超挺胸向前跨了一步,指着月氏副王谢说道:"你先别说大话,仇怨宜解不宜结，俺劝你不要轻举妄动。俺知道你们月氏会做买卖，不会打仗。文战你已知我军的厉害，别看你人多，不经俺打。想较量也行，在俺庆功会上给你记头功，你送来的箭足够用了；单凭这箭，你必败无疑，休想近俺一步。"

副王谢听后恼羞成怒，当即下令全军向城上发起猛烈进攻。月氏兵从四面潮水般拥来，来势凶猛，非同小可，大有吞下疏勒城之势。

班超异常镇定。当月氏一队一队人马临近城下时，命鼓手急擂战鼓，一时间，城上四角战鼓咚咚，声振大地，直冲霄汉，竟把攻城的月氏兵都镇住了。月氏兵本性怯战，又不知城里汉军与疏勒守军虚实，听到鼓声就害怕起来，都止步不前了。

副王谢见这情景，急得眼珠子都快瞪出来了，大声吼道："得班超头者赏万金，冲啊！杀呀！都给我上！"

他亲自指挥弓箭手们打掩护，让各队头目督战，硬逼士卒们拥向前去，搭梯攻城。

各队士卒在头目的逼迫下，蜂拥着向城下靠去。谢正为攻城官兵呐喊鼓劲儿，弓箭手们突然住手了。他回头一看，见射手的箭都用光了，只好命令弓箭手们也架起云梯，加入到攻城队伍里去。

班超见月氏兵停射，知其箭已射完，呵呵笑着向谢喊道："月氏副王听着，你军箭囊已空，还要踏平疏勒城么？痴心妄想。你们看箭吧！"

随着他的话音，只听"嗖——嗖——"两声，即有两箭同时射出，射中月氏副王坐骑双眼。那马两眼插进两支箭，立时疼得腾起前蹄，将副王谢翻下马来。这两支箭是守候在班超两侧的东吉和华里华里旺射出的。她俩遵班超之命，只准射马，不可伤人，否则，月氏副王当时就一命归天了。东吉和华里华里旺眼见月氏副王那狼狈样子，直觉得新奇好看，都不由得咯咯笑了起来。

班超指挥全城守军万箭齐发，乱石猛砸，攻城月氏兵连片倒地，死伤不计其数。月氏兵被打得魂飞魄散，抱头鼠窜，又有一大批人死于自家人脚下。

月氏副王谢从地上爬起来，面对眼前惨景，唉声叹气，无奈地摇头，有气无力地传令撤兵。

班超在城上看得清楚，在谢发令之前，月氏许多人马早已四散窜逃了。他断定谢的恋战之心丧失殆尽，月氏兵在慌乱中也失去了战斗力，就把东吉和华里华里旺叫到一起,细细嘱咐了一番。

东吉和华里华里旺听后喜笑颜开,立时应命而去。

撤退回营途中,谢骑在新换的马上想:我与班超众寡悬殊,无论如何,班超是不敢开门出城追赶的。再战时强行攻城不行,得设法把班超的人马诱出城来,凭着人多势众,大杀一场。

他正这样想着,身后忽然传来女人尖利的叫喊之声。他回头一看,两员身穿一样服装、骑一样白马、持一样长枪的女将,带领一支女兵向他飞驰而来。他吃惊不小,正要打马快逃,这队女兵已经追至身后。其中一员女将一箭发出,正中他头盔上的红缨;另一女将一箭射出,直接插入他的马屁股。那马中箭,猛尥蹶子,立时把他撺下马来。还没容他明白怎么回事,早被一群女兵胡乱捆住,拖上便走。

月氏兵溃退时,班超审时度势,断定副王谢既知己军丧失战斗力,又自恃人多,麻痹大意,认为也不会派兵出城追击。于是,他就给东吉和华里华里旺布置了追击的任务,让她俩带领女兵队伍直奔副王谢,能活捉就活捉,不能活捉杀上一阵,也好长自己的威风,灭敌人的志气。

东吉和华里华里旺见女兵已活捉副王谢,又挺枪向前,带领女兵队伍大杀一气,逼得月氏兵步步后退,这才住手。而后,她俩又带兵在后打掩护,眼见女兵把副王谢押进城里,方收兵后撤,带队回城。

回到城上,东吉向班超禀报说:"我们把月氏副王活捉了。"

班超回道:"俺已眼见,当给你们记一大功。"

华里华里旺说道:"什么功不功的,我俩只想和男人一样,能去干该做的实事儿也就行了。"

班超就着她的话题说道:"战前,你们一个要冲锋陷阵,一个要在战场上露一手,这回,算俺满足你们的要求了吧?"

东吉满意地回道:"你还真敢放开用咱们女人,射得杀得可过瘾了。"

华里华里旺快活地说道:"我们逮了条最大的鱼,你就看着做吧!"

班超就她话茬儿说道:"既让俺看着做,到时可不能不满意呀,这次满足你们的要求,也不能事事都合你们的心思,俺说得对吧?"

东吉和华里华里旺一齐点了点头,回道:"你说得对,咱听你的。"

班超吩咐道:"好,把姚光、和恭、田虑、王强和成大叫上,去成大的宫里,一块儿商量怎样做好这条大鱼,也一块儿见识见识这条大鱼。"

他要召集的人很快就会集在成大的一个宫殿里。

王强听说要商量处理月氏副王谢的事儿,张口说道:"这有甚好说的,干掉就完了呗!"

他的话,立即得到东吉和华里华里旺的赞同。

姚光老成地说道:"这可不是对待谢一人的问题,俺看事情没这么简单。"

和恭朝王强问道:"把谢杀了,还有数万月氏官兵,又该如何处置?"

东吉马上接过来回道:"剩下大群无头鸟还不好办,能抓的抓,能杀的杀,准能大获全胜。"

华里华里旺附和说道:"到时咱又可痛快杀他一回。"

姚光提醒道:"如你们所说,倒也干脆、痛快,这直接牵涉汉与月氏两国关系问题,怎么处置?"

华里华里旺推断说道:"照你说来,只有把谢放掉了?"

班超不容分说,坚决回道:"就是要放掉!"

东吉不满了:"谢是咱女兵经过拼杀,好不容易捉来的,又轻易放掉,让人想来实在别扭。"

班超指着她和华里华里旺说道:"你俩说话不算数了,是不?让俺看着做是你们答应俺的,俺也说过不能事事都合你们的心思,现在怎就想不通了?你们不该有所不满。"

东吉和华里华里旺都不做声了。

班超命令她俩说:"你们把谢押来,俺要和他对对话。"

东吉和华里华里旺应声而去。

成大确实不知该如何处治活捉来的月氏副王,所以也一直没有发言,这时说道:"放掉好,放掉好,这样处理策略高。"

他的话刚完,东吉和华里华里旺就把谢押了进来。

"跪下。"华里华里旺用月氏语向谢说道。

谢直眉瞪眼看了她一眼,直直站着,把脸扭向了一边。

班超弄清华里华里旺的意思后,说道:"不跪也罢,由俺和他对话好了。"

谢攻城时,与班超的对话,都是华里华里旺翻译的。华里华里旺见班超不让谢下跪,只好作罢,任由班超做主。

班超上下看了谢一眼,说道:"你来疏勒,必当进入疏勒城里,今天,你如愿以偿了。"

谢直愣着脑袋,连看都不看班超一眼,说道:"休得讽刺挖苦,要杀就杀,少废话。"

班超也不和他饶舌,说道:"你怎知要杀你? 俺现在就放你回去。"

谢听后不由一愣,生怕听错。

班超不再睬他,只向自己手下人发话说道:"俺说过庆功会上首功归他的话,现在兑现了。咱不白用他送来的箭支,还赠他一匹马,把缴他的狼牙棒也还给他,放他出城。"

说完,一挥手就让人把谢带了出去。

谢一出门,王强不解地嗔怪班超:"你就这样把月氏副王放走了?"

班超"嗯"了一声,回道:"任他去吧!"

成大担心地说道:"看得出来,他并没服输,还会来拼死一战的。"

班超宽心地回道:"他内心不死,要来便来。依俺看,他士卒死伤不少,粮草已尽,全军气数已衰,要夹也不容易。再说,咱援军不日即到,有甚可怕?"

成大和在场的人听后连连点头称是。只见班超忽然站起来,把手向外一指,向各位招呼道:"走,到俺屋喝酒去。"

四

盛夏,充足的阳光,甘露般的雨水,使繁衍的万物空前活跃,动物是这样,植物是这样,就连肉眼看不见的各类细菌也是这样。

炎热的天气里,征人可省却棉衣被褥,轻装前进,自有它的好处;但繁殖的细菌也带来不利的一面,月氏副王谢为此伤透了脑筋。出征时,除粮草外,他们携带了大量现成食品。天一热,所带现成食品没吃上几顿,有的变馊,有的发霉;吃的吃,扔的扔,一到疏勒便统统报销掉了。剩下的粮草,七万人马,能吃几日? 在连日攻城这些天食品就告急了。还有那受伤的士兵,因天气炎热,伤口化脓的化脓,糜烂的糜烂,各营帐里,臭不可闻;又有一批又一批的人相继死去,直令月氏官兵人人痛骂"鬼天气"。

谢被班超放回来,想休战,怕贵霜王怪罪,欲战,又知班超厉害,真是左右为难;又眼见军中这一景况,心烦意乱,心急如焚。不过,他并未全乱了方寸,还清醒地认识到全军面临的最紧要的问题是粮草,目前最重要的是扭转全体官兵忍饥挨饿的局面。

他不再率军攻城,而下令让各部头目领兵分赴各个村庄,向百姓要粮草牲畜,还派后勤官带一支人马前往龟兹求援,让龟兹供应所需食品。

黄昏,又是一个黄昏。谢眼见太阳像大红灯笼挂在西天,不免触景生情,想起他率兵到疏勒城外安营扎寨,也是在黄昏时刻。然而,此一时,彼一时,他来时信心十足,一心想仰仗人多势众吞灭疏勒城。现在呢,满脑袋想的是粮草。

他烦躁地从营帐进进出出,眼巴巴盼望四出到各村庄抄掠的人马归来,能带回应急的粮草。

各路人马终于被他盼回来了,他见到的是官兵个个无精打采,垂头丧气,两手空空。

他不由得火冒三丈,把各部头目召至身边,训道:"你们怎这样无能?一整天时间专跑粮草,都空手回来,你们……都是饭桶!"

一部头目斜眼看了他一眼,慢腾腾回道:"我们要是饭桶就好了,跑了一天,肚里都空着呢!"

谢怒从心起,刚要发作,二部头目忙说道:"副王息怒,各村庄连人带牲口早已逃往别处,家中缸里、罐里都空空的,一粒粮食也没有。"

三部头目接道:"若有粮草,我们能放过吗?只要看见粮草,不管抢也好,夺也罢,准不会空手回来。"

四部头目说道:"班超知道咱们人马众多,粮草紧要,准是他让人们把粮草和牲畜都藏了起来。"

五部头目随道:"班超这人太精明了,真抓到了咱们的要害处。"

六部头目也说道:"他这一手,真比派兵打咱还厉害。"

各部头目发完言,都耷拉着脑袋再不做声,好长时间,营帐里一片沉闷。

谢见各部头目灰心丧气的样子,心里很不高兴,可是,他心里明白,气可鼓,不可泄,不能再对他们发脾气,便竭力鼓劲道:"班超要断我粮草,这一招儿我已料到,所以,我也准备了另一手,派出一支人马去龟兹,他们会从那里运来粮草的。"

一部头目情绪不高地说道:"看来,咱们的粮草只有这一线希望了。"

谢像打强心针似的说道:"希望不是一线,而是大有希望,很快就变成现实。班超想绝我后路,我早有对策,请各位放心。"

二部头目说道:"谢天谢地,那就让我们等待龟兹的救援吧!阿弥陀佛。"

不知是听了谢的话增添了信心,还是出于信仰的原因,各部头目都合掌祈祷起来。正在这时,一个士兵忽然来报,说道:"东面临近一个村庄有烟火升起。"

谢闻言急步走出帐外,顺着那士兵的方向看去,果然见一村庄,有烟火袅袅升起,回头责怪各部头目道:"这么近的村庄里明明有人,你们也没发现,真乃无能之辈。"

一部头目回道:"这村庄是第一个被搜的,当时确实无人。"

谢下令说道:"现在有人,快去搜查。"

一部头目马上召集人马,向炊烟升空的村庄飞奔而去。谢刚要转身回营帐里,忽听"咚"的一声,一支翎箭正射在帐前竖立的旗杆上。他猛吃一惊,暗想:好准的箭呀!若是射人,那还得了?抬眼望去,见那箭羽上穿有一封书信,忙叫人爬上杆去取了下来。他接过一看见是汉文,令人去找译长。译长急急赶来,匆匆将信打开,只见上面写道——

月氏国副王亲鉴:

　　交战双方,不失礼仪,乃吾所重也。今有重礼一份,从龟兹方来,交至吾手。此礼当你收受,本官不敢私掠他人之美。望速派人来取,还奉于你便是。

大汉西域长史班超草书

永元二年六月二十六日

谢听完译文,心想莫非龟兹的救援粮草已到?又觉得不大对劲,求援人马是他亲派,怎会将粮草运至城里?若是粮草被汉军截获,班超绝对不会奉还。莫非有诈?倒也不像。那么,究竟是份什么"重礼"呢?不论如何,也得取回。想至此,他当即吩咐一头目带两名士兵前往城里,向班超索取龟兹方来的礼品。没多大工夫,派出的头目和两个士兵便提着一个大红包袱打马回来。

打开包袱,谢不看则已,一看是颗血淋淋的人头,立时晕倒在地,他周围的官兵也无不大惊失色。他们都清楚地看出,这人头不是别人,恰是被副王派往龟兹求援的后勤官。眼下，人们都把希望寄托在这位后勤官身上，盼他早日从龟兹运回粮草，万万没想到竟落了这么个下场。

有多年征战实践经验的班超，当然深知粮草在作战中的作用。在月氏副王谢率七万大军到来之前，他就料到敌方人马众多，所带粮草支撑不了几天，势必派人去龟兹求援。于是，他派徐干和甘英带一支人马，提前埋伏在通往龟兹的必经之地。月氏副王谢所派后勤官带领的人马，果然在前往龟兹途中被徐干、甘英率军一举歼灭。班超知道断绝粮草对月氏军是致命的打击，就让人割下月氏后勤官的头颅，交给月氏副王，令其绝望。

月氏官兵眼看着谢晕倒在地，心里都很明白：断绝粮草就意味着全军走投无路，摆在眼前的人头，无疑宣告他们全部希望的破灭。后勤官的下场，对副王和全军的打击太大了。他们个个忧心忡忡，不敢想象面临的厄运，赶紧俯下身去，七手八脚把副王抬进帐里，放在地铺上，全力抢救。

谢在众人抢救下，长长出了一口气，醒了过来。

他头脑刚刚清醒，就吩咐："快去问问，村庄里可有人在？"

少顷，前去打探的一部头目就来至他身边，向他回道："村庄里的烟火是咱月氏国的两位商人点的，当地百姓毫无影踪。"

谢听了唉声叹气，大失所望。他沉默片刻，强打精神问道："那二人果真是月氏商人？"

一部头目回道："这没错儿，他俩刚从于阗做买卖回来，还要参见副王呢！"

谢吃力地摇了摇头，喃喃说道："商人，商人有何用？我需要的是粮草，纵使他们有钱，也解决不了现实危机，我不想见他们。"

一部头目说道："这两人说他们与国王和你沾亲带故，还有要事向你禀报。"

谢听了这话，突然来了精神，忙道："哦？快把他们找来，听听他俩有何等要事相告。"

传令兵出去工夫不大，一胖一瘦两商人便进入帐中。谢一看，还认得，果然是自己族人，也算近亲，连忙让座。

两商人见他，赶忙施礼。落座后，胖商人先开口说道："我俩在于阗做生意，见一大队一大队军士天天操练，一打听，他们说要增援班超打月氏人。我们怕本国人吃亏，便赶至疏勒。"

谢不禁一震,问道:"有多少人马,何时出发?"

胖商人回道:"有两万人马,会同拘弥一千五百人,近日即可到达这里。"

瘦商人也说道:"新近降汉的莎车,也要出动两万人,和于阗、拘弥同时行动,与汉、疏勒联合,呈全面包围之势,向我军大举进攻。"

谢不免心惊胆战,害怕地问道:"你们的话当真?"

瘦商人回道:"一国人向着一国人,这还有假?"

胖商人煞有介事地说道:"鄯善与班超关系更加密切,也来参战。参战几国对班超的作战计划都很了解。我们听说,班超预料月氏军会向北面的龟兹求援,事先做了埋伏。"

两商人一唱一和,不容副王半点怀疑。谢不由得想到班超刚刚出示的人头,恰恰中了胖商人所说的埋伏。他又想到,自到疏勒第二天攻城开始,疏勒城坚如磐石,屡攻不下,每次都死伤大批人马,连同后来因天热死去的伤员,死亡人数已十之有六。倘几国联军发起进攻,人数上已超过自己现有人数的一倍,且自己粮草已断,真可说已到日暮途穷地步。最可怕的还是班超,料事如神,手下兵强马壮,若杀将出来,与几国联军成里应外合之势,非被全歼不可。想到这些,他也不以月氏副王自居,讲究什么身份,而以征询意见的口吻,向二商人问道:"如今如何是好?"

瘦商人见问,轻松回道:"这好办,俗话说,解铃还须系铃人。仗是我们挑起来的,我方主动提出停战,求得和解便是。"

后勤官那颗血淋淋的人头又浮现在谢的脑海,他心想,若能保住自己和所剩人马的性命,别说主动提出停战和解,哪怕挂白旗投降也未尝不可。他担心地问道:"班超援军即到,他若不答应呢?"

胖商人回道:"汉朝一贯主张和平、公道,注重与各国友好相处,从来未与我国为敌。他们所不容者,唯有恃强凌弱、经常侵扰别国的北匈奴。若非我方从远处跑来打人家,人家岂能跟咱们动干戈?我军息旗偃鼓,班超必会欢迎。"

瘦商人另有所想,补充说道:"事已至此,不可如此简单了结,要停战和解,得有个条件。"

谢问道:"什么条件?"

瘦商人回道:"我方发动战争,实属无理,已破坏月氏与汉的两国关系。停战和解得显诚意,打白旗投降倒也未必,但总该充分显示与汉友好的愿望。"

谢自作主张,说道:"这好说,只要班超答应停战,我情愿挑白旗请罪。"

瘦商人说道:"如副王不好开口,我二人可前去通融。"

谢道:"争战结束后,我一定协同贵霜王与汉同归于好,像过去那样友好往来。请二位代贵霜王和我操办些礼品,奉献给汉廷和班超。"

瘦商人高兴地应道:"这样做太好了,不但合我等商人之意,也符合月氏全国人民的愿望。我们正好有一批货要运往天竺,你需要,先满足你的要求。"

谢同时伸出双手,拉着二商人的手说道:"危难之中遇到二位我很幸运,愿你们全力协助我。"

五

月氏两商人进城的第二天,班超守城官兵将四面城门大开,准备迎接不打不相识的客人。

城头上,旌旗飘拂,卫士持枪而立。城外和城里的大街小巷,清水泼地,气象一新。关闭了数日的店铺重新开业,顾客盈门,充满了喜气。

班超携同成大、徐干、姚光、和恭、田虑、甘英、王强、东吉、华里华里旺和月氏两位商人按约定的时辰,出城迎客。

他和众人刚走出城门,就见月氏副王谢双手挑着一面白旗,带领各部头目向他走来。

谢一到班超跟前,"扑通"一声,双腿跪在地上,一面磕头一面说道:"月氏国副王谢前来向大汉西域长史班大人请罪。"

"快快请起。"班超赶紧上前把他搀起,指着他扛的那面白旗,吩咐王强说道,"把他那玩意儿收起来。"

谢原以为班超不会轻易饶恕自己,见班超亲率官员出城迎接,以礼相待,立时感动不已,赶忙说道:"负罪之人,无颜拜见尊容,烦劳班大人出城相迎,实不敢当。"

班超戏谑说道:"你和俺都说过后会有期,方有今日相会。俺折你人马过半,敢问还要班超出城受死么?还悬赏万金要班超头么?"

谢窘迫地说:"班大人,快别这样说了,再说我就无地自容了。"

班超诙谐地说道:"天不容,地不容,班超也要容。不打不成交,昨日为敌,今日为友,俺知你们忍饥挨饿,今日特设便宴招待各位,以示大汉对月氏国友好之愿望。"

他们一边说着,早已来到成大宫院的一个宽敞的大厅,按宾主席位就座。

大厅里,一排长桌,两排长凳。桌上,早已摆好茶壶、茶碗、精制点心、瓜果、花生、瓜子、杏干等各种食品。

谢的随行人员一连几天吃不上喝不上,个个饥不可耐,一落座便吃了起来。他们不讲客套,无拘无束,毫不掩饰自己的饥饿。

班超在多民族区域生活多年,喜欢少数民族的礼简性直,心地坦荡,对自己民族的礼仪烦琐久已生厌。他眼望着面前这些月氏人的举止,不但不反感,反倒觉得他们天性易露,自有可爱之处。

他看得出,谢不像随行人员那样随随便便,显然心里还在惴惴不安,便从旁劝道:"照你们风俗,到主人家做客,该吃就吃,该喝就喝,越多越好,是对主人看得起。请随意,先用点心,酒肉饭菜还没上呢!"他说着,拣了几样点心放在谢面前的小碟上,自己带头吃起来。

谢见他宽厚随和、真诚对待,心情平静了许多,也和随从们一样吃喝起来。

按照成大的吩咐,一帮服装艳丽的姑娘款款而出,酒肉饭菜相继而上。

班超站起来说道:"人世间,和为贵,今天是一个和解的日子,昭示着一场令人不安、后果不堪的战争的结束。昨日的冤家对头化为朋友,共聚一堂,大家该高兴才是。"

谢随即插话道:"这场战争是不该发生的,是贵霜王和我错怪了班大人,有负于汉家,我代表月氏国贵霜王和我本人前来赔罪,诚愿与汉世代友好。"

班超又说道:"汉与月氏两国原本世代友好,这场战争确实不该发生,这只能使亲者痛,仇者快。"

谢连连说道:"说得对,说得对,是我们把矛头指错了方向。"

班超接着说道:"两国相处,有时可能产生误会,对有些事情看法也可能不尽相同。要消除误会,取得一致,双方应该通过对话的途径解决,即便谈不拢,也该求同存异,不可刀兵相见。"

谢刚要接着往儿说,只见出使过月氏国的甘英站起来问道:"副王可还认得俺么？"

谢看了甘英一眼，紧道："认得，认得。"

华里华里旺也站起来说道："还有一个我呢！"

谢眼望着她，又紧道："认得，认得，你俩还给贵霜王和我带去许多贵重礼物。"

甘英向谢解释道："那次俺俩到你国去，你们帮助俺们退了康居兵，我等深为感谢。贵霜王欲娶汉公主，班大人上书皇帝，确为此事尽了力，你们不该冤枉他，更不该为此兴师动众。"

谢也解释说："月氏并非为没娶上汉公主而大动干戈。起因是康居兵把原疏勒王忠带走以后，忠借贵霜王欲娶汉公主的事造谣中伤，讲了班大人许多坏话，都传到了我们耳中，我们听了他的挑拨，还认他为好人，知他被杀后要为他报仇，才出兵来此。"

成大问道："你们为了一个疏勒败类远道而来，损兵折将，忍饥挨饿，吃尽苦头儿，值得么？"

谢连忙回道："太不值得，后悔莫及。"

华里华里旺对他说道："你可是够幸运呢，要不早就一命归天了。"接着，她把谢率军攻城那天，她和东吉怎样射中马的双眼的情景讲了出来。

东吉也站起来说道："是班大人让俺俩手下留情的，他只让俺俩射你的马，不准射人。"

谢看看她，又看看华里华里旺，回想起那天情景，余悸顿生，听了这话，异常感激，赶忙离座把她俩拉到一起，大加赞赏，说道："你俩好箭术，好箭术，世上罕见。"

东吉又冲他说道："你旗杆上中的那箭，也是我射的。"

谢不由得一愣，大为惊奇，对东吉看了半晌，风趣地大声说道："好厉害的箭啊！你一箭射倒了我几万大军，也挽救了几万月氏人。没这一箭就没今日的聚会，你立的是特殊功勋，应受到汉和月氏两国的奖赏。"

他的话，引得哄堂大笑。

笑声中，东吉往后退了几步，煞有介事地向谢深深鞠了一躬，故意严肃地说道："多谢副王给予特殊奖赏。"

华里华里旺指着东吉向谢调皮地问道："贵霜王不是想与汉结亲么？我和她嫁到月氏国去，能行吗？"

众人了解她爱开玩笑的性格,知她是在故意挑逗,又是一阵哄堂大笑。

谢不明笑因,愣了片刻,郑重其事当着众人回道:"月氏国里找不出你俩这样才貌双全的女子,你俩若嫁到月氏,贵霜王还不高兴死?都能当王后。"

他讲得越是郑重其事、严肃认真,人们越是心里好笑,满堂不由得又响起一片大笑声。

班超见桌上已换上丰盛的美肴佳馔,忙举杯对谢和随行官员说道:"你们离开本土,恐怕一直没享受过可口饭菜,今天好好开开胃,也共庆咱们双方的友好和解。"

谢举杯连道:"共庆,共庆。"

谢的三部头目一杯酒下肚,大吃大嚼着,指着满桌饭菜说道:"别说这样丰盛的美餐,我们就连粮食也早断顿了。"

大厅里,又是一阵笑声。班超指着这位头目好心地说道:"今日可享享口福,不过,几日不进食,油水不能吃得过多,以适量为宜。"

谢和各部头目连连点头。班超接着对谢慷慨说道:"俺已下令开仓拆垛,向你营里运送粮草,让你的所有人马,都能吃饱。"

谢和各部头目听了这话,都感动地站了起来,有些人的两眼发湿了。谢两眼含泪,紧抱双拳,向班超深深鞠了一躬,向全场人说道:"我代表月氏全体官兵,也代表贵霜王和月氏国,向班长史和大汉表示深深的感谢。"

班超指着在场的两位月氏商人说道:"你要感谢,还应感谢他们二位,能有今日,他俩功劳甚大,也应受到两国的奖赏。"

谢立时走至本国一胖一瘦两商人面前,紧紧拉住两人的手,泪水涌流,一时声喑,竟说不出话来。

胖商人说道:"我俩只是做了些有利于两国人民的事情,这是应该的,不需要感谢,也无须奖赏。"

瘦商人说道:"对我们商人来说,汉朝是世界上最大的市场,也是最好的贸易伙伴,我们愿同汉人交往,只盼两国友好相处下去。"

谢连连点头,赞同地说道:"对,说得好,月氏人都该一心向汉,让两国人民世世代代友好下去。"

班超听后非常高兴,紧接话茬儿说道:"汉向来不侵扰别国,一贯主张与各国友好相处。俺本人和俺的同事,远离家乡,多年身处西域,所作所为,无非是一件事情,这便是修筑一条与各国友好往来的道路。今此聚会,让我们既为汉与月氏两国友好相处,也为人类的和平安定、康居乐业而干杯。"班超的话得到满堂喝彩。但见全场烛光杯影,频频闪动,笑语欢声,充满大厅。

酒兴浓处,谢又走至月氏两商人跟前,交头接耳,不知说了些什么,然后高高地举起酒杯,向全场说道:"为表月氏与汉两国永世友好愿望,月氏国除年年贡奉汉廷之外,现在,我特将原来要送龟兹的金银宝器赠予班长史及各位吏士,另由这里的两位商人筹办犀牛、狮子、河马和珠宝等贡品,派特使专程奉献大汉皇帝。"

班超深知谢的心意,只好让人收下所赠礼品。他刚要答谢,忽见一侍士来报,说道:"鄯善、于阗、拘弥、莎车四国国王驾到。"

班超问道:"他们可是率军而来?"

侍士回道:"各王都是率军而来。"

班超又问道:"共来多少人马?"

侍士又道:"少说有六七万人,对月氏军已成包围之势,正安营扎寨。"

谢听了这一消息,不禁害怕起来,心想:仗要再打起来,全军定遭覆没,这可如何是好?

班超一眼便看出他的心思,赶忙安抚道:"请放心,俺不发令,各国军队不会动武,俺保证你和全体官兵的安全就是了。"

谢感动地紧紧拉住班超的手再三致谢,跟随他的各部头目,都走至班超面前,一齐跪道:"多谢班大人开恩。"

第十三章　降伏龟兹

一

抗击大月氏的胜利,又一次震撼了整个西域。班超在人民心目中的形象更高大了。

鄯善、于阗、拘弥、莎车派来援军,虽然没能像疏勒军民那样直接参加战斗,但他们的行动给月氏军造成了很大压力,对迅速结束战争起到了很大作用。

几国国王难得相聚在一起,便开了一次十分重要的会议。根据班超提议,月氏副王谢也参加了会议。会议的中心议题是如何使北道上的龟兹、姑墨、温宿、焉耆、尉犁诸国彻底从北匈奴势力范围里解脱出来。

班超在会上首先说道:"清除北匈奴祸根,关键在龟兹。只要龟兹从北匈奴控制下摆脱出来,姑墨、温宿自然顺从,剩下焉耆、尉犁、危须,就好办了。"

各国与会者听说进军龟兹,情绪高涨,争先发言。长期流落在外、随于阗军到疏勒的前龟兹王子白霸抢先说道:"我愿带一支人马杀回国内。"

疏勒王成大也争着说道:"龟兹仰仗北匈奴撑腰,杀我先王,立兜题,实灭我国,我愿出全国兵力攻打龟兹,报仇雪耻。"

"慢着,光你们去就行了吗?"于阗王广德先指了指成大问道。之后,他故意眯起两眼巡视一番,又指着月氏副王谢问道:"这次是你让我们空跑一趟,你说说,该让我们空跑吗?"

副王谢被问得局促不安,连连回道:"我有罪……我有罪。"

广德打趣道："谁让你说罪（醉），罪（醉），罪（醉），总是罪（醉）？有美酒喝我也愿意醉。既然你现在成了自己人，就不该罪呀罪的，应该说咱有现成人马，一齐杀过去，这我们不就不是空跑了吗？"

谢赶忙接道："对，对，对，一齐杀过去！月氏军虽已是残兵败将，但还有几万人马，我愿带领所剩官兵杀入龟兹，立功赎罪。"

"这才是好样的。"广德高兴地说道，"到时大功告成，我一定用大碗酒灌你，让你醉（罪）了也说没醉（罪），没醉（罪），没醉（罪）。"

东吉和华里华里旺知道广德爱开玩笑，她俩爱笑，最爱听广德讲话，见广德不住挑逗月氏副王，早已咯咯笑个不停。

莎车王齐明站起说道："我国前王腰板不直骨头软，明知世代深受汉益，见北匈奴一时猖獗便反叛了。我愿借此之机，消除莎车人的这一耻辱，全力协同作战。"

拘弥王也随道："联合出兵，龟兹必下。拘弥军队听班长史随意调动。"

鄯善王广鉴于与班超的亲戚关系，一直坐在那里静听他人之言，见诸国均已发言，方才说道："降伏龟兹是各国的共同心愿，趁几国大军同在，说干就干，直奔龟兹，一鼓作气拿下便是。"

他的讲话，立即得到各国与会者的热烈响应。

班超见会场气氛热烈，发言踊跃，心中自然高兴。可是，因为他另有所思，想法和每个发言的人都不一样，心里也甚觉为难。鄯善王广的发言得到全场一致赞同，他就更觉为难了。他向全场扫视了一下，没有急于表态，向众人问道："如此说来，各位都想即日出兵龟兹了？"

各国与会者齐声回道："是这样，都想出兵。"

班超沉静地又向全场扫视一遍，说道："各位所言，诚心诚意，令俺深受感动。至于如何解决龟兹问题，俺有一言，不知可否，也一时不知当讲不当讲。"

广德带头催促道："请长史尽管说来。"

班超直言道："俺不想大动干戈，主张和平解决。"

成大疑惑地问道："你的意思……不攻打龟兹了？"

班超回道："最好是这样，至少暂不出兵，看看再说。"

他的这一主张，实出众人意外，加上到会几国大多与龟兹结有仇怨，没有得到任何响应。

谢见班超不主张攻打龟兹,心里难以理解,也觉得很不是滋味,有所不满地说道:"我本想将功折罪,看来,只有顶着罪名了。我真想不通,你怎会产生不出兵降伏龟兹的想法,这能做到吗?"

班超回道:"兴师动众,必有役使,必遭伤亡,能避免的役使和伤亡,即当尽量避免。兵书有言:'善用兵者,屈人之兵,而非战也。'这是俺想和平解决龟兹问题的缘由。一年多来,汉军二伐北匈奴,北虏元气大伤,势力大减,不出兵而降伏龟兹是有可能的。"

广德不无牢骚地说道:"看来,我们带兵到此无用武之地,只能是空跑一回了。"

"各国派兵援超,大有用武之地,绝不会白跑。"班超高声说道。

各国参加会议的人听他这样一说,立时高兴起来。只听广德也高声说道:"只要有用武之地,各国军队听你安排,你说该怎么办吧!"

班超当即说道:"几国大军柜会一起,机会难得。俺有一个主意,明日设一武场,各军都操演一番,既可展示自己的军事力量,又可取长补短,共同提高战斗能力。宣扬出去,肯定会对龟兹产生强大的震慑,大家也热闹热闹,大家觉得怎么样?"

众人听说几国兵同场操演,都兴致盎然,立时拍掌欢迎。至于出兵龟兹与否,均置脑后,谁也不论了。

班超心里有底,他的主张除自己全体吏士拥护以外,还得到了两个外人的赞同和支持。这两个人就是月氏一胖一瘦两商人,他俩和班超谈过一席话,讲了他们去龟兹的行动计划,令班超十分高兴。

班超自知实现自己的主张需要一个过程,也不急于去说服别人,就一心投入几国军队大演习中了。

二

自西向东绵延数千里的天山和于阗南部的昆仑山,古时一称北山,一谓南山。两大山脉南北相隔数千里遥遥相望,其间既有浩瀚大漠、广阔的大戈壁,也有湍湍河流、盐泽湖泊和平原沃野。

龟兹就处在现今新疆车车、拜城一带的平原沃野上,北接焉耆,南通温宿、姑墨、疏勒,是西域北道的必经之地;其国都延城,是北道上的枢纽。这里土地肥沃,物产丰富,不光农业、牧业比较发达,还擅长炼铁,铸造工艺远近闻名。龟兹都城延城是月氏商人常常光顾之地,月氏商人既做买卖,又传佛教,使龟兹的商业、文化都强于其他诸国。正因此,汉与匈奴都把龟兹看作控制西域的战略要地。

自汉武帝北伐匈奴、征讨大宛打通西域,在渠梨(今新疆尉犁西境沙碛中)设校尉屯田、置使者领护西域,至孝宣皇帝设立都护,龟兹与其他诸国一样一心向汉。虽经王莽篡权之乱,还在建光武二十一年冬与车师、鄯善、焉耆等十八国派遣王子到洛阳,一起请求汉在西域重设都护。后来北匈奴趁汉朝初定,未遑外事之机,接连向西域扩张,龟兹才归附在北匈奴羽下。

北匈奴历任使者都常驻延城,表面上立一傀儡国王,实际直接掌握龟兹政治、经济、军事等各方面大权,并向其他附属国发号施令。为了牢牢控制龟兹及其附属国,北匈奴前任使者一到龟兹就杀掉了由莎车所立的国王则罗,立贵人身毒为王。身毒死后,本应由王子白霸继位,因白霸曾以王子身份入侍洛阳,北匈奴使者硬是废弃了他,更立其弟尤利多为王子,继承了王位。在龟兹,北匈奴使者至高无上,说一不二,连国王对他也得绝对服从。

北匈奴特使名叫胡多须,个头儿与同田虑比武的月氏副王先锋官相仿,高大、肥胖;与月氏先锋官明显不同的是,他名副其实,通体多毛:眉浓发密,满脸胡须,胳膊腿上毛儿粗毛儿密,那胸前毛儿就跟猪鬃一样。

他是随北匈奴左谷蠡王、呼衍王攻打车师来西域的。他一到西域,干的第一件事就是和原驻龟兹的北匈奴使者一起调动龟兹、焉耆两国军队,与呼衍王所率匈奴军联合攻打车师前部交河城,使汉军全部覆没,残杀了都护陈睦和副戊己校尉郭恂。

北匈奴攻陷车师前后二部以后,根据呼衍王的提议,委派他出任西域特使,常驻龟兹延城。原来的使者北鞬支,以焉耆左将的身份,专控焉耆一国。

胡多须特使的身份,要比原来使者高出许多,权力也大多了。他不单直接掌握龟兹一国的国家命脉,还统管西域所属各国。他与班超针锋相对,千方百计扩张北匈奴势力。这些年来,刺杀班超,龟兹出兵疏勒,姑墨的蠢动,莎车、疏勒的反叛,都是由他挑起、操纵的。

他三十五岁到西域,一晃十五年过去,如今整整五十岁了。原驻龟兹使者、现为焉耆左将的北鞬支,知他生性好色,娶女人比换衣裳还勤,不知从哪儿找来一位樱桃小口、细柳软腰、貌美异常的十五岁的匈奴小姑娘,作为他五十岁生日贺礼贡了上来。

他一见这小姑娘,异常高兴,立时决定在五十岁生日这天娶她。

照匈奴习俗,像胡多须这样身份、地位的人,娶偏娶小可随意,但正妻不管多老多丑不可弃。还有一样,家事外事只能由正妻参加;后续的妻妾必须对正妻恭恭敬敬、百般伺候,即使生了儿育了女,对男女主人稍有不周,便可能被随时抛弃。

他自己也说不出已抛弃过多少后续妻妾,但对这次五十寿辰娶小格外重视。

他向国王尤利多吩咐道:"我成亲这天全城要挂旗结彩,鼓乐齐鸣。"

天性软弱的尤利多不敢有违,连忙应道:"我和各大臣一定精心准备,隆重庆贺。"

胡多须傲然说道:"我本大匈奴国单于家族,在国内是可继单于位的。现在我操劳于西域,远离其位,当不成单于倒也罢了,我乃多国之王,在西域各国都享国王待遇,成婚那天,我要住进宫去。"

尤利多甚意外,不由得一愣,立时想到他哥哥白霸的遭遇。胡多须到延城不久,当时身为王子的白霸举行结婚典礼,北匈奴特使当然是不可缺少的座上客。谁想到,这位新上任的特使见新娘年轻貌美,馋涎欲滴,当时就起了歹心。

婚礼没过几天,他让副使拉上白霸,去它乾城参观寺庙。白霸一走,他就溜进新房里,将新娘强奸了。新娘遭奸后几天起不了炕,想瞒也瞒不住,白霸回到家就知道了。白霸气得咬牙跺脚,当时就要找他算账。起身出门时转念一想,新婚不久,闹得满城风雨反倒不好,就忍了下来。

哪知胡多须尝到甜头,三天两头猫偷嘴,淫心有增无减,后来竟明目张胆,将新娘霸占了。

白霸愤恨至极,恨不得一下把淫棍杀掉。怎奈,这淫棍非同一般,兵权在握,戒备森严,实难下手。

白霸在身毒为王时就心里向汉,曾公开反对龟兹出兵打车师,自然知道胡多须一到龟兹就对他不满。他也早就看出,在自己国家里,一切由匈奴使者说了算,他虽然身为王子,胡多须不可能准他继位。他心想,连新娶的妻子都被特使把在了手里,即使将来能够继位,也是一个头戴绿壳的国王,这奇耻大辱,又怎能忍受?他生怕胡多须发现自己的报复心理,惨遭毒手,只好含恨逃出,流落到与汉友好的于阗。

尤利多听胡多须说要住进宫里,十分担心自己会有哥哥同样的遭遇,心里自然不同意,可他知道,身为北匈奴特使的胡多须想怎样做,自己是很难阻止的,又不好断然拒绝,甚感为难。

胡多须见他犹犹豫豫,半天也不开口,满脸透着不悦,用两眼死死盯着他,盯得他心里直发毛。

他出于无奈,以试探的口吻商量道:"我腾出一处宫院,专供特使享用,特使与我各照本国习俗相处,各听其便,如何?"

胡多须回道:"我的条件并不高,只要住进宫里便可,有事或用人,找你就是。"

就这样,尤利多想提条件又没条件地答应胡多须住进宫里。胡多须五十寿辰新婚典礼这天,延城全城果真挂旗结彩,鼓乐喧天。尤利多腾出的宫院里,洞房布置一新,礼品堆积如山。焉耆国王广亲陪身为左将的使者北鞬支来送新娘,尤利多率文武大臣倾朝而出,尉犁、危须、温宿均派使者献礼、参加庆典。这婚庆比各国国王的还要隆重,热闹非凡。

尤利多原以为胡多须都五十岁的人了,又娶了个年纪轻轻的小娘子,就再没精力乱搞女人。因此,他犹豫再三后,答应胡多须住进宫里。他哪里知道,这分明是引狼入室,他的宫女个个绵羊一般,都被胡多须奸了一遍。他后悔莫及,想赶狼出室,已是万般无奈了。

在龟兹国里,说起美人来,民间广泛流传一首歌谣:

> 龟兹国里两枝花,
> 美赛天仙非神话。
> 一嫁尤利多当王后,
> 一跟白霸遭胡霸。

这歌谣,道出了龟兹国两位美人的两种遭遇。

尤利多身为国王,虽然是个傀儡,宫女、妃子、王后样样俱全,应有尽有。在他的女人圈里,受宠的王妃自是不乏其人,但他最宠爱的要属王后了。在他眼里,鲜艳的花儿万千朵,最美最可爱的只有王后这一朵。

胡多须奸宫女事发后,尤利多不由得想到:胡多须淫心不收,必会危及宫妃和王后。于是，他再三告诫宫妃和王后好自为之，不要轻易抛头露面；还增派了侍士，专门为她们把守门户，防止胡多须随意侵扰。

这之后，胡多须胡作非为的行动突然有所收敛，不但没进一步骚扰王妃和王后，还停止了对宫女的侵凌。在好长时间里，宫中安然无事。

这一日，内心时常忐忑不安的王后和几个王妃陪尤利多饮酒解闷儿，疑惑地问道："北胡那老色狼怎一下安分起来，变了个人似的？"

一王妃回道："我王加强了防范，他不得像过去那样为所欲为了。"

王后说道："不能说防范没有作用，可这北胡特使想干什么，是防不胜防的。"

另一王妃天真地说道："人家若真是变了呢？"

王后摇着头说道："狗改不了吃屎，他不可能改变。"

又一王妃说道："兴许是小娘子把他缠住了吧！"

尤利多干脆地说道："这一变化必有其因，我派人打探便是，别再为此空费脑筋了。"

不久，从胡多须所住宫院传出消息：这段时间，胡多须连小娘子都沾不上边儿，不是被小娘子缠住，而是同比他大六岁的正妻睡在一起，让大老婆缠住了。

尤利多派人打探的情况和这消息一致，还打听到：胡多须事事处处讨得大老婆欢心，把大老婆哄得可高兴了。

尤利多和王后听到这些情况，都以为胡多须大老婆对丈夫娶小娘子醋意大发，对丈夫淫乱宫女大为不满，便对丈夫严加限制起来。他俩也知道，在匈奴，尤其在上层人中，正妻是很威严的，有时甚至可让丈夫唯命是从。这样一想，他们不免对胡多须正妻感恩戴德，感激她制止了胡多须的淫乱行为，感激她使宫中得以安宁。

一日，干瘦多皱的胡夫人突然登上门来。

尤利多不知何事，急忙问道："夫人大驾光临，不知有何事吩咐？"

胡夫人瞅准个椅子，落座回道："无甚大事，只想消遣消遣。"

王后是个聪明之人，随即说道："夫人行事稳重，从未亲临此宫，想必有事，敬请直说，我等尽力而为便是。"

胡夫人眼紧盯着王后，道："我请你与我同住几日，消闲解闷儿。"

尤利多一听让王后去她住处，立时便想到胡多须，忧心顿起，大为不快。

胡夫人看了他一眼,看透他心理,忙解释道:"我大匈奴国呼衍王亲临焉耆,要召见我家那特使。他去了焉耆,我留守空房寂寞难耐,与后续小妾又不来往,故邀王后做伴儿。国王如能同往,更合我意。"

尤利多和王后本对胡夫人已有感激之情,见她真诚相邀,且知胡多须去了焉耆,便不再怀疑。不过,尤利多还是留了个心眼儿,没一下把话说死,以活话回道:"晚间如无特殊变故,定让王后前去陪你。"

胡夫人见尤利多实已应允,便起身以礼作别,说道:"晚上我设小宴,等你二人共饮。"

胡夫人一走,尤利多立即派人各方打探,回报说胡多须确实去了焉耆,不在宫中,这才决定由他亲送王后去胡夫人处做伴儿。

胡夫人的小宴就设在她卧室旁的小客厅里。她特意安排一名十四五岁的匈奴侍女作陪,连尤利多和王后统共四人,说是小宴,名副其实。匈奴人天生食肉,席上无非是烤肉、炒肉、蒸肉、炖肉,以酒助兴罢了。

一男三女,边吃边饮,斯斯文文,谁也没有狂言醉语。肉足酒酣,胡夫人方道:"国王亲送王后陪我,老身十分感谢。"

尤利多回道:"夫人相邀,是她有幸。"

胡夫人把匈奴侍女推向他面前,两眼直视着他又道:"今晚你也留下,我和王后同枕,你与她共衾,也尝尝匈奴姑娘味道,如何?"

尤利多哪里有心与匈奴姑娘同衾? 他见胡夫人也要把他留下,更觉所探情况属实,也就全然放心了。于是起身作别,说道:"我曾与特使说过'各照本国习俗相处'的话,谢夫人好意,今晚我就不在这里打搅了,告辞,告辞。"

胡夫人拦道:"先别急,咱们再干上一杯,让侍女送你回去。"

她说完,紧向侍女使了一个眼色。那侍女应声起身,为每人又满满斟了一杯,还特意将两杯酒分递到尤利多和王后的手上。胡夫人举起酒杯招呼道:"干,干!"

四人同时一饮而尽。

尤利多向胡夫人拱手告别,说道:"我把王后交给你了,愿你们同乐,告辞了,告辞了。"

胡夫人挥手说道:"放心吧,我自有安排,准保她快活。"

在胡夫人眼色的支使下,匈奴侍女挽起尤利多一只胳膊,出门走了。

王后饮完最后一杯酒,不多时便觉头昏脑涨,体力不支,与胡夫人同进卧室,躺在大炕上。

她哪里知道,就在四人同干最后一杯酒时,匈奴侍女在她杯里放了迷魂药,药力发作,令她很快昏昏睡去。

也不知过了多长时间,下身阵阵剧痛令她醒来。她眼见油灯亮着,自己全身赤裸,一个浑身是毛的高大男人正借着昏黄的灯光,盯着她的全身。她挣扎着爬了起来,一眼看出与她同炕的竟是最怕见到的胡多须。

"怎……怎么是你?"她壮着胆儿问道。

"我的炕上,能睡别的男人?"胡多须眯眼笑着回道。

"你……你要干什么?"王后又壮胆问道。

"我要采花,龟兹最美的两朵花我已摘得一朵,今夜要摘另一朵。"胡多须咧嘴嘿嘿笑道。

王后满炕张望寻找衣裳,全力挣扎,想爬起来逃跑。胡多须只轻轻一按,她便平平躺在炕上,胡多须又翻身重重骑坐上去,使她动弹不得。

王后惧怕地说道:"你不能,不能这样!我是王后……"

胡多须又嘿嘿笑道:"我知你是王后才要这样,过去我见女人就上,现在变了——'宁啃鲜桃一口,不吃烂杏一筐'。"

胡多须一连折腾了三天,王后被折磨得瘫了在炕上。第四天一早,他带上小娘子,真的赶赴焉耆,到北鞬支那里做客去了。

尤利多连日不见王后,心中惦念,就带宫人亲来探望。

胡多须大老婆一见他就迎上前来,说道:"不知怎的,王后到此便身体不适,躺在炕上起不来,我正让人精心调治。"

王后见到尤利多便泪如泉涌,恳求道:"陛下,快快带我回宫吧!"

尤利多见王后泪水满面,心里十分难过,当即让宫人把王后抬回宫里。

王后很难张口道出自己遭受蹂躏的情景,只讲了如何上当受骗和胡多须强行施暴的兽行。

尤利多听了,依然疑惑,愤愤说道:"怎么会是这样?胡多须大老婆明明说她男人去了焉耆。"

王后含恨说道:"世上许多人为了达到自己的目的都在骗,我们受骗了。"

尤利多最怕和哥哥有一样的遭遇,怕哪壶,开哪壶,哥哥的遭遇同样落到自己头上。他怒火中烧,咬牙切齿说道:"我豁出命去,也要想方设法把胡多须这个老畜生杀掉!"

三

窦宪率大军西临私渠比鞮海、登燕然山刻石刊功后,派军司马吴汜、梁讽各带一支人马继续向西挺进,横扫北匈奴残部,千方百计寻觅北单于踪迹。他自己则班师回国,先在五原镇守了一年时间,然后率军西进,最终来到他曾祖父窦融的发迹之地凉州屯驻。

这次屯兵凉州,与刚出师朔方时相比,真可谓天壤之别。那时,北匈奴有生力量还在,势头正猛。在一年多的时间里,经稽落山大战,东西席卷千军,北匈奴有生力量大部被歼,元气大伤;加上北匈奴各部落纷纷归顺投降,匈奴军早已丧失了战斗力。后来,军司马吴汜、梁讽向西挺进,所到之处,北匈奴人又争相投诚,前后共达一万多人。吴汜、梁讽二司马领兵追至西海,终于找到了北单于。经二人宣传、劝告,致以诏赐,重提呼韩邪故事,北单于稽首而拜,表示彻底归顺投降。北单于带领所剩人马,随吴汜、梁讽军队回至私渠比鞮海,等候窦宪的回音,以决定何时拜见汉皇,俯首称臣。

当初和现今面临的局面迥然不同,窦宪本人的变化,更是不可同日而语。出兵时他虽佩金印紫绶,享司空待遇,但官职仅是车骑将军。因战功赫赫,他回到五原时就被晋升为大将军了。按旧典,大将军位在三公(太尉、司徒、司空)下,归太尉管辖。他北伐匈奴威震了朝廷,众公卿上奏皇帝,破例让窦宪地位仅次于太傅一人,在三公之上。他下属的长史、司马、从事、中郎等官位和待遇,都随着提高;弟弟窦笃被封为卫尉,窦景、窦环皆为侍中,还分别当上了奉车都尉和驸马都尉。除女婿郭举为射声校尉、亲家郭璜执掌长乐宫少府由身为太后的妹妹亲封以外,其他人都是因他才受封提升的。这真是:大将军破典升格,四周人全然得势。

班师五原时,副帅耿秉因年老体弱回了京城。屯兵凉州后,大将军窦宪又称征西将军,以太傅邓彪的孙子邓叠为副帅,又提拔任尚、赵博等人为军司马,加上原来右校尉耿夔、中护军班固等,下属更加贴心,用起来个个顺手,大有春风得意之势。

这一天,窦宪正与邓叠、耿夔、班固、任尚、赵博、吴汜、梁讽等人议事,忽然有人来报：朝中派一钦差到此，来传诏书。

还没等窦宪出外迎接，那钦差早已进屋，手持诏书说道："大将军窦宪接诏。"

窦宪赶忙跪下，只听那钦差朗朗宣道：

> 大将军宪，前岁出征，克灭北狄，朝加封赏，固让不受。舅氏旧典，并蒙爵土。其封宪冠军侯，邑二万户；笃郾侯、景汝阳侯、环夏阳侯，各六千户。

窦宪跪道："我皇万岁万岁万万岁！谢皇恩。去年皇上加封武阳侯，俺固辞未受，只领了大将军职位；今又封冠军侯，俺照例不受，请钦差回朝转奏此意便是。"

他站起身来，并不接诏，又对钦差说道："钦差不远万里到此，一路辛苦了，先好好歇息，晚间自当为你设宴接风。"

他刚派人将钦差带走，在座的人们就议论开了。

邓叠说道："去年封你为武阳侯，你就应该受封。"

窦宪没说话，只是摇了摇头。

耿夔说道："去年封你，你辞让了一次，满朝人知你谦让，也就行了。今年封你，你不该又辞掉。"

窦宪又摇了摇头。

班固问道："你是怕树高招风，是不？"

窦宪两眼看了看他，说道："俺天不怕，地不怕，还怕树高招风？"

任尚追问道："那你为甚两次辞封？"

窦宪目光转向任尚，回道："去年俺领大将军官职，位在三公之上，几个弟弟、亲家、女婿都官居要位，连你们都跟着提升，俺早已知足，还要个武阳侯干吗？今年俺几个弟弟都成了侯了，俺再受封窦家真个是侯门似海了，俺不干。"

赵博说道："侯门似海，全家荣耀，岂不更好？该受封就当接受。"

吴汜随道："大将军受封，也不是个人争的，俺说不该辞掉。"

梁讽接道："万户千家，一侯难求。侯位明摆着，大将军硬是不要，天下绝无仅有，叫人实难理解。"

窦宪见众人七嘴八舌,都说他不该固辞侯位,把手一摆,意味深长地说道:"俺告诉你们个理儿吧:凡欲成大事者,不可急功近利。你们细细琢磨,会懂俺为甚辞封的。"

众人听罢,只有邓叠和班固悟出点儿这话的含义,其他人你看看我,我看看你,还是摸不着头脑。

这时,又有人前来禀报,说道:"北匈奴车谐储王带人来到居延塞,请求派使臣,陪同北单于入朝拜见皇帝,俯首称臣。"

去年,北单于随梁讽回到私渠比鞮海,汉军已经撤回塞内。北单于派弟弟右温禺鞮王和梁讽一起入塞,向汉承认错误,并准备让右温禺鞮王携带贡品入朝。窦宪责怪北单于不亲来认错,向汉俯首称臣,就把右温禺鞮王遣送了回去。这回听说北单于要入朝拜见皇帝,心想:皇上和满朝文武大臣眼见北匈奴俯首称臣,也就看到他率军出征的辉煌战果。他满心欢喜,当即说道:"使臣可出,立即派人迎北单于入朝。"

邓叠问道:"派谁去呢?"

窦宪不加考虑地说道:"北单于是梁讽找到的,还带右温禺鞮王入过塞,梁讽算一个;还要派一个更显身份的人,就以中护军班固为首吧!"

耿夔马上说道:"中护军只是大将军幕僚职务,按朝礼尚不足位呀!"

窦宪当即回道:"这还不好说,俺委任他为中郎将,这不就足位了吗?"

班固一听自己被任命为中郎将,立即躬身施礼,道:"多谢大将军提拔重用。"

窦宪赶忙制止道:"我乃行皇帝旨意,要谢当谢皇上。"

邓叠问道:"班、梁二人何时出发?"

窦宪命令道:"明日就出发。梁司马带一班人协从,要好好协助班中郎将行事,见单于后可直奔京城。"

班固没想到,年近六旬,自己又一次踏上了远行的道路。

窦宪北伐回来,本可班师还朝,可他没有这样做。这固然因他没有接到圣旨不能擅自回朝,更重要的是他自己想留在外地。他若想回朝,没有圣旨可以上奏请求回去,圣上未必不准他回;他自己不想回,又没有圣旨,正好借机留下。

在他曾祖父之前的先祖,累世在凉州为官,其中有任张掖太守的,有当武威太守的,也有做过护宪校尉的。他的曾祖父窦融在光武皇帝未定天下之时,身为武威、张掖、酒泉、敦煌、金城五郡大将军,直接掌管河西五郡。自古以来,素有"金张掖,银武威"之说,这话绝非凭空而来。汉时的张掖和武威,土地肥沃,物产丰富,是一个得天独厚的好地方。光武帝深知河西富裕,窦融所辖五郡兵强马壮,食库充足,又地接陇、蜀,故十分看重这个地方。这就是窦融率河西五郡太守投奔光武帝时,立即受到重用,被列为开国功勋的原因所在。

窦宪的曾祖父为窦氏家族带来了空前的荣耀和大富大贵,全家人出现了一公(大司空窦融)、两侯(安丰侯窦融和显亲侯窦友)、三公主(祖父窦穆、窦固分别娶了内黄公主和涅阳公主,父亲窦勋娶了沘阳公主)和四人年俸两千石的局面,在朝中无与伦比。

窦宪的爷爷和父亲,都曾侦窦家败落过,直到他妹妹当上了皇后,他这辈人才又荣耀起来。如今,妹妹身为皇太后,临朝执政;他身为大将军,位在三公之上;弟弟窦笃官居卫尉,处在卿位,窦景、窦环皆为侍中,三人都被封了侯;不算妹妹,兄弟四人年俸都为两千石,一家人的荣耀富贵已经胜过曾祖父时期。

窦宪从小就崇拜曾祖父,对曾祖父甚是感恩戴德。他又知曾祖父是个颇知进退之礼的人,很想从曾祖父身上悟出点什么。所以,他有意识地屯兵凉州,要循着曾祖父的足迹走一走,看一看。

当时,凉州共设陇西、汉阳、武都、金城、安定、北地、武威、张掖、酒泉、敦煌、张掖属国、张掖居延属国十二郡(国)九十八县,全州共有十一万户四十三万多人。窦宪到凉州后,已经视察过一半以上的郡县;班固、梁讽一走,他计划将还没去过的地方,尽可能都走上一遍。

这一天,他在邓叠的陪同下来到了西距洛阳四千多里的张掖属国。属国官员见当朝国舅、大将军驾到,自是隆重迎接,盛情款待。窦宪知道这里是曾祖父初到凉州任都尉的地方,不免饮酒过量,被人抬进屋里昏沉沉睡去。

梦中,他被押到法场,只见刽子手举起明晃晃的大刀,向他脖子全力砍下。他还没有尝到死的滋味儿,就被惊醒了,浑身早已吓出一身冷汗。他躺在床上,虽知是南柯一梦,却久久惶惶不安,内心甚觉不快。

梦,使他大为扫兴,无心再在张掖属国多待,只礼节性地同属国官员谈了一次话,便和邓叠离去了。

他同邓叠回到武威驻地的当天,班固和梁讽一行人马也出乎预料地返回了驻地。

"你们离开尚不足两月,怎么这样快就回来了? 北单于可曾接到?"窦宪疑惑地问道。

"行至私渠比鞮海,北单于遭南匈奴右谷蠡王师子军的重创,带残部逃走了,我等只是空跑一趟。"班固回道。

"你们可知北单于去向?"窦宪又问道。

"听说北单于带所剩人马紧向西逃,去了金微山一带。"梁讽回道。

"没能迎到北单于,也就不能入朝宣奏北匈奴俯首称臣,这如何是好?"耿夔问道。

窦宪毫不犹豫地说道:"由你和任尚、赵博带一万人马直奔金微山,彻底消灭北匈奴。"

邓叠应和说道:"对,干脆把北匈奴彻底灭掉。"

四

班超先是得知北匈奴要向汉俯首称臣,不久又听说北单于遭南匈奴重创,狼狈逃窜。最近,又传来最新消息:右校尉耿夔等人率军在金微山大破北匈奴,然后乘胜追击,直临西海(今波斯湾、红海一带),北单于不知所踪。这一切,使班超大为振奋,更坚定了和平解决龟兹问题的信念。

尽管他早有这一想法,可分毫没有放松军事训练;相反,军事训练比以前抓得更紧了。

这天,他和徐干、成大等人检查各营部军训情况刚刚回到疏勒宫里,王强突然闯了进来,说道:"龟兹那边来人了,有要事相告。"

班超天天在关注着龟兹的情况,迅即吩咐道:"快快请进。"

还没容王强出去引见,两个汉子抬着一只木箱已经进门了。

班超一看,是月氏一胖一瘦两商人,呵呵笑道:"俺真以为来的是龟兹客人,原来是我们的月氏朋友。"

瘦商人解释道:"我俩真是从龟兹来的,还代表龟兹王而来。"

胖商人指着木箱说道:"龟兹王让我俩代他送来一份厚礼。"

成大甚感意外地问道："龟兹王送礼？什么厚礼？"

月氏胖商人一边打开箱子，一边说道："各位请看。"

木箱打开了，里面是一颗血肉模糊的人头。

瘦商人指着人头说道："这是北匈奴特使胡多须的头。"

徐干问道："是龟兹王杀的？"

胖商人点头回道："是的。"

瘦商人又道："龟兹王尤利多要一心向汉，亲自出马游说温宿、姑墨一起归降，就让我俩代他'送礼'，并转达他请求班大人速去龟兹的愿望。"

和平解决龟兹问题，是班超根据各方面事态做出的决定，连他自己也没想到事情解决得这样快。他连忙向二商人催促说道："具体情况如何，请详细讲给大伙儿听听。"

一胖一瘦两商人不紧不慢，一五一十地向大伙儿讲述起来。

尤利多王后被从胡多须处抬回以后，下身大出血，没几天就死了。

尤利多失去最心爱的人，几次想把仇人杀掉，总没机会下手，加上他天性怯懦，只好逆来顺受，任胡多须作威作福。他心灰意冷，连国王都不想当了，因为他信佛，就想到了出家。

那是一个阴沉沉的日子，他只带了几个贴身侍从，来到龟兹佛教圣地它乾城。它乾城是龟兹第二大城，历史比延城还长，是佛教传入龟兹最早的地方。龟兹规模最大、历史最久、和尚最多、最有名声的雀离寺就在这里。这寺庙占地十顷，庙高数丈，比于阗黑玉龙河畔的寺庙还要高大。

这一天，他甩开了侍从，只身进了雀离寺。他心事重重，先到寺内大殿金身大佛前跪拜，合掌祈祷："阿弥陀佛，愿神明保佑，助我脱出苦海。"

那佛应声问道："你是何人，有苦尽皆道来。"

尤利多虽然多次拜佛，但从未听过佛爷说话。他大吃一惊，赶忙回道："我是龟兹国王尤利多，身为国王，却受北匈奴特使管辖，备受凌辱，不如一介平民百姓。我想步入佛门，在此出家，乞求我佛接纳。"

那佛说道："佛门万事皆空，不可有欲，谅你难以做到。"

尤利多表白道："我万念俱灰，已无从谈欲，亦无所求。"

那佛问道："你可曾有爱？"

尤利多立时想到王后和爱妃，如实回道："有。"

那佛又问："你可曾有恨？"

尤利多又道："有。"

那佛追问："现在如何？"

尤利多一时难以回答，那佛见尤利多并不答语，知他情欲未断，说道："爱与恨，乃人世之常情，情由欲出，你情欲未了，佛门不能为你敞开。"

尤利多茫茫然问道："我……我该怎么办呢？"

那佛干脆回道："有爱则求，有恨则解。"

尤利多虔诚地问道："心中的爱，怎么求？满腹怨恨又怎样解呢？"

"砰"的一声，那佛将一签投于地上，说道："上面的话明明白白，一看就懂，紧要的是拿出办法来，如何做到，回去自己想吧！"

尤利多拣起签子再三叩拜，那佛再也不同他搭话，他只好揣起签子，退出了庙门。

他拜完佛，很快和侍从一道返回延城。回到宫里，他悄悄将签子拿出来，只见上面用梵文写着两句话：

> 要解脱，斩胡肜；
>
> 想修好，投班超。

这话，他少说连看了两遍，深觉正中自己心坎。斩胡肜的念头，在王后遭胡多须蹂躏后就产生了；投班超，他并不是没有想过，只是一想到自己跟随胡多须攻打过车师，也做过其他有负于汉的事情，无法向班超交代，也无法与班超沟通，就没再深想下去。

猛然间，他一下意识到签上的话非同小可，"斩胡肜""投班超"虽由梵文写成，一旦被胡多须发觉，定遭灭顶之灾。于是，他小心翼翼地把签子收藏了起来。

正当他无计可施，苦于拿不出办法的时候，忽然有两个人前来求见。他叫侍从把来人宣进宫一看，两人一胖一瘦，是常来龟兹传教、做买卖的月氏商人，早就认识。

瘦商人使了个眼色，让尤利多把侍从和宫人都辞退下去，然后说道："我们知你遭受不幸，处境艰难，是来帮你出主意的。"

"你们知道我的情况？"尤利多诧异地问道。

"当然知道，我们常来常往，连你们老百姓心里在想什么都一清二楚。"

瘦商人回道。

"你多次接见过我们,咱们是老朋友了,我们都很同情你,希望你能改变自己的处境。"胖商人推心置腹地说。

"我早就想改变处境,就是苦于没有办法。"尤利多无可奈何地说道。

"办法是有的,就看你敢不敢去做了。"瘦商人又道。

"什么办法,请二位多多指教。"

瘦商人先把右手高高举起,猛地往下一劈,做了个砍的手势;然后抬起左手,向南指了指,又将两个食指并在一起。

尤利多惊讶地看出,这两个手势和金佛所投签上的话意思一样,正好相合,不由得暗暗惊叹。

"方才所示,我心里明白,也早有此意,就是深感无能为力呀!"

"不,你能做到,也有能力去做。"胖商人鼓励道。

"我怎样才能做到呢?"尤利多信心不足地问道。

"首先,你得去掉一个'怕'字,你怕匈奴人,你怕匈奴特使。"瘦商人干脆回道。

"是,我是怕,我怯懦。"尤利多承认。

"你还应去掉一个'奴'字,你身为龟兹人,又是一国之主,为什么不能挺起腰杆自立于本国土地上,而奴性十足地甘当匈奴人的奴才?"

尤利多哑口无言。胖商人见尤利多面带窘色,便转换话题:"你可还记得班超三十六人在鄯善火烧北匈奴一百多人的事迹?"

尤利多连连回道:"记得,记得。"

胖商人又鼓励道:"你看,那是一种什么样的勇气!班超能以三十几人全歼北匈奴一百多人,我就不相信以你一国之众,不能收拾一个只有数百人的北匈奴特使。"

瘦商人也打气道:"北匈奴国都快完蛋了,你还怕什么? 形势对你十分有利。"

两商人一唱一和,尤利多忧虑顿消,终于鼓起勇气,下决心说道:"我听你二人的,你们怎么说,我就怎么办。"

瘦商人立时说道:"为成大业,你还要结一次婚,娶个新王后,婚礼越隆重越好。"

尤利多不明其理,刚要问,只见瘦商人凑在他耳边,悄悄嘱咐一番,直把尤利多说得喜笑颜开,连连点头。

三月中旬,风和日丽,春暖花开,燕雀有声。随着明媚春天的到来,尤利多的心情豁然开朗,再不像过去那样阴沉沉,无精打采。他要在这个美好的时日,举行新婚典礼,娶爱妃为后,开始新的生活。

婚典这天,尤利多没有大张旗鼓,只邀请了本国诸位大臣及其亲属,没有通告别国国王。胡多须特使自在特邀之列,是婚礼上不可缺少的座上客。

宴席上,酒过三巡,尤利多突然走至胡多须跟前,问道:"今天是什么日子?"

胡多须以为他因为高兴在明知故问,张口回道:"是你的新婚之日,这还用说?"

尤利多轻轻摇了摇头,说道:"不,应该说是龟兹人民大喜的日子。"

胡多须顺口说道:"你是国王,龟兹人自然都很高兴。"

尤利多故意问道:"值得庆贺吗?"

胡多须连连回道:"值得,值得,值得。"

尤利多两眼直视着他,问道:"我历来都听你的话,对吧?"

胡多须点点头,回道:"这没错儿。"

尤利多抖了抖身上的婚服,说道:"要知道,没有你,就没有我的新婚之日;今天我娶新王后,是你让我这样做的。"

胡多须先是诧异,继而连连摆手说道:"我?这可不是听我的。"

尤利多抬高声音说道:"不,与你有直接关系,你要不把王后折腾死,我哪会有今日!"

胡多须见尤利多当场揭他丑闻,勃然大怒,"啪"的一声把桌子一拍,狐假虎威地吼道:"住口!放肆!你在新婚之日就想找死吗?"

尤利多听后放声哈哈大笑,笑得胡多须浑身直发毛。他止住笑,两眼紧盯着胡多须咬牙切齿地说道:"不是我找死,你恶贯满盈,是你自己登上门来送死!"他说完,把手一挥,早有两个彪形大汉闪将出来,把胡多须按在地上捆绑起来。

这时,胡多须多么盼望他的人马前来搭救啊!他哪里知道,他在宫里的驻地和北匈奴营部,早已被龟兹官兵死死围住,该杀的杀,该抓的抓,一网统统打尽了。

班超听了两位月氏商人的讲述,异常欢喜。他一下想到要带兵回龟兹的白霸,不免问道:"尤利多提到他哥哥白霸了吗?"

胖商人回道:"他一直很同情白霸,说真心盼白霸回去当国王。"

班超又问:"他自己有什么打算?"

瘦商人回道:"他是有自己的打算,说要同你当面谈,到时你直接听他的,我们就不说了吧!"

王强在一旁想起了什么,好奇地问道:"你们说尤利多去拜佛,他拜的佛真会说话? 那佛爷长得什么模样?"

两位商人都被问得笑了起来。瘦商人指着胖商人说道:"和尤利多说话的'佛'就是他,庙里佛像,哪儿有会说话的。"

经他一说,众人一齐笑了起来。班超向前紧紧拉住两位商人的手,感激地说道:"你二人在龟兹立了大功,俺代表汉廷和全体官兵向你们致谢了。"

五

让地处西域北道要冲的龟兹从北匈奴势力范围摆脱出来,是班超多年的愿望。从他在建初三年给章帝上疏请兵增援,提出降伏龟兹的战略计划,历时十三年,终于如愿以偿,着实令他欣慰。尤其使他高兴的是,没动一刀一枪,就实现了久盼的愿望;连温宿、姑墨也一起归顺了汉廷,这就更使他心满意足了。

龟兹转向汉廷,就等于清除了北匈奴盘踞在西域的战略据点,意义十分重大。眼下,整个西域南北二道,只剩下焉耆及尉犁、危须两个小国由北匈奴控制,彻底打通西域的目标指日可待了。

班超离开疏勒前,对全体官兵进行了部署,让徐干、和恭领八百汉军留驻疏勒,他自己率大部人马前往龟兹。部署后,他将降伏龟兹、温宿、姑墨和汉军部署情况,一并成文上奏朝廷。

他率军带着白霸来到延城这天,尤利多率群臣及温宿、姑墨国王,和百姓一起相迎于十里之外,组成了一条长长的夹道。道路两旁的人,有的挥动小彩旗,有的打着小白旗,就连迎上前来的尤利多和温宿、姑墨两国国王也手持一面小白旗。

班超是个细心人,见此情景,深会其意,当即勒马止步,对尤利多说道:"把所有白旗都收起来。"

尤利多连忙解释道："我随北匈奴做过许多损汉的事，是有罪之人，故设白旗，诚表谢罪之意。"

班超说道："你多年依附北匈奴，丧权辱国，出兵车师、没我都护，纠集龟兹、焉耆、温宿、姑墨五万人马围攻疏勒，等等，实有罪过。俺心里明白，主谋在匈奴，你是协从，也是受害人。今你弃恶从善，悔过自新，杀北房特使立下大功，足可将功折罪，就不要打白旗谢罪了。"

尤利多对班超的宽大为怀十分感激，立即派人打马先行，让夹道欢迎的人撤掉白旗，然后与群臣及温宿、姑墨二王一道，簇拥着班超向城里走去。

第二天，尤利多就主动退位，为哥哥白霸主持了加冕仪式。班超对白霸成为龟兹新的国王很是高兴，对尤利多真心让位的精神甚是赞赏。

白霸登上王位的当天晚上，班超一家人刚吃完饭，尤利多就带着大儿子找上门来。

班超知道尤利多要谈个人今后的打算，让座后直言道："俺知你有事儿找俺，请直言相告。"

尤利多说道："西域人说话不会拐弯抹角，我有个请求，万望班长史答应。"

班超接道："有甚要求，尽管说来。"

尤利多真诚说道："如今龟兹又像先王一样归附汉廷，也应像先王那样纳质入侍。我要到洛阳去，既可明我悔过之意，又可表龟兹人向汉之心。"

班超问道："这事儿你可曾向你哥哥说过？"

尤利多回道："他已同意，也很支持我这样做。"

班超欣然应允，说道："如是甚好。"

尤利多又道："我还有个请求。"

班超敞开说道："有话请讲。"

尤利多指着身边的长子黑货说道："我想把大儿子黑货留在你身边学习各方本领，班长史若能视为养子，我将不胜荣幸。"

班超一把拉过黑货，揽在怀里，笑道："俺身边又添一子，求之不得，甚是高兴。"

这黑货和班勇一般大小，十分聪明懂事，听班超一说，也不看父亲眼色，便从怀里挣出，跪在班超面前道："义父在上，请受小儿一拜。"

拜完班超，又跪至月的面前，拜道："妈妈在上，小儿黑货向你叩头了。"

月忙将黑货拉了起来,一手拉手,一手抚头,喜不自禁说道:"好儿子,真乖,长大准是个好货。"

黑货的一拜,月的一句话,惹得班超和尤利多都大笑起来。班勇见爹妈收了义子,也非常高兴,凑上前奏,拉上黑货的手,到一边亲热去了。

班超这才转向尤利多问道:"你打算何时动身?带多少人去?"

尤利多回道:"几日后便动身,要带的人嘛,婆娘是不可缺少的,连用人,少说也得二十来人。"

班超说道:"带多少人去由你定吧!俺派人专程送你。"

尤利多见班超完全满足了自己的要求,便带上儿子告别,回宫打点行装,与白霸一起准备贡品去了。

班超派军司马姚光带一班人护送尤利多及其随行人员的热闹场面刚刚过去,龟兹国都延城又发生一起轰动全城的事件。

"杀人啦,杀人啦,国王即位就要杀人啦!"有人在满街呼喊着。

"快去看,快去看,看国王要杀什么样的人!"

大街小巷,人们在窃窃私语。家家户户,人们都在纷纷议论。传言说,国王要杀一个年轻貌美的女人,这女子年方十六七岁,脸色白里透红,皮肤细腻光滑,是个如花似玉的美人儿。

白霸刚登上王位就要杀人,这事儿虽未向班超打招呼,但很快就传入班超耳中。

班超从各方面了解到,白霸要斩的不是别人,正是北匈奴特使胡多须最宠爱的小娘子。尤利多杀掉胡多须后,接着杀掉了胡多须的大老婆,把胡多须的头献给了班超,将胡多须大老婆的头祭在了王后坟前。在这之后,尤利多把胡多须小娘子留在宫里,肆意奸淫,竭力宣泄对胡多须的愤恨。他去洛阳前,把胡多须小娘子交给了白霸,任白霸处置。白霸没像弟弟那样对待胡多须小娘子,毫不犹豫地决定,要大张旗鼓地将其杀掉,然后再像弟弟那样将人头祭在遭胡多须蹂躏而死的爱妻坟前。

白霸斩胡多须小娘子的刑场就设在延城北门外不远的地方。

刑场四周,早已围满了数以千计的观望者。只见那小娘子被五花大绑着,已经押上了刑场。刽子手手挎雪亮的大刀,守候在行刑之地,正等候施刑命令。

这时,白霸面对刑场,拧眉瞪眼,看看被押的女人,又环看四周,只待发令之时了。

他刚刚下令开斩,刽子手举刀之时,只听"砰"的一声,那刀被一长剑架住,霎时又听一声大喝:"且慢!"

白霸定睛一看,来人三尺多高,又瘦又小,是班超的吏士田虑。

原来,班超听到白霸要杀胡多须小娘子的消息,十分惊讶,认为这一做法大有不妥,立即决定制止。白霸设法场如此之快,是班超始料未及的,一听说白霸亲临法场行刑,便让田虑提前赶来。

白霸正要向田虑发话,只见一帮人挤进人群,直冲他走来。为首的不是别人,正是他最敬服的班超。

"这个女人绝不可杀!"班超走上前来,制止道。

"匈奴特使欺我之妻,我妻含恨而死,我要以她的头祭我妻子。"白霸怨恨难消。

"北匈奴特使罪大恶极,罪责难逃。可她是无辜的,充其量只不过是个泄欲工具而已。"

白霸听了,觉得有理,不再吭声了。

"万物间,人为贵,绝不可随意杀人。"班超进而说道,"作为一国之主,杀个人如同捻死个蚂蚁,轻而易举,越是这样,越不可轻易杀人。"

白霸终被说服了。四周上千的围观者,不住点头称道。被救的胡多须小娘子,扑通跪在田虑面前,磕头虫般磕头相谢。

田虑指向班超说道:"那才是真正救你的人呢。"

胡多须小娘子立时转向班超,连连磕头不已。

班超一时不知如何发落眼前这获救女子,问白霸道:"你看,这女子如何安置,可否收留?"

白霸回道:"我不杀她,已属不情不愿,我是绝不会收留的。"

田虑眨了眨眼,插进来说道:"焉耆还有北匈奴使者,离这儿又不远,就把她送到那里,交给北匈奴人吧!"

胡多须小娘子听说要把她交给北匈奴人,立时惶恐起来,向班超苦苦哀求道:"我不能到那里去,我要留在你们身边,哪怕一辈子当个用人,也心甘情愿。"

班超见她苦苦哀求的样子,不由得同情起来,转向白霸,以征询的口吻说道:"如此看来,只好由俺暂且安排了,可以吧?"

胡多须小娘子眼望着白霸点头默许，直奔班超面前跪下，向班超拜了又拜。

六

严冬腊月，延城干燥寒冷，朔风阵阵，耳朵、指头冻得被咬般疼痛。寒冷的天气直令人打战，可班超一伙人的心里却是热乎乎的。龟兹、温宿、姑墨几国的归顺，着实令人高兴，外面天冷，也不觉寒意。

自到西域以来，班超和他的部下很少安安稳稳过个年。眼看年关即到，他打算让部下欢欢乐乐、热热闹闹过个年，也借着过年好好犒劳犒劳同他一起出生入死的官兵们。为了给大伙儿增添喜气，他还要了却一桩姻缘：胡多须小娘子被搭救以后，非要嫁给田虑不可，弄得田虑茫然失措，不知如何是好。

这一天，田虑又找上门来。月知他是为个人婚事而来，就直言问道："你和匈奴小娘子的事儿定了吧？"

田虑坐在班超身旁，只摇了摇头。

月又问："你以为人家不配你，还是嫌人家破过身子？"

这下田虑可坐不住了，急忙辩白说道："嘿，这是从哪儿说起？俺都过五十的人了，谁想娶个原样儿女！"

月想了想，试探地问道："你是顾忌种族不同，对吧？"

田虑回道："种族不同有什么要紧，都是个人，不同种族通婚的人可多了，你和班大人不也一样？"

月说道："你既不嫌这嫌那，又不顾忌种族不同，干脆定下来得了，别再犹豫不决。"

田虑又摇摇头说："俺觉得不大对劲儿。"

月指着他逼问道："你说说，有甚不对劲儿处？你是觉得你俩年龄相差太大、相貌不大般配，是不？"

田虑这才点点头。

月指了指班超，大大方方地说道："这有什么可顾忌的，你看我和他，我小他大，相貌也不般配，可不也相亲相爱，过得挺好吗？"

说着，她俏皮地走至班超身旁，莫摸班超的脑袋，又捋捋班超的胡须，故意逗趣起来,惹得田虑和班超都笑了。

月板脸不笑,指着田虑断然道:"不准你再犹豫了,由我做主,年前我就把你的婚事给办了,让你过个团圆年。明年,生个儿子报答我。"

三人正在开心笑着,忽然外面车喧马叫。不一会儿,车声止住,门一开,闪进一条高大的胖汉子来。

班超定睛一看,见是姚光,不由得甚感意外,赶忙上前,拉住姚光的手问道:"你怎这么快就回来了?"

姚光回道:"去时人多累赘,回来轻便快当,正好赶回来过年。"

田虑打趣道:"你走时俺让你回家看看,等种上再回,你回来这么快,想必是种得也快吧!"

姚光实话实说:"俺女人死了,俺连家都没回,上哪儿种去?俺和你一样,想种没处可种。"

月见姚光说得那样认真,不禁笑了,指着田虑说道:"过去你有婆娘,他和你不一样;现在你没了婆娘,他和你也不一样了。"

姚光大惑不解地问道:"怎么,他……他和俺不一样?"

班超向他解释道:"俺们正给他操办婚事呢!过几天,他就当上新郎了。"

姚光指着田虑也打趣道:"那好啊,俺祝贺你,只愿明年生的儿子别像你,像俺这样魁梧高大才是。"

田虑朝他做了个鬼脸,手一挥,说道:"管他呢,俺连功夫全种进去,让儿子一生下来就有俺的本事,也挺好的。"

"好,好,好!"班超、姚光和月不禁一阵哈哈大笑,同时拍手说道。

月止住笑,颦眉捅了班超一下,问道:"你不是说胡多须大老婆有个侍女也留下了吗?"

班超想了想,回道:"是啊!"

月颇有主见地说道:"何不设法让她嫁给姚光,年前咱操办姚光和田虑一起结婚,岂不皆大欢喜?"

"好,好,好!"班超、田虑同时拍手齐声笑道。

这时,徐干、和恭、甘英、华里华里旺、王强、东吉等人走了进来。月把姚光的婚事一讲给他们,众人立时拍手赞同,连声叫好。

两对年轻夫妇正要上前打趣,姚光突然严肃起来,一边从衣袖里掏着什么，一边大声说道："都给俺跪下，听俺宣读圣旨。"

众人见他手上真有诏书，知道不是开玩笑，便齐齐跪在地上。

只听姚光以浓重的西北口音大声宣道——

北狄破灭，各王纷纷来降；西域诸国，纳质内附，岂非祖宗灵光之鸿烈也？今龟兹前王自诣京师，与其他诸国一并请求都护。朕与朝中群臣议决：复设西域都护、王副戊己校尉增设骑都尉。都护总揽西域诸事，由班超任职；其长史一职由徐干接任；姚光为首任骑都尉；正副戊己校尉待都护择定，上奏朝廷。尔等建功西域，业绩卓著，兹赐班超以下各官钱帛各有差，以示奖劝。

永元三年九月

众人听完诏书，连连向东叩首跪拜，齐呼万岁。

班超跪拜后，接过诏书对众人说道："贯彻诏书决议，时不隔夜。诏书所言正副戊己校尉一事，今日即可决定。俺提个名单，各位如无异议，明日便可上报朝廷。戊己校尉，由和恭和田虑担任，甘英和王强同任副戊己校尉，如何？"

他的提议，当即便得到众人的拥护，随后还响起一片热烈的掌声。

姚光的突然出现，给大伙儿带来了意外的惊喜。班超宣布完正副戊己校尉名单，人们就把他围拢起来，说这道那，喜气洋洋，又纷纷为田虑、姚光的婚礼出主意。姚光听了这些话，心里暗暗高兴。他猛地想到门外马车上的赐物，一手拉过田虑说道："大伙儿给咱操办婚事得有东西，皇上赐物还在外头，走，快出力卸东西去。"

他一边说着，一边像抓小鸡一样，一下就把田虑提出了门外。大伙儿乐呵呵地拥出门，搬的搬，扛的扛，一齐忙活起来。

第十四章　讨平焉耆

一

在班超一伙儿帮姚光、田虑了却两对姻缘的时日，一桩非同寻常的情缘在京都洛阳皇宫里发生了：年已三十的窦太后和她的侄女婿郭举卿卿我我、如胶似漆，竟达到了难分难舍的地步。

郭举二十出头，比窦太后小十来岁，长得英眉俊眼，腰身健美，很有男性的魅力。在他的婚典上，窦太后一眼便把他相中了。

郭举的新娘子是窦宪的女儿，窦太后是她的亲姑姑。按伦理，当姑姑的不该对侄女婿有非分之想，这本是人伦之常。可谁能想到，窦太后一想起哥哥出于权力之争杀掉了她的心上人都乡侯刘畅，闷在心头的怨气便不由得冒出来。事情虽然过去几年了，这股怨气始终未消。出于报复心理，也少不了本能的驱使，她一见年轻英俊的侄女婿便产生了强烈的占有欲望。她心想：这算是哥哥对我的一个补偿。

侄女的婚典快要结束时，窦太后拍着侄女婿的肩头说道："女婿是半个儿子，窦家添儿实当庆贺。你可记着宫里还有我这个姑姑，姑姑闲时怪寂寞的，宫廷大门为你敞着，别忘了常去看看姑姑。"

郭举是个看重前程的人，在说亲时知道窦宪的女儿长相一般，心里并不乐意。可想到窦家的显赫，又有个当朝执政的太后姑姑，便应下这门亲事。他一听窦太后让他常进宫去，心里喜不自禁，当场满口答应。

他一当上窦家的女婿，身价大增，自可在宫里直出直入。他心里盼着受封之日,巴不得常进宫里拜见姑姑。

这一天,他径直来到太后常居的长乐宫里,一见太后倒地便拜:"姑姑在上,姑姑万福。"

窦太后见他前来看望,立时把守候在身边的中常侍郑众和宫女打发下去,这才以手揽起他,说道:"什么万福,我没甚福气,只有豆腐(福)。"

郭举眼望着窦太后不知如何是好。他意想不到地听窦太后凄然说道:"别看我身为天下母,又掌一国大权,其实,是个连普通百姓都不如的可怜人。"

郭举大惑,惶惶然问道:"姑姑,你怎这样说?"

又听窦太后说道:"你姑可一点儿也没瞎说,别忘了,你姑也是个人,离不开五谷杂粮;你姑是个女人,也该享受女人的天伦之乐。可我,早早失去了男人,没有男人陪伴,只能独守空房。"

郭举不由得同情地说道:"姑姑,俺天天来陪你。"

窦太后说道:"你要陪我,就要全陪。"

郭举问道:"甚叫全陪?"

窦太后明确回道:"全陪就是像我的男人一样,你懂不懂?"

郭举虽然年纪轻轻,可终算过来之人,何况他聪明伶俐,马上心领神会,轻声回道:"俺懂,俺懂。"

寝宫里,炭火正旺,暖洋洋的。正当年的窦太后面对她早已相中的男人,情火像炭火一样炽烈燃烧,说道:"你真懂还是假懂,姑姑可要试试你了。"说着,便款款宽衣解带,躺在床上等候郭举上去。

郭举见窦太后赤条条躺在床上,像白天鹅似的,皮肤又白又细,简直被惊呆了。他生来还从未见过如此奇美绝伦、极富性感的女人,立时冲动起来,脱去衣裳,爬上床去。一阵云雨过后,接着便是枕上的悄声细语。

"好吗?"

"好。"

"这回你真懂什么是全陪了?"

"真懂了。"

"别忘了,常来陪我。"

"俺从心里爱姑姑,一定常来。"

"我明日就封你个官职。"

"封俺甚官职?"

"封你为射声校尉,年俸两千石。"

"这可是待遇高的大官儿呢,多谢姑姑。"

"往后当人面再叫姑姑,光咱俩时别这样叫。为避人耳目,保你常来常往,我还想封你爹为长乐宫少府府丞,由他执掌长乐宫,年俸也是两千石。"

"这太好了,多谢大宝贝儿,多谢心尖尖。"

"什么谢不谢的,还不是为了咱俩方便。"

宫廷的墙照样透风,窦太后和侄女婿郭举的风流韵事,很快被每天侍奉在和帝与太后左右的中常侍郑众发觉,也传到了和帝耳里。

和帝近十五岁,已是懂事的年岁,一想到母后和郭举的事便郁郁不乐。

郑众从和帝一岁被立为皇太子时就照料和帝,眼看着和帝长大,颇知和帝的心思。这一天,他见和帝又在发愣,知他是在想母后的事,便上前宽慰道:"万岁,太后不像臣是个阉人,失却男女情欲;况且,她年岁尚轻,风流一时,事不为大,请陛下不要总放在心上,招致不快。"

和帝大为不悦,说道:"有甚比这更折朕脸面的,怎说事不为大?"

郑众回道:"陛下,太后之事,若纯属个人私事,并不算大,眼下最紧要的是确保刘家天下。"

和帝知郑众机敏过人,看事准确,又忠于皇室,从不故作玄虚,问道:"你是说朕坐天下不稳吗?"

郑众点了点头,回道:"是这样,目前形势非常严重,若不紧急解决,陛下还有生命危险。"

和帝因从小就得到郑众的照料和辅导,一直把他看成最亲近、最信赖的人,也很听他的话,听后不免大吃一惊,连忙问道:"有何征兆?"

郑众没正面回答,而是先晓之以理,道:"自高祖得天下以来,汉室几度阴盛阳衰,危及刘氏皇位。陛下目前正面临阴阳易位之时,必须严加防范。"

和帝似懂非懂,说道:"请爱卿详细道来。"

郑众以史为鉴,启发道:"汉兴以来,后妃之家,诸如吕、霍、上官三氏族人①几次危及国家,世人皆知,无须多言。单说孝元皇后②,历汉四世,享国六十余载。她当上太后以后,一日封王氏五侯,总共封了十侯五大将军,导致王莽篡权,变更国号。若不是光武中兴,哪里还有刘家天下?"

和帝似有所悟,问道:"你说母后不想让朕坐天下吗?"

郑众回道:"这倒不一定。太后嫁到刘家便是刘家人,会为刘家着想;何况陛下虽非她亲生,但她从小养你胜过亲生。她的问题是不该封窦氏四兄弟为侯,授以军政人事大权;近日又重用郭举父子,又封皇亲以外与你国舅要好的邓叠、邓磊兄弟二人为穰侯和步兵校尉,实际形成窦家掌管天下的局面,太后对此是有直接责任的。"

和帝又问道:"依爱卿之言,国舅有意要占朕的龙位了?"

郑众直言回道:"据臣所知,你国舅不但有这意图,而且早就开始行动了。"

和帝依然疑惑地问道:"事情果真会这样?"

郑众不答,反问道:"陛下,你可知郭举是何等人?"

和帝不好意思地回道:"他是……他是朕大舅的女婿,与母后相好。"

郑众连连摇头,说道:"他若单纯是这种关系并不打紧,可怕的是更深一层的关系呢!"

和帝茫然问道:"还有什么关系?"

郑众回道:"他和他爹郭璜,还有邓叠、邓磊,都是你舅的心腹,他们已经和你的舅舅结成死党,暗中策划搞掉你哪!"

和帝不由得害怕起来,问道:"爱卿,你说说,这该怎么办呢?"

郑众献策说道:"要想稳住局势,太后是个关键人物,千万别让郭举拉过去;太傅邓彪是个老好人,年纪也大了,无碍大局,令其保持中立也就行了。另一紧要的措施是,一定要将巡城的执金吾和掌管宿卫的屯骑、越骑、步兵、长水、射声五校尉牢牢控制在自己手里,这样就可以防止他们的阴谋得逞了。"

---

① 吕:嫁与汉高祖的吕后;霍:汉宣帝刘询的皇后霍成君;上官:汉昭帝刘弗陵的皇后上官氏。三氏族人皆政变,危及汉室。

② 孝元皇后:汉元帝刘奭的皇后王政君,是一度篡汉的新朝皇帝王莽的姑姑。

和帝说道："既然知道他们的阴谋，干脆把他们统统抓起来，隐患不就一下消除了吗？"

"不可。窦宪手握重兵在外，一旦听到风声，一定会发生暴乱，那时就更不好收拾了，务必稳住才是。"

和帝拧眉想了片刻，又问郑众："事情如此重大，能讲给母后吗？"

郑众不假思索地回道："可把窦氏兄弟图谋不轨的事情讲给太后，还要设法做她的工作；有关计策只去做，不要说。"说着，他又凑在和帝耳边，细细叮嘱了一番……

窦宪图谋弑帝篡夺皇位的事儿，暂且打住。要提前告诉各位的是，后来郑众因功被迁升为大长秋，得到和帝的信任和赏识。

二

正当班超策划讨平焉耆、一鼓作气降伏尉犁、危须之际，一个晴天霹雳般的消息传来，使他大为震惊。这消息是以和帝通告名义发出的，综述了窦宪阴谋弑帝、篡夺皇位的前前后后，通告了窦党一伙儿被粉碎的详细经过。

窦宪率军平定北匈奴以后，威名大振，权倾朝野。他两次被封侯，都辞而不受，表面是谦退，实际上并不把侯位放在心里，两眼盯在了和帝所坐的龙椅上。

邓叠最了解窦宪的心思，也最想让窦宪登上皇位。就在窦宪被封为武阳侯辞而不受的那天，他私下里对窦宪说道："你不爱侯位，辞得好。"

窦宪看了他一眼，问道："你说说，俺怎么辞得好？"

邓叠回道："侯位算甚，你该坐龙位上。"

窦宪一听，佯装吃惊地说道："你……可莫信口胡说呢！"

邓叠心贴心地说道："怎么信口胡说？俺同你谁跟谁哩！你身上有几个瘩子都瞒不过俺，你心里想甚俺能不知道？"

窦宪又故意试探地问道："你心里怎样想哩？"

邓叠把手一摆，回道："这还用问？不光是俺，咱一块儿的右校尉耿夔、司马任尚，你在京的几个弟弟、亲家郭璜、女婿郭举，还有俺弟邓磊都愿你龙袍加身哩！"

窦宪不无担心地说道："这可是冒天下大不韪的事呢！"

邓叠宽解道："不是天下大不韪,是瓜熟蒂落。"

窦宪不由得问道："你怎生这般看法?"

邓叠回道："皇帝世袭并非天经地义。秦始皇想将帝位传于二世、三世至于万世,这仅是他个人愿望而已。结果呢,没到三世皇位就归了刘家。秦家的龙椅可以易人,刘家又何尝不是如此? 实际上,朝政大权已然掌在窦家人手里,只待你去登龙位了。"

窦宪听了,打内心里感到高兴,可他喜不外露,接着问道："刘氏天下已失去一次,后来又失而复得。你可曾想过,那创建新朝、登上皇位一十五年的王莽该怎样评说,又当如何避免像他那样断首裂身的结局?"

邓叠眨了眨眼,回道："王莽辅政三世,日理万机,勤劳敬业,厉行俭约,时人称道。至于他从安汉公、摄皇帝到登上龙位建立新朝,是也非也俺不想说。俺要说的是刘氏累世无嗣,接连由不懂事的娃娃当皇帝,如成、哀两帝年少,平帝九岁,这合乎天理吗? 王莽称帝并非他个人之力,首先是刘氏自身无继;也正如大帅目前情况一样,是天时所致。王莽登位,赤眉兴起,他下场悲惨,实乃大不走运。今日情势,与他迥然不同,尽可放心去做便是。"

窦宪见邓叠推心置腹,对他一片忠心,便凑上前说道："你全心为俺着想,令俺感动。有件大事儿,咱得好好商量商量。"

邓叠将耳贴了过去,说道："大帅胸中必怀大计,敬请道来,俺一定洗耳恭听。"

窦宪道："俺想咱回京后来个快刀斩乱麻。"

邓叠问："怎么快刀斩乱麻?"

窦宪干脆回道："把少帝杀掉!"

邓叠感到有些意外,不免惊异："和帝是你妹从小养大,是你的外甥啊!"

窦宪毫不含糊,说道："无毒不丈夫,在朝廷想处高位,是不能讲仁义道德、天地良心的;冠冕堂皇的话要说,都是讲给下面人听的;越是脸皮厚、心狠手辣,越能得势。"

邓叠两眼一眨,想了想,恍然大悟,不由得竖指赞道："高见,高见,就照你说的办。"

窦宪又叮咛道："还有,从现在起,咱要通过俺在京的几个弟弟掌管朝中大臣;你母与俺妹关系密切,让她协同郭璜、郭举父子二人把俺妹稳住;咱以凉州为基地,把各地刺史、太守都变成咱的人,到那时不愁大事不成。"

邓叠眉飞色舞,大腿一拍,说道:"依你计策,大业必成,那时大帅可就是至尊至上的天子啦!"

窦宪高兴地照他肩上猛拍了一掌,说道:"别忘了,还有你呢! 到时你接你爷爷职位,你就是太傅。"

"哈哈哈哈,哈哈哈哈。"

在这之后,窦宪与在京的几个弟弟经常保持秘密联系,同时以邓叠、郭璜、郭举、邓磊为心腹,耿夔、任尚为爪牙,上通下连,培植自己的势力,还特别设立幕府,令班固等文人墨客制造舆论,为弑帝篡位进行各方面的准备。

窦宪及其党羽的一系列阴谋活动,都没逃过中常侍郑众的眼睛,在朝诸大臣也看在了眼里。尚书仆射郅寿、乐恢刚要联名揭露他们的种种行为,就被掌管朝中大臣任免大权的窦笃罢掉官职。两人情知大事不好,被迫相继自杀。对窦氏兄弟的骄纵专横,许多大臣都敢怒不敢言。

郑众于明帝时进宫,历经明帝、章帝、和帝三代皇帝。他比章帝大不了几岁,至今也不过四十出头,称不上三朝元老。明帝时他年龄尚小,仅是明帝看重的宦人,但后来受章帝重用,继而侍奉在和帝和太后左右,可谓两代幸臣。要想拜见皇帝和太后,不通过他,谁也别想进到宫里。加上他为人刚正、天不怕地不怕的性格,就连窦氏兄弟也惧他三分。因他深受皇恩,对汉室有一种特殊的感情,忠于汉室远远胜过效忠自家人。他眼见刘氏天下危在旦夕,心情格外沉重。他绝不会袖手旁观,眼睁睁看着刘家天下落入他人之手。就在他同和帝谈话不久后的一天,他挺身而出,拉上和帝来到长乐宫面见窦太后。

郑众拉着和帝进到宫里,一见太后叩头便拜,继而号啕大哭,跪地不起。

窦太后不由得一惊,连忙上前将他搀扶起来,问道:"爱卿,因何大哭? 莫非家中有甚大不幸?"

郑众以袖拭泪,回道:"非也,臣家并无不幸之事。"

窦太后诧异地又问道:"那你为甚如此?"

郑众长长叹了口气,回道:"臣忧思过虑,百事堵心,有些话不向太后倾吐,恐实难度日了。"

窦太后轻轻一笑,说道:"你找我谈话还不随便? 何至于此?"

郑众躬身说道:"臣今日所言绝非轻易出口的话,不是随随便便要说的。"

窦太后见他十分严肃,知他要说的事儿非同寻常,于是说道:"既如此,有话你尽可敞开道来。"

郑众又打躬说道:"有一关系需先问个明白,否则,臣的话也就无须说了。"

窦太后问道:"你要问甚?"

郑众突然跪倒在地,叩首问道:"臣冒昧了,敢问太后是刘家人还是窦家人?"

窦太后回道:"这还用问,我生是刘家人,死是刘家鬼。"

郑众顺水推舟,说道:"这样说来,太后是与刘家天下生死与共了?"

窦太后回道:"无须多言。"

郑众突然高兴起来,说道:"如此,汉室就有救了。"

他一边说着,一边拉过和帝跪在太后面前。只见和帝连连向太后跪拜,说道:"谢母后,谢母后救我。"

窦太后赶忙将和帝搀起来,大惑不解地问道:"爱卿,这是从何说起?"

郑众上前一步,躬身回道:"太后,恕臣直言,你那几个兄弟骄纵专横,腐败透顶。就连他们的子女也飞扬跋扈,抢占妇女,欺行霸市,为所欲为。洛阳二十四街最繁华处皆被其子女占为己有,垄断了所有买卖,庶黎百姓怨声载道。不单如此,他们还有组织、有计划地进行阴谋活动,妄图篡夺龙位。汉已危在旦夕,望太后及早采取措施,确保汉室无恙。"

郑众讲到这里,和帝以手掩面,紧跺双脚哭诉道:"舅舅要杀我,舅舅要杀我!"

窦太后虽对兄弟几人谋划篡位的详情知之不确,但对他们贪赃枉法、胡作非为的事儿早有所闻。听了郑众一番话,又见和帝哭诉不止,心中不禁大怒,愤愤说道:"我能封他们以爵位,也可撤掉他们的官职,绝不能让汉天下亡在他们手里。"

郑众见窦太后态度明确,立觉压在心中的石头落地。他二话不说,拉上和帝跪在地上,朝窦太后叩头不止,拜了又拜。

在郑众与和帝的力争下,窦太后亲自出面免去了窦笃卫尉和窦景执金吾的官职,护卫宫内外的宿卫军都摆脱了窦氏兄弟及其党羽的控制,由郑众协助和帝直接掌管。

永元四年六月,窦宪、邓叠班师回朝。在郑众的策划下,和帝诏令大鸿庐出城郊迎，赏赐归来的各军吏，这给窦宪造成了有功受赏的错觉。窦宪哪里知道，和帝在郑众的辅佐下，早已来到北宫，诏令上任不久的尉卫、执金吾关闭了城门，戒备森严，在指挥一场反政变的斗争。当天夜里，正当窦宪在梦里龙袍加身的时候，和帝派兵将邓叠、邓磊、郭璜、郭举收捕入狱了，同时把他们兄弟几人监禁起来。第二天，和帝派监察官收回了窦宪的大将军印绶，改封窦宪为冠军侯。

碍于窦太后的情面，和帝没有公开将窦氏兄弟治罪斩首，而是从严挑选了一批军士，把他们押送回各自的封地，强迫他们就地自杀了。

班超在接到以和帝名义发来的通告两三天后，收到了妹妹班昭的来信。妹妹在信中讲述窦宪一伙儿政变阴谋被粉碎的过程要比通告详尽、细致得多，同时也传来了一个令班超悲痛欲绝的消息——哥哥班固在窦宪党羽被诛戮、窦氏兄弟自杀后也被捕入狱，死在了狱中。据妹妹说，哥哥与窦宪关系密切、为窦所用确属实情，但只是清查对象，捕他入狱并非和帝的旨意。

倒霉的是，负责清查班固的人是报复心极重的洛阳令。这洛阳令不是别人，恰是当年逮捕班固入狱的那个京兆尹。班固因写《汉书》受诬被捕后，班超上书洛阳，班固得以平反并当上了兰台令史，京兆尹那官儿却因参与诬告被明帝罢了官。那诬官儿虽被削职为民，终是在官场走动过，钻营有术，也结识了不少头面人物。前几年，他听说窦宪的弟弟窦笃执掌官员任免大权，便重金行贿，附之以溜须拍马，竟然当上了掌管京都的洛阳令，比原来任京兆尹的官儿还威风了许多。

有一天，上任不久的洛阳令乘轿外出巡查，前有差人鸣锣开道，后有众多吏士簇拥，成群结队，威风凛凛，过往行人莫不躲闪。只见一家奴模样的人喝得醉醺醺，摇摇晃晃东倒西歪地在轿前走着，旁若无人。差人催他让道儿，他不但不让，反而破口大骂。洛阳令见轿子停了下来，探出头，眼见这般情景，心中大怒，当即吩咐差人将挡道儿的家奴拿下。

"老爷，这人拿不得。"一差人劝道。

"为甚拿他不得？"洛阳令问道。

"这是大将军幕府班固的家人。"另一差人解释道。

洛阳令深知班固与窦宪的关系，心中惧怕窦氏权势，想了想，只好怀恨在心，暂且忍耐，令差人绕道而行。及至窦宪阴谋败露，清查其党羽，洛阳令不禁想到此事，又回忆多年前因逮捕班固入狱被明帝撤职的情景，报复心顿起，就擅自将班固捉拿入狱，进行严刑拷打。班固时年六十岁，哪里受得了这皮肉之苦？没经几番折磨，便死在狱中。后来，和帝得知班固入狱而死的情况，惋惜不已，虽对洛阳令严加指责，一代文豪已逝，岂能死而复生？惜哉！痛哉！

妹妹传来的噩耗令班超心如刀绞，痛苦万般，茶不思，饭不想，整日两眼呆呆，身边虽有月百般劝慰，总也打不起精神。他怎能不悲痛哀伤呢？兄妹三人只剩下他和妹妹班昭了。他和妹妹还相隔万里，天各一方，如此想来，倍加伤感。

在班超周围，最早听到班固不幸去世消息的是传送信件的王强。王强得知这一消息后，急忙回到家里，和东吉分头转告各位好友同事。没多长时间，除远在外地的徐干、和恭以夕，姚光、田虑、甘英、华里华里旺等人很快赶至班超家里。

"班固兄才学饱腹，著作甚三，当今文坛盖世无双；后又从征北房，功绩卓著，咱应集体致哀，隆重悼念。"姚光首先说道。

"他是前两代皇帝看重的奇才，当今皇上太他的过世也很惋惜、哀痛，咱当尽礼义。"田虑接着说道。

"今天就把他的灵位设起来。"甘英向众人建议道。

王强听了大伙儿的话，忽然想到当地的葬礼，又建议道："咱们身在西域，亦当讲西域风俗，也需告诉白霸，找帮和尚念念经，让死者安然超度。"

"不可，"一直沉痛不语的班超连忙制止道，"俺哥哥过世，是俺一家之事，万万不可惊动四方，由俺一家人设灵位祭守便是。"

王强紧道："这可不行，白霸他们知道了，肯定一道治丧，想拦也拦不住。"

"俺哥的事，谁也不能告诉白霸他们。"班超坚定地说道。

"为甚？"东吉紧问。

"俺哥过世是甚好事，值得宣扬？"班超板着脸严肃说道，"请各位不要忘了，去年窦宪所犯是弥天大罪，直到最近才通告咱们。为甚压了这么长时间？是为着国家稳定，也不给北匈奴可乘之机。故此，俺哥哥的事不可大肆张扬，只俺一家人默默祭奠就行了。"

"不告诉白霸他们可以，"姚光道，"我等与班大人生死与共、朝夕相处二十年了,亲如家人,不能排除在外,是当一起祭奠的。"

"对,我等当像家人一样,和你一起共守灵位。"田虑道。

班超见大伙儿同意不惊动白霸等当地人,也就不再拒绝各位共守灵位的好意,赶紧站起来深深一躬,又单腿跪地行丧礼道:"既然各位视超亲如家人,也就是把俺哥看作亲人了。在此,俺向各位致谢,谢各位与俺共守灵位,为俺哥致哀悼之意。"

大伙儿见班超答应共守灵位,便立即行动起来,设灵位的设灵位,寻白布的寻白布,做孝服的做孝服,没过多少时辰,诸事便井然有序地打点停当。

灵位就设在班超家中。按班超的意思,丧事不但不让白霸等人知道,就连下属士卒也不透一点消息。王强、东吉和月一起日夜守护在班超身旁,姚光、田虑、甘英、华里华里旺轮番守灵,该巡营的巡营,该操练的操练;守灵在班超家里悄悄地进行,整个它乾城一片宁静,无事一般。

守灵第三天的晚上,班超把王强叫到身边吩咐道:"今天守灵就结束了,明日清早你带上小勇、黑货,再叫上几个人,上街一趟。"

"准是让俺们去操办吃喝,犒劳大伙儿一顿,对吧?"王强猜道。

"对,对,对,你心有灵犀,脑瓜儿比过去灵光多了。"班超点头夸道。

王强嘿嘿笑了。

入夜时分,所有参加守灵的人又劝慰了班超一番,便一起离去了。

守灵位这几天,班超虽哀伤不已,但有众人陪伴着,得到了很大慰藉。适才人们一走,屋里只剩下他和月,顿觉清冷孤寂,屁股坐下,不免又想起哥哥班固来——

哥哥承继父业,致力于《汉书》写作,内容浩瀚,篇目繁多,涉及高皇帝刘邦元年至王莽地皇四年二百三十年事,总计划写十二纪、八表、十志、七十列传共一百篇。他去世前,除八表和十志中的《天文志》没来得及写以外,其余绝大多数篇目都完成了。此外,他还写了《典引》《宾戏》《应讥》《白虎通德论》《奕旨》《两都赋》等诗赋铭诔等四十一篇。

班超心想,哥哥享年六十一岁,不算短寿,然而,若不受窦宪牵连本可活得更长一些,也一定能够写出《汉书》全部文稿。谁曾想到他生前讥言"司马迁有文才而无智,以至身遭极刑",自己也落得个身亡囚狱的下场。司马迁是因仗义为李陵陈词得罪皇帝才身陷囹圄的,还落下个仗义的名声;哥哥紧紧和窦宪连在一起,授人以柄,入狱而死,太不值得。看来,哥哥并不比司马迁聪明,因为他未能理出一个有史共鉴的教训——不义之师必败。

轮守灵位,班超一连三日不眠。这一夜,疲劳所至,他很快蒙眬睡去。刚进入梦乡,妹妹班昭就出现在他面前,说道:"二哥,你且莫为大哥未写完《汉书》担忧。所剩八表,俺参阅东观藏书一定完成。妹不懂天文,十志中的《天文志》可找内行人代写,《汉书》会完满成书,公之于世的。"

班超欣喜异常,紧紧拉着妹妹的手说道:"好妹妹,太好了。妹自幼才思敏捷,如今知识渊博,才学饱腹,人称曹大家。二哥乃一介武夫,外事上的混混儿,大哥未竟之事,俺帮不了忙,全仰仗妹妹你了。"

只听妹妹说道:"大哥《汉书》一事,请二哥放心。眼前二哥西域大业,功成在即。但南北二道尚有焉耆、危须、尉犁三国未通。岁月不饶人,望二哥再接再厉,千万莫功亏一篑,还望速成大业,早日衣锦还乡。"

说话间,各样家乡风味的美餐摆满一桌,妹妹频频举杯向他祝福……

正当班超最甜美愉快的时候,一觉醒来,知是一梦。这时,已日上三竿。王强带人早已完成采购任务;姝光、田虑、甘英在客厅里不知在议论着什么;东吉和华里华里旺给月打下手,已经开始忙活起午宴了。

梦中妹妹劝说"莫功亏一篑"的话,给班超留下了深刻的印象。他心想,这话虽出自梦中,但恰恰是自己所想。哥哥未能写完《汉书》,最终留下遗憾,应从中吸取教训,绝不可功亏一篑,前功尽弃。

班超起得很晚,起来后梳梳洗洗,理衣叠被,延磨了不大的工夫,就日悬南天,临近中午,家宴很快开始了。

众人坐定后,班超举杯说道:"人不能总处悲痛之中,该吃则吃,该喝则喝,来,咱们大伙儿一块儿干杯!"

连干三杯酒以后,班超见众人酒兴已起,把盏道:"今日置酒,俺想化悲痛为力量,和大伙儿共商讨平焉耆、危须、尉犁之策,彻底打通西域南北二道。咱边吃边喝边议,请各位直抒己见。"

王强应和说道:"咱是该一鼓作气,将北道所剩三国从北匈奴手中拿过来。"

班超指着他问道:"你看是文拿好,还是武力攻取好呢?"

王强回道:"若从焉耆诸国曾与北匈奴勾结攻打车师、杀我都护和戊己校尉看,应该把他们踏平报仇雪恨;若论当前形势,龟兹几国人心向汉后,他们已成孤家寡人,像秋后的蚂蚱,没甚蹦跶头儿了,咱若文拿也有可能。"

甘英摇头说道:"你别忘了,焉耆还有北匈奴使臣,实权还操在北匈奴手里。"

田虑说道:"焉耆王现在还和北虏在一起,俺看干脆以武力踏平算了。"

姚光道:"焉耆为危须、尉犁三国之首,后两国都依附于它,它若归顺,其他两国必随之。故此,彻底打通北道障碍在焉耆,咱们的矛头亦当对准焉耆。"

"说下去。"班超频频点头说道。

姚光接道:"对付焉耆可先礼后兵,咱先施之以礼,倘它顺应大势改恶向善,咱欢迎;它若迷途不返,咱当然要动用武力,这可说是文武两手齐备。这两手中,俺看还当以武为主,没有武威,想让它归顺,不大可能。"

"好一个先礼后兵,俺看就这么办。"班超高兴地说道。

王强迫不及待地问道:"不管文拿还是武取,咱甚时讨平焉耆,降伏危须、尉犁两国呢?"

班超掐指算道:"从现在起做军事准备,花上半年时间,最迟明年年初定乾坤。俺今年已逾花甲,一定要亲眼看到一个融合多民族的大家庭,在整个西域早日组建起来。"

三

焉耆西南与龟兹相连,距离几百里;东北是车师,也相距几百里。北、西、南三面环山;东面有湖,有沼泽地,是广阔的水域。焉耆国都建在一条大河的南岸,故名南河城。整个国家有山有水,地势险要,易守难攻。

班超原本定在当年底、冬季结冰时期发兵焉耆。因他胸疾复发,大病一场,转危为安后又时时发作,只好改变了计划。

第二年,即永元六年六月,班超自觉身体康复,调动了龟兹、鄯善、于阗、拘弥、姑墨、温宿、疏勒、车师八国联军七万人和汉军将士一千八百人如期相会在焉耆和尉犁边界,又把驻守在疏勒的西域长史徐干和戊己校尉和恭也调至身边,一起参加讨平焉耆的大会战。

这一天,班超把副戊己校尉甘英叫来,拿出一式三份的信件说道:"俺想把焉耆、危须、尉犁三国国王召集在一起会上一面,通告他们的信俺已写好,你带几个人到焉耆走一遭,交给焉耆王即可,给危须、尉犁二王的信不必亲去,焉耆王会代转的。"

甘英接过信一看,只见信上写道:

> 汉西域都护来者,欲镇抚焉耆、危须、尉犁三国。
>
> 即欲改过向善,与汉友好,各王应亲自来迎,礼毕即还。今遣使者持函相邀,并赏赐丝绸五百匹。
>
> 汉西域都护班超

甘英看完信,对班超说道:"俺今日就动身,保证将信交到焉耆王手里。"

班超又吩咐道:"你去焉耆不只是传送函件,还要留心观察那里的道路、险要,特别对南河城的地形、设防情况,一定要了解清楚才是。"

甘英会意,立即抱拳作别,带人直奔焉耆南河城去了。

焉耆国都南河城四面环山,有湖水注入四山之内,周匝其城三十余里。它建得同汉城市一样,呈正方形,东西南北各二里长,设有四门,每门都有士卒把守。焉耆人和龟兹人相同,都信奉佛教,城内建有寺庙。南河城是过往行人的必经之地,市场繁荣,是焉耆政治、经济、文化中心。

甘英带领几人快马加鞭,从尉犁境内出发,只大半天时间,就赶至南河城下。他们从东门入城后直奔王宫,很快就被唤进宫里。

焉耆国王与鄯善王同名,也叫广。

甘英带人进到宫里,一见国王广便行拱手礼道:"汉都护班超特派使臣甘英前来给大王送信;尚有致危须、尉犁二王的书信各一封,请大王代为转交。还特备大汉御制丝绸一式三份儿各五百匹,现一起奉上。"说着,就让随行人员将礼品抬至广前,他自己把班超的书信直接递了上去。

国王广接过信一连看了两遍,然后递到他身旁的左将北鞬支手里。

只见北鞬支拿过信瞄了一眼,又交给国王广,说道:"大匈奴国连文字都没有,汉字就更不认得,你只把信的意思讲给咱就行了。"

国王广向北鞬支解释道:"班超让我和危须、尉犁二王一起去见他。"

北鞬支两个眼珠子转了几转,瞥了甘英一眼,没有回话。

"你看我去还是不去,该当如何回复?"

"你先别动,我代你去看看再说。"北鞬支武断地说道。

甘英早就知道北鞬支名为左将,只执掌军队,实际是北匈奴使者,权力比国王还大。如今眼见这员"左将"在焉耆国王面前说一不二,当家做主,不由得暗自将他打量一番,只见这位北鞬支使者浓眉鬈发,一脸横肉,傲气十足。

国王广也不再征求其他大臣意见,当即决定让北鞬支先去会见班超,然后转向甘英说道:"汉使一路劳累,带来重礼,本王深表谢意,欢迎你们在此安歇几日。"

甘英受班超吩咐,心中自然另有所图,巴不得留住几日,便顺水推舟回道:"我等劳累无妨,只是汉马比不得焉耆名马,不能连跑,确须添加草料,缓上几日才好。"

北鞬支两眼直瞪焉耆王广,广也知他对挽留汉使不高兴,可话如泼出去的水,再也收不回了,只好派人去安排甘英几人落脚安歇。

没过几天,北鞬支带一帮人赶着一百头牛,每头牛驮着两大桶酒赶至尉犁边界来见班超。

早有探兵来报,班超知道焉耆王没来,心头大为不悦。他叫王强把徐干、姚光、和恭、田虑、甘英、东吉和华里华里旺找来,吩咐道:"北鞬支来,只由去过焉耆的甘英陪俺见他,其余诸位带兵操练,击鼓鸣角,摇旗呐喊,制造声势。另外,通知各国首领一起参加操练,还要亮出各自旗号,声势越大越好。"

除甘英、王强留下以外,其余各位都分头行动去了。

没过多少时间,营帐外蹄声阵阵,马嘶牛吼,有人前来禀告说:"焉耆国来人求见。"

班超命道:"让他进来。"

经传唤,北鞬支破帐而入,向班超施礼说道:"焉耆国左将北鞬支代国王奉牛、酒前来拜见班都护。"

班超对北鞬支替代国王前来会见心中不满,以讥讽的口吻问道:"哦?有牛、有酒,你带来多少?"

北鞬支回道:"牛一百,酒二百桶。"

班超挖苦道:"噢,还真不少,比五百匹丝绸礼义不轻啊!不过,俺八国联军上十万人是灌不醉的,牛肉似乎太少了点儿。"

北鞬支听得出班超话里套话,弦外有音,也不甘示弱地说:"班都护,咱提醒你说话注意礼节。"

"嗵"的一声，班超一拳重重击在桌上，怒道："住口，俺来问你，俺身为大汉西域都护，本当国王亲自来见，他不来，由你替代，是谁失礼？"

北鞬支哑口无言。班超又愤然问道："还有，俺约的是焉耆、危须、尉犁三国国王一起会见，三个国王一个不来，只到了一个你，这又算甚？又是谁在无礼？"

北鞬支更是无言以对。班超接着说道："俺了解你，你不是国王，因你是北单于近亲，在别国总要当王中之王，一切由你说了算。就是你，趁我先帝驾崩，发焉耆、龟兹兵攻没车师，杀俺都护、戊己校尉以下两千人，罪责并不比后来特使胡多须少。今日俺所邀三国国王不到，都是你操纵、安排的，难道不是这样吗？"

北鞬支瞠目结舌。班超又正词严，帐内气氛紧张、肃穆。

正当北鞬支尴尬窘迫、如坐针毡之际，帐外突然号角声声，继而战鼓咚咚，杀声震天。

北鞬支不免一惊，悄悄往窗外望去，只见不远处广阔的原野上，千军万马正在对阵操练。在人山人海中，飘扬着五颜六色的旗帜，有车师、鄯善、于阗、疏勒、拘弥、姑墨、温宿、龟兹八国旗号，还有汉军大纛在迎风飘展。

他看着看着，不由得担心起自己的下场来。他想到十九年前调动焉耆、龟兹等国联军与本国大军以多胜少攻打车师的阵势，想到了他率军屠城，惨杀都护陈睦、副戊己校尉郭恂和两千军士的情景。他心中明白，眼前的阵势与那时恰恰相反，自己处于寡不敌众、被动挨打的位置了。他还想到了胡多须的被杀，想到了自己凶多吉少的前景……

他由于心里想事儿，也不知是在什么时候，外面声消人息，声势夺人的操练停止了。只听班超对他说道："尽管咱们谈不拢，饭还是要吃的。"又转向甘英、王强吩咐道，"甘英陪客，王强去安排客人的随行人员用饭。"

班超说完，起身就走了。

北鞬支情知班超怠慢他，可又一想，人家召见的是国王，不陪他，也不失礼。他只好忍气吞声了。

饭菜是丰盛的，酒好且量足，只是两人闷头吃喝，太冷清了。

在另一个营帐里，则有说有笑，热热闹闹，班超和徐干、姚光、和恭、田虑、王强、东吉、华里华里旺边吃边聊。

"与北鞬支谈的情况怎样，焉耆能不能归顺？"姚光问道。

"这人很狡猾,也很顽固。"班超回道,"焉耆王不亲自出马,这本身就是一种态度。危须、尉犁二王都不露面,这说明什么,不是很清楚吗?"

"看来,只好动武了。"和恭说道。

"至少现在没有和平解决的迹象。"班超说。

"北鞬支是焉耆几国的主心骨,干脆把他扣下,再看他们如何行动。"田虑建议道。

"扣下岂能了事? 以俺之见,把他杀掉算了。"王强大手一挥,做了一个砍头手势。

"扣、杀都不是好办法。"班超制止道。

"难道你还要把他放回去?"田虑不由得问道。

"岂止是放? 俺还要赠他一份礼物。"班超坚定地说道,"人家又是牛又是酒,一路赶来也够劳累的了,还要扣下、杀掉,这不是仁义之举,为我所不为也!"班超说着,又向王强吩咐道,"来而不往非礼也,你去给俺备上一套酒具一坛酒,再添上一把利剑,作为他赠咱牛酒的回报。然后把他叫来与俺告辞。"

王强噘着嘴,怏怏地去了。待他刚刚将礼品备好,甘英就带北鞬支来见班超。

班超问道:"汉家酒饭如何?"

北鞬支赶忙回道:"好,好,好!"

班超又问:"汉家可讲礼仪?"

北鞬支连连回道:"讲,讲,讲! 汉家不愧是礼仪之邦!"

班超两眼直看着他,一字一顿地问道:"你可知俺此番来意?"

北鞬支不禁想到亲眼所见汉军和八国联军操练的情景,赶紧回道:"知晓,知晓!"

班超转向王强道:"备礼!"

王强当即将礼品置于班超面前。

北鞬支眼见班超要赠他一套精美的酒器和一整坛好酒,尤其眼望着那把闪亮的利剑,甚感惊异。

只听班超向他说道:"物轻情义重,这礼品也不白白赠你。你既知我等来意,望你回去转达即可,何去何从,尔等速速抉择。"

北鞬支连忙躬身回道:"一定转达,一定转达。"

"送客!"班超挥手大声命令道。

四

　　焉耆国王广年近六十,比北鞬支大十来岁,却事无巨细都听北鞬支的。北鞬支一离开他去见班超,他就没了主心骨儿。

　　光武帝建武年间,广的先王很想与汉结为友好,并于建武二十一年冬天同车师、鄯善等十六国派侍子到洛阳,一起请求汉重设都护,总管西域。因天下初定,光武帝无暇顾及西域诸事,便厚加赏赐,遣还了各国侍子。这时,广刚刚继承王位不久,北匈奴乘虚而入,首先占据了与汉相邻的车师和西域北道必经之地焉耆。广生性怯懦,从此归附了北匈奴。

　　广有个小妹妹,单名一个玉字,天生丽质,妩媚动人,人称焉耆的国花。

　　北鞬支一到焉耆就被玉的美貌迷住了,见到玉的当天就向广提出了娶玉的要求。广为了讨好他,二话没说就答应了。

　　广的堂弟元孟在光武帝时曾作为侍子去过洛阳,虽未被允许长期留侍,但大汉之行使他开阔了眼界,增进了对大汉的了解。他主张继承先王与汉友好的遗愿,反对哥哥依附北匈奴,也反对哥哥把妹妹嫁给北鞬支。怎奈广生怕北匈奴把焉耆彻底灭掉,不但没接受弟弟的主张,反而对北匈奴言听计从,参与了攻打车师、杀害汉都护和副戊己校尉等罪恶行动。

　　龟兹向汉以后,元孟就劝广走尤利多的路;班超率八国联军和汉军来后更是苦口婆心,力劝广改变立场,摆脱北匈奴控制,转而向汉。趁北鞬支去见班超之机,元孟又登门相劝:"兄已知尤利多得到班超宽容,何不以他为榜样?"

　　广默然良久,回道:"我曾随北鞬支杀害汉都护、副戊己校尉,罪孽沉重,恐实难饶恕。"

　　两人的谈话虽没结果,但元孟规劝的声音时时回响在广的脑海。何去何从,他左右为难,于是,他紧盼北鞬支归来,听听北鞬支与班超会谈的情况,再酌情而定。

　　这一天,他正坐立不安,北鞬支从尉犁境内回来了。

　　"去见班超的情况怎样?"他急急问道。

　　"班超还算有礼。"北鞬支隐瞒了遭受班超冷落的实情,往自己脸上贴金道,"他还赠咱礼品呢!"说着,他从腰间解下一把崭新的宝剑,又让随从拿出一套酒具和一坛酒放在广的面前。

广眼望着宝剑大惑不解,摸猜道:"双方对立,争战在即,他为何赠你宝剑? 赠兵器让你打他绝不可能,莫非想让你用这剑自杀?"

北鞬支听了这话心中很不高兴,又不好因此发作,只好觍着脸道:"他想收买咱家,孤立你。"

广一听,不禁害怕起来。元孟劝他的话立时又响在耳边,他有气无力地说道:"我也只好像尤利多一样归入汉廷,走龟兹的路了。"

北鞬支突然脾气大发,把桌子一拍,大声说道:"什么? 你休想!"

广六神无主地问道:"班超收买了你,我该怎么办?"

北鞬支马上缓和口气,慨然说道:"你应该知道,咱家绝不会被收买,北匈奴人只讲战死,谁投降则为人所弃;何况,还有你那嫁我的妹妹,凭这能苟且偷安、贪生怕死吗?"

广不知所措地又问道:"咱们该用什么计策应付班超呢?"

北鞬支断然回道:"快通知危须、尉犁二王,你先同他俩一起去见见班超,大计回来再定。"

送走北鞬支后,班超意识到以和平方式解决焉耆问题前景渺茫,必须立足用武力攻取,便立即通知各国军队,从实战出发,加强军事训练。焉耆地区多水,有湖有河,沼泽广阔,他除让各军队按常规训练攻防以外,特别强调适应水性,做到既能陆战,又能水战。

这一天,他和徐干、王强从兵营巡视回来,未曾进帐,就有人禀报说:"今有焉耆、危须、尉犁三国王前来拜见班都护。"

禀报人的话音刚落,早已等候在帐内的焉耆王广、危须王泛、尉犁王魁一齐迎出帐来,向班超施礼道:"我等前来拜见都护。"

班超和徐干进到帐里,只见房内摆了三只大箱,知是三王所带礼品。他威严地坐在茶案前,先吩咐尾随进帐的三位国王落座,尔后将着胡须问道:"俺的函告三位国王可曾阅过?"

广、泛、魁三王一起回道:"信函早已拜阅。"

班超目光犀利,向三王审视了一番,厉声问道:"你们因何迟至今日才来?"

泛、魁二王的目光都投向了焉耆王广,沉默不语。

焉耆王广撒谎道:"我本想早日前来,怎奈身体不适,只好派左将北鞬支先代我拜见班都护。"

泛紧随道:"我得病了。"

魁也随道:"我也病了。"

班超冷冷笑道:"哦? 你们都病了,病得还不轻吧?"

三国王竭力搪塞:"是……是……是这样。"

班超紧紧逼问:"你们同时病了,都得了什么病?"

三王回道:"头痛。"

分坐于班超两旁的徐干、王强直感到好笑,只听"啪"的一声案响,班超凛然说道:"你们确实都病了,但得的是蒙眼症。你们看得清现在面临的形势吗? 眼有病看不清路很危险呢!"

焉耆王广连忙点头哈腰,说道:"是,是,我一定认清形势,好好考虑班都护的话,回去商议该怎么办。"

泛也点头哈腰,随道:"我听焉耆王的,他要怎么办,我就怎么办。"

魁一边点头哈腰,一边说道:"我也是这样,我也是这样。"

班超见他们都在敷衍塞责,知道没有北鞬支发话,谁也做不了主,便不再过问他们自身的态度,正面说道:"俺调动了八国近十万人来此,目的不是打仗。汉虽地广人众,力量强大,但向来主张同别国和平友好,与各族人民和睦相处,坚决反对北匈奴侵略扩张,横行霸道;也希望受北匈奴欺凌的各国各族人民从邪恶势力的压迫下摆脱出来。我们之所以动用武力,就是要以战争制止战争,维护和平。"说到这儿,他把话一顿,指着焉耆王广严肃地说道,"你的先王力主与汉友好,你却屈从于北匈奴,使焉耆变成北匈奴在西域侵略扩张的据点,违背了先王意愿。你还追随北匈奴攻打车师,没我都护,杀我吏士,欠下汉家血债。现在,是你改恶从善的时候了,何去何从,你自己择定吧!"

班超的话一说完,徐干、王强紧握剑柄怒目而视,直看得焉耆王广心里直打战,泛、魁二王也跟着害怕起来。

只听广嗫嚅道:"我违背先王意愿,有罪在身,今日来见班都护,就是想改恶向善,重新做人,请容我思考后再做决断。"

危须王泛接茬儿说道:"危须人都愿与汉友好,我回去一定改变立场。"

尉犁王魁干脆地说道:"我一定幡然改过,弃旧图新,改日必迎班都护于国门之外。"他说完,连连躬身向班超拜了又拜。

焉耆王广、危须王泛也随他向班超拜了起来。

五

北鞬支在广赴尉犁境内会见班超时就已考虑,广返回时如何隆重迎接,盛情款待。北鞬支这一考虑是在设身处地为自己着想,他要千方百计稳住焉耆王广。

北鞬支是个有武略也有心计的人。他不像胡多须那样飞扬跋扈,为所欲为;更没像胡多须那样欺男霸女,强占王后,淫乱宫女。他自到焉耆,便一心想扎根在西域,为匈奴干一番大事业。发焉耆、龟兹等国兵攻打车师主要是他策划、组织的,因杀害汉都护陈睦、副戊己校尉郭恂和全体吏士,他在北匈奴名声大震,受到单于嘉奖。胡多须被尤利多杀死以后,他由使臣升为特使,为北匈奴总管西域事务。可是,他眼看着西域一个个国家都被班超拉了过去,只剩下焉耆、危须、尉犁三国。如今,班超率八国十来万人前来讨伐,前景不妙,命运难测,要想占住西域一席之地,只有靠死死抓住焉耆王广了。

第二天下午,他正在宫里与国相腹久议事,忽听一卫士来报:"国王回来了!"

他听到这个消息,赶紧率文武百官出宫列队迎接。一番礼仪过后,北鞬支让文武官员各自散去,直接把广接至自己家中。

"陛下见班超的情况如何?"北鞬支关切地问道。

"那班超十分厉害,情况严重。"广回道。

"陛下看出什么动向?"腹久也问道。

"班超率兵甚众,准备十足,看来,不顺他意,必遭围攻。"广又回道。

"陛下有何打算?"腹久又问道。

广双眉紧锁,托着下巴只是摇头。北鞬支不想把话一下道破,便道:"车到山前必有路,该怎么办待会儿再说,先为陛下接风。"说着,他挽起广的胳膊便步入餐厅。

广的妹妹玉早已备好一桌酒席,见哥哥到来,笑脸相迎,说道:"特为哥哥接风洗尘。"

广眼望着满桌饭菜，十分高兴，说道："好久没吃你做的饭了，今天又可享享口福了。"

玉指着桌上的一道菜说道："今日的饭菜包你爱吃，我特意做了你最爱吃的胡辣羊筋。"

广冲玉竖起拇指说道："好，好，我今天一顿要吃三天的饭。"

酒过三巡，北鞬支单刀直入问道："陛下是否想走龟兹尤利多的路？"

广猛地一怔，心惊胆战地如实回道："尤利多那条路，我确实想过，是迫不得已。不过，即使那样，班超也不会饶恕我们。"

"嘭"的一声，北鞬支将一个骨质酒器在桌上猛地一拍，说道："说班超不会饶恕我们，这就对了。"说着，把手中的酒器凑到广的眼前问道，"你看这是什么？"

广一边看着，一边颤抖地回道："这是酒器，骨质酒器。"

北鞬支提醒说道："别忘了，这是人的头盖骨做成的，我这儿一个，你也有一个，我这个是汉都护陈睦的，你那个是汉副戊己校尉郭恂的。班超知此，能饶过我们吗？"

广颤抖着回道："不能，不能……"

北鞬支决然说道："所以，尤利多那条路就不要想了。"

广茫茫然不知所措，急急问道："现在班超大兵压境，咱们又该怎么办呢？"

北鞬支知道广已打消投降的念头，便打气说道："别担心，咱们扬眉吐气的时候快到了。"

广大惑不解地问道："怎么，班超率十来万人征讨，咱们还能扬眉吐气？"

北鞬支凑近广神秘地说道："咱家告诉你个好消息，南单于安国已率归汉的二十多万北匈奴人叛汉，如今已打到伊吾，离咱这儿不远了。用不了多久，就会与咱们会合一处。到那时，要完蛋的不是我们，而是班超。"

他一边说着，一边得意地笑了起来。

广半信半疑地问道："这是真的？"

北鞬支一拍胸脯，说道："咱家对你还能有假？甚时骗过你？不信你去问你妹妹，安国秘密派人来过我这儿，所传消息确凿无疑。"

广心头依然像压着什么，说道："远水解不了近渴，班超大兵压境，咱得想个对策才是。"

腹久也应和道："国王所言极是,是得想个对策。"

北鞬支胸有成竹,说道："这好办,一个字——拖,争得了时间就是胜利。"

腹久竖指赞道："妙策,妙策!"

广无奈地说道："咱们也只好这么办了。可是,又该怎么个拖法呢?"

腹久献计说道："咱们水域广阔,有苇桥之险,把所有水上的桥都断掉,班超休想进我焉耆之地。"

"这计策蛮好。"北鞬支称赞一番,又献策说道,"咱家还有一计。选一帮年轻貌美、能歌善舞的女子组成一支队伍,由王后带领去班超各营巡回演出,既显我殷勤慰问之意,又可拖延时间。"

腹久连连赞道："此计更妙,此计更妙!"

广两眼转动了一会儿才说道："此计好是好,只是……王后不会歌舞,让她去多有不便。"

北鞬支知道他不愿让王后出面,又出主意道："王后不去也可,你妹妹歌舞皆能,就由她领队吧,但必须以王后的名义出面。"

广应允说道："就让她假称王后,以王后的名义出面吧!"

没过几天,一群身穿艳丽彩裙、手持各样乐器的歌舞女郎出现在班超帐前。打头儿的三十五六岁,风姿秀逸,楚楚动人。她就是以王后名义带队而来的北鞬支之妻、广的妹妹玉。

王强最先得知焉耆歌舞队来的消息,径直向班超报告说："焉耆来了一支歌舞队,如何安排,请都护明示。"

班超甚感意外,问道："来了多少人,何人带队?"

王强回道："全队不下三四十人,听说由王后带队。"

班超不由得一怔,说道："哦? 王后出马,焉耆对此真够重视呀!"

王强问道："班大人,你看要不要接见王后?"

班超回道："应该接见,也好听听人家来此有何打算。"

王强会意,转身出帐去传"王后"。不一会儿,"王后"由两个身着艳服的侍女相陪,款款来至帐中。只见"王后"向班超施礼说道："我乃焉耆王后,特奉命带歌舞队来此慰问演出,以表焉耆与汉友好之意。"

班超将"王后"打量了一番,问道："你们到此有何想法?"

"王后"回道："本队之人别无所长,唯善歌舞,只望为各营军士巡回演出罢了。"

班超又问道："行前,你王可下有指令?"

"王后"回道："他只传令本队队员热情对待慰问对象,尽展才技满足各军士的要求,别无他话。"

班超转向王强命道："你去安排王后一行人的吃住事宜,事毕,叫徐干人等来此议事。"

王强带"王后"走后,班超不禁沉思起来。也不知过了多久,他刚把有些事理出个头绪,徐干、姚光、和恭、田虑、甘英、东吉、华里华里旺就随王强来至帐中。班超向各位问道："焉耆王后带队慰问演出的事,大伙儿都知道了?"

众人齐声回道："知道了。"

班超严肃地说道："俺就焉耆王后带队来此演出一事做出规定,并宣布军令,通知全体官兵,一、不准焉耆王后到各营部巡回演出,只允许她们定点演出,组织各营部军士轮流观看,以防泄露军情;二、各军士不得单独与焉耆演员接触,违令者斩;三、与焉耆歌舞队成员有越轨行为者,斩首示众。"

一连几天,"王后"带队演出还真卖劲儿,也真赢得了不少掌声。

这一天午饭后,人们都在睡觉,"王后"悄悄把王强找来,说道："我有事要和你谈。"

王强道："有事你就说吧!"

"王后"故作神秘地说道："我所谈是机密之事,找个隐蔽之处方可。"

不知怎的,王强一下想到了龟兹的尤利多,心想:莫非焉耆王要走尤利多的路?这样想着便很想同"王言"交谈一番。不远处,是密密丛丛的苇地。"王后"指了指苇地,温和地问道："咱去那里边谈,可以吧?"

王强不假思索地回道："可以,那里就很方便。"

说着,二人就钻进了苇地。苇子又高又密,四围宛如屏障,"王后"两眼只管盯住王强,却缄口不语。

王强紧催道："有事你快说呀!"

王后轻解着衣扣,说道："我请求你,快快把我从北鞬支手里解脱出来。"

王强不免一怔,问道："你不是王后吗? 怎还要从北鞬支手里解脱?"

"王后"轻轻摇头道："我不是王后,是国王的妹妹,叫玉,被北鞬支强娶为妻,被他霸占了。"

王强不免生出同情心理,又问道:"北鞬支待你怎样?"

玉回道:"天天虐待。"

王强闻言同情心更甚,这时,玉浑身发软地向他拥来,王强见这女人体态优美,风韵别致,不由得兴起,便解开腰带云雨起来……刹那间,他猛地想起班超宣布的军令,甚感害怕,赶紧从女人身上爬起来,边系腰带边往苇地外跑去。

天下事多有凑巧,正当王强和假王后干事儿的时候,正好有一个士卒蹲在苇地里拉屎,看了个正着儿。那士卒回营后当稀罕事儿讲给了营部头目,这营部头目对王强早有忌心,抬腿就告到了班超那里。

班超闻报,十分惊讶,很难相信王强会做出这等事来,对那头目说道:"你所报之事,人命关天,万万不可胡说。"

那头目有根有据地回道:"俺之所言,是俺营士卒亲眼所见,不信你审问便是。"

王强从苇地回来,正赶上徐干等一帮人到班超帐里议事,东吉、华里华里旺也在其中。

班超一见王强不禁勃然大怒,朝王强一指,向卫士命令道:"快快把他拿下!"

几个卫士立即把王强捆绑起来,押至班超面前。

班超指着王强问道:"你可认罪?"

王强老老实实回道:"俺违了军令,认,认,认。"

班超接着问道:"你可知当做如何处置?"

王强连连回道:"斩……斩……斩。"

班超愤怒地把案一拍,大声吼道:"岂止是斩! 还要示众!"

他一说完,竟掩面号啕大哭起来。

东吉早就要哭,一直强忍着,见班超号啕大哭,终于忍耐不住,也放声痛哭起来。

两下里大哭,众人也流泪不止。

徐干、姚光抹着泪上前劝解班超,月和华里华里旺眼含着泪水劝慰东吉。

班超哭声刚刚压低下来,东吉从月和华里华里旺手中挣脱,跑至跪在地上的王强跟前,拳脚相交,狠狠踢打起来,边踢打边说:"我恨死你了,我恨死你了!"

人们赶忙上前去拉,只听王强说道:"让她打吧,让她狠狠地打吧!"

班超见这情景,向东吉道:"有军法处置,就别打了吧!准备一口好棺材,让他静静地走吧!"

田虑见班超真要执行军法,赶紧站出来说情,在王强身旁跪道:"王强随都护多年,来西域屡屡建功,此次系初犯,乞望都护赦免。"

徐干、姚光、和恭、甘英、华里华里旺也纷纷跪下求情,齐道:"乞望都护赦免。"

班超撇下众人,对王强说道:"王强,俺为甚大哭,你知道吗?俺好寒心哪!俺从死囚里把你拉出来,成为不受人歧视的常人,又穿上军装,随俺来西域,还有了官职和俸禄,俺深望你事业有成,前途无量。"

王强听到这里连连磕头,泣道:"班大人对俺恩重如山,今世报不完,来世也要报答。"

班超指着他又泣道:"王强,俺哭,俺哭,是你叫俺好心痛啊!西域的功业,有你的一份;你多年对俺体贴照顾,情深意笃哇。俺诚望你再立新功,为你高兴,哪承想还未曾与焉耆交战,你就被打倒了。痛哉,痛哉!俺好难受啊!"

王强心如刀绞,痛哭不已。

徐干、姚光等人乘机求道:"都护,宽容宽容,把他赦免了吧!"

班超拂袖而起,断然道:"军法无情,依法执行,斩首示众!"

班超一声令下,刀斧手架起王强就往外拖。

王强被拖着,竭尽全力大声喊道:"班大人——!焉耆王后是假的!当心受骗!"

班超忍痛斩王强的第二天,由徐干、甘英出面对假王后进行了审讯。通过审讯,他们不但搞清了北鞬支之妻玉以王后名义率歌舞队进行所谓慰问演出的目的,而且还掌握了北鞬支和焉耆王广制定的计策。

正当班超和全体吏士商讨如何暂时把玉及其他歌舞队成员看管起来的时候,忽有探兵来报:"班大人,通往焉耆的所有水桥都被拆了。"

班超命令道:"再详探,要注意焉耆方面还有什么新动向,随时来报。"

探兵走后,徐干说道:"焉耆王负隅顽抗,端倪已现。俺看,武力攻取已定,只待发兵时间了。"

姚光捏拳说道:"咱要把焉耆踏平,为陈睦都护、郭恂校尉报仇!"

田虑含愤说道:"王强也是他们用计害死的,也得为王强报仇!"

和恭向班超说道:"你让各军士练了水上功夫,他们断桥咱也不怕。军训已毕,是出兵的时候了。"

甘英催促道:"何时动身,只待你一句话,快快下令吧!"

班超决然道:"兵贵神速,他们越要拖,咱们越要快。传令各国联军和汉军全体官兵:明日启程,到焉耆南河城附近安营扎寨。"

六

在焉耆拆断各要道水桥的第三天,班超便率各路大军在离南河城只有二十里的一道山谷里扎下了营寨。

广和北鞮支、腹久等文武官员听到这个消息惶恐不安,面面相觑。

班超的威名早已如雷贯耳,班超的厉害焉耆王广早有所闻,而今班超率八国十万人马兵临城下,更让他胆寒。他原想拆断各路水桥会阻住众多人马进境,哪知适得其反,竟招致班超神速进军,实在是大出所料。他还不知妹妹玉已在班超营中暴露了真相,很后悔拆桥的举措,心想:若不拆桥,即便班超率兵前来,尚可搪塞遮掩,蒙混过关。这桥一拆,明显暴露了自己的真面目,断了后路,走上了绝境。他幻想北鞮支所说的南单于安国叛军自天而降,可是,一连多少天过去,都得不到确切消息,更没见到匈奴军队的身影。跟着北鞮支抵抗吗?肯定会像鸡蛋碰石头,要彻底完蛋。

这一天,他和腹久随北鞮支来到城墙上巡视,不由得向北鞮支问道:"左将军,可有退敌之策?"

没等北鞮支张口,腹久抢先说道:"水来土掩,兵来将挡,如今只有高城筑垒,拼命死守了。"

北鞮支摇头说道:"不可,闭门死守无异于坐以待毙,必然全军覆没。"

腹久问道:"又该如何是好?"

北鞮支没有回答,只向不远处清晰可见的大山努了努嘴。腹久猜测着问道:"你是说三十六计,走为上策?"

北鞮支仍不回答。

广眼望着那重峦叠嶂的大山，似有所悟："带领人马上山自保，倒也有一夫当关万夫莫开之势。"

北鞬支这才说道："对，上山自保，要保存有生力量。还是我说的一个'拖'字，争得了时间，才有以后的出头之日。"

广和腹久会心地笑了。突然间，元孟也走上城来。他一见这几人，便埋怨道："你们谋事，总在避着我。我身为左侯，就不能参与焉耆国事？"

广赶忙回道："应该参与，应该参与。"

腹久竭力辩白道："情况紧急，时间紧迫，上城巡视只是先来看看，也就没顾到找你。"

元孟含沙射影地说："我知道有人想抛弃我，元孟可被人弃，但元孟绝不弃焉耆。"

广顺势说道："那你就跟我们一起走吧，咱们兄弟不能分离。"

元孟诧异地问道："走？到哪儿去？"

广回道："这城守是守不住的，咱们一起上山。"

元孟知道这是谁的主意，再不说话，只用两眼火辣辣地盯着北鞬支，遏制不住地现出了愠怒之色。

农历七月，正值盛夏，是蚊虫最猖獗的季节。班超所率各国军队有许多安营在沼泽地附近，地里芦苇茂密，杂以齐人高的杂草，是蚊虫繁衍、聚集的好地方；就是山谷小河两旁，也杂草丛生，蚊虫成群。这一带的蚊子小，嘴又尖又长，咬起人来特别厉害，别说夜间见人逞狂，在白天也赶着人咬，穿着衣裳也能叮进肉里，叮一口一个大包；毒性发作，又疼又痒。蚊子的猛叮狂咬，加上潮气浓重，炎热未消，实令各军士痛苦难熬。在这种环境和气候条件下，班超深知官兵之苦，越发感到不可旷日持久地对峙下去，应速战速决，早日结束战斗。

这一天，班超和徐干、姚光、甘英巡营回来，进帐刚刚坐定，就见两个士卒押进一个人来。一士卒禀报道："俺们抓住一个奸细。他会说汉话，说要亲自见你。"

还没等班超审问，只听那被押之人张口道："我是焉耆左侯所派，来此有要事相告。"

班超知道焉耆左侯叫元孟，也知道元孟曾以侍子身份到过洛阳，内心向汉，与北鞬支矛盾很深，与国王广、国相腹久也不是同伙儿。甘英给焉耆王送信时，与元孟私下会晤过，他表示愿在班超攻打焉耆时尽自己的一份力量。因此，班超闻言大喜，立即将那人松了绑，问道："你从元孟处来，有何证据？"

那焉耆来人立即从鞋中取出一小片羊皮，恭恭敬敬地交给了班超。

班超接过一看，上用汉字写有几个小字：

广等率军入山固守

元孟特告

班超一目了然，立即想到了元孟的处境，问道："左侯可曾入山？"

传信人回道："左侯也进山了。"

班超担心地说道："不好，左侯处境危险，得设法搭救才是。"

徐干也向传信人问道："你可曾随左侯入山，可熟悉山里情况？"

那传信人回道："左侯留我在城里送信，我便没随他入山，不过，我多次进山，对那里情况非常熟悉。"

班超问道："你可愿带我们到那里去？"

传信人回道："愿往，并望都护速速解救左侯。"

这时，率军而来的龟兹王白霸、疏勒王成大、于阗辅国侯广仁，还有拘弥、姑墨、温宿等王蜂拥而至，前来请战。

班超见众人情绪高涨，二话不说，当即回道："时不可待，明晨出兵！"

焉耆左侯元孟派来的传信人知道哪条山路由左侯的人把守，哪里的关隘容易攻打，在他的引导下，班超指挥人马于次日天方大亮便成群结队拥进焉耆王躲避的深山里。

班超率各路大军进山后，先令各军占据四山山顶，形成大兵压顶之势，让焉耆王一伙儿成为瓮中之鳖。

在北山半坡山庄一处宽敞的石屋里，焉耆王广正在召集紧急会议。

北鞬支眼见官员个个闷头不语，束手无策，国王广半天也拿不出半点儿主意，便背起长弓，从侍卫手中拿过一杆长长的狼牙棒，高声说道："大匈奴国人从不垂头丧气，咱家可要出战去了，一定把玉要回来，与她见上一面。你们快快处决向汉的元孟，也好自为之吧！"

他说完便走出石屋，迅速召集起一支由匈奴士卒组成的人马。

在南山半坡的班超营帐外,徐干、姚光和班超正一起观察地势,考虑如何发起全面进攻,眼见北山山庄冲出一支人马。这支人马下山后越过草地,直来到南山脚下。打头儿的战将披甲戴盔,身背长弓,手持狼牙大棒,分明是北鞬支。

　　谁也没想到北鞬支会主动挑战,大家都甚感意外。

　　只见北鞬支向半山腰指着,大声说道:"班超,你以五倍于我的人来欺我人少,不算真本事,可敢一对一地与咱家交手? 射箭、摔跤、拳脚、器械样样皆可,若能胜我一人,便算打败一国,你看如何?"

　　姚光见他这般傲慢,目中无人,气恼异常,催促班超说:"快快应下,俺去收拾他。"

　　班超听后,朝山下大声喊道:"北鞬支,你等着,俺马上就带人下去。"

　　又听北鞬支大声说道:"咱家与你交战有个条件,你必须答应我。"

　　班超回道:"什么条件? 你提吧!"

　　北鞬支说道:"咱家知道匈奴人在西域的气数已尽,我回到匈奴国也落不下好,不如在此壮烈地战死。我只要求你把咱家的妻子放回来让我夫妻二人团圆团圆。"

　　班超又回道:"你的条件俺答应,可俺这儿没有你妻,只有个王后。"

　　北鞬支喊道:"那是我妻,不是王后。"

　　班超指着他问道:"你骗人了,这回说话可算数?"

　　北鞬支回道:"只要你放回我妻,我说话一定算数。"

　　班超先下令将玉等焉耆歌舞队的人放下山去,然后转身对徐干说道:"俺这里召集一拨人马下山全歼北鞬支敌虏,你和甘英协同龟兹、鄯善军去围攻北山山庄,一定要设法救出元孟。"

　　徐干走后不大一会儿工夫,姚光就把全体汉兵召集到一起,来到班超身边。山脚下,北鞬支早已当众和玉紧紧拥抱在一起。

　　玉抚着他的胸膛说道:"妾已照你指示以身折了班超一员爱将,我死亦足矣。妾知今日是归期,情愿死于你刀下,随你而去。"

　　北鞬支感动不已,猛地将玉抱了起来,吻了又吻,而后,双手托着玉,直向草地中央走去。

　　他刚放下玉,指挥官兵列好队,眼见班超率一支人马向草地中央走来。班超指挥人马摆好阵势,指着北鞬支说道:"俺大兵压顶,已将你军层层围住，你还不快快束手就擒！"

北鞬支高声回道："咱大匈奴国人就像汉人的英雄一样——视死如归，只讲战死，绝不投降。闲话休言，哪个站出来与咱家比箭？"

恰在这时，一只百灵鸟展翅飞来，只见他手挽长弓，搭上箭，轻轻一拉，那鸟便被射了下来。

又一只百灵鸟从半空飞来，只见汉军阵中走出一员女将，一箭射去，这只百灵鸟也被射下地来。这员女将兴犹未尽，又搭上一支箭，直向北山山庄瞄去，只听"嗖"的一声，那箭正中一旗杆的杆顶，杆顶中箭折断，旗子立时飘落下来。

北鞬支不免一惊，两眼直愣愣向那员女将看去。他看着看着，竟大声喊了起来："华里华里旺，咱家可寻你多年啦！"

华里华里旺回头瞅了他一眼，冷冷道："谁是华里华里旺？我本汉西域副戊己校尉甘英之妻甘华是也。"她说完，便不理不睬地回到了阵中。

正当北鞬支还在发愣之时，瘦鸡般的田虑从阵中跳了出来，朝北鞬支一指，说道："听说匈奴人擅长摔跤，俺和你比试比试，也活动活动拳脚。"

北鞬支两眼瞅了瞅田虑，见他又瘦又小，便毫不客气地伸掌就向他抓来。田虑并不躲闪，故意让北鞬支高高举起。人们眼见北鞬支将他举过头顶，狠狠向远处摔去，足足摔出百步以外。令北鞬支吃惊的是，田虑虽被远远摔出，但落下时稳稳站在了地上。

田虑折返回来，北鞬支又一把将他高高抓起，心想：向远处摔没能要了你的命，这回狠狠往下摔，看你能活不能活？主意拿定后，他运了运气，竭尽全力向地上猛摔。说时迟，那时快，谁也没看清楚，田虑是怎样借劲儿从北鞬支裆里钻过，顺势从后背爬上，最后骑在了北鞬支的脖子上。只见他两手在北鞬支后脑勺上捆打了几下，飞身下来，指着北鞬支说道："俺没摔你，你也没把俺摔倒，算平手儿。"说着，他嬉笑着朝北鞬支一挥手，便回到了阵中。

北鞬支从十六岁开始便在每年祭龙祠时举办的摔跤比赛中屡屡夺魁，长大后在全匈奴从无对手。他本想在摔跤中大显威风，不料与瘦鸡般的田虑对阵没占得上风，还被戏耍了一番。他不由得气恼交加，从侍卫手中接过狼牙大棒翻身上马，向汉军阵中叫喊道："哒，可有人敢同咱家骑战？"

他的话刚刚落音，汉军阵中便冲出一员战将。这人看上去五十出头年纪，手持一把铁杆儿三股叉，骑一匹枣红大马，照直向北鞬支驰来。这人平日并不多语,身上功夫世上罕见,他就是现任西域戊己校尉和恭。

班超见和恭出阵,亲擂战鼓,直把战鼓擂得震天响。

鼓声中,狼牙棒压顶砸来,三股叉高高架起,两匹战马时而你追我赶,时而腾蹄对峙。马上人飞叉舞,各显其能,令人眼花缭乱,直杀得一旁观战的玉和歌舞女们目瞪口呆,尖声惊叫。

班超见二人战至七八十回合不分胜负,便息鼓鸣金,一面将和恭招回阵中,一面向北鞮支说道:"你已亲眼看见,俺手下个个强将,无一弱兵,再战下去于你不利,咱还是谈谈该当如何收场吧!"

北鞮支内心不服地说道:"咱知道汉家能人众多,但还没见过有人能胜过我,你阵中可有会硬功之人? 可敢出来较量较量?"

没等班超发话,姚光已出阵至北鞮支面前,问道:"俺想听听怎么个较量法儿?"

北鞮支回道:"你在我脑门儿上砍三刀,我在你脑门儿上砍三刀,谁死了,活该。"

姚光道:"这好说,你先在俺脑门儿上砍三刀吧!"

北鞮支从侍卫手中拿过一把大刀,狠狠在姚光脑门儿上砍了三刀。

姚光脑门上连刀印也没留下,定定站在北鞮支面前,又道:"你砍俺没事儿,俺不必砍你了,你再用狼牙棒在俺脑门儿上打三下吧!"

北鞮支果然抄起狼牙棒狠狠抡了起来,每下都重重打在姚光的脑门儿上,姚光没事一般定定站在他面前,问道:"你还有甚新招术要较量?"

北鞮支回道:"咱俩相距百步,你先射咱家三箭,咱再射你三箭,如何?"

姚光应允,先向北鞮支连射三箭,每箭都射在北鞮支身上,北鞮支安然无恙,箭箭都坠落在地。

这时,北山山庄大火骤然而起,北鞮支不由得一愣。他心中明白,巢穴已被汉军攻克,忽然神情大变,歇斯底里起来。突然间,他一刀砍下爱妻玉的头颅,接着向玉身边的歌舞女人乱杀乱砍起来。

百步之外的姚光见此情景,赶上前来阻拦。没想到,北鞮支趁他不备,拉开五百斤大弓,一箭向他射来。他毫无准备,没来得及运气,那箭已深深射入他肚皮里。

北鞮支发箭后狂吼乱叫,指挥匈奴兵向汉军疯狂杀来。

班超见他困兽犹斗,狗急跳墙,赶忙指挥汉军拉开阵势,杀上前去。

王强被玉拉下水，东吉早已对北鞮支恨之入骨。她眼见北鞮支射中姚光，更是两眼冒火，恨上加恨，搭起强弩，连连向北鞮支射去。她身旁的华里华里旺见姚光中箭，也心怀复仇之心，向北鞮支连发三箭，均射在了北鞮支的要害处。

北鞮支耳、鼻、喉连中数箭，早已倒在血泊里。北匈奴军失去头目，顿时大乱，很快被全部歼灭，汉军大获全胜。

徐干和甘英率军在北山山庄也获全胜，俘虏了国相腹久，救出了左侯元孟，斩掉了国王广的头。

山上山下各路人马胜利会师后，早已有人将北鞮支和广的头颅放置在一起。

徐干指着并放的两颗头颅向班超问道："这两颗人头当如何处置？"

班超早已心中有数地回道："俺要专门去趟车师，将这头祭在前任都护陈睦、副戊己校尉郭恂和全体被杀吏士的亡灵之前。"

第十五章 年老思土

一

班超率领汉军和八国联军部分人马进入焉耆国都南河城时，危须国王泛、尉犁国王魁一起前来投诚，也加入了焉耆文武官员和庶黎百姓热烈欢迎的队伍之中。

至此，西域五十多国都摆脱了北匈奴的控制，与汉友好，形成了一个多民族统一的平等互利、和睦相处的大家庭。

危须、尉犁两国王投诚后，继承焉耆王位的元孟向班超提议道："国相腹久长期追随北鞬支，在我哥广身边为虎作伥，该杀；危须、尉犁二王曾与腹久共谋逃入西海，也当杀掉，更立新王。"

班超连忙摇头说道："不可，焉耆一仗已斩负隅顽抗者五千人，杀人已然不少。人只有一个脑袋一条命，杀了就不可复生。此三人皆为追随者，与主犯有所不同，能不杀尽量不杀，杀之无益。"

元孟甚感意外，不免问道："难道不该惩治惩治他们？"

班超回道："量刑惩治、视情节轻重处理人，在任何时候都是必要的，要尽可能从轻避重。腹久免去国相职位即可，危须王泛、尉犁王魁只要弃恶从善、悔过自新也就行了。"

在身旁的和恭趁机问道："抓获的一万五千名俘虏和三十多万头牲畜又当如何处理呢？"

班超果断地回道："俘虏全部放掉，所获牲畜除留一部分犒劳联军官兵以外，其余大部发放给百姓。"

他刚刚说完,只见东吉和华里华里旺急急跑来,气喘吁吁地说道:"姚光眼看着不行了,快去看看吧!"

班超知道北鞬支所放冷箭是支毒箭,致使姚光伤势严重,加上天气炎热,姚光伤口溃烂不止,生命岌岌可危。他立时叫上和恭,到姚光下榻处看望。

班超赶到姚光住处时,徐干、甘英、月、班勇、黑货都已聚集在屋里。同姚光成亲的匈奴年轻女子乌兰托玛和为姚光医治伤口的田虑守在姚光身边,眼泪汪汪,双眼都哭红了。

"他已经不行了。"田虑指指姚光向班超道。

"就没一点儿希望了吗?"班超关切地问道。

"箭的毒性太大,天又热,药力难解,现在伤口化脓,肠子肚子全烂了。"田虑摇摇头回道。

"真的没法儿治了?"班超焦虑地又问。

"把神仙请来也没法儿治了。"田虑无可奈何地回道。

说来也怪,昏迷中的姚光仿佛知道班超来了似的,竟意想不到地苏醒过来。他缓缓地睁开了眼睛,一眼就看见了班超,然后深情地伸出一只手,让班超去握,头脑清楚地说道:"俺好后悔呀!"

班超握着他的手问道:"你后悔甚呢?"

姚光回道:"北鞬支乱杀他的人,俺善心大发,上前阻拦,毫无防备,中了他的暗箭。"

东吉从旁说道:"你的心太善了,心太善就要吃亏。"

华里华里旺惋惜地接道:"你挨了北鞬支三刀、三狼牙棒都没伤一根汗毛,却被一支冷箭射中了。"

姚光咬牙切齿地说道:"早知是这样,俺当初就不该光挨打不还手,真该一刀把他劈了。"

班超接茬儿说道:"在敌人面前不能讲半点儿仁慈,何况是在战场上。"

姚光拉着班超的手痛心地说道:"谁说不是呢? 可后悔死俺了,等下辈子再接受这个教训吧! 俺……俺……俺不行了。"他说着说着,两眼一闭,头歪了过去。

人们的心不禁一提,立时都围了过来。

乌兰托玛不由得放声大哭,一边摇着姚光,一边号啕道:"你不能走啊!

我可离不开你,我可不能没有你呀!"

姚光好像听到了乌兰托玛的哭声,竟又苏醒过来,两眼发亮,还现出一股精气神。他直视着乌兰托玛,用手抚着她的头说道:"你莫哭,俺亲眼看到西域南北二道全然打通,各国各族人民同心向汉,心里知足了。俺这一辈子没有白过,死也心安。"

他说着,含情脉脉地搂过乌兰托玛的头,又转向班超说道:"乌兰托玛可疼俺了,她年纪轻轻,日子还长,俺走后一定让她嫁个好人,这事儿就托付给各位啦!"

乌兰托玛听后猛地挣开他的胳膊,赶忙喊叫着:"我不嫁人,我不嫁人,我要为你守一辈子!"

姚光抚着她的脸,劝道:"别说傻话了,听俺的话,俺走得也放心。"他说完这话,强打精神向全屋人扫视了一遍,渐渐闭上了双眼,倒了几口气,就永远地睡去了。

屋内哭声骤起,号啕连连。乌兰托玛紧抱着姚光,哭得死去活来。

班超泪如泉涌,望着死云的姚光,脑海里瞬间闪回第一次出使西域时窦固向他举荐姚光的情景,想到与姚光相处的日日夜夜和姚光的为人,耳际回响起窦固的话语:"俺要给你指定一个人,叫姚光,大胖子,本事可大哩,准能成为你的好帮手。"他想着想着,为姚光整了整遗容,面对静静躺着的姚光说道:"姚光啊姚光,你就这样走了?你说打通西域南北二道你就知足了,可是,这是用多大的代价换来的啊,其中包括你的生命,还有其他同僚和一大批忠勇士卒的生命。你不愧是俺的好帮手、亲密的伙伴,你这一走,真是痛杀我也!"他说着,大哭不已。

徐干担心班超悲痛过度,有伤身体,赶忙劝解道:"班兄,切莫过度悲伤,往后定有许多大事还仰仗你去操办,万望保重才是。"

众人也跟着上前劝解,班超方止泪作罢。

出殡这天,幡帜林立,管乐齐奏,南河城寺庙的僧人全体出庙,来到灵前为姚光念经。葬礼十分隆重,热闹非凡。最后由姚光喜爱的班超义子黑货扛幡儿,将姚光灵柩送至南河城南的南山北半坡埋葬。一连三天的丧事终结了,这期间,催人泪下的动人场面自是不少,无须赘述。在这里,要特别言及的是:依笔者如此道来,汉人按照从西域传入的佛教礼节为死者念经送葬,从东汉时期就已经开始了。为姚光念经办理的丧事,当系我国历史上较早的一桩。

埋葬姚光以后，班超下令发放一部分缴获的牛、羊、驴、驼等牲畜，犒劳各国官兵。当晚，他举办盛大宴会，隆重招待鄯善王广、龟兹王白霸、疏勒王成大、于阗辅国侯广仁等各国首领，对各国军队协助汉军讨平焉耆和吊唁姚光表示感谢。焉耆王元孟和各文武大臣、危须王泛、尉犁王魁以及月氏国两位商人均应邀出席宴会。

宴会前，班超向各国贵宾简要说道："整个西域摆脱北匈奴铁蹄，是西域各国各族人民的胜利，也是各国各族人民共同团结奋斗的结果。中国地大物博，人口众多，国力强大，但与北匈奴不同，从来不侵略别国、扩张自己、到处称王称霸。中国人民热爱和平，追求安居乐业的生活，历来主张睦邻友好，与他国平等互利，和平共处。如今，俺眼见西域各国各民族人民与汉友好，融合一起，共同生活在一个和睦相处的大家庭里，心里特别高兴。俺自来西域，就是从中国通向西域友好大道的开拓者和铺路人。俺身为西域都护，今后还要为西域各国各族人民的团结友好做出更大的贡献。"

危须王泛呼应道："班都护怎么说，我们就怎么做，一切听都护的。"

尉犁王魁跟随道："过去我们听焉耆王的，现在听都护的。"

班超纠正道："此言差矣，国不分大小，都是平等的，谁说得对就听谁的；应善于自主、自治，管理好自己的国家才好！"

班超的讲话，得到了满堂喝彩，一致拥护。

宴会在简短的讲话后很快就开始了。班超频频举杯与各国贵宾共饮，全场充满欢声笑语，气氛热烈欢畅。

正当人们酒酣意浓之时，被姚光救下的一群焉耆歌舞女突然出现在大厅之中。焉耆王元孟指着歌舞女们向班超解释道："她们被都护的人救下以后，个个感恩不尽，特意编排了一场歌舞节目，表达她们内心的情意，就让她们为宴会助助兴吧！"

班超点头应允，拍掌欢迎，全场人都为歌舞女的到来鼓起了掌。

歌舞女们在掌声中庄重起舞，齐声唱道：

广哉西域，大道横通。
都护伟功，青史难馨。
福荫万代，日月永恒。

天眷横流,荡彼英声。

歌之不足,舞以礼成。

铄矣超勋,千古咏颂。

　　歌舞女们手舞足蹈,纵情歌唱,既表达了她们的心声,也反映了在座全体宾客的心情。唯有班超心有不满,对元孟严肃地说道:"俺不赞成为个人歌功颂德,这首歌儿,以后不要再唱了。"

　　从讨伐焉耆以来,经历了连日的军训、紧张的战事、为姚光操办丧事、送各国联军回国等事,班超实在感到太疲劳了。他真想静养几天,好好休息休息。他计划在焉耆住上半年,帮助焉耆、危须、尉犁三国国王治理国家,然后回它乾城总揽西域事务。

　　这一天,他召集全体吏士,正要开会讨论帮助焉耆、危须、尉犁治国的分工问题,义子黑货突然找上门来。

　　班超望着黑货问道:"你有何事?"

　　黑货当着众人直言回道:"我要娶我小姨。"

　　班超纳闷地问:"你小姨? 哪一位小姨?"

　　黑货大大方方回道:"就是乌兰托玛呀!"

　　班超不由得一愣,甚感诧异,一时间竟然瞠目结舌。他愣了好半天,也不知如何是好,想了想,不置可否地说道:"俺们正在开会,你的事儿,回家再说。"

　　班超把黑货打发走后,淘屋人就叽叽喳喳议论开了。平日少言寡语、老成持重的徐干说道:"黑货给姚光扛幡儿,就是过继之子,过继儿娶父辈的妻子,太不成体统,真没想到啊!"

　　华里华里旺说道:"儿子娶继母为妻,不光匈奴人是这样,还有些民族也如此。照此风俗,谈不上不成体统。我家的老祖母王昭君还不是在儿辈中嫁了又嫁,生了儿又添女吗?"

　　和恭说道:"姚光坟土未干,即使可娶,也太快了。"

　　田虑站出来说道:"俺要死了,儿子要娶俺的小媳妇儿,俺就是变成鬼,也要把儿子掐死!"

　　华里华里旺刚要反驳,只见甘英指着田虑说道:"你也太死心眼儿了,不同民族,各有各的风俗,还是想开一点儿为好,若真离开人世,管那么多事,又何苦呢!"

公说公有理,婆说婆有理,班超听后,也不愿轻易表态,只是叹息地说道:"俺本想休息几天,清闲清闲,哪知内事外事,一起紧接一起,真让俺太劳神了。"

二

班超讨平焉耆和危须、尉犁两国归顺的奏书传至京都洛阳,年轻的和帝刘肇阅后高兴得拍案跳了起来,喜不自禁地把奏书递给身边的中常侍郑众道:"焉耆已平,西域五十余国同心向汉啦!"

郑众接过奏书看了一遍,笑逐颜开道:"这可是明帝开创、章帝继往开来整整两代的千秋大业,在陛下这一代总算大功告成了。"

太尉张酺说道:"西域各国同心向汉,等于断去北匈奴一臂;西域南北二道皆通,增进了中国与西域各国的友好往来关系。此业举世瞩目,意义重大。"

刚上任一年的司徒刘方说道:"前汉武帝时张骞虽通西域,但在西域一十三年皆被匈奴所控,其业绩远远不能与班超相比。"

司空张奋说道:"宣帝置都护以来,从郑吉起始,历任都护莫如班超者。"

郑众又道:"班超实现了三代皇帝的理想和愿望,堪称千秋功业,当要重奖。"

和帝说道:"卿等不说,朕也要重奖班超,且封他为侯。只是……封他个什么侯才好呢?"

自粉碎窦宪的政变阴谋以后,和帝在中常侍郑众和太傅邓彪的辅佐下,躬亲万机,凡事都让公卿畅所欲言,虚心听取各种意见,权衡得失,集思广益。如今给班超封个什么侯事虽不大,也照常征询公卿意见。中常侍郑众脱口说道:"以臣之见,封他为定远侯即可。"

和帝龙颜大悦,击手说道:"定远侯?正好切合远在西天的西域各国各族人民与汉融为一个大家庭以及安定团结之意。好,好,好,朕就封班超为定远侯。诏文由卿等草拟,一定要把班超功绩充分列出,以传后世。"和帝意犹未尽,又向郑众吩咐道,"你去东观藏书阁通告曹大家,就说今晚朕设宴请她,把她二哥的事讲给她听听,也让她高兴高兴。"

比大哥、二哥小十六七岁的班昭,伴随着儿女的长大成人,倏忽之间已经四十六岁了。

在班昭过后六百年,唐代诗人皇甫冉写有一首五言绝句,诗云:

花枝出建章,凤管发昭阳。
借问承恩者,双蛾几许长?

诗中赞许的是一位天生丽质、美貌出众且博学高才的女子。这女子因貌美被汉成帝选入了宫中;因着诗词歌赋烂熟于胸,典籍史书无所不通,加之提笔成章,声情并茂,被世人称为天下难得的奇才。这位才貌双全的女子就出在班氏家族,正是班固、班超、班昭兄妹的祖姑班婕妤。

班昭深受书香门第的影响,很像她的祖姑,自幼便勤奋好学,博览群书;虽然在相貌上不如祖姑,但在才学上比祖姑有过之而无不及。正是这个缘故,章帝时便深得赏识,也受到窦后的敬佩和尊重。在和帝心目中,她既是长辈,又是师长,尊称她为曹大家,就是对她刮目相看。

和帝对她大哥受窦宪牵连死在狱中深感惋惜,知班固《汉书》中的八表和天文志未能写完,深觉遗憾。于是,在除掉窦氏大患后不久,他就下诏让班昭在东观藏书阁继续写《汉书》。鉴于班昭才学满腹,过早失夫后又颇有节行法度,和帝还经常召她入宫给贵人及众嫔妃授课。

在班昭眼中,和帝虽然年纪轻轻,却是一个欲有所作为的好皇帝。和帝对她本人和班氏家族的善待自不必说,她眼见在诛灭窦氏兄弟及其党羽的第二年,和帝年仅十五岁,便诏令将离宫果园、上林广成苑等皇家占有的耕地交给农民使用,在全国大力倡导发展耕、桑、养殖业。在发展生产过程中,他又诏令各地推广牛耕和采用铁铧犁,强调施肥和精耕细作,大力兴修水利灌溉工程。经过连续三年的治理,全国出现了"天下安平,人无徭役,岁比登封,百姓殷富,仓廪充实,牛羊披野,齐民岁增,辟土世广"的可喜局面。随着生产的发展,全国总人口也较明帝时增长近两千万,比章帝时增长了上千万人。

最近,和帝有一件事的做法令班昭深受感动。每年,南海都向皇帝贡献龙眼、荔枝。和帝知道龙眼、荔枝鲜美好吃，不可久放，但不知这两种珍贵果品是怎样从遥远的南海运来的。前几天，他接到与南海相邻的临武长唐羌的上书才得知：各地官员为运送龙眼和荔枝，在上万里的漫漫长途中五里一候，十里一驿，一路艰险，跑马奔腾不息，沿路接连发生死人事件。和帝阅过唐羌的上书后，当即下诏：各地停止贡献龙眼、荔枝。

此事不大，班昭却从年轻的和帝身上看到了爱民之心，也看到了和帝不因贪恋生活享受而劳民伤财的节俭行为。她联想到和帝下诏让她补写大哥《汉书》未完部分，更觉和帝是个能成事业的皇帝。要知道，和帝年至一十八岁，情窦已开，且有三宫六院，整日被成群结队的嫔妃围着，却不因女色而放弃朝政，甚是难能可贵，讨人喜爱。她这样想着，心里高兴，就鞭策自己，天天扎在东观藏书阁里，抓紧《汉书》八表和天文志的写作。

这天下午，班昭在藏书阁正和两个助手翻阅有关书籍，中常侍郑众走了进来，说道："老夫前来报喜。"

班昭纳闷儿地问道："非年非节，喜从何来？"

郑众回道："皇上有请，召大家入宫。"

进入皇宫对班昭来说已是常事，没有什么值得特别高兴的，她依然不解地问道："我刚给贵人、嫔妃们讲过课，今日还让我去接着讲？"

郑众含着笑摇头说道："非也，你进宫便知。"

郑众径直把班昭带到了长乐宫。班昭知道，因和帝尚未册立皇后，窦太后依然住在长乐宫里。是太后要见她，还是和帝召见？她心里疑惑了。她哪里想到，和帝知道太后与她关系密切，便请太后作陪，把召见地点选在了长乐宫。

班昭进到宫里，和帝、窦太后、贵人阴氏已经等候在那里。

一阵寒暄过后，和帝向班昭说道："朕亲拟一份诏文，先请曹大家过目，然后设便宴，在座众人与曹大家同乐。"

他说完，就让郑众取过诏文递到班昭手里。

班昭双手接过诏文，阅完诏文，惊喜地问道："照此说来，焉耆讨平啦？甚时讨平的？"

和帝回道："刚刚接到你二哥的奏文，去年夏天就讨平啦！而且危须、尉犁都已向汉，西域五十余国同咱融为一个大家庭啦！"

班昭情不自禁地说道："这可是件值得庆贺的大喜事。"

窦太后动情地说道:"班超实现了明、章二帝多年的愿望,先帝如在天有灵,不知该多高兴呢!咱们该对班超大功告成表示庆贺。"

和帝接道:"今日班超受封侯位,是班氏家族的荣耀,这喜事就该好好庆贺庆贺。为此,朕特设小宴,向曹大家和班氏一家道贺。"

班昭连忙施礼,叩谢道:"皇恩浩荡,臣代班氏一家叩谢。"

和帝见他心中十分崇敬的人向他跪了下来,慌忙搀起,说道:"曹大家快快请起。要说谢,朕也得代表刘氏皇族谢谢班家,且不言班家人对汉室累代有功,若不是班超在西域建功立业,安邦辟壤,汉家哪会有如此广大的天下?再说,一部《汉书》可恒汉德永垂于世,此功大矣,亦当同载史册。"

说话间,和帝在太后、贵人阴氏、郑众陪同下,带班昭来御膳房入席,小宴开始了。

和帝举起酒杯祝道:"班超是难得的人才,离乡背井在西域多年,劳苦功高,受封侯位,实属应当,让咱们共同祝贺他受封。"

一番谈笑后,和帝关切地问班昭道:"曹大家,《汉书》里的八表和天文志进展如何?"

班昭见问,如实回道:"八表进展尚可,臣不懂天文,写来实有困难。"

窦太后插进来说道:"这好办,你学生马融的哥哥马续精通天象,把他找来不就行了?"

和帝欣喜地说道:"对,把马续叫来当你助手,天文志准能写好。"

班昭听了,也高兴地说:"马续是天文学家,当甚助手,就让他写岂不更好?他写成,《汉书》功劳有他一份儿,班家人是不会抢功的。"她这一说,众人都笑了。

问完《汉书》,和帝突然又想到了给班超下的诏文,又向班昭问道:"你对给你二哥的诏文有何意见?"

班昭直言回道:"臣无权过问诏文,诏文涉及班家,就更不能说甚了。如陛下非听臣意见不可,只有一点,恕臣直言,俺二哥已年逾花甲,如今六十有四,他该在西域告一段落,告老还乡,叶落归根,与家人团圆。"

和帝大出所料地回道:"你向朕请求让他回来?你的这一愿望乃人之常情,无甚不妥,不过,他自己还没提出这个要求,西域需要他,朕也需要他,这事儿以后再说吧!"

三

和帝的诏书传到西域时,班超已经带领全体人马撤离焉耆,回到龟兹它乾城。

全体人员得知皇帝封班超为定远侯,都非常高兴,纷纷向他表示祝贺,都要求好好庆贺一番。

班超对封侯并不以为然,向众人说道:"俺年轻时确曾立下封侯志,梦寐以求被封侯。年龄增长,感悟人生,对名利地位渐渐淡泊了;现在真的当上侯了,反倒把这事儿看得很轻。仔细想来,封侯又怎样?能除病消灾,延年益寿?病灾照样会来缠身,该进土也得进土,与常人无甚两样,也无甚值得张扬庆贺的。"

和恭在旁说道:"封侯是喜事,总该喜庆喜庆啊!"

在家乡和洛阳与班超相处时间最长的徐干,不禁想起当年班超长叹"安能久事笔砚间乎"时受人讥笑的场面,他心想,班超的志向终于实现了,也极力劝说班超道:"谁要是达到志向,实现自己的愿望都应庆贺,就让咱庆贺一番,权作对'神仙妒'神卦的报答吧!"

班超被说得无可奈何,正觉不好回绝,猛地想起了什么,便满心欢喜地说道:"吃上一顿,痛饮一回,热闹一番,本无不可,倒也应当。干脆,咱们借这机会把黑货和乌兰托玛的婚事办了,这才是喜上加喜,大伙儿来个共同庆贺吧!"

众人听他这样一说,立即点头认可。

在决定给黑货操办婚事的第二天一早,甘英拉上田虑到班超住处,进门就向班超说道:"都护,咱们为黑货操办婚事尚欠考虑,须想得周全一些方妥。"

班超看了他一眼,问道:"有何欠考虑和不周之处?"

甘英回道:"你是黑货的义父,你操办义子婚事出于好意,也自有道理。可是,黑货生父虽远在洛阳,在龟兹还有身为国王的伯父白霸,白霸要主办侄子的婚事,你能反客为主吗?"

班超默然。又听田虑说道:"照西域传统,黑货继承伯父王位完全可能,他的婚事可是大事,国王肯定十分重视,咱们可不能擅自做主。"

甘英强调说道："还有,给黑货举办婚礼,得尊重当地民族风俗习惯,咱要主办,该按哪家风俗去办才好呢。"

班超听后,一巴掌拍在自己脸上,反省地说道："你们说得对呀!俺怎就把这么重要的细节都忽略了呢?"

大伙儿正说着,忽见黑货火急火燎跑了进来,直奔向班超大喊大叫道:"杀人啦,杀人啦,我伯父要杀人啦!"

班超两眼望着他,急急问道:"怎么回事儿?慢慢讲。"

黑货不停地喘息着,一五一十地把白霸如何扣押乌兰托玛,如何反对他俩的婚事,如何要杀掉乌兰托玛的情况当众讲了出来。

班超听后,不由得愁眉苦脸,长叹道:"唉,看来真是应了大伙儿的话,黑货这亲事非俺亲自出马不可了。"

班超受封为定远侯的消息不胫而走,很快被传了出去。与龟兹相邻和较近的焉耆、危须、尉犁、鄯善、姑墨、温宿等国纷纷派人送来重礼,向班超表示庆贺。知道这消息最早的自然要属与班超近便又得尤利多函告的龟兹国王白霸了。他一得知这一消息,就做好了为班超庆贺的准备,派人去邀请班超,共商庆典安排事宜。

这一天,班超正要去找白霸谈黑货与乌兰托玛的婚事,还没动身,正巧赶上白霸派人前来邀请。

班超立即应邀赴约,让甘英随从,为了解救乌兰托玛,还带上东吉和华里华里旺两位女将一同前往。

他一见白霸首先说道:"黑货的婚事不论怎样,你也不能随意杀人呀!"

白霸回道:"我心里就没有想杀人,只不过不同意侄儿的婚事,暂且把人扣下,吓唬吓唬他而已。"

班超趁势说道:"那就把人放了,让两位女将带回去吧!"

白霸当即应允。班超让东吉和华里华里旺先把乌兰托玛接走了。

班超带人一来到这里,白霸便不时地打量东吉。待东吉和华里华里旺走后,他对班超说道:"黑货的婚事暂且搁下,今天咱们不谈这事。我想说说为你封侯庆贺的事儿。"

班超明确说道:"俺已决定不搞庆贺,这事儿就不要再说了。"

白霸执意说道:"你不同意我们也要庆贺,我们一定要表达我们应该表达的意思。我们已经备有重礼,还要举办庆典仪式;另外,我还有一个想法儿。"

"什么想法儿?"

"你封了侯,皇帝给你封地,作为西域人,我们也要给你封地,就把它乾城一带封给你,如何?"

班超连连摆手拒绝:"使不得,万万使不得。西域的天下,是西域人的天下;西域的土地,归西域人所有,俺一寸也不要。为俺庆贺的事儿,就此打住吧!"

甘英也插上来说道:"班都护既然不让再谈这事,若无他事,俺们就回去了。"

白霸赶忙拦道:"别走,别走,还有事儿要对都护说。"

"还有何事儿,尽可道来。"

白霸不好意思地觑了甘英一眼,鼓了鼓勇气,对班超说道:"我想……我想……我想向你要一个人。"

班超问道:"你想要个什么?"

白霸终于鼓起勇气,直言回道:"我想要个女人,做我的王后。"

班超和甘英都甚感意外,两人不禁一怔。

自北匈奴使者糟蹋白霸的妻子以后,失去妻子的白霸多年无心再娶,当上国王以后也没确立王后。白霸要找王后是完全应该的,可班超实在没有想到他会找到自己头上。他心想,自己身边就那么几个女人,年轻的只有那个匈奴女人,黑货要娶,白霸还持反对态度。莫非白霸自己要娶? 这样想着,不由得问道:"俺身边有合适的女人吗?"

白霸回道:"有。"

"谁?"

"东吉。"

班超和甘英不禁又是一怔,他们哪曾想到,早在焉耆的战场上,东吉就被白霸相中了呢?

班超听后,鼻子一酸,立时想到自己大哭斩王强的情景,心想,东吉守寡,自己是有责任的,自己也有义务帮助东吉物色个新人,另结秦晋之好。他想到这里,又向白霸问道:"你的主意拿定啦?"

白霸坚定地回道:"早拿定了,绝不反悔,我请求你一定成全我和东吉的婚事。要知道,我真心爱她,若能娶了她,我也就永远和汉朝结成一家了。"

班超心想,白霸和东吉成亲是件好事,说不定,成全了这桩亲事,黑货和乌兰托玛的婚事也好办了呢! 他高兴地应道:"一定全力帮你这个忙。"

四

班超一举成全两对夫妻的消息,很快传遍了它乾城、国都延城和整个龟兹。温宿、姑墨、焉耆、危须、尉犁、鄯善等邻国和附近国家得知白霸和侄子黑货婚典的日期后,纷纷送来重礼,表示祝贺。月氏两位商人因和白霸在一起,知道消息最早,在各国送礼宾客中更是捷足先登。班超既是白霸和东吉的牵线人,又是黑货的义父,身份非同一般,对这两桩婚事格外重视。

婚典在延城王宫里举行。班超让西域长史徐干、戊己校尉和恭同往交河城协助车师王治理国事,留田虑在它乾城驻守,自己带领爱妻月、甘英夫妇和儿子班勇等一行人陪送东吉和黑货、乌兰托玛来到延城,并作为贵宾,被安排住进了王宫里。

婚典的头一天,白霸登门向班超禀报道:"焉耆、危须、尉犁、温宿、姑墨等国国王都来参加婚典,还有于阗、疏勒、莎车十几国都派来了官员,其中有一家三口人,也得住进王宫,与你同住。"

班超爽快地应道:"欢迎,欢迎。"

白霸说道:"你欢迎,他们要来;不欢迎,他们也要来,非与你同住不可。我已派人去接。"

班超问道:"哪国人氏?"

白霸故作神秘,回道:"顷刻便知。"

班超又问道:"一家三口,都是何人?"

白霸又回道:"国王携娇妻和小王子,如此三人。"

班超还是不知来者何人,正在猜测,忽听宫院大门外人声喧哗,便与白霸前去迎接。刚踏进院里,便见鄯善王广笑呵呵步入院门,随后跟进的是一个手携幼子的年轻妇人和几个宫人。

班超紧向屋里喊道:"勇他妈,快来看谁来了!"

月应声而出,一见便把哥哥和家人拉进屋里。鄯善王广刚刚坐定,指了指班超,随后指着手携幼子的年轻妇人说道:"你娶我妹妹,我早有心娶个汉族女人,彻底与汉结为一家。这不,她叫春花,娶了好几年了,还生下一个小王子。"

班超嗔道："这等喜事，你瞒了这么些年也不告诉我们。"

广笑道："现在给你一个意外的惊喜，不是很好吗?"

月听完哥哥介绍，立时走至嫂嫂春花面前施礼，亲热地将小侄儿抱了起来，亲了又亲。

班超赶紧把儿子班勇和义子黑货叫过来，指着广和春花道："快去拜见舅舅和舅妈。"

班勇和黑货应声跪至广和春花面前，一一拜过。

广指着班勇说道："都快长成小伙子了，长得像爸爸，年纪轻轻的，还真有爸爸的风范呢!"

班超叹道："你先莫夸，唉，他们天天地成长，咱们怎会不老呢!"

广也叹道："说来也是，你离开鄯善，一晃二十多年，咱们都变成老人了，心里想得厉害，趁着白霸的婚典，赶来看看你们。"

班超忽然觉得缺了什么人似的，向白霸问道："车师离这儿不算很远，没来人吗?"

白霸摇了摇头，回道："没有。"

月见班超在拧眉想着什么，宽慰道："爱来不来，咱们好好庆贺就行了，何况外来宾客已然不少。"

次日，即婚典当天的一早，整个延城到处都响起了"咚咚"的鼓声，乐声随之四起，人们熙熙攘攘，纷纷身着新装走上街头，热烈庆祝白霸和侄子两对新人的婚礼。

王宫里，文武大臣全体出动，都来参加婚礼;白霸的亲属，前呼后拥，蜂拥而至;各国国王和官员纷纷致礼道贺。婚典人数众多，十分隆重。

龟兹人除普遍信奉佛教以外，婚礼与汉人大体相近，同样经过定亲、过礼、拜天拜地拜高堂等礼仪。班超是女方接受聘礼和操办嫁妆的娘家人，也是为义子娶媳的男方长辈人，系双重的受拜角色。婚典上，两对新人接受满朝文武大臣和各国贵宾一一祝贺以后，少不了拜这拜那。

各种礼仪过后，接着就是盛大的婚宴。人们大享口福，开怀痛饮，兴高采烈。正当满座宾客对婚典赞不绝口之时，两队身穿民族服装的龟兹男女，手持各种乐器，伴着欢快的乐声出现在大厅。歌舞手们边奏边舞边唱，把人们带入了另一个让人陶醉的世界。全场人都在听着，看着。有的人摇头晃脑,按照节拍鼓掌应和,许多人还比比画画,跟随着手舞足蹈,陶醉在歌舞之中。

婚宴结束后,人们把两对新人分别送入了洞房。

班超和家人回到住处,本想好好歇息歇息。刚刚坐定,忽然有人禀报:"焉耆王元孟有急事求见。"

班超当即下令请进元孟。元孟进门一见班超便神色紧张地说道:"大事不好,我国北部边界又发现匈奴人在活动,听说车师国王又投向北匈奴,叛变了。"

班超不由得一怔,心想:徐干、和恭只领兵五百,此一去,凶多吉少。

他暗暗叹道:"人人思安,俺怎就总是处在多事之秋呢?"

五

第二天早饭过后,班超正想委托鄯善王广派人到车师打探情况,儿子班勇跑进屋里禀报道:"爸爸,有两位月氏商人来找你。"

班超听班勇一说,立即向院里望去,见一胖一瘦两位月氏商人跨进院门,赶忙和甘英出屋迎接。

胖商人随班超进屋后,指着瘦商人向班超施礼道:"我二人有事相求,特来参见都护。"

班超还礼说道:"有事请讲。"

胖商人接道:"我大月氏国征服了身毒(今印度),身毒归我;然而,身毒是佛教发源之地,佛教又征服了大月氏国。大月氏国人既入佛门,便全心信仰,竭力传播。正如你所知,如今龟兹、焉耆等国人民都已信奉佛教,佛门大开。为使我佛在龟兹永存,我们已和国王白霸商定在西山开凿千佛洞一事,特请都护前往西山观光,此其一也。"班超应允道:"开凿千佛洞乃几代人的工程,俺去西山与你们同走一遭就是了。你们要说的第二件,又是甚事呢?"

瘦商人上前施礼回道:"第二件事更为重要,我俩代表贵霜王和副王谢邀请都护到月氏国访问。"

班超受邀,心内愉悦,但一想到元孟所说车师后王叛变的事,便犹豫起来,只好还礼道:"去月氏国访问是俺的愿望,别看俺已是年迈之人,也愿到那里走一走,看一看。只是诸事缠身,一时不得解脱,这事儿往后再说吧。"

　　班超在白霸陪同下随月氏商人视察完千佛洞工程地址后,便带参加婚典的全体人员返回了它乾城。

　　白霸和东吉的婚典令他高兴,与参加婚典的鄯善、焉耆、温宿、姑墨、尉犁等国国王和一些国家使臣的会见使他了解了许多情况,受益匪浅。自从讨平焉耆、彻底打通西域南北二道以来,班超就一直在考虑下一步该怎么办,任务何在。参观千佛洞工程地址和访问月氏国这两件事,促使他确立了更大的志向,一个念头在他头脑中产生了。

　　一天早饭过后,他把全体吏士召集到一起,说道:"西域南北二道皆已打通,俺很想知道西行之路到底有多长,在西域五十五国以外还有些什么国家,俺想让所有国家都能与中国友好往来。月氏商人邀俺去他国访问,俺因年迈恐怕去不成了,但俺想借此机会另派人前往,除月氏外,还要继续西行,与安息、条支乃至大秦和一些尚不知道的国家建立广泛的联系。"

　　班超的这一想法,甚出众人意料,众人既觉惊异,内心又觉喜悦。

　　田虑听后夸道:"班兄所言真乃宏图大略,前所未有。"

　　甘英接道:"宏图大略出自鸿鹄之志,如此创举非班都护不能为也。"

　　班超见二人夸赞,连忙制止道:"你俩就不要抬举俺了,就是把俺说得天花乱坠,俺心里也自感惭愧。岁月不饶人,如今俺只能动嘴儿不能动腿儿了,事情得靠你们去干。"

　　华里华里旺接说道:"你动嘴儿,我们动腿儿心里高兴,跑得准欢。"

　　月从旁插言道:"先别光讲跑得怎么欢,这次西行要走的路前人没有走过,又远又长,少不了坎坎坷坷,千难万险,需准备充足方可动身。"

　　班超赞同地说道:"俺夫人所言极是。此次造访远抵西界,是开天辟地以来中国人发现新天地的重大行动,要走访的国家众多,颇具探险性质,需携带大量礼品和充足的粮草,如此,至少要派出一百五十名精兵强将,每人配备良马、骆驼各两匹,组成一支庞大的队伍,确实需要做各项准备。"

　　田虑问道:"谁人带队?俺去如何?"

　　班超摆了摆手,回道:"谁也不要自告奋勇争着去,俺心里早已有合适的人选。"

　　众人齐声问道:"谁?"

　　班超故意先不作答,指了指田虑,这才幽默地说道:"出访使者需懂外语,形象美,你瘦鸡似的,又不懂外语,就不用争了。"

田虑沮丧地说道:"俺不行,你也别贬俺,谁令你满意,你就挑谁去呗!"

班超含笑向他问道:"俺不用挑,让你说说,甘英两口子比你怎样?"

田虑讷讷说道:"他俩年轻好看,又会外国话,比……比俺强。"

班超又向大伙儿问道:"让甘英、华里华里旺率队出使如何?"

大伙儿拍手齐声笑道:"好啊,好啊,好!"

班超见大伙儿无异议,最后说道:"这次长途跋涉出使诸国是件史无前例的大事,需上奏皇帝。咱可先做准备,一旦准奏,立即出发。"

班超让鄯善王广派人帮他打探车师的情况终于得出结果,并传来噩耗:车师后王在攻杀车师前王时,徐干和和恭因寡众悬殊,双双阵亡了,五百名士卒全部覆没。

徐干、和恭是班超身陷绝域时先后带兵增援的将领,班超任西域都护后一个接替他任西域长史,一个任戊己校尉。尤其是徐干,是他同乡,又是多年老友,与和恭同是他的左臂右膀,突然之间牺牲在叛敌刀下,班超犹如万箭钻心,痛心不已。

班超刚率全体官兵为徐干、和恭举行完祭悼活动,和帝的诏书传来,批准了他派人西行出访的上书。他立即向全体吏士宣读了诏书,组织大家对西行具体事宜进行讨论。

田虑首先说道:"车师后王攻杀前王,背叛作乱,情势紧急;徐长史、和恭校尉双双遇难,要员损减,人手紧缺。派人西行之事须重新商议为好。"

甘英说道:"俺能代表中国出使众多国家,无上荣光,只是……一想到长时间远离班大人就……心里难受,也不免担忧。"

华里华里旺指指甘英,接着道:"我……和他心情一样。"

月也在旁说道:"车师叛乱、长史和校尉双双遇难,情况有变,西行之事或延迟,或可随之改变。"

班超握拳深思一番,摇首说道:"不可。车师叛乱可以平息,人员短缺可以调配,西行之事已得圣上恩准,不可改变,当按计划进行才是。"

大伙见班超决心不变,无不顺从,又都应和地讨论起来。田虑打消顾虑,说道:"俺只是为班兄担心,只要班兄让大伙儿放心,尽可照原来想法去做。"

月也改变口气说道:"说来也是,西行人员已经选出,出访礼品都已齐全,连粮草、马匹、骆驼都如数备足,改变想法就是白忙一气;再说,改变计划还要征得皇帝恩准,倒不如说走就走痛快。"

甘英站起双拳一抱,向班超说道:"西行出访,风光无限,是俺巴不得的快事,遵命,遵命。"

华里华里旺也站出来说道:"受都护重托,定效犬马之劳。"

班超见二人一副认真的样子,心里高兴,说道:"你们这次西行远访之举,青史必载,值得大书特书,出行之日俺一定率众隆重饯行。"

甘英一行人马启程这天的一大早,它乾城外十里大道两旁肉山酒海,班超率众出城为甘英夫妇和全体随行人员饯行。

班超先让月、田虑夫妇、白霸夫妇、儿子班勇和黑货小两口儿拥至甘英、华里华里旺身边,奉献酒肉,一一道别。而后,他竭力抑制内心深情,端起酒来,紧紧攥住甘英的手说道:"请记住这永元九年,俺已是六十有五,满头白发了。"

甘英不免诧异地问道:"班大人,何出此言?"

班超眼泪夺眶涌出,满含深情说道:"君此一行不知何日是归期,俺年事已高,又有胸疾在身,今朝可为尔等饯行,恐不能见尔等凯旋了。"说着,他竟老泪纵横,泣不成声,两袖不住地拭起泪来。在一旁的月、田虑夫妇、华里华里旺、东吉和乌兰托玛见他如此悲伤,都忍不住落下泪来。

甘英颇知班超情意之深,内心感动,也极力抑制难舍难分的情感,安慰道:"西行的壮举由你开创,你一定会亲眼见到我等胜利归来。"

"好,好,祝你们一路平安,俺等着你们顺利归来。"

六

甘英和华里华里旺一走,班超顿时产生了一种孤寂之感。令班超意外欢喜的是,正当他和田虑等人谋划如何联合鄯善、龟兹、焉耆等国出兵平定车师后王叛乱的时候,鄯善王广又带着年轻的汉族王后和小王子出现在他面前。

"我给你带来个好消息。"广一进门就满脸喜气地说道。

"有甚喜事,叫你这么高兴?"班超问道。

"汉军出兵把车师后王杀了,整个车师又光复啦!"

班超听了惊喜万分,急忙问道:"你可知汉军由谁带领?"

广回道:"汉军出动了两支人马,一支是护羌校尉任尚统领,一支是屯驻伊吾的人马,由屯田校尉指挥。"

班超若有所思,又问道:"屯田校尉姓甚名谁?"

广摇了摇头,回道:"这……没打听,不知道。"

班超还在想着什么,见广摇头,也就打住了问话。

广觉出他心里有事儿,不禁问道:"你好像有什么心事儿,是吧?"

班超直言回道:"俺的长子班雄当过护羌校尉,后来在凉州和伊吾地区屡任屯田校尉,你说的屯田校尉会不会是他?"

广含笑说道:"你长子既来西域,咱们一道去车师走走如何?"

班超毫不犹豫地回道:"车师是明帝时都护所在地,就是俺儿没来,俺也应当去,再说俺来西域遍走诸国,只剩车师尚未去过。俺要提着北匈奴使者的头去祭奠在那里殉难的都护陈睦和副戊己校尉郭恂,为俺的老战友徐干、和恭的坟墓添把新土。"

班超一到交河就得知大儿子班雄在羌人叛乱时率五营兵马去长安,迁任了京兆尹的官职,并未到西域来,也从任尚口中得知了哥哥班固的一些情况,这是自然之事,不必细说。

班超在车师前部,怀着悲愤和沉痛的心情,将北匈奴使者和焉耆王广的头颅祭在陈睦、郭恂的墓前,为他深深怀念的战友徐干、和恭整修了坟墓;然后在任尚陪同下途经戊己校尉驻地柳中,又北上五百里到车师后部,走遍了整个车师,审慎选立了车师前后两部的新王。

一晃两个多月过去,班超自感身体不适,怕病倒在车师麻烦别人,便硬撑着身子带随行人员赶回了它乾城。

班超病累交加,回到家就昏死过去。月赶紧把田虑找来抢救,谁也没有想到,班超苏醒过来,眼睛花了耳朵背了,一连两个多月都卧床不起;待能下炕时,两腿发软,双手颤抖,靠拐杖方能行走,黑白间杂的头发变成了满头白发,行动迟缓,显得老态龙钟了。

病中人不愿闻丧事,偏偏在班超被病魔缠身时传来章德皇太后驾崩的消息。

章德皇太后是在班超病倒的这年(永元九年)闰八月去世的。她死后还没出殡,和帝的大姨就揭发了她迫害父亲梁竦(和帝的姥爷)和妹妹梁贵人(和帝生身之母)致死的事实;上书要求和帝以前汉废黜吕后为例,贬除章德太后的桂冠,不准与章帝合葬。众多文武百官支持这一提案。和帝自幼深得窦太后厚爱,深念养育之恩,又想到母后在窦氏兄弟阴谋篡位的叛逆中最终站在了维护刘家天下这一边,就否决了这个提案,仍让太后与章帝合葬了。

章德皇太后去世少不了和帝签发到全国的讣告,但详情是妹妹班昭在信中讲述的。班超手捧妹妹的来信,无心去想对章德太后究竟该当如何盖棺论定,直感到汉廷中前一代至尊至上人物永远消失了,自己已彻底置身在另一代新人主宰的世界里。他心想:自己历经光武帝、明帝、章帝、和帝四代皇帝,称不上四朝元老,但人确实老了;章德皇太后年仅三十五岁,说走就走了,作为一个年近古稀、风烛残年的病魔缠身者,说不定哪一天,说完也就完了。

班超读完妹妹的来信,对月说道:"月,俺想家,想回故乡去。"

月温柔地问道:"你向来注重事业,怎么突然就想回家了?"

班超回道:"思乡之情早就有之,还乡念头并非突然。从俺病情和年岁看,俺在世之日屈指可数了。"

月赶紧捂住他的嘴道:"你……别……别这样说。"

班超拿下她的手,继续说道:"你看,窦太后才三十几岁就走了,俺也会的……汉人有句老话,叫作'狐死首丘',要死就死到故乡去。"

月默默地听着,泪水从眼眶里滚滚而下。

又一个春天到来了。

随着天气转暖,班超病情日见好转。可是,他的思乡之情却日益加重,只增不减。

这一天,他自觉身体清爽,白天操办诸事,夜晚不免疲累,很快甜甜地睡去,却梦见自己被诬告,即将被斩首时,猛然惊醒。他将梦中情景一一细说给月,懊丧地说道:"俺怎就做出这等噩梦?"

月抚慰道:"梦都是相反的,和帝肯定会善待你。梦是心中所想,这梦是你近来思归所至。"

班超颇为感慨:"你说得对,这梦是想家想的。东吉在婚典上用箫吹奏《思乡曲》,俺只觉得好听,没太在意,现在越来越喜欢这个曲子了。"

月一听班超提起东吉的《思乡曲》,顿时来了精神,翻身起来,满心欢喜地说道:"东吉这支曲子我早学会了,你爱听,我可用你教我的琴弹给你听。"

　　班超高兴地连连说道:"好,好,俺填首词,你弹俺唱。"

　　这一早,班超吃过饭就翻出哥哥、妹妹写给他的所有信件,一封一封地看了起来。月知道他又在想家了,见他看完信,学着他的口音说道:"你心里想甚,俺知道。"说完,她就操琴弹起了东吉用箫吹奏过的《思乡曲》。班超一听,就被吸引了,听着听着,就和着琴声唱了起来:

　　　　前有李陵兮没胡沙,
　　　　苏武牧羊兮还汉家。
　　　　张骞囚胡兮十三载,
　　　　吾隔绝域兮报效天涯。

　　　　遥望京都兮路漫漫,
　　　　朔风吹雪兮乱飞花。
　　　　远域思亲兮安不长嗟?
　　　　长歌一曲兮泪满颊。

　　田虑带着年轻的匈奴妻子来看班超,见班超正伴着琴声纵情歌唱,生怕打扰,一进院门就止住了步。待班超歌毕,这才走进屋里。田虑的少夫人进屋就凑到月身边,夸道:"琴声美,歌动人,我俩听了多时了。"

　　田虑动情地向班超说道:'你想回家,俺早知道;你唱的歌儿,是你的心思,也正合俺意。"

　　班超见他动了情,紧问道:"你也有这念头儿?"

　　田虑点头回道:"老来思二,谁不想落叶归根? 咱们该当把老骨头埋在故土上。"

　　班超颦眉想了想,说道:"咱告老还乡须皇上批准方可。"

　　田虑说道:"那你就快点儿写份儿上书呗!"

　　班超说道:"俺先写信给俺妹透透这心思,让她在皇上面前活动活动。咱也等等甘英两口儿的消息,到时再上书也不为迟。"

　　田虑赞同地说道:"如此甚妥,就照你的心思去办吧。"

班超特向田虑嘱咐道："咱们还乡的事儿要严加保密，对西域各国、咱的下属官兵，包括任尚绝对不可透露。还有，《思乡曲》不可传唱，今后俺再也不唱它了。"

第十六章　落叶归根

一

　　班超发出写给妹妹的信就天天掐指算着：信走多少天能到洛阳，妹妹多少天后方能复信，复信又该多长时间才可到来。在驿马递接相传的时代，信件在万里之遥的路途上往返半年时间并不算长，而信发出不到三个月，班超就天天巴望妹妹来信了。

　　早春二月，它乾城还是天寒时候。一天，侍卫来报："乌孙使者前来参见都护。"

　　班超闻此，马上想到十六年前在疏勒让苏安护送乌孙王子进京入侍之事，当时的王子已继昆莫之位成了乌孙一国之主，如今派使臣前来必是友好之举。他想到这儿，赶忙下令说道："快快请进。"

　　不一会儿，一位头戴长三狐狸帽、身穿貂领狼裘、面部只露满额浓密花白胡须的老人走了进来，一见班超仆地便拜。

　　班超赶忙迎上前来搀扶，说道："乌孙与汉本是亲家，请坐下一叙。"

　　那长者跪伏在地默不回舌，也不起来。

　　班超俯身去搀，又道："快快请起。"

　　来者埋头长跪，仍然未动。

　　班超诧异地问道："既是使者，何至于此？"

　　长跪的人这才埋头回道："咱家并非乌孙使者。"

　　班超问道："你是何人？"

　　"你手下败将匈奴国呼衍王的便是。"

班超万万没有想到，天天盼望妹妹的来信，竟然"盼"来了多年的老对手呼衍王。他知道呼衍王突然到来必有重大缘故，顿时不计前嫌，用力将呼衍王搀扶起来，引到座上，问道："你是北匈奴国顶天一柱，大驾光临，必有要事，请坦诚道来。"

呼衍王坐而复起，面向班超双拳一抱，躬身说道："本王特来向大汉国认罪，确有要事烦请都护协助解决。"

班超向侍卫示意让呼衍王坐下，端然说道："化敌为友，汉家乐事，你有何事要办，请直言。"

呼衍王这才放开胆量仰起头，面向班超，脱去长毛狐帽，现出满头花发，说道："都怪我们匈奴人生性好斗，恃强凌弱，侵扰他人，招至汉兵出击讨伐，落得个国败家亡。如今单于不知逃往何处，本王是甚顶天一柱，分明丧家之犬一般。咱家诚愿效仿南单于，率部投入汉土，请都护转奏汉皇为盼。"

班超意外大喜，又问："你还有何事相求？"

呼衍王又道："咱家有一小妹，从小讨人喜欢；十二三岁后，单于家族多人争婚，是咱这当哥的最疼爱之人。她十六岁那年与贵军交战后再无踪影，原以为她死在战场，后有人在焉耆亲眼见她，方知她还活着，就在你的部下。咱深望兄妹团圆，是咱来此又一大事，但求都护成全。"

班超随即问道："你妹妹叫什么名字？"

呼衍王张口答道："华里华里旺。"

班超不免问道："匈奴人崇尚战死，你妹在战场上活下来归了汉家，你不怪她？"

呼衍王黯然回道："汉军不处死她，与汉人结成一家，呼衍氏之幸也。"

班超如实相告，说道："你妹妹是个非常可爱的人，人才难得。她被我军生擒后，十分壮烈，是要照你匈奴气节去死的，被我千方百计劝说才活下来，与汉融为一家。她在俺这儿过得很好，很快乐，是俺的一员爱将。俺一定让你兄妹团圆，不过，她现在作为汉使出使国外，待她回来方能得见。"

呼衍王问道："咱家欲率部归入汉土又当如何解决？"

班超颇费了一番心思，回道："依俺之见，汉家风俗与匈奴大不一样，且礼仪烦琐，诸多约束，虽属礼仪之邦，然上下交怨，弊病甚多。你等投入汉土，多有不便，莫如遵己习俗，固守本土，与汉和平共处为是。你向汉之心，俺一定上奏皇帝；你所言投汉之事，待准奏后再说，如何？"

呼衍王大喜,说道:"好,就照你说的去办。今晚咱家反客为主,借你的酒欢宴一番如何?"

班超欣然接受,回道:"好,好,俺预祝你妹妹早日平安回来与你团圆。"

当天晚上,呼衍王完全按照匈奴人的习俗为班超举办了晚宴。宴席上只有两样东西:肉和酒。除了饮用的酒以外,便是肉,主食副食都是肉。自然,上席的肉并非一种,有羊肉、牛肉、马肉、驴肉、驼肉、兔肉,还有射猎来的野鸡肉、雪鸡肉和天鹅肉;做法上有蒸、炒、烤、焖、清炖等,虽然只有肉这一种食品,也显得十分丰盛。

呼衍王见宴会和谐融洽,气氛热烈,朝自己人群里嘴里一努,使了个眼色,忽然琴声突起,一群身穿匈奴民族服装的妙龄姑娘迈着轻快的步伐款款而出,大大方方走至班超面前舞蹈起来。

呼衍王凑近班超,指着这群姑娘说道:"咱家要从这些人里挑选出十个姑娘送给你。"

班超一愣,十分诧异地看了他一眼。

只听呼衍王又道:"昔日张骞出使西域为我所囚,名将李陵降我,匈奴国都曾妻以女子,生下具有两国血统的儿女。你凝聚了西域各国力量,比出兵与我们作战还要厉害,对你这样的大能人,更该嫁妻给你,也好表今日匈奴国与汉和好之心意。"

班超把月指给呼衍王,说道:"俺夫人才四十出头儿,也还年轻,光她一人就够俺受了,这么多少女让老夫如何受得?请你带回自己受用吧!"

呼衍王劝道:"你把她们留下,个个会精心侍候你的。"

班超为打消呼衍王的念头,调过头向身旁的田虑耳语了一番。田虑招手把黑货叫到身边,不知说了些什么,只见黑货走向女人堆里,与乌兰托玛和田虑夫人私语了一回。

匈奴姑娘的舞蹈在琴声中进行着。班超和田虑频频向呼衍王劝酒。忽然满堂掌声,田虑夫人和乌兰托玛在掌声中登上了舞场,与北匈奴姑娘同舞起来。

呼衍王惊异地问道:"哦? 她俩是匈奴人?"

班超回道:"对,她俩原来都是你们使者的人;现在一个成了汉家人,一个嫁给了龟兹王子。"

呼衍王猛地喝下一杯酒,手把着酒盏,内心好像在翻腾着什么。

过了一会儿,他突然话题一转:"听说你夫人是鄯善人?"

班超毫不犹豫地回道:"是呀!"

呼衍王感慨万端地说道:"在你这儿,各国、各民族的人都融合到一起,成了一家了。"

班超道:"以俺多年在西域的体验看,不同国家、不同民族的大融合,是今后人类发展的大趋势;不能融合也不该有隔阂,可求同存异,友好往来,和平共处,千万别互相敌视,更不可大动干戈,互相残杀。"

呼衍王应道:"咱家深信你言,因从与汉相争中,咱家已深知争战之苦。匈奴国在争战中衰败了,而咱妹妹却在与汉人结合后好好存活下来;还有刚上场的舞者,作为北匈奴人,我能看得出她们有多么幸福愉快。南匈奴投入汉土,大批人与汉融为一体,都活得好好的。咱也向往快乐的生活,再次恳请都护转奏汉皇,准咱与汉世代友好下去,亲如一家,并期盼与咱妹早日团圆。"

班超举起满满一杯酒,紧紧攥住他的手,祝道:"但愿如此,让咱们共同期待美好的来日。"

呼衍王端起满杯酒与班超的酒杯猛地一碰,说道:"期待,期待,咱家还期待有朝一日同你一道去拜见汉皇。"

班超将酒一饮而尽,连声说道:"好,好,好。"

二

班超要返回故土的念头,当然没向呼衍王透露分毫。从内心讲,呼衍王的突然出现,使他更加坚定了告老还乡的想法,因为他通过与呼衍王的接触,更加确知了北匈奴在汉两次出兵讨伐后败落的情况,看到了全国和平安定局面的出现,尽可放心地离开西域回归本土了。

呼衍王走后数月,班超终于盼到了妹妹的来信,信中写道——

二兄见字如晤:

　　来函收阅,内情尽知。

　　亲骨肉半生分离,诚可痛也。天各一方,只留一个想字在两头,自是思念无尽。

兄欲求落叶归根,生发还归故土之意,妹及阖家之人皆大欢喜,并翘首西望,但盼尔携嫂与八侄早日归来,阖家团圆。

知兄早有胸疾,身体大不如前,甚念。人生在世,功名利禄皆身外之物,唯独身体属于自己。诚望兄多加保重;一人安泰,全家欢乐,安不如是?

兄官高位重,欲离西域,必经圣上恩准。可上书直言,表述己意。届时,妹定然设法在吾皇面前通融,争得还京之日。

妹昭率家人上

班超收到妹妹来信,已是又一年的初夏了。

第二天,他让人把田虑夫妇叫来,当着月的面把妹妹来信和上书的事儿讲了出来。随后,他把连夜写出的上书草稿递给田虑,想听听田虑的意见。

田虑接过班超的上书,当即看了起来,眼见班超写道:

吾皇万岁万万岁!

臣闻太公封齐,五世葬周;狐死首丘,代马依风。要知周、齐仅在千里之间,而臣远隔绝域万里之外,能不生首丘依风之思哉?臣自永平中弃笔从戎,出使西域,历经明、章二帝及陛下三世,时近三十年之久,已是年老病衰之人。须知,照匈奴及西域各国风俗,皆重视青壮之士,鄙弃年老之人。臣诚恐在西域年老无用,无所事事,空捐老躯。昔日张骞出使西域,为匈奴囚十三年得归,苏武留匈奴时间较长,也不过一十九年,远不及臣久。诚然,臣幸得几代圣皇重视,奉金带银,赐爵封侯,都护西域,官高禄厚。臣如自然寿终屯部,死而无憾。然臣生怕明可亡入故土,而远弃绝域,为后世名臣所不为,于国于己无益。正因为此,臣不敢望到酒泉郡,但愿生入玉门关。臣老病衰困,冒死瞽言,谨遣子勇随献物入塞。及至生在,令勇目见中土。臣回归事宜,承圣上御示。

西域都护班超叩首

田虑看完，问道："你写的上书有理有据，俺没意见，可是甘英和华里华里旺让你像信鸽般地撒出两年多了，至今音讯全无，咱们走了，他们回来该当如何是好？"

　　班超回道："人间万物事，顺从自然佳，他俩实在迟迟不归，咱只好该怎么办就怎么办了。"

　　在京都，班昭得知和帝收到了二哥的上书，一段时间过去，见皇帝仍无动静，便也给和帝上书。她在上书中这样写道——

万岁御览：

　　皇后、贵妃愚师扶风曹寿字世叔妻者启禀吾皇。

　　妾同胞兄西域都护、定远侯超，自明帝至陛下多蒙三代圣主重赏，爵列通侯，位二千石。天恩殊绝，荣耀班氏。

　　超之始出，志捐躯命，冀立微功，以自陈效。会陈睦之变，道路隔绝，超以一身转侧绝域，晓譬诸国，因其兵众，每有攻战，辄为先登，身被金夷，不避死亡。赖蒙陛下神灵，得以延命至今，积三十年矣。骨肉生离，不复相识。与其相随众士，多已故去。超年最长，今且七十，衰老多病，头发无黑，群齿脱落，目不明，耳不聪，两手不仁，扶杖方可行走。现如今，其虽欲尽其力，报效天恩，迫于岁暮，已无能为力也。西域习俗，几近匈奴，崇青壮，蔑长老，超将以何威令于人也？如有暴卒，超之气力不能从心，诚恐开奸宄之源，生逆乱之心，便上损累国家世之功，下弃忠臣竭力之用，束手无策，诚可痛也。故超诚表回归之意，妾亦仰望西天，盼其归来。

　　妾窃闻十五从军，六十还之，按照此理，超逾十载。诗云："民亦劳止，汔可小康，惠此中国，以绥四方。"超有书寄妾，生怕不复相见，妾亦如是。是故，妾不顾触龙颜，千忌百讳，上书陛下，诚望恩准，赐妾唯爱之兄班超回归本土，与家人一见。

　　妾愚戆而不知大义，明知故犯，上书求之。切切。

西域都护之爱妹扶风曹寿妻昭顿首拜上

　　二十二岁的和帝刘肇是个勤理朝政、通情达理的君主，班超的上书让他犹豫不决，为西域安定，一时难以决断，及至阅完班昭上书，深受感动，就召集太尉张酺、大司农张禹、司徒吕盖、司空韩棱征询意见，随后做出了决定。

三

满架满架的葡萄都熟透了，一个个蜜一般的哈密瓜蒂落离秧，标志着又到了一个丰硕的秋天。

正当人们忙于摘瓜果、拾棉花、收庄稼的时候，和帝的诏书传到了班超手里。班超手捧诏书，激动不已，当着众人面向东方双腿跪地，连连拜道："皇恩浩荡，不弃老臣，来日可以面朝我主了。"

班勇在一旁神采飞扬，欢喜地说道："俺生在西域，长大还不曾到过中土，更不知京都是何模样，这回也可随爹到洛阳安身了。"

黑货高兴地随道："我也彭与生身父母团聚了。"

"你们先莫高兴急着走，现在还不是走的时候，要走也得善始善终。"班超转向田虑说道，"咱们走后由任尚接俺职位，诏书只发给俺一人，须速派人去车师交河，让任尚来领诏与俺办理交接事宜为是。"

派往车师的人一走半个月过去了。一天过午，侍卫向班超禀报说："一队打有汉旗的人马远远而来。"

班超掐指算了算，向身旁的田虑说道："车师距此路程不是很远，准是任尚带人来了，咱要以礼相待，快招呼人出城迎接，咱的家属也跟随前往。"

班超带人出城前，先同田虑登城举目远望。他看到来人确打有汉的旗帜，随着队伍越来越近，又眼见汉旗两侧的马上，一男一女，并肩而行。还没容他细想，忽听那支人马一齐发出纵情的叫喊声："到——家——啦，到——家——啦——，到——家——啦！"

班超顿时喜出望外，一把拉住田虑说道："甘英两口儿带人回来了，走，快快出城迎接。"

班超率众出得城来，远远朝甘英的队伍迎了上去，一见甘英翻身下马，就与甘英紧紧搂抱在一起，老泪横流，一时竟哽咽无语。

那一边，华里华里旺与月紧紧相抱，眼泪也止不住扑簌簌直往下掉。

班超过了好长时间才拉着甘英的手问道："你们整个行程有无风险，可还平安？"

甘英回道:"还好,还算平安。"

班超放心地点头说道:"好,好,能平安回来就好。"

在田虑、班勇、黑货、田虑夫人、乌兰托玛等人与甘英、华里华里旺互相问候的时候,全体西行归来的随员纷纷聚集在班超面前。班超眼望着眼前这完成前无古人重大使命的人们,阔别三年之久平安归来,内心万分感动。他举起双臂,挥动双手,大声说道:"你们辛苦了,进城后先好好休息,睡上一觉,晚上设大宴,隆重慰劳你们。"

众人顿时热烈欢呼起来。

晚上的宴席上,班超向甘英问道:"你们历时三年,可抵西界? 西界是何等情景? 都走访了哪些国家?"

甘英回道:"我等先近抵大月氏,代你向贵霜王致以谢意并转达问候,后经安息西行,走访蒙奇、兜勒等三十多个过去不曾听说过的国家,直至条支、大秦,皆前世所不至。穷极西天是浩浩荡荡茫然无际的广洋大海,据当地人言,欲渡须备三年食粮,中途遇风暴翻船死者不计其数,实在无法再走,只好打住。"

班超又问道:"从咱这儿到西界海洋处有多远,你们此行途程多少里?"

"条支、大秦即在四万里以外,加上在各国走访,可见我们往返三年走了多少路了。"

班超接着问道:"各国风情如何? 给你何等印象?"

甘英回道:"人种不同,习俗各异,连长相都和咱汉人大不一样。外国人高鼻子,有蓝眼、黄眼,有黄发、棕发,不似汉人只是黑眼珠、黑头发,而且他们个头普遍比汉人高大。俺原以为中国以外的国家都很野蛮落后,不讲礼仪,其实不然,有许多国家商贾业和工艺比咱们还发达,城市建有高楼大厦,待人热情好客,甚是通情达理。俺感受最深的一点就是天外有天。"

班超颇感兴趣地问道:"这样说来,这些国家很值得交往了?"

甘英点头回道:"正是。同他们交往可互通有无,取长补短,对我国繁荣昌盛十分有利。"

班超既有所思又高兴地说道:"你等定还记得,俺早就说过这样一句话,'咱来西域是筑路的',看来,这条路筑得越长越好啊!"

甘英紧接着说道:"都护所言极是。"

班超哈哈大笑,说道:"甚都护不都护,过不了多久,俺就不是都护了。"

甘英不解地问道："都护，你在说甚哩！"

班超凑近他相告道："俺上书皇帝，提出告老还乡，以了落叶归根之愿，现已获圣上恩准，即将告别西域，不再是什么都护了。"

甘英意想不到地问道："俺……俺们怎么办？"

班超另一边的田虑插道："诏书一到，即可回归。班大人之所以不急于动身，一是要做好善后工作，二在很大程度上是等你们回来。你想回则回，想留则留，自是由你决定了。"

甘英当即说道："俺要永远和班大人在一起，当然愿随他一道回去。"

班超又道："你们走后，哑衍王来过一次，他已有向汉之心，走前你和华里华里旺最好见他一面。"

晚宴上，人人美餐一顿，酒足饭饱，自然也少不了歌舞等娱乐节目的愉悦，个个欢快而散。

这一天，班超正与田虑、甘英、月、华里华里旺谈论撤离西域的善后事，忽然有人来报："戊己校尉任尚来了。"

班超立即吩咐道："俺早就在等他，快快请进。"

任尚四十五六岁，与驾崩的章帝和窦宪的年龄相仿。他历任过军司马、护羌校尉等职，曾于永元元年秋天同班固一道随大将军窦宪出塞讨伐北匈奴。在窦宪阴谋弑帝篡权过程中，他虽为窦宪的爪牙，但在窦氏阴谋败露后，主动向和帝上书检讨认罪，还积极检举揭发别人，获得了和帝的赦免，远离京都当上了护羌校尉。班超只知他曾与哥哥在讨伐北匈奴中共过事，对和帝如何赦免他的情况一无所知，加上由他率军平定车师叛乱，就向和帝提名由他接任了西域戊己校尉一职。如此，在班超看来，自己离任后由他继任西域都护便顺理成章了。

任尚进屋一见班超便抱拳躬身施礼道："小弟任尚专程前来拜会班都护。"

班超还礼道："免礼，免礼，请快快坐下。"

任尚落座后，班超诙谐地说道："哪有都护拜都护之理？俺的大印一交，俺就不再是都护，往后要拜，人们自当要拜任都护了。"

任尚再次抱拳，恭敬地说道："班兄在上，小弟应当施之以礼。俺与你哥在征战中共事多年，亲如兄弟；今又得以与二兄长交往，实为三生有幸。"

班超说道："小弟不必客气，你今后任重道远，咱们还是谈谈交接的事儿吧!"

任尚自谦地应道:"交接一事该怎么办就怎么办,好说好道。俺要请教的是,仁兄在西域三十年,人手不多,却立于多民族之林,有何经验,请多多赐教。"

班超谦逊地回道:"小弟虽年轻于我,但数当大任,颇有作为;俺所做之事,不足挂齿,不说也罢。"

任尚恳切道:"不,仁兄功绩卓著,超越前人,留芳来世,有何要领,请一定赐教于我。"

班超见他诚心诚意向自己求教,过于自谦,情理难却,于是想了想,简要说道:"一定要俺说,俺就说说个人的体验。塞外吏士,大多是戴罪发配边疆,本非孝子顺孙;西域各国人民,民族不同,习俗各异,矛盾错综复杂。要想把各国各族人民拢在一起,最重要的是要善于团结人,要善于依靠当地人民。须牢牢记住:'水清无大鱼,察政不得下和',统理各项事务要采取简单易行的方法,切忌烦琐,事事都管;要宽小过,总揽大纲。俺在西域多年处事,如此而已。"

任尚故作谦虚地说道:"仁兄的经验十分宝贵,小弟上任后一定牢牢记取。"

班超紧接着说道:"小弟不必过谦,俺的做法仅供参考而已。每个人处事都有自己的一套,俺相信你定然强于俺。你既来此,咱就该办理交接手续,俺现在就把大印交给你吧!"

任尚问道:"班兄准备何时动身?"

班超回道:"时下严冬临近,路上必受风寒之苦,我等索性在西域过个大年,待来年春暖之时动身吧!"

任尚两眼转了转,说道:"既如此,交接一事,你走后都护治所是仍设这里,还是迁往车师,到那时再定吧!"

班超想了想,点头说道:"也好,反正俺还有些善后事要做。"

任尚以相商的口气问道:"你走前是否拟一通告,既可向各国言明都护交接之事,也通知各国国王前来欢送你?"

班超制止道:"许多国家路途遥远,烦劳各国国王前来送俺大可不必。俺临走前去近处看看白霸和咱嫁出去的东吉,途经鄯善时向国王广告个别也就行了。你接任的通知,到时专文发出为好。"

任尚又将双拳一抱,说道:"就依你说的办,俺先回车师去,你走时俺来送你。"

任尚刚刚回车师,白霸和东吉抱着近三岁的小王子来了。东吉一进屋,和白霸一起向班超夫妇施过礼,就一把搂过华里华里旺打开了话匣。

"咱一听说你们回来,就急急赶到这里,可想死人了。"东吉说道。

"谁说不是?我们大家都很想你。"华里华里旺两手紧捂着她脸蛋儿说道。

"转眼就是三年,你看,咱家小王子都快三岁了。"东吉从侍女怀中接过儿子说道。

华里华里旺抱过小王子亲吻一番,打趣地说道:"你这棵绿树还真行,说结果就结果,结出的果儿都这么大了。"

华里华里旺一边说着,一边猛向东吉脸蛋儿拧了一把,疼得东吉"哎哟"直叫。

那一边,班超、田虑、甘英正与白霸寒暄,忽然有人来报:"北匈奴呼衍王求见。"

众人都感到突然,不禁一怔。班超向华里华里旺和甘英招呼道:"咱一道把他迎进来吧!"

华里华里旺听说哥哥来了,更觉意外,心情十分复杂。是想念?是爱?是恨?一时也说不清楚。她嫁汉多年,已然习惯,内心的平静一下被打破了。她眼见班超以礼相待,心里还多了一层感动,迟迟疑疑随众人走出屋来。

呼衍王走进院门,一眼就认出了华里华里旺,三步两步扑了上来,紧紧把她抱入怀中,两眼涌着泪说:"哥哥想你多年,寻你多年,终于盼得又见面了。"

华里华里旺仿佛无动于衷,直愣愣在原地站着不知所措。班超见她木讷的样子,赶忙开导说:"还不快叫哥哥?快让哥哥进屋坐!"

华里华里旺这才叫了声"哥',搀扶着呼衍王进到屋里。

呼衍王见妹妹毫不动情,不免伤感,坐定后伤心地说道:"咱家一辈子最疼爱妹妹,好心痛啊,妹妹把哥哥忘记了。"

"我没有忘掉!"华里华里旺突然大声说道,"妹妹要倾吐给哥哥的话,在心头闷了多年了,不是妹不想哥,是怕……怕哥哥怪罪妹妹没有壮烈战死,被捕后没按匈奴人的气节自尽身亡，反而嫁给了汉家。"

呼衍王动情地连声说道："哥不怪罪，妹妹没错，与汉人结成一家是好事……好事！"

华里华里旺接着说道："妹想念哥哥，心里总担心哥哥与汉家为敌，不断挑起不该发生的战争，要知道，咱匈奴人也有汉家血统，两国和睦相处，亲如一家，那该多好。"

呼衍王顺着话茬儿说道："哥哥早就饱尝了战争之苦，也承认咱匈奴人对战争应负的责任，你哥哥已经向班都护表示过向汉之心，不再是过去迷于争战的哥哥了。"

华里华里旺惊喜地问道："这是真的?"

呼衍王指着班超说道："不信，你问问班都护。"

班超接道："你哥确已表过向汉之心，但愿匈汉两国长期和睦相处。"

华里华里旺挥动着双臂，高兴地说道："果真这样，太好了，妹妹再也不需为哥哥担心了。"

呼衍王拍着胸脯表白道："你哥不单想率部归入汉土，与汉融为一家，还想和班都护一道去汉都拜见皇帝呢！"

甘英接过话题说道："俺们出国访问，已有许多国家表示要来中国朝贡，那时一起到京都拜见皇帝，看看各国使者友好相聚的情景，那才好呢！"

呼衍王情绪高涨地说道："好，到时咱家一定争先前往。"

四

在鄯善东部与天相连的广阔沼泽地上，大片大片的天鹅自天而降，又大片大片地腾空而起。漫天的天鹅仿佛专来为班超送行似的，还不时地南来北往，齐声鸣叫着飞向鄯善国都伊循城。

班超在西域过完最后一个年，便主动和任尚办理交接手续，将都护大印亲自交给了新任都护。而后到龟兹国都延城与白霸和东吉话别，带领随甘英出访的一百五十名原班人马来到了鄯善。鄯善是月的故乡，月与国王广是同胞兄妹，班超想到此次月随自己入塞，十有八九是她与故乡和亲人的永别，就按月的心思在鄯善多住了些时日。

在春夏交替季节的一个清明之日，班超与鄯善王广作别，率一起返乡的人马踏上了漫长的途程。他们西进当金山口，经玉门关、敦煌、酒泉、张掖、武威、临洮、陇西、天水、扶风、长安、临潼等地，历时四个月，行程七千多里，于当年八月终于回到了阔别三十一年的京都洛阳。

班超连想都没想过，更谈不上奢望的是：在他进城之前，和帝竟率满朝文武大臣出城十里之外前来迎他。龟兹前王尤利多亦在其列；妹妹班昭从后妃口中提前得知他归来的消息，率全家人前来迎接；那满城的百姓听说远在西域的大都护回归京城，皇帝出驾亲自迎接，亦纷纷自四面八方拥来，组成了一个长长的夹道，热烈隆重欢迎。原来，在班超一行人马临到长安时，长子班雄率众迎接，并派人将他归来的消息上奏给和帝。和帝自有准备，还仿照明帝送窦固出征的情景，在城外搭制了两道彩门，御笔写了四个大字，分置于两道彩门之上，异常庄重，也分外好看。

班超眼见和帝率众臣迎接他一行人马的场面，不由得想起三十一年前明帝欢送他随窦固出征时的情景，那涌动的人群，那特意搭制的彩门，那隆重热烈的程度，何其相似。他内心有说不出的感动，一见和帝赶忙跪地叩道："皇恩浩荡，我主万岁万万岁！圣上亲迎老臣，愚臣实不敢当。"

和帝敬重地上前把他搀扶起来，说道："爱卿辛苦了。"

班超站起来道："为国为民效力，乃为官之道，以苦为乐，实属应当。"

他说完，就把夫人月、儿子班勇、田虑夫妇、甘英夫妇、义子黑货夫妇介绍给和帝。

和帝一手搀扶住班超，也将随行的文武大臣向班超一一做了介绍。

班超一眼认出了前龟兹国王尤利多一家人，赶紧把黑货和乌兰托玛推至尤利多面前。

礼仪进行当中，班昭率家人一直在一旁静静等待着。礼仪过后，她率家人一齐拥到班超身边，把儿子曹成、儿媳丁氏和女儿、女婿一一推至班超跟前。身为京兆尹官长的长子班雄自长安随班超进京，不在迎接队伍之列，紧随在班超左右，百般照应。班超一见妹妹全家人百感交集，有无尽的话要说，但碍着和帝及文武大臣在场，只好抑制住内心的情感，含泪相见。

和帝弃乘玉辇与班超并肩而行，不时与班超一道向夹道欢迎的人招手致意。

行至临近写有"国泰"二字的彩门跟前，和帝指着彩门说道："你看，先迎你的是'民安'门，而后才是'国泰'门。大凡都讲'国泰民安'，把'国泰'二字放在前面,其实这话的前后二字可以颠倒运用,孰前孰后,两者皆可。通常将'国泰'二字置于前面,自有其理,一国中高位厚禄者钩心斗角、你争我夺,则国不泰民不安;反过来将'民安'二字置于首位,更在其理,试想,没有'民安',哪里会有'国泰'?"

班超与和帝是头一次见面,甚觉和帝颇有见地,出语不凡,连连说道:"我主圣明,我主圣明。"

只听和帝问道:"爱卿随出征大军出城时,我爷爷亲送十里以外,也设有两道彩门,每道彩门上也各有二字,都写有何字?"

班超回道:"一是'降龙',一是'伏虎'。"

和帝又道:"爱卿亲身经历,记忆犹新,所言极是。你可知迎送你等的彩门同等模样,先帝手书'降龙伏虎'四字,寡人为甚改写为'国泰民安'了吗?"

班超深会其意,却故不作答,又连声说道:"圣上英明,圣上英明。"

和帝道:"没有'降龙伏虎',就没有'国泰民安',龙虎作祟则民不安国不泰。北匈奴侵扰我土,如龙虎作祟,我军出师讨伐,即是降龙伏虎。爱卿出征立有战功,出使西域又断北匈奴一臂,为中国争得国泰民安,百姓康居乐业。故此,方设如此二道彩门迎你归来。"

班超听后动情地谢道:"皇恩浩荡,愚臣感恩不尽,永世不忘。"

进城后,班超让田虑、甘英带人提携贡品跟随上殿,面呈于和帝面前。

班超向和帝叩拜禀道:"吾皇日理万机,龙体大安乃兆民之万幸。臣等异域归来,别无贡献,现有于阗玉石、玉器、鹿茸、鹿血、麝香、羚角、雪莲、枸杞、藏红花、葡萄陈酿、瓜干、葡萄干、羊绒、驼绒、驼毛、各类皮货等土特产品,另有条支、大秦、蒙奇、兜勒等远国所献珍珠、玛瑙、钻石、象牙、玳瑁、彩贝、各种器皿酒具,尚有行将交付御苑的骏马、骆驼各百及长颈鹿、鸵鸟各五十,供吾皇享用玩赏,以保龙体万岁万万岁!"

和帝龙颜大悦,道:"爱卿劳苦功高,举世瞩目,实慰朕心,自当重赏。今晚先犒劳归来的全体士卒,来日朕亲设宴席与爱卿交杯畅饮,另表朕意。"

班超进京的第二天,和帝就召他进殿,诏封道:"爱卿在西域建功立业,超越前人,功绩卓著,论功行赏,亦当置于高位。朕封你为射声校尉,佐朕身边;依朝中官制,年俸无以复加,赐钱三十万;另有赏赐,届时自有分晓。"

班超叩谢道:"愚臣年老智衰,已是有今日没明日、不胜大任之人,统领宫中卫士恐力所不及,空据要位于国家无益,就免了吧!"

和帝决意道:"非此朕于心不平,已决意如此,爱卿不必推辞。"

当晚,和帝举行宴会,特意招待班超夫妇。和帝还照班超的意思增添了田虑、甘英两对夫妇和班超的小儿子班勇。

宴席上,和帝历数班超功绩,赞不绝口。

班超谦逊地说道:"俺出使西域受命于明帝,历章帝至陛下三代,只不过贯彻圣上旨意而已。况设都护、通西域乃前汉首创,俺只是承继前人之路,接踵而行罢了。平心而论,功业并非俺一人之所为,在座的田虑、甘英、华里华里旺皆出生入死,全力佐俺;还有那捐躯西域的郭恂、徐干、姚光、和恭、王强等烈士,若论大业有成,他们人人有份儿,皆功不可没。"

田虑、甘英、华里华里旺听了十分感动,和帝不由得向他们投去了赞许的目光。

班超继而指着田虑、甘英向和帝说道:"俺已是老朽之人,论功行赏已无所谓,如何安排他二人,方是臣之所想。"

和帝成竹在胸,当即回道:"凡随你归来之人,不分吏士,皆有赏赐,各有差别就是了。田、甘二人,在宫掖门里任职,仍与你在一起共事,如何?"

班超急忙起身,拱手道:"射万岁。"

田虑、甘英也随即起身,向和帝叩拜道:"谢龙恩,我主万岁万万岁!"

班昭幽默地向和帝说道:"俺嫂随俺哥多年,对俺哥关心备至,精心照料,是当之无愧的贤内助,俺哥建功西域,功劳有她一份。"

和帝随即说道:"朕当赐以凤冠霞帔,封她为一品夫人。"

"谢皇恩。"月立即起身施礼说道,"要说贤内助,不止我一人,还有田夫人;甘夫人华里华里旺则是内外全助,功高于我等。"

和帝先指着华里华里旺说道:"你在匈奴当身处阏氏地位,相当于我朝皇后,才貌双全,在汉也难寻。你嫁汉多年,随班都护四处征战,屡建奇功,又出使四万里以外,通联诸匡,为汉所做贡献甚大。只可惜按中国古来制度,对女人只讲夫人品位,无一例授以官职,朕只好亦封你为一品夫人。另外,朕知你武功超群,箭术绝伦,你可在宫中向各嫔妃传授武艺;你精通多国语言,外国使者前来相见,朕随时召你。"

华里华里旺"腾"地站了起来,快步跪至和帝面前,学着田虑和甘英的样子叩拜道:"谢主隆恩,我主万岁万岁万万岁!"

和帝连忙扶起她,说道:"免礼,免礼,快快请起,坐下。"

众人见华里华里旺既严肃认真又不免滑稽的举动，不禁暗暗直笑。

和帝赐封田虑夫人为二品夫人后，指着班勇对班超说道："你这儿子不仅长得像你，还颇具你的风范，将来必有出息。"

班勇机灵地立时站起，躬身说道："谢圣主夸奖，俺一定好好学习，以俺爹为榜样，誓为国家效力。"

和帝除设宴外，还特意为班超安排了一批宫女表演歌舞。有两个宫女舞技突出，相貌美丽，频频舞至班超面前，向他投以迷人的眼色和笑靥。

和帝指着这两个宫女向班超问道："这宫女如何？"

班超不假思索地回道："好，好，好！"

和帝趁势说道："赏你的官位和钱，朕已落实；朕说另有奖赏，言必行，行必果，现在正式兑现，将这两个宫女赏赐给你。"

班超急忙辞道："陛下赐钱加爵于我，又对俺同事、家人行赏，愚臣早已知足。如今老夫保命第一，美女加身万万不可。"

和帝决然说道："这二女活泼可爱，善解人意，会全心侍奉你的。朕意如此，你也当受此赏赐。"

班超惶惶然地："这……这……这如何是好？"

和帝转向班昭耳边，叮嘱了一番，便无事一般，边吃边饮，观赏起歌舞来。

第二天一早，尤利多就带领黑货和乌兰托玛来到班超府上拜会，邀请班超去做客。盛情难却，加之为了巩固和发展汉与龟兹的关系，班超就答应了尤利多的邀请，在月和长子班雄、少子班勇的陪伴下于当日下午前往尤利多的住处。

班超进门前，看到的墙院全是秦砖汉瓦；进屋后，全然龟兹人的装饰，大厅中央还供着一尊金身大佛。

刚刚落座，院内欢声笑语，只见田虑夫妇与甘英夫妇同时欣然而至。

田、甘两对夫妻进屋后，与尤利多一家欢聚一堂，班超顿时产生了置身西域的感觉，情致殊异，愉悦非常。

在尤利多举办的晚宴上，班超等人少不了举杯痛饮，与尤利多互道别后情景。宴席上，黑货和乌兰托玛频频斟酒，恭敬礼貌，人人开怀畅谈，尽兴而散。

连同从龟兹到鄯善，班超回京城洛阳行程上万里，长途跋涉，一路颠簸，劳累不堪。回归后，被召上殿，连日赴宴，更令他疲惫至极，难以支撑。

从尤利多居所回家后的深夜，班超胸腔和两肋突然剧烈疼痛，呼吸困难，病情十分危险。幸好身边有月与和帝所赐两位宫女的照料，半夜班勇又把田虑叫来紧急抢救，折腾到天亮，班超才止住剧痛，从危险中脱离出来。

第二天，和帝一得知班超病情严重，立即派太医令到班超家中代为探视，并诏令太医精心为班超检查治疗。

班超吃了和帝赐给的药，自觉疼痛有些缓解，虽然还有隐痛，但呼吸时不再剧疼了。

这一天，他把全家亲属都叫到身边，说道："孔子说'三十而立'，俺三十方立下异域封侯志，四十离家，在西域历尽艰难险阻，度过了半生光景。后被封侯加爵，可谓功成名就。可对家里，上没行孝，下没尽责，以至于回来方得与后人相见。俺知道自己不行了，在俺走后请家人原谅。"

妹妹班昭安慰道："在家时全家人生活由你操持，谁人不知？离家后也并非没为家人着想，老母在世时你常来信问候，已尽孝心；大哥《汉书》中的《西域传》有你的心血；妹妹也常从你信中得到关照鼓励；有的后人是回来方得见面，可这也怪不得你呀！"

长子班雄接道："儿也长期在外，且迁徙不定，与父通信都很困难。但儿知尊父时常念儿。前几年爹爹以为儿去车师平叛，还赶至那里看儿，这等念儿之心，儿岂能不知？"

班昭的儿子曹成也说道："二舅每封信的问候都给我们带来温暖，我们知道舅舅想我们，我们也特别想念舅舅。"

班昭的儿媳、女儿、女婿异口同声说道："是这样的，我们都知道您老人家想念我们。"

班雄十几岁的儿子天真地道："俺也知道爷爷时常想俺。"

班超宽慰地笑了，拉过孙子问道："俺孙子说得对，爷爷问你，为甚你长这么大才和爷爷见面？"

班雄的儿子按照家里人肯对他说的话回道："爷爷到西域修路去了，修的是一条很长很长的路。"

全家人听后，忍不住都笑了。

孙子的话一下又把班超的心引向了西域。班超道："按说回来与亲人团团圆圆该多好，可不知怎的，俺心里总还挂念着西域诸事。"

月劝他道："我娘家在鄯善，随你回来都不像你这样。有任尚接任了都护，你还有什么挂念头儿？"

班超回道："你不知道，任尚这人性情急躁，待人严苛，闹不好会出乱子，势必前功尽弃。"

班勇愤懑不平地说道："任尚表面上故作谦虚，还假惺惺向你请教，可你好心地向他讲了多年的体验，可他背地里不知天高地厚地讲你坏话，说你并无奇着，'所言平平耳'，他乱由他兜着，你还管他做甚！"

班超的心立时沉重起来，喃喃说道："是呀，是呀，俺……不行了，想管……也管不成了。"

任尚没听班超的告诫，数年以后西域果然反乱，他也因此被治了罪。俗话说："不听老人言，吃亏在眼前"，这话真的在任尚身上应了验，这自是后话，无须赘述。

班超在与家人谈话以后，又把和帝所赐两个宫女传来，交代说："依俺本意，俺绝不接受你俩进俺家门。后来一想，你俩幽处深宫，犹如终生被禁一般。俺勉强接你们出宫，你们也就自由了，还是尽早各寻个主儿，好好过日子去吧！"

二宫女一齐跪道："多谢班大人。"

班超虽有太医令多方治疗和家人精心照料，胸肋的剧疼却时隐时发，终不见好。

九月的一天，和帝正向太医令询问班超病情，主管外宾礼仪的大鸿胪陈宠前来奏道："西域诸国，遣使朝贡。"

和帝问道："都有哪些国家的使者？"

陈宠回道："内属都护的有鄯善、于阗、疏勒、拘弥、龟兹、莎车、姑墨、温宿、危须、尉犁、焉耆、车师诸国，都护外的有康居、大宛、大月氏、奄蔡、安西、条支，还有四万里以外的大秦、蒙奇、兜勒等国；北匈奴呼衍王也前来朝拜。"

和帝顿时喜形于色，接问："嚯，一下来了这么多国家的人，真要应接不暇了。你可知他们来朝意欲何图？"

陈宠接道："他们都带有许多贡品，玉石玛瑙、珍珠钻石等贵重物品自不细说，还带来狮子、大象、长颈鹿、蛇鸟等活物要献给万岁，以表向汉之心，欲求与汉友好往来。"

和帝欣喜地说道："太好了，这都是班超在西域的外交成果，快去报给班超,看看他能否出来接待?"

陈宠刚退出几步,和帝又想到什么,赶忙拦住他又问:"这些使者提出什么要求了吗?"

陈宠反转回来回道:"他们都求拜见陛下,还提出要面会班超。"

和帝连忙说道:"这就更需要班超出头露面了,要千方百计护理好班超的身体,满足各国使者见他的要求。别忘了叫上甘英、华里华里旺,待客翻译少不了他俩。"

陈宠走后,和帝又传太监把太尉张禹、司徒鲁恭、司空韩棱、大司农徐放招来,商议安排召见各国使者一事。几个人正在说着,陈宠领着太医令张张惶惶急急跑来,向和帝叩道:"班……班……班大人他……于凌晨与世长辞了。"

和帝大惊失色,跳起来大声问道:"你说什么?"

太医令又将陈宠的话重复了一遍。和帝听后立时瘫软在椅上,过了好长一会儿,才喃喃自语地道:"宇间……一颗明星……陨落了。"

太尉张禹见和帝难过的样子,上前劝解道:"人总是要走这条道儿的,咱不能只是伤痛,该考虑如何操办班超后事为是。"

和帝略加思索,道:"班超灵床在射声校尉府大堂停放三日,供人瞻仰,各国使者也可见他最后一面。出殡仪式朕要参加,向他告别,为他送行。"

这一日大半夜,班超胸肋又突然剧烈疼痛起来。守护在班超身边的田虑虽通医道,亦束手无策,赶紧让班雄和班勇去叫太医令。太医令很快赶来,号脉后赶忙往班超嘴里塞药,一连塞了三次,剧疼仍是不止。人们眼见班超疼得大汗淋漓,欲喘不能,最后满脸通红,竟憋闷而死。时在永元一十四年农历九月中,班超虚龄七十一岁,实龄尚差两个多月方满七十岁。

班超一断气,月就扑了上去,满门亲属都围拢过来,顿时哭声大作,号啕不止。

月嫁班超二十多年,与班趐相濡以沫,情感至深,见丈夫骤然离去,伤痛得如万箭穿心,搂抱着班超顿足哭道:"你怎么能让我随你归来,你却命归西天,离我而去呀!"

班昭也哭号诉道:"二哥呀,二哥,你归来方与家人团圆一个月,怎就走了?归来兮,归来兮,全家人都深深怀念你!"

二人的哭诉,引得一家男女老少不禁又大哭起来。

田虑夫妇、甘英夫妇、义子黑货夫妇，都和班超家人一样，早已哭成泪人一般。

当天一早，射声校尉府大门两旁，四围高墙乃至屋顶都竖起了白幡。

班超的灵床设在大堂之内。大堂黑漆大门门框上，和帝用篆体亲书两联大字：

　　　　右联：道远三代辟土世广
　　　　左联：都护西指通译四方
　　　　横批：名垂千古

灵堂设起以后，月、班昭、班雄、班勇等全家老少以及田虑夫妇、甘英夫妇、黑货夫妇刚刚全身戴孝，分列灵床两旁守灵，太尉张禹、司徒鲁恭、司空韩棱、大司农徐放等满朝文武官员便前来吊孝，瞻仰遗容，向遗体告别。

紧接着，尤利多率家人与鄯善王广及王后春花、于阗王广德及其弟辅国侯广仁、疏勒王成大、莎车王齐明、龟兹王白霸和王后东吉、焉耆王元孟、危须王泛、尉犁王魁、大月氏贵霜王（前副王）谢、乌孙大昆莫（前王子）以及车师、拘弥、姑墨、温宿、康居、大宛、安西、条支、蒙奇、兜勒、大秦等各国使者缓缓步入大堂，相继前来吊唁。

大月氏胖瘦两商人也作为使者来朝，在班超遗体前拜了又拜，默哀良久。

各国使者吊唁完毕，还没全部离去，只见呼衍王快步跑进大堂，一头跪在班超灵前，"咚咚"磕头不止，边磕边号着："咱家看你来啦，咱家投向你来了，你别走，你别走，咱俩还有好多话要说呀！"他说着说着，又"咚咚"作响地磕起头来。

班雄、班勇见他用力死磕，连忙上前将他拉起，向他施以回拜礼节。

呼衍王满脸泪水地在班超遗体旁瞻仰了好长一会儿，这才向班氏家人一一施礼，缓缓走出大堂，他走出好远，还在声嘶力竭地哭喊着："你不能走啊，你不能走，不能走啊——"

三日里，在京的各级官员，城里城外的庶黎百姓、士卒商贾、文人学士，纷纷赶来拜见班超遗容，人流不断，络绎不绝。出殡这天，和帝亲自来到灵堂，瞻仰过班超遗容后，眼看着遗体置入棺中。

起灵前,和帝步至班超灵前,满怀深情、哀痛地道:"班氏家族又一杰出人物,一位卓越的政治家、军事家、外交家,今天就要走了,永远地走了。他的业绩必将福荫万代,名垂青史,子子孙孙是永远不会忘记他的。他要走了,就让他安静地走吧!"

和帝的悼词一完,灵堂里号啕大哭之声顿起。哭声中,灵柩缓缓起动,又被缓缓抬出班超生前府邸,由鼓乐队吹奏着引路,向着城外走去。

城里城外,送葬的百姓自发组成了十里夹道。

夹道里,幡帜如林,纸钱飞扬,班超的灵柩行至哪里,哪里就哭声四起,道旁百姓无不含泪巴望,哀痛地为班超送别。

哀乐声、哭号声交织一起,撒满了长长的道路,由近及远。

送葬的队伍逶迤缓行,直通向班超的墓地……

1997 年 2 月 8 日至 1998 年元月 8 日晨 8 时

班超年谱(年月依农历)

建武八年(32年)正月,兄班固生。

闰四月,父班彪随河西大将军窦融率陇西、金城、天水、酒泉、张掖五郡太守与光武帝刘秀会于高平。

十二月,班超生。

九年(33年)光武帝刘秀复置护羌校尉官职。

春三月,窦融为冀州牧,父班彪为窦府幕僚。

十三年(37年)夏四月,窦融为大司空。班彪出任盱眙县令。

十四年(38年)莎车、鄯善遣使奉献。

二十年(44年)大司空窦融免。

二十一年(45年)冬,鄯善、车师等西域十六国国王遣子到洛阳入侍,请求汉在西域设立都护。

二十二年(46年)莎车王贤知汉内顾不暇,未遑外事,未应设西域都护的请求,致书鄯善王安,令绝汉道。安杀其使,复请汉设都护。贤攻龟兹,杀其王,灭其国。

二十三年(47年)班彪入司徒玉况府任从事。

二十五年(49年)妹班昭生。

二十六年(50年)光武帝遣中郎将段彬授南匈奴单于玺绶,令居云中,始设使匈奴中郎将。

三十年(54年)班彪去世,享年五十二岁。

建武中元元年(56年)窦固袭父友显亲侯位。

永平元年(58年)窦固迁中郎将,监羽林士。

五年(62年)班固因继承父志撰写《汉书》受人诬告,被京兆尹逮捕入

狱。班超上书洛阳,固获释,任兰台令史。超随兄迁入洛
阳,入御缮房抄写文书。窦固因受堂兄窦穆霸占六安侯刘
盱封地一案牵连,被免去郎职。

六年(63 年)班固与前睢阳令陈宗、长陵令尹敏、司隶从事孟异合著《世
祖本记》,迁为郎,典校秘书。

七年(64 年(班固作列传等二十八篇上呈明帝刘庄。明帝令班固继续撰
写《汉书》。

班超任兰台令史。

八年(65 年)北匈奴入侵西河等郡。班超为窦穆以太后名义写诏书之事
被查出,被免去兰台令史职务。

十五年(72 年)明帝刘庄针对北匈奴的肆意侵扰,决定以汉武帝为榜样
出击北匈奴、开通西域,封窦固为奉车都尉,率军出征。

班超弃笔从戎,于冬季随窦固屯兵凉州。

十六年(73 年)春二月,窦固任班超为假司马,率军出酒泉塞,大破呼衍
王于天山,留兵顿驻伊吾。

班超与从事郭恂等三十六人首次出使西域到鄯善,全歼
北匈奴使者等百余人,大获全胜而还。

十七年(74 年)冬十一月,班超率所属人马大破北匈奴兵于蒲类海。

窦固率军征战北匈奴于天山一带,进入车师。

明帝诏令复置都护、正副戊己校尉。

班超二次出使西域,经鄯善抵于阗,再至疏勒;夺龟兹所
立兜题王位,立忠为疏勒王。

十八年(75 年)六月,龟兹、焉耆攻西域都护陈睦,悉没其众。

北匈奴及车师后王围戊己校尉耿恭。

八月壬子,明帝崩于东宫前殿,享年四十八岁。章帝刘炟
即皇帝位,年十九岁。

十一月,征西将军耿秉屯酒泉,遣酒泉太守段彭率军赴车
师后部援救耿恭。

建初元年(76 年)春,段彭讨平车师。

章帝下诏罢戊己校尉,召班超撤离西域。三子班勇生。

班超离疏勒,疏勒都尉黎弇自刎,行至于阗因受拦,决定留

西域,重返疏勒。

二年(77年)章帝罢伊吾屯兵。

三年(78年)班超率疏勒、康居、于阗、拘弥兵一万人攻破姑墨石城,上疏
请兵降伏龟兹。

四年(79年)章帝召开白虎观会议,讨论《五经》同异,班固担任书记,整
理成会议纪要《白虎观通义》。

五年(80年)疏勒都尉番辰反叛。

莎车投降龟兹。

假司马徐干率军增援班超。

班超与徐干率军进击番辰叛军,斩首千余人。

八年(83年)班超为西域长史,徐干为军司马。

元和元年(84年)假司马和恭率八百士卒援超。超发疏勒、于阗兵击莎车。

疏勒王忠反叛,更立府丞成大为疏勒王。

章和元年(87年)疏勒叛王忠借康居兵还损中,班超率军击斩之。

二年(88年)二月壬辰,章帝崩于章德前殿,年三十二岁。和帝刘肇即皇
帝位,时年十岁。窦太后临朝听政。

窦太后封其兄、侍中窦宪为车骑将军,令其率军二伐北
匈奴。

永元元年(89年)夏六月,窦宪率军出鸡鹿塞,与北匈奴战于稽落山,大破之,
追至私渠比鞮海,登燕然山。班固撰文刻于山石上尽表
其功。

九月庚申,窦宪晋封为大将军,位在三公之上。

二年(90年)二月,窦宪遣右校尉耿夔出居延塞,围北匈奴于金微山,大
破之,获阏氏。

月氏国遣兵七万人攻班超,超率军奋起抗击,降伏之。

秋七月己卯,大将军窦宪出屯凉州。冬十月,以班固为中
郎将出使北匈奴。

三年(91年)春末,龟兹、温宿、姑墨降汉。班超立白霸为龟兹王,前王尤
利多进洛阳入侍。

十二月,和帝复置西域都护、戊己校尉,增设骑都尉。

班超任都护,徐干接任西域长史,姚光任西域骑都尉。

四年(92 年)夏四月丙辰,大将军窦宪还至京都洛阳。

丙辰,十三郡(国)地震。

窦宪阴谋弑帝,中常侍郑众辅佐和帝粉碎之。班固受窦宪牵连被捕入狱而死,虚龄六十一岁。

六年(94 年)秋七月,班超率军大破焉耆、尉犁,斩其王。至此,西域五十余国向汉,统一在都护管辖之内。

七年(95 年)和帝诏封班超为定远侯。

八年(96 年)七月,车师后王反叛。

九年(97 年)西域长史王林迣击车师后王,击斩之。

闰八月,窦太后驾崩,享年三十五岁。

班超遣甘英出使大月氏、安息、条支、大秦诸国,行程四万余里,西临大海而归。

十二年(100 年)班超因年老多病,上疏和帝请求还归故土。妹妹班昭也向和帝上疏,请求和帝准超回归。

十四年(102 年)八月,班超回至洛阳,被封为射声校尉。病重,和帝遣中黄门问疾,并赐医药。九月,班超病逝,享年七十一岁(虚龄)。

后　记

二十四史中每朝每代的皇帝屈指可数,人物列传则莽如林海,难以计数。此间诸多人物中,我之所以对后汉的班超情有独钟,是因他胸怀鸿鹄大志并为之孜孜以求、艰苦奋斗,亦因他为奠定我国多民族大家庭所做出的卓著贡献,更因他不计前嫌的宽大胸怀、善于团结各方人士的智慧、身先士卒的实际行动。我对他产生浓厚兴趣还有一个重要原因,这就是他身处西域几占半生,时达三十一年;而我一生中最美好的青年时光也是在新疆度过的。

我于 1963 年 8 月 29 日抵达乌鲁木齐,在新疆从事新闻工作。在将近十五年的时间里,我亲身体验到新疆的确是个好地方,我热爱新疆,热爱那里的各族人民,把新疆看作我的第二故乡。

我是带着载有《班超传》的《后汉书》(选本)去新疆的。我经常读他,沿着他的足迹走访了许多地方,对他战斗、生活的地方很熟悉,这自然促使我产生了写他的念头。

1983 年,人民美术出版社约我写一本连环画册。我高兴地应约以班超为素材写了一本绘有一百二十幅图画的"小人书"。这实际上即是我写本书的提纲。

我于 1989 年 10 月 18 日动笔,只用了半年时间就写出了本书的初稿。后来因应约写作一部二十集的电视连续剧和电视专题片脚本,加上忙于本职工作,没有条件专心致力于长篇创作,一搁就长达六年之久。去年大年初二,我又将初稿翻了出来,并开始进行再创作,历时十一个月方写成现在这个样子。

因我对班超久怀崇敬之情,写他的意愿积蓄多年,所以,动起笔来是严肃认真的。在传记文学热方兴之时,有些出版社的朋友促我趁早完稿。我不愿赶时髦,也无欲使自己的作品成为什么"热门货",便只按自己的意愿去写。倘有所求,别无他,只是想写出独具个性、特色,集文学性、知识性、趣味性于一体,雅俗共赏,为读者喜闻乐见的作品。尤为要者,须首先对得起自己的良知。

因这是我创作的第一部长篇小说,绝无创作经验可言。若说写此书时有些什么想法,有几点倒可直言相告。

首先想到的是,历史题材的作品须具现实感。

创作历史题材的作品,必须尊重历史,这是文学创作的常识。但文学创作以史为材,不可照搬历史,单纯地说古道古,毫无意义。所谓"以史为鉴""借古喻今",讲的是今人,今人谈史,必会连及现实;以史成书,是写给今人看的,如何将历史的真实性与现实性相结合,是创作者必须加以考虑的。有人讲《三国演义》七分史实三分虚构,这三分虚构充分表明,其书并非照搬历史,是讲究现实性的。就小说创作而言,是允许虚构的;凡虚构得张冠李戴、南辕北辙乃至无中生有,让人看了也觉真实,这当系文学作品的艺术性。本书足足八分真史,至多二分虚构,其间的虚构无非想让今人读后有些现实感而已。

其次,以历史题材进行创作必须广泛深入地考究历史(包括历史地理)和古今生态环境的变化。

到达新疆后的十年当中,我多次考查车师前王庭古都交河城遗址和后汉戊己校尉所在地柳中一带的二佛洞,尤其是 20 世纪 70 年代初吐鲁番第二次大规模挖掘高昌古城阿斯塔邪墓地时,我进行现场采访,钻进了八十一个墓室,目睹了众多墓主及陪葬女性的遗体和大量随葬文物,还翻阅了不少地方志和有关汉在西域设置都护的资料,这对我撰写本书意义甚大。我经考察发现,古代一些国家并非永居一域,是视情迁徙的,甚至有的国家一迁便迁到很远的地方。如大月氏原居敦煌、祁连一带,后被匈奴所破,一迁便远过大宛,直至大夏、安息地域。汉时的鄯善在罗布泊西部,与今日火焰山东端的鄯善相距甚远。莎车古国因遭于阗、龟兹的攻击也先后易地。凡此等等,倘按今日的地理图写史,则贻笑大方,误人子弟,是万万不可的。再有一个值得注意的问题是:两千年前的新疆地域,其生态环境与今日大不一样。据史书记载,两汉期间的天山南麓和昆仑山北麓,均有河流沿山相傍,大不似今日的荒山秃岭;广大的罗布泊芦苇丛生,花草丰美,是一望无际的水域,否则,"民随畜牧逐水草"的鄯善,就不会在那一带建国。

再次,小说特别是中长篇小说,较其他文体颇具反映社会和描述人生、命运的优势。要想写好,不全力投入、持严谨态度,很难保证质量。既然要反映社会、写人生和人的命运,就需溶入作者的思想情感,写出自己的社会感受和对人生的感触。非此,写出的作品就不会独具个性和特色,也不会感人至深,对读者产生吸引力。虽有如上追求和想法,且自我感觉良好,但我也自知全书难免存有笔墨不足之处,如班超的长子班雄、少子班勇即如是。尚有不少人物也未能详尽描写,更谈不上精雕细刻了。

本书完稿之日,恰逢我步入花甲之年。总结人生体验,不免想到孔圣人"吾三十而立,四十而不惑,五十而知天命"的话。在我看来,人生在世立与不立并不重要,重要的,在于"不惑",在于"知天命"。不惑,则聪明灵活,少有亏吃;知天命,则万事豁达,愉快幸福。实际上,人而"不惑",还"知天命",是很难很难的,大概只有"圣人"才能做到吧?我虽已年至花甲,至今仍在"惑"着,更不知何谓天命!

总结人生体验,也为着多长些见识,激励自己学习、再学习,只要活着,就要有所作为。我把花甲权作怀胎之期,花甲之后方为新生。孕期所写文字,全然不算数目,本部小说自当为"出世"之作了。至于今后写点别的什么,一时尚未想出。也许什么也写不出来,既然把花甲之后视为新生,总该坚持学习,多做点事情吧!

作者

1998 年农历大年初二